O INQUISIDOR

ROMANCE HISTÓRICO

Proibida a reprodução total ou parcial em qualquer mídia
sem a autorização escrita da editora.
Os infratores estão sujeitos às penas da lei.

A Editora não é responsável pelo conteúdo deste livro.
A Autora conhece os fatos narrados, pelos quais é responsável,
assim como se responsabiliza pelos juízos emitidos.

Consulte nosso catálogo completo e últimos lançamentos em **www.editoracontexto.com.br**.

CATHERINE JINKS

O INQUISIDOR

ROMANCE HISTÓRICO

Tradução
Paulina Pinsky

Revisão técnica
Eduardo Hoornaert

Copyright © 1999 by Catherine Jinks. All rights reserved.

Direitos de publicação no Brasil adquiridos pela
Editora Contexto (Editora Pinsky Ltda.)

Diagramação
Gustavo S. Vilas Boas

Preparação de textos
Arlete Sousa

Revisão estilística
Mirna Pinsky

Dados Internacionais de Catalogação na Publicação (CIP)
Andreia de Almeida CRB-8/7889

J 57i Jinks, Catherine
O inquisidor : romance histórico / Catherine Jinks;
tradução de Paulina Pinsky. –
São Paulo : Contexto, 2017.
400 p.

ISBN: 978-85-7244-998-4
Título original: The inquisitor: a novel

1. Ficção inglesa 2. Inquisição – Ficção 3. Idade Média –
Ficção I. Título II. Pinsky, Paulina

17-0293   CDD 823

Índices para catálogo sistemático:
1. Ficção inglesa

2017

Editora Contexto
Diretor editorial: *Jaime Pinsky*

Rua Dr. José Elias, 520 – Alto da Lapa
05083-030 – São Paulo – SP
PABX: (11) 3832 5838
contexto@editoracontexto.com.br
www.editoracontexto.com.br

Para John O. Ward (novamente)

Sumário

Salutatio 9

Narratio 13
    1. A sombra da morte 15
    2. Um leão em lugares secretos 43
    3. Atenção! Vou contar-lhes um segredo 72
    4. Que eu possa conhecê-lo 100
    5. A tua luz se aproxima 130
    6. Vós, que estais muito carregados 161
    7. Ele vem com as nuvens 190
    8. E quando ele tinha tomado o livro 219
    9. As águas de Nimrin 245
    10. Interceder por elas 273
    11. Saberemos a verdade 302
    12. Forjadores de mentiras 332
    13. Decisão para os prisioneiros 361

Conclusio 391

A autora 397

SALUTATIO

Ao abençoado padre Bernard de Landorra, mestre geral da Ordem dos Pregadores. Bernard Peyre de Prouille, irmão da mesma ordem na cidade de Lazet, um servo de pouca valia e indigno, oferece-lhe seus humildes cumprimentos.

Quando Deus apareceu ante o rei Salomão e lhe propôs: "Peça aquilo que deseja que eu conceda a ti", este respondeu: "Dê a este Teu servo um coração compassivo, que possa discernir entre o Bem e o Mal ao julgar o seu povo". Essa foi a súplica de Salomão e também a minha por muitos anos, enquanto me empenhava em inquirir todos os hereges e seus ocultadores, defensores e recebedores aqui, na província de Narbonne. Reverendo padre, não arrogo para mim a sabedoria de Salomão, mas sei o seguinte: a busca pela verdade é tão longa e dolorosa quanto aquela por um homem em um país estrangeiro. O país precisa ser explorado, com muitos caminhos trilhados e muitas perguntas feitas, antes de conseguir encontrá-lo. Nesse caso, pode-se afirmar que a procura da compreensão lembra aquela forma de discurso retórico que chamamos de silogismo — porque, assim como o silogismo vai do universal ao particular, mostrando certa verdade inalterável quando elaborada a partir de proposições verdadeiras, o total entendimento de um ato fatídico também deriva do conhecimento de todas as pessoas, todos os lugares e todos os eventos que o circundaram ou precederam.

Reverendíssimo padre, preciso de sua compreensão. Preciso de sua proteção e benevolência. Estenda sua mão ante a fúria de meus inimigos, porque eles afiaram suas línguas feito serpentes e guardam veneno sob os lábios. Talvez o senhor saiba de minha situação e tencione dar-me as costas, mas juro que estou sendo acusado sem razão. Muita gente tem sido acusada sem razão. E muitos têm olhado sem ver, preferindo a escuridão da ignorância à luz da verdade. Reverendo padre, eu lhe imploro — considere esta carta como uma luz. Leia-a, e o senhor enxergará longe, e entenderá muito, e perdoará muito. *Abençoado é aquele cuja transgressão é perdoada*, mas minhas transgressões têm sido poucas e insignificantes. Foi pela culpa e pela malícia que fui tão cruelmente castigado.

Portanto, para iluminar seu caminho, em nome de Deus Todo-Poderoso e da Santíssima Virgem Maria, mãe de Cristo, e do abençoado São Domingos, nosso pai, e de toda a corte celestial, relato aqui os fatos que se passaram na cidade de Lazet e em seus arredores, na Província de Narbonne, relativos ao assassinato de nosso venerável e respeitado padre Augustin Duese, por ocasião da comemoração da Natividade da Santíssima Virgem, no ano 1318 do Verbo Encarnado.[*]

---

[*] N.R.T.: A expressão "no ano x do Verbo Encarnado" corresponde ao que hoje denominamos "no ano x depois de Cristo".

NARRATIO

1

A SOMBRA DA MORTE

Quando conheci padre Augustin Duese, pensei: "Este homem vive à sombra da morte". Sua aparência, pálida e debilitada como um dos ossos secos da profecia de Ezequiel,[*] a princípio me fez supor isso. Ele era alto e muito magro, com costas curvadas, pele acinzentada, maçãs do rosto cavadas, olhos quase perdidos em órbitas profundas e sombrias, cabelos ralos, dentes cariados, manco. Parecia um esqueleto ambulante, não apenas por sua idade avançada. Cheguei a sentir que a morte o rondava, assaltando-o sem cessar com doenças: inflamação das articulações — principalmente nas mãos e nos joelhos —, má digestão, pouca visão, intestino constipado, dificuldade para urinar. Só seus ouvidos estavam em ordem, ele escutava muito bem. (Acredito que seu talento como inquisidor provinha da habilidade de detectar falsidade na voz dos inquiridos.) Também estou convencido de que o fato de penitenciar-se nas refeições tenha contribuído para a degradação de seu estômago, que era forçado a digerir comida que o próprio São Domingos teria rejeitado, alimentos que eu hesitaria em chamar como tal, e que

---

[*] N.T.: Passagem bíblica sobre o profeta Ezequiel, que narra como ele presenciou ossos secos recobrarem a vida.

eram consumidos em porções mínimas. Eu até diria que, se *estivesse* morto, ele talvez comesse um pouco mais, embora ingerir grandes porções dos mantimentos de sua preferência — pão duro, cascas de vegetais cozidos, cascas de queijo — teria sido mais difícil do que engolir uma sebe de espinheiro. Sem dúvida ele oferecia seu sofrimento como sacrifício a Deus.

Eu particularmente acredito que uma dieta assim deveria ser seguida sem tanto rigor. O Doutor Angélico (São Tomás de Aquino) nos disse que a austeridade é abraçada pela vida religiosa como fator indispensável para mortificar a carne, mas praticada sem critério, traz o risco da incerteza. Não que padre Augustin exibisse suas mortificações: sua abstinência não era um gesto vão ou desprovido de fé, do tipo a respeito do qual Cristo nos alerta quando Ele condena os hipócritas que jejuam mostrando um semblante abatido e que desfiguram o rosto para parecer que estão jejuando. Padre Augustin não era assim. Se mortificava sua carne, era porque se achava indigno. Com certeza não fez amigos entre os criadores de porcos do convento por sua demanda de nabos mofados e frutas machucadas. Eles se consideravam donos desse tipo de restos — se é que um irmão leigo dominicano possa ser dono de um toco de repolho que seja. Certa vez até comentei com padre Augustin que, ao mesmo tempo que morria de fome, ele também matava os porcos de fome, e um porco desnutrido não trazia benefícios para ninguém.

Ele não disse nada, claro. A maioria dos inquisidores sabe usar o silêncio de maneira muito precisa.

De qualquer maneira, tenho certeza de que padre Augustin não só parecia um moribundo como se sentia à beira da morte, e assim se comportava. Com isso quero dizer que aparentava estar acelerado, como se contasse os dias que lhe restavam. E para dar-lhe um exemplo dessa urgência estranha, descrevo aqui o que aconteceu pouco depois de ele ter chegado a Lazet, menos de três meses antes de falecer. Sua vinda foi em resposta a meu pedido de ajuda na tarefa de "capturar as pequenas raposas que querem destruir o vinhedo do Senhor", ou seja, prender certos inimigos que rodeiam a Igreja como espinhos ao redor de um lírio. Sem dúvida, o senhor deve estar familiarizado com esses inimigos, talvez tenha até se encontrado com esses defensores da doutrina herética, esses semeadores da discórdia, formadores de dissidências, divisores da unidade, que questionam a verdade sagrada proclamada pela Santa Sé e mancham a pureza da Fé com seus diversos ensinamentos equivocados. Afinal, até mesmo os antigos Padres da Igreja* foram atormentados por esses emissários de Satanás. (Não foi o próprio São Paulo que nos assegurou: "Os hereges devem existir para que os eleitos possam se revelar entre vocês"?) Aqui, no Sul, batalhamos contra uma enorme quantidade de dogmas perversos, muitas seitas pestilentas cujos nomes e práticas diferem entre si, mas cujo veneno corrompe com o mesmo efeito maligno. Aqui, no Sul, as antigas sementes da heresia maniqueísta** denunciada por Santo Agostinho ramificaram-se profundamente, e ainda vicejam, apesar dos esforços caridosos da Santa Ordem de São Domingos.

Aqui, muitos irmãos devotam suas vidas à defesa da cruz de Cristo. Quando fui nomeado coadjutor de Jacques Vaquier, o inquisidor da depravação herética de Lazet (parece tão distante!), a intenção não era que eu passasse o dia perseguindo esses obreiros da injustiça, mas que aliviasse o trabalho do padre Jacques quando ele se sentisse sobrecarregado. Na realidade, padre Jacques se sentia facilmente sobrecarregado. Eu passava muito mais tempo em questões do Santo Ofício do que inicialmente pretendera. Apesar disso, Jacques Vaquier certamente interrogou muitas almas que, como ovelhas, infelizmente tinham se desgarrado, e, quando morreu no inverno passado, o volume de trabalho que deixou para trás era grande demais para um homem só. Foi por isso que pedi a Paris que mandasse um novo superior. E assim padre Augustin chegou ao convento em uma tarde de verão, seis dias antes da Festa da Anunciação (data marcada para sua chegada) sem avisar, inesperadamente, e acompanhado apenas de seu jovem escriba e assistente, Sicard, que tinha a função de ser os olhos de seu mestre.

---

* N.R.T.: "Padre da Igreja" é o nome dado a intelectuais cristãos do primeiro milênio.

** N.T.: Doutrina que admite dois princípios: o do Bem e o do Mal, e é considerada herética pelo Cristianismo.

Ambos estavam tão esgotados, que nem participaram da ceia ou da Completa* e, pelo que eu soube, foram diretamente para a cama. Mas, nas Matinas do dia seguinte, vi padre Augustin no assento do coro à frente, e, após a Hora Tertia, me encontrei com ele em sua cela. (Para isso, é evidente que tínhamos uma permissão especial.) Devo explicar que, no convento de Lazet, irmãos que servem ao Santo Ofício têm os mesmos privilégios que nosso leitor** e bibliotecário – ou seja, celas individuais e permissão para fechar as portas. Padre Augustin, no entanto, não fechou a sua.

— Prefiro não conversar sobre assuntos profanos em um local dedicado a Deus — disse-me ele. — Dentro do possível, falaremos dos limbos do anticristo somente onde os combatemos, em vez de envenenar o ar do convento com pensamentos e atos pecaminosos. Por isso, não vejo a necessidade de segredos ou portas fechadas, não aqui.

Concordei, e então ele me pediu, em tom solene, que o acompanhasse em uma oração para que Deus abençoasse nossos esforços para limpar a terra da morbidez herética. Nesse momento, ficou evidente que ele e Jacques Vaquier não tinham saído do mesmo molde. Padre Augustin tinha o costume de falar certas frases prontas quando descrevia os hereges — "as raposas nos vinhedos", "as ervas daninhas na colheita", "desviados do bom caminho" etc. Ele também era muito preciso no uso de certos termos definidos pelo Concílio de Tarragona, no século passado, relativos aos diversos graus de culpabilidade na associação herética: por exemplo, ele nunca chamava alguém de "acobertador" de hereges, e sim de "ocultador" (e a diferença é muito sutil, como o senhor sabe), nem de "defensor" a quem, na verdade, era um "recebedor". Ele sempre se referia à casa ou taberna onde os hereges se reuniam de "receptáculo", como o Concílio decretara.

Padre Jacques chamava os hereges de "amontoado de escória", suas casas, de "antros pestilentos". Ele não era, como diria Santo Agostinho, daqueles que unem seu coração ao dos anjos.

---

* N.T.: A última hora canônica.
** N.R.T.: Quem recita textos na igreja ou no refeitório.

— Estou ciente de que o inquisidor geral lhe escreveu contando toda minha história e formação — continuou padre Augustin. Sua voz era surpreendentemente firme e vibrante. — Gostaria de me perguntar sobre minha experiência como inquisidor... minha vida na ordem...?

A descrição do inquisidor geral tinha sido minuciosa, com as datas exatas relativas a todos os lugares onde padre Augustin tinha transmitido seus conhecimentos, de priorados e comissões papais, de Cahors a Bologna; mas um homem é muito mais do que sua ocupação. Eu poderia ter perguntado muitas coisas sobre a saúde de padre Augustin, sobre seus pais, seus autores favoritos; poderia até ter pedido sua opinião a respeito do papel do inquisidor, ou sobre a pobreza de Cristo.

Em vez disso, perguntei o que o senhor deve sem dúvida estar se perguntando e que ele deve ter respondido milhares de vezes:

— Padre, o senhor é parente do Santo Padre, o papa João?

Com um sorriso amarelo, disse de maneira vaga:

— O Santo Padre não me reconheceria. — Não falou mais nada a esse respeito nessa ocasião nem em nenhuma outra. Nunca descobri a verdade. Em minha opinião, sendo um Duese de Cahors, ele *sim* era relacionado ao papa, mas em algum momento os dois ramos da família haviam se separado e, como resultado, ele não se beneficiara da conhecida generosidade do papa João a pessoas de seu próprio sangue. Não fosse isso, ele provavelmente seria agora cardeal, ou pelo menos bispo.

Tendo evitado minha pergunta, padre Augustin, por sua vez, começou a me fazer algumas. Eu havia sido identificado como Peyre de Prouille; será que eu tinha sido criado perto da primeira instituição de São Domingos? Essa proximidade teria influenciado minha escolha de me juntar à Ordem Dominicana? Nessa pergunta havia um tom respeitoso, e lamentei ter de informá-lo de que os Peyres de Prouille foram arruinados muito antes de São Domingos aparecer. Ainda na época de São Domingos, o forte havia sido demolido, e os direitos de posse dos Peyres, cedidos a uma família de camponeses abastados. Tomei conhecimento disso ao ler um documento sobre a fundação do monastério que, sem querer, esclareceu um ponto que sempre tinha me preocupado, porque eu não sabia das circunstâncias exatas do declínio de minha família. Nesta parte do mundo, a ruína é quase sempre resultado de crenças heréticas; fiquei aliviado ao descobrir que a propriedade de meus ancestrais não havia sido confiscada pelo Santo Ofício, nem, na verdade, pelos exércitos de Simão de Montfort, mas tinha simplesmente sido perdida por fraqueza ou estupidez.

Contei a padre Augustin que eu fora criado em Carcassonne e que meu pai havia sido notário público e cônsul lá. Eu não tinha nenhuma ideia se ainda havia parentes meus em Prouille e, para dizer a verdade, nunca tinha nem visitado o lugar.

Padre Augustin pareceu desapontado. Em um tom mais frio me perguntou sobre minha ascensão na ordem, e eu rapidamente a resumi para ele: ordenado aos 19 anos, três anos de Filosofia em Carcassonne, ensino de Filosofia em Carcassonne e Lazet, cinco anos de Teologia no Studium Generale de Montpellier, nomeação como pregador geral, definidor em várias corporações provinciais, mestre de estudantes em Beziers, Lazet, Toulouse...

— E de volta a Lazet — concluiu padre Augustin. — Há quanto tempo?

— Nove anos.

— Você se sente confortável aqui?

— Confortável, sim. — Imagino que queria dizer que meu ritmo havia diminuído, que eu parecia estar parado. Mas, quando se envelhece, as paixões da juventude parecem ir se perdendo. Apesar disso, há alguns homens na ordem que não riem do jeito que eu rio. — O vinho aqui é bom, o clima é bom, há hereges em número suficiente. Que mais posso querer?

Padre Augustin ficou me olhando por um tempo. Então começou a me fazer perguntas sobre padre Jacques, sobre sua trajetória e hábitos, seus gostos, seus talentos, sua vida e sua morte. Percebi de imediato que estava me levando em certa direção, do mesmo jeito que os cães encaminham a presa até os caçadores. Da mesma maneira com que eu conduzo um herege para a verdade.

— Padre, não há necessidade de fazer rodeios — disse-lhe, interrompendo um questionamento cuidadoso sobre a amizade de padre

Jacques com alguns dos principais comerciantes da cidade. — O senhor quer saber se os rumores têm fundamento — se seu antecessor realmente aceitava dinheiro de hereges acusados por baixo do pano.

Padre Augustin não mostrou surpresa nem aborrecimento; era um inquisidor muito experiente para isso. Simplesmente ficou me observando e esperou.

— Eu também ouvi essas histórias — continuei. — Mas não consegui confirmar se eram verdadeiras ou não. Padre Jacques trouxe para a ordem muitos livros belos e valiosos, afirmando tê-los recebido de presente. Ele também tinha muitos parentes abastados na região, mas não sei dizer se a riqueza deles vinha *dele* ou ia *para* ele. Se ele recebeu presentes ilícitos, não foi por muito tempo.

Padre Augustin ainda ficou em silêncio, o olhar fixo no chão. Ao longo dos anos aprendi que ninguém, nem mesmo um inquisidor experiente, pode ler os corações e as mentes dos seres humanos como se lesse um livro. O homem olha para a aparência exterior, mas Deus vê o âmago — e a aparência externa de padre Augustin era tão inexpressiva quanto um muro de pedra. No entanto, impregnado de uma confiança sem dúvida imerecida e exagerada, acreditei que conseguia seguir a direção de seus pensamentos. Deduzi que ele naturalmente suspeitava do quanto *eu* estava envolvido, tamanha a minha pressa em tranquilizá-lo.

— Eu, por outro lado, não tenho parentes ricos, e os meus proventos como coadjutor são transferidos diretamente ao convento, isso quando são pagos. — Ao perceber o olhar de questionamento de meu superior, expliquei que padre Jacques, apesar de inúmeros pedidos encaminhados à Administração Real de Confiscos, tinha um valor a receber já fazia três anos quando faleceu. — Os confiscos já não são tão lucrativos quanto no passado — acrescentei. — Os hereges que vemos hoje em dia são, em sua maioria, camponeses das montanhas. Os hereges ricos foram capturados e depenados há muito tempo.

Padre Augustin resmungou:

— O responsável pelas despesas do Santo Ofício é o rei. Aqui não é a Lombardia ou a Toscana. A inquisição da França não depende dos confiscos para sua sobrevivência.

— Talvez não na teoria — respondi. — Mas o rei ainda deve ao padre Jacques 450 livres tournois.

— E a você, quanto ele deve?

— Metade disso.

Padre Augustin franziu a testa. Então o sino tocou para a Hora Prima, e nos levantamos ao mesmo tempo.

— Após a missa, gostaria de visitar a prisão e o recinto onde você conduz seus interrogatórios.

— Eu o levarei lá.

— Também gostaria de conhecer o administrador real de confiscos e, claro, o senescal real.

— Posso conseguir isso.

— É claro que falarei a respeito de salários — continuou, e foi em direção à porta. Parecia que nossa conversa tinha terminado. Mas, assim que atravessou a soleira da porta, voltou-se e me olhou.

— Você disse que as ovelhas desgarradas em nossa prisão são principalmente camponeses pobres? — perguntou.

— Foi o que eu disse.

— Então talvez devêssemos nos perguntar o motivo. Será que os ricos são todos católicos fervorosos? Ou eles têm os meios para comprar sua própria liberdade?

Não consegui encontrar nenhuma resposta para isso. Após esperar um momento por uma resposta, padre Augustin dirigiu-se novamente à igreja, apoiando-se firmemente em sua bengala e parando, de tempos em tempos, para recuperar suas forças.

Ao acompanhá-lo, precisei andar mais devagar do que estava acostumado. Mas eu tinha de admitir que, embora seu corpo fosse cambaleante, sua mente era muito segura.

Imagino que o senhor não conheça Lazet muito bem, apenas por alto: o senhor talvez saiba que é uma cidade grande, pouca coisa menor que Carcassonne; que está próxima ao sopé dos Pirineus, contemplando um vale fértil dividido em duas partes pelo rio Agly; que seu comércio tem como produtos principais o vinho, a lã, alguns grãos, um pouco de azeite de oliva e madeira das montanhas.

O senhor talvez saiba, ainda, que é uma possessão real desde a morte de Alphonse de Poitiers, mas não deve saber nada a respeito de sua aparência, suas características importantes, seus cidadãos notáveis. Então vou fazer uma descrição fidedigna da cidade antes de continuar meu relato dos fatos que se sucederam lá, e que Deus empreste à minha mão a eloquência que falta à minha língua.

Lazet fica no topo de um monte baixo e é muito bem fortificada. Quando se entra pelo portão norte, chamado de portão de Saint Polycarpe, logo se chega à catedral de mesmo nome. É uma igreja velha, pequena e de arquitetura bastante simples; os claustros dos cônegos ao lado dela são decorados de maneira mais elaborada, porque foram finalizados mais recentemente. O palácio do bispo costumava ser a casa de hóspedes dos cônegos, antes do papa Bonifácio XIII criar os bispados de Pamiers e Lazet em 1295. Desde então, essa construção sofreu muitas reformas (assim me disseram), e tem muito mais quartos do que um arcebispo poderia exigir. Sem sombra de dúvida, é a construção mais bonita de Lazet.

Há um espaço aberto em frente à catedral onde cinco vias se intersectam, e aí se encontra o mercado. Muita gente o frequenta para comprar vinho, tecidos, ovelhas, lenha, peixes, cerâmicas, cobertores e outras mercadorias. No centro do mercado há uma cruz de pedra, acima de uma espécie de cova rasa que parece uma gruta, que pertence aos cônegos de Saint Polycarpe. Ouvi dizer que, há muito tempo, antes da fundação da cidade, ali vivera por cinquenta anos um eremita religioso, nunca saindo dela (ou mesmo ficando em pé, se levarmos em conta as dimensões do espaço), e que profetizou a construção de Lazet. Seu nome era Galamus. Embora ele nunca tenha sido santificado, sua gruta sempre foi considerada um lugar sagrado; desde sempre as pessoas têm deixado presentes para os cônegos anonimamente — às vezes dinheiro e, mais frequentemente, pão ou verduras, um rolo de tecido, um par de sapatos. Essas oferendas são recolhidas diariamente ao pôr do sol.

O fato de não ter havido muito o que recolher nos últimos anos tem sido atribuído ao Santo Ofício — que costuma ser culpado pela maioria dos problemas nestas paragens.

Do mercado, descendo a Rua de Galamus, o senhor passará, à sua direita, pelo Castelo Comtal. Outrora lar dos condes de Lazet (uma linhagem extinta, graças as suas tendências heréticas), essa fortaleza hoje em dia é o quartel-general do senescal real, Roger Descalquencs. Quando o rei Filipe visitou a nossa região há uns 14 anos, ele dormiu no quarto onde hoje dorme Roger — como ele próprio faz questão de alardear. As sessões mensais que ele geralmente preside como magistrado também acontecem no castelo, e a prisão real fica em duas de suas torres. A maior parte das tropas da cidade ocupa a caserna e a guarita.

O priorado dos Frades Pregadores fica a leste do castelo. Por tratar-se de uma das instituições dominicanas mais antigas, São Domingos a visitou muitas vezes e a presenteou com uma pequena coleção de adornos e peças de vestuário cuidadosamente preservadas na casa de reuniões do cabido. Ali vivem 28 frades, bem como 17 irmãos leigos e 12 estudantes. Há 172 livros na biblioteca, 14 deles adquiridos (de alguma maneira) por padre Jacques Vaquier. De acordo com o respeitável trabalho de Humberto de Romans, cujo tema é a vida de nossos primeiros padres, Lazet foi o lugar onde um certo irmão Benedict, atormentado até não aguentar mais por sete diabos alados (que lhe bateram sem piedade, afligiram seu corpo inteiro com pestilências e encheram suas narinas com um fedor sórdido), ficou completamente louco e teve que ser acorrentado a uma parede para a proteção de seus companheiros. Quando São Domingos exorcizou esses diabos, o mestre deles apareceu encarnado — na figura de um lagarto preto — e discutiu sobre teologia com o santo até ser vencido por um entimema* coletivo poderoso.

Por sorte, essas coisas já não ocorrem mais aqui.

Do priorado, é só uma pequena caminhada até a sede do Santo Ofício. Mesmo assim, quando levei padre Augustin por esse caminho, fui cumprimentado por quatro conhecidos — um fabricante de luvas, um sargento, um dono de taverna, uma matrona devota — e estive o tempo todo consciente do olhar inquiridor e de soslaio de meu superior.

---

* N.T.: Silogismo imperfeito, em que se deixa de expor uma premissa.

— Você não tinha dito que o Santo Ofício é visto com hostilidade pelos habitantes locais? — perguntou.

— Temo que sim.

— Mas eles parecem considerá-lo um amigo.

Soltei uma risada. — Padre, se eu estivesse na posição deles, eu também ficaria amigo do inquisidor local — respondi.

Isso pareceu satisfazê-lo, embora não fosse uma explicação totalmente verdadeira. O fato é que tomei muito cuidado para manter-me em boas relações com muitos dos habitantes de Lazet, porque, para construir uma imagem mental detalhada das árvores genealógicas das mais notáveis famílias, sociedades comerciais e feudos de sangue é necessário passar um tempo com as pessoas envolvidas. Garanto que se aprende muito mais sobre a vida amorosa secreta de uma mulher conversando com sua empregada ou seu vizinho do que a interrogando em uma roda de tortura (algo que nunca fiz, graças a Deus). *Eis que eu vos envio como ovelhas para o meio de lobos: sede, portanto, prudentes como as serpentes e símplices como as pombas.* É com essas palavras que o pregador, e até o inquisidor, devem viver.

Eu sempre disse que o bom inquisidor não precisa fazer muitas perguntas à testemunha porque ele já sabe as respostas. E não vai encontrar todas as respostas em livros, ou na contemplação da indescritível Majestade de Cristo.

— Aqui, como vê, é a prisão — anunciei quando chegamos às muralhas da cidade. Tanto em Lazet quanto em Carcassonne os prisioneiros do Santo Ofício são encarcerados em uma das torres fortificadas que adornam as muralhas que circundam a cidade, assim como as pedras preciosas enfeitam um colar. — Temos sorte nesse quesito, porque nossa sede foi especialmente construída para ser contígua à prisão, e isso nos permite uma movimentação livre e descomplicada entre os dois edifícios.

— É bem planejado — concordou padre Augustin, em tom grave.

— O senhor não vai achar a mobília tão extravagante quanto em Toulouse — acrescentei, porque eu sabia que ele tinha passado algum tempo trabalhando com Bernard Gui, que comanda suas atividades naquela casa perto do Castelo de Narbonnaise doado a

São Domingos por Peter Cella. — Não temos um refeitório ou uma galeria monumental, como em Carcassonne. Temos estábulos, mas não temos cavalos. Temos poucos funcionários.

— Melhor ter menos e temer a Deus — murmurou padre Augustin. Então lhe mostrei como os estábulos tinham sido construídos, desbastando um pequeno declive para que as imensas portas de madeira, travadas por dentro, abrissem para uma rua mais baixa que a estrada, onde se encontrava a entrada principal. De fato, embora a construção tivesse três andares — e os estábulos formavam o nível mais baixo —, quando vista do norte, parecia ter só dois, apertados contra a torre da prisão como um cordeiro que procura aconchegar-se ao flanco de sua mãe.

Talvez não seja apropriado comparar a sede do Santo Ofício com algo tão frágil e macio quanto um cordeiro. Sendo o repositório de muitos e graves segredos, era tão fortificada quanto a prisão a seu lado, com paredes grossas de pedra atravessadas por três pequenas aberturas. A porta principal era tão estreita e baixa que mal permitia a passagem de um homem de tamanho normal e, assim como a porta do estábulo, podia ser travada por dentro. Naquela manhã, porém, encontramos Raymond Donatus saindo quando íamos entrar, e, dessa forma, não foi preciso bater à porta.

— Ah, Raymond Donatus — disse. — Gostaria de apresentar-lhe padre Augustin Duese. Padre, este é o nosso tabelião, que devota a maior parte de seu tempo aos nossos pedidos especiais. Ele tem sido um servidor confiável do Santo Ofício há oito anos.

Raymond Donatus parecia surpreso. Deduzi que ele tivesse saído para esvaziar sua bexiga (já que suas mãos lidavam com suas roupas) e não esperava encontrar nosso novo inquisidor na entrada. Apesar disso, ele se recompôs com rapidez e se inclinou humildemente.

— O senhor nos honra com sua presença, reverendo padre. Meu coração se alegra.

Padre Augustin piscou e murmurou uma prece. Ele parecia um pouco surpreso com a cortesia exagerada — poderia se dizer até histriônica — de Raymond. Mas essa era uma característica sua: sempre usava as palavras de maneira exagerada; podiam ser doces como o pão dos anjos ou, então, como o martelo que quebra a pedra em pedaços. Era uma pessoa temperamental, oscilando da melancolia à alegria extrema muitas vezes ao dia, pavio curto, de opiniões fortes, hilário quando de bom humor, glutão, destemperado, e tão lascivo quanto uma cabra (cujo sangue é tão quente que consegue derreter diamantes). Sendo um homem de família humilde, ele se orgulhava de sua educação. Também se vestia com roupas finas e falava muito sobre seus vinhedos.

Essas pequenas falhas, porém, não eram nada em comparação a seu conhecimento dos termos da lei, e sua habilidade com as mãos inspirava respeito. Nunca, em todas as minhas viagens, conheci um tabelião tão rápido em transcrever a palavra falada. Quando a primeira sentença ainda não deixara a boca do interlocutor, ele já a havia transcrito no papel.

Para concluir a descrição de sua aparência (o que Cícero chamaria de *effictio*), eu diria que ele tinha aproximadamente 40 anos, era de estatura média, roliço, mas não obeso, de aspecto sadio, com cabelos abundantes tão pretos quanto o terceiro cavalo do Apocalipse. Tinha bons dentes e se orgulhava em mostrá-los, sorrindo tão abertamente para padre Augustin que meu superior parecia um pouco desconcertado.

Para quebrar o silêncio estranho que se seguiu, expliquei que Raymond Donatus era o responsável pelos arquivos da inquisição, mantidos no último andar.

— Ah — padre Augustin disse, de repente animado, e cruzou a soleira da porta em um ritmo surpreendentemente rápido. — Sim, os registros. Quero falar com você sobre os registros.

— Eles estão seguros — eu disse, seguindo-o. Quando nossos olhos se acostumaram à penumbra, apontei para minha mesa, que ocupava um dos cantos do recinto onde acabáramos de entrar. Os únicos outros móveis à vista eram três bancos, distribuídos ao longo das paredes à nossa direita e à nossa esquerda. — É aí que faço boa parte do meu trabalho. Padre Jacques costumava deixar muito da correspondência comigo.

Padre Augustin perscrutou tudo, como um cego. Arrastando-se tocou no atril de madeira (para a Bíblia), novamente como um cego.

27

Tive de guiá-lo à sua própria sala, que era maior que a antessala, agraciada com uma abertura por onde passava um pouco de luz. Depois de explicar que padre Jacques tinha o costume de interrogar testemunhas nessa sala, mostrei a seu sucessor a mesa e a cadeira do inquisidor (um belo móvel, magistralmente entalhado) e o baú onde padre Jacques mantinha certas obras de referência: o *Speculum Judiciale*, de Guilherme Durando, a *Summa*, de Rainerius Sacconi, as *Sentenças*, de Pedro Lombardo, e o comentário de Raymond de Penafort ao *Liber Extra*, de Gregório IX. Esses livros, eu disse, estavam agora aos cuidados do bibliotecário do convento, mas, se padre Augustin precisasse consultá-los, era só pedir.

— E os registros? — perguntou, como se eu não tivesse dito nada. Havia uma frieza calculada em seu jeito que me deixou desconcertado. Levei-o de volta à antessala, e o conduzi pela escadaria circular de pedra, que havia sido construída dentro de uma torre de canto estreita, que conectava os três andares. Quando chegamos ao último andar, encontramos Raymond Donatus já à nossa espera com o escrivão, irmão Lucius Pourcel.

— É aqui que mantemos os arquivos — expliquei. — E este é o irmão Lucius, nosso escrivão. Irmão Lucius é um cônego de Saint Polycarpe. É um escriba rápido e muito preciso.

Padre Augustin e irmão Lucius trocaram um cumprimento fraterno. Irmão Lucius com sua humildade habitual, e padre Augustin de um jeito que denotava que sua cabeça estava em questões mais importantes. Percebi que nada o desviaria de sua intenção, que era localizar e examinar os registros inquisitoriais. Por isso, levei-o aos dois grandes baús que os guardavam e lhe confiei as chaves de seu antecessor.

— Quem mais tem as chaves? Você?

— Claro.

— E estes homens?

— Sim, eles também. — Olhei na direção de Raymond Donatus e irmão Lucius, um estranho par: um tão gorducho e bem vestido, tão rude na aparência e apetites, o outro tão pálido, magro e calado. Eu geralmente escutava Raymond conversando com Lucius, sua voz sonora claramente audível lá de baixo, quando enumerava os atrativos de alguma conhecida do sexo feminino ou quando discursava sobre assuntos pertinentes ao dogma católico. Ele tinha muitas opiniões, e gostava de dá-las. Não consigo lembrar de ouvir irmão Lucius expressar suas ideias a respeito de alguma coisa, exceto talvez do tempo, ou de seus olhos doloridos. Certa vez eu, por pena, perguntei-lhe se gostaria de trabalhar menos com Raymond Donatus, mas ele me assegurou que isso não o incomodava; disse que Raymond era um homem culto.

Ele também era um homem muito vaidoso, e não ficou nem um pouco satisfeito com a aparente inabilidade de padre Augustin de lembrar seu nome (foi assim, pelo menos, que interpretei seu semblante fechado). Padre Augustin, porém, tinha apenas uma preocupação primordial; enquanto essa não estivesse resolvida, nada mais o interessaria.

— Não consigo destrancar estes baús — declarou, apresentando sua mão inchada e trêmula para eu examinar. — Por favor, abra-os para mim.

— O senhor está procurando por algum livro específico, padre?

— Preciso de todos os registros que contenham os interrogatórios feitos por padre Jacques enquanto esteve aqui.

— Então Raymond vai poder ajudá-lo melhor do que eu. — Sinalizando para Raymond Donatus, consegui abrir o primeiro baú. — Raymond mantém estes livros em ordem.

— Com muito zelo e capricho — acrescentou Raymond, que nunca se acanhava de enunciar suas próprias virtudes. E se precipitou, ansioso para mostrar-se dono de nossos registros da inquisição. — Existe algum caso específico que gostaria de ver, reverendo padre? Porque na frente de cada registro há tabelas...

— Quero ver todos os casos — interrompeu padre Augustin. Dando uma olhada nas pilhas de volumes encadernados em couro, com o cenho franzido perguntou quantos havia.

— Há 56 registros — disse Raymond com orgulho. — E também há vários anais e cadernos.

— Esta aqui é, como o senhor sabe, uma das mais antigas sedes do Santo Ofício — destaquei. Ocorreu-me que padre Augustin não conseguiria erguer nenhum registro, porque todos eram bem grandes e pesados. — E também tem sido uma das mais ativas. No momento, por exemplo, há 178 prisioneiros adultos.

— Quero todos os registros de padre Jacques colocados no baú lá de baixo — ordenou meu superior, novamente ignorando minhas considerações. — Sicard vai me ajudar a revisá-los. Dá para entrar na prisão por este andar?

— Não, padre, só pelo andar de baixo.

— Então vamos voltar pelo mesmo caminho, obrigado. — Padre Augustin acenou para irmão Lucius e Raymond Donatus. — Falarei com vocês de novo mais tarde. Podem retornar a seus afazeres agora.

— Padre, eu não posso — contestou Raymond. — Não sem padre Bernard. Havíamos planejado conduzir um interrogatório.

— Isso pode esperar — disse eu. — Você registrou o protocolo para Bertrand Gasco?

— Não totalmente.

— Então termine-o. Eu o chamarei quando precisar de você.

Padre Augustin desceu devagar para a antessala, porque os degraus eram estreitos, e a luz, fraca. Mas ficou calado até que estivéssemos a salvo atrás da minha mesa, próximos à porta da prisão. E aí ele disse:

— Gostaria de saber com franqueza, irmão: esses homens são leais?

— Raymond? — retruquei. — Leais?

— São dignos de confiança? Quem os nomeou?

— Padre Jacques, é claro. — Como diz Santo Agostinho, há certas coisas em que só acreditamos quando as entendemos, e outras que não entendemos a não ser que acreditemos. Mas aqui se tratava de algo que eu entendia e em que *ainda* não acreditava. — Padre, o senhor veio aqui fazer a inquisição da Inquisição? — questionei. Porque, se for isso, o senhor deve me contar.

— Eu vim para prevenir que lobos vorazes corrompam a Fé — respondeu padre Augustin. — Para isso, preciso garantir que os arquivos do Santo Ofício estejam seguros. Eles são nossa fonte principal, irmão. Os inimigos de Cristo entendem isso e farão de tudo para obtê-los.

— Sim, eu sei. Avignonet. — Qualquer pessoa que trabalha para o Santo Ofício tem gravados no coração os nomes dos inquisidores mortos em Avignonet no século passado. Nem todos sabem que seus registros foram roubados e vendidos por 40 sous. — Caunes também. E Narbonne. Cada ataque contra nós parece terminar com o roubo e a queima dos arquivos. Mas este edifício é bem guardado, e foram feitas cópias de todos os registros. O senhor irá encontrá-las na biblioteca do bispo.

— Irmão, a maior de todas as derrotas é aquela planejada por traidores — afirmou padre Augustin. E apoiando-se fortemente na bengala, acrescentou:

— Há trinta anos, o inquisidor de Carcassonne descobriu um esquema para destruir certos registros. Eu li o testemunho, há cópias em Toulouse. Dois dos implicados eram empregados do Santo Ofício, um mensageiro e o outro, escriba. Precisamos ficar espertos, irmão — sempre. *Cada um que preste atenção em seu vizinho, e não confie em nenhum irmão.*

Novamente fiquei confuso e não consegui achar nada para dizer, a não ser:

— Por que o senhor estava revendo registros de trinta anos atrás?

Padre Augustin sorriu. — Registros antigos contam tanto quanto os recentes — disse ele. — Por isso quero rever os registros de padre Jacques. Ao extrair o nome de toda pessoa difamada por heresia em seus testemunhos e, depois, conferir com os daquelas listadas como acusadas e condenadas, verei se alguma delas escapou do castigo.

— Talvez tenham escapado do castigo por estarem mortas — assinalei.

— Então, como prescrito, exumaremos seus restos, queimaremos seus ossos e destruiremos suas casas.

Pela ira do diabo a terra escurece, e as pessoas serão o combustível da fogueira. Com certeza sou covarde, mas ir atrás de almas que partiram sempre me pareceu excessivo. Não estarão os mortos no reino de Deus — ou do diabo?

— Os habitantes daqui não o verão com bons olhos, padre, se começar a desenterrar seus mortos — observei, pensando novamente naqueles episódios aos quais me referi antes: aos ataques feitos ao Santo Ofício em Caunes, Narbonne e Carcassonne. Àquele incidente descrito na *Cronica* do irmão Guillaume Pelhisson, no qual o irmão Arnaud Catalan, inquisidor de Albi, foi espancado até a morte por uma horda hostil por queimar ossos hereges.

Mas a resposta de padre Augustin foi:

— Não estamos aqui para fazer amigos, irmão. — E me olhou com um leve ar de censura.

Entre os muitos trabalhos excepcionais guardados no convento de Lazet está a *Historia albigensis*, de Pierre de Vaux-de-Cernay. Essa crônica contém um relato daqueles fatos que, não fosse o bendito dom das letras, teriam certamente sido esquecidos, já que poucos querem se lembrar de tempos tão sangrentos, ou das raízes do rancor que os causou. Talvez (quem sabe?) fosse melhor que tivessem sido esquecidos; com certeza, eu não gostaria de ver publicada a história vergonhosa da fascinação desta província por doutrinas perversas. Porém, basta dizer que, se o senhor consultar a *Historia albigensis*, entenderá perfeitamente as infidelidades obscuras que atraíram a ira da cristandade para nós, aqui no Sul. Não me atrevo nem a tentar um resumo dos eventos descritos pelo já mencionado Pierre, que, na comitiva do próprio Simão de Montfort, foi testemunha de tantas batalhas e tantos cercos, enquanto os exércitos de cruzados devastavam nossas montanhas e colocavam nossa herança em perigo pelos seguidores de Satanás. De qualquer maneira, foi uma guerra que não tem muito a ver com a minha humilde narrativa. Chamo sua atenção para o trabalho de padre Pierre apenas porque conta de maneira bastante fidedigna a amplitude com que a "abominável pestilência da depravação herética", a seita dos hereges maniqueístas ou albigenses (também conhecidos como cátaros), havia infectado meus conterrâneos antes do início da cruzada contra eles. Do mais alto ao mais baixo na hierarquia, eles perambularam para cá e para lá nas trilhas intransitáveis do erro; nas palavras do próprio Pierre, até os nobres desta terra "tornaram-se quase todos defensores e recebedores de hereges", e, como o senhor sabe, para onde os nobres vão, a plebe sempre vai atrás.

Por que fazem isso? Por que se afastam da luz? Alguns dizem que a culpa é da própria Igreja Santa e Apostólica, por sua ganância e ignorância, pela vaidade de seus padres e pela simonia de seus pontífices. Mas olho em volta e vejo orgulho — vejo ignorância — na raiz de toda a dissidência. Vejo homens comuns aspirando não apenas ao sacerdócio, mas ao manto da profecia. Vejo mulheres que tentam ensinar, e agricultores que se autodenominam bispos. (Não atualmente, graças ao Senhor, mas no passado os cátaros tinham seus bispos, e seus conselhos também.)

Essa era nossa situação há mais ou menos cem anos. Hoje, graças à diligência do Santo Ofício, a heresia foi forçada a se esconder; a doença já não está mais espalhada e exposta, como os ferimentos dos leprosos, mas supurando em recônditos nas florestas e montanhas, escondida sob uma falsa devoção, sob uma pele de cordeiro. Até onde pude averiguar, após ter trocado ideias com Jean de Beaune, em Carcassonne, e Bernard Gui, em Toulouse (e também com o novo bispo de Pamiers, Jacques Fournier, que recentemente promoveu seu próprio ataque às crenças não ortodoxas em sua diocese), o último surto dessa infecção foi desencadeado por Pierre Authie, ex-notário de Foix, que foi queimado por seus delitos em 1310. Pierre e seu irmão, Guillaume, foram desvirtuados na Lombardia; voltaram para sua terra no final do século passado como perfeitos — ou sacerdotes — para, por sua vez, converter outros. Bernard Gui calcula que devem ter convertido pelo menos mil crentes. Com efeito, plantaram uma semente que germinou, floresceu e foi novamente semeada, e agora as passagens e os declives dos Pirineus estão cheios dessas ervas daninhas.

Essa é a razão do grande número de camponeses das montanhas confinados em nossa prisão — almas ignorantes de quem deveríamos sentir pena, se não fossem tão estupidamente teimosas. Eles se apegam a seus erros tolos de maneira tão contundente, insistindo, por exemplo, que, onde não há pão no estômago, não há alma. Ou que as almas dos homens maus não vão para o inferno ou para o paraíso após o Juízo Final, mas são jogadas das montanhas por demônios. Ou, ainda, que aqueles que balançam as mãos ou braços para os lados ao caminhar causam muito mal, porque movimentos desse tipo jogam muitas almas dos mortos para o solo. Duvido que os próprios perfeitos maniqueístas ensinem tal bobagem (eles possuem um código de crenças que, embora errôneo, mantém certa lógica em sua perversidade). Não, essas convicções estranhas desses analfabetos foram criadas por eles próprios. Como os perfeitos lhes ensinaram a duvidar e a questionar, estabelecem suas próprias doutrinas como lhes convêm. E para onde isso leva? Leva até homens como Bertrand Gasco.

Bertrand é originário de Seyrac, uma aldeia nas montanhas infestada de hereges e de pastores de ovelhas. Como os perfeitos ensinam que a cópula, mesmo entre marido e mulher, é pecado (e, se o senhor consultar a primeira parte da *Historia albigensis*, verá que o autor tabula esse erro em especial da seguinte maneira: "que o sagrado matrimônio nada mais é que prostituição, e ninguém que tenha filhos ou filhas nessa situação consegue a salvação"), e por essa ser, como já mencionei, uma das doutrinas dos maniqueístas, Bertrand Gasco a usou para seus próprios fins. Um tecelão, posseiro, mal-encarado, doente, sem bens ou educação, conseguiu seduzir um grande número de mulheres — ainda não calculei o total —, incluindo muitas casadas, e até uma irmã e uma meia-irmã suas. Para justificar esse pecado horrível, ele contou a suas vítimas ignorantes que manter relações sexuais com os maridos era um pecado maior do que mantê-las com qualquer outro homem, até com um irmão. Qual é a razão? A esposa não acredita que está pecando quando mantém relações com seu próprio marido! Ele também disse que Deus nunca ordenara que o homem *não* aceitasse sua irmã de sangue como esposa, já que, no início do mundo, os irmãos costumavam ter relações sexuais com suas irmãs. A partir desta declaração, rapidamente detectei a influência de alguém mais estudado que Bertrand, e consegui tirar dele um nome — o nome de um perfeito, Ademar de Roaxio. Coincidentemente, esse Ademar já havia sido preso e estava encarcerado com Bertrand.

Não acredito que Ademar ensinara a Bertrand esse dogma perverso com a intenção de encorajá-lo a perseguir as mulheres de sua família. Sem dúvida, esses erros foram apresentados simplesmente para fortalecer a ideia de que o conhecimento carnal é pecado, dentro ou fora do casamento, entre estranhos ou irmãos. Sendo Ademar um homem de temperamento contemplativo, ele não teria aprovado as atividades de Bertrand. Eu apostaria que o perfeito vivia como dizia — como a doutrina herética decretara que ele deveria viver: de maneira casta, pura, com uma dieta sem carne, ovos ou queijo (já que eram produzidos através da cópula), abstendo-se de praguejar, esmolar e pregar. Algumas autoridades afirmam que os hereges são falsos quando dizem ser castos, ou pobres, ou puros, e é verdade que muitos hereges são mentirosos, devassos e glutões. Mas alguns não o são. Alguns, como Ademar, são crentes verdadeiros. E, por isso, mais assustadores que os outros.

Do testemunho de uma mulher chamada Raymonda Vitalis, fiquei sabendo que certa vez alguém pediu a Ademar que benzesse uma criança moribunda com a prece *consolamentum*, que exige muitas rezas e prostrações. Isso, para os hereges, assegura que a alma prestes a morrer ganhe vida eterna; é só não comerem e não beberem após a prece. — Não dê comida ou bebida à sua filha, mesmo que ela lhe peça — foi a instrução de Ademar. Quando a mãe da criança respondeu que jamais negaria comida ou bebida à filha, Ademar lhe disse que ela estava pondo em perigo a alma da menina. Então o marido tirou a mulher à força da presença da criança — que morreu implorando por leite e pão.

Eles chamam esse jejum horrível de *endura*, e acreditam que é uma forma sagrada de suicídio. Sem dúvida, essa filosofia de alguma forma deriva do desgosto com o mundo material, que chamam de criação e domínio do deus maligno, Satanás, a quem atribuem poder igual ao de Deus. Mas estou divagando. Minha intenção aqui não é explorar os meandros da doutrina herética, e sim narrar uma história, tão rápida e claramente quanto possível.

Basta dizer que o próprio Ademar estava jejuando quando padre Augustin inspecionou a prisão pela primeira vez.

— Este homem é um perfeito não arrependido — informei a meu superior (e devo confessar que falei com certo orgulho, porque perfeitos são uma espécie rara hoje em dia). — Ele está morrendo.

— Morrendo?

— Ele se recusa a comer.

Abri o postigo da porta da cela de Ademar, mas estava muito escuro para ver alguma coisa. Então destranquei a porta, sabendo que, fraco de fome e acorrentado à parede, Ademar não oferecia perigo. Estava só, já que os perfeitos têm que estar em confinamento solitário, não importando o quão lotada esteja a prisão. Do contrário, eles podem envenenar a mente dos outros prisioneiros, persuadindo-os a se arrepender de suas confissões e morrer por seus princípios.

— Saudações, Ademar — disse eu calorosamente. — Você parece muito doente, meu amigo, não vai reconsiderar?

O prisioneiro se mexeu um pouco e suas algemas fizeram barulho, mas ele não disse nada.

— Estou vendo que Pons lhe deixou um pouco de pão. Por que não o come, antes que estrague?

Ademar continuou em silêncio. Tive a impressão de que ele estava muito débil para falar ou até, quem sabe, para pegar o pão. Com aquela luz fraca, sua aparência era cadavérica, o rosto comprido e ossudo, pálido como os sete anjos.

— Você gostaria que eu lhe desse de comer? — perguntei, bastante preocupado. Porém, quando parti um pedaço de pão e o encostei em seus lábios, ele virou a cabeça.

Com um suspiro, me endireitei e disse a meu superior:

— Ademar fez uma confissão completa e honesta, mas se recusa a abdicar de seus erros. As instruções de padre Jacques eram que todas as testemunhas que não cooperassem e os pecadores obstinados deveriam ficar a pão e água, para que os rigores do corpo pudessem abrir seus corações para a luz da verdade. — Fiz uma pausa, incomodado por um momento pelo ar rarefeito e fétido do lugar. — O jejum de Ademar é um pouco mais rigoroso do que eu gostaria — concluí.

Padre Augustin inclinou a cabeça. Em seguida, avançou até o prisioneiro, levantou a mão e disse:

— Arrependa-se e será salvo.

Ademar olhou para cima. Abriu a boca. A voz que emergiu dela era fraca e cavernosa, como o barulho do balanço de uma árvore ao vento.

— Arrependa-se e será salvo — repetiu ele.

Tive que tossir para disfarçar uma risada. Ademar era incorrigível.

— Renuncie a seus erros e fique com Deus — exigiu padre Augustin, com mais dureza. E Ademar respondeu:

—Renuncie a seus erros e fique com Deus.

Olhando de um para o outro, fiquei perturbado ao reconhecer certa semelhança entre os dois. Ambos eram tão inflexíveis e implacáveis quanto as montanhas de cobre de Zacarias.

— Sua vida não é mais sua para terminar com ela como desejar — informou padre Augustin ao perfeito. — Se for preciso, posso promover um *auto da fé* amanhã. Não pense que poderá escapar das chamas dessa maneira covarde.

— Não sou covarde — grasnou Ademar, chacoalhando as algemas. — Se você fosse um verdadeiro servidor de Deus, em vez de um cofre ambulante, saberia que a fome abocanha mais ardentemente que qualquer fogo.

Dessa vez eu fui obrigado a rir.

— Esse protesto pode muito bem ser endereçado a mim, Ademar, mas não a padre Augustin. A reputação dele o precede: ele é conhecido por viver de urtigas e ossos de carneiro. Ele sabe o que é fome.

— Então ele deveria saber que ela é lenta, muito lenta. As chamas são rápidas. Se eu fosse covarde, me jogaria sobre a pira, mas não sou.

— Você é, sim — eu disse. — Você é um covarde porque condenou uma criança à morte e foi embora. Você deixou que os pais dela aguentassem, sozinhos, os gritos. Esse é um ato de covardia.

— Eu *não* fui embora! Fiquei até o fim! Eu a vi morrer!

— E aposto que se deleitou. Sei o que pensa sobre crianças. Você disse a uma mulher grávida que o útero dela estava amaldiçoado com os frutos do diabo.

— Você tateia na escuridão, padre ignorante. Não entende nada desses mistérios.

— Certo, não consigo entender como você dá sua vida por uma fé errônea que desaparecerá mais dia menos dia, já que nenhum devoto pode ter filhos. Homem tolo. Por que cortejar a morte dessa maneira, se, como acredita, sua alma poderá acabar em uma galinha ou em um porco? Ou até em um *bispo*, que Deus não o permita!

Ademar virou a cabeça em direção à parede, fechou os olhos e recusou-se a falar mais. Assim, enderecei minha observação seguinte a padre Augustin.

— Com sua permissão, padre, eu poderia mandar Pons trazer uns deliciosos cogumelos recheados... talvez um pouco de vinho, um bolo de mel... algo para provocar o apetite.

Padre Augustin fez uma careta. Meneou a cabeça impacientemente, como se minhas palavras o tivessem desagradado. E foi mancando até a porta.

— Ademar — disse eu, antes de acompanhar meu superior —, se você morrer nesta cela, não será de nenhuma valia. Mas, se morrer na frente dos outros, talvez eles se comovam com a sua coragem e firmeza. Para mim tanto faz, não me importa se morrer aqui; você não está me provocando com seu jejum — está me ajudando. A última coisa de que preciso é de um mártir maniqueísta feito você.

Padre Augustin estava esperando no corredor quando saí da cela de Ademar. Era um corredor muito barulhento porque as prisões são lugares barulhentos (não importa quanta palha você coloque, cada voz ecoa como um balde que bate no fundo de um poço de pedra), e as celas estavam cheias de pessoas iradas e infelizes. Mesmo assim, ele baixou o tom para falar comigo.

— Suas observações não foram muito boas, irmão — disse ele em latim.

— As minhas observações...?

— Chamar esse primogênito do Satanás de mártir, prometendo-lhe influência sobre uma multidão solidária.

— Padre, tudo o que ele precisa é de uma desculpa — respondi. — Uma desculpa para comer, e ele o fará. Eu lhe dei a desculpa. E, supondo que o senhor tenha, digamos, *exagerado* quando lhe disse que poderia promover um *auto da fé* amanhã...

— Aquilo não era verdade — admitiu ele.

— Exatamente. Se ele não comer, poderá estar morto amanhã. Com certeza no final da semana. E mortes em custódia não são... não são desejáveis.

— Não — disse padre Augustin. — Um exemplo deve ser tirado dessa manifestação de infidelidade.

— S-i-i-im... — Tenho de confessar que eu estava preocupado, não em oferecer uma lição ao populacho, mas em assegurar que as pessoas em posições elevadas não questionassem os fatos. Há apenas doze anos, a investigação do papa Clemente na prisão do Santo Ofício de Carcassonne havia resultado em uma reprimenda oficial.

Além disso, a morte está fora dos limites da autoridade inquisitorial. É o braço secular que se responsabiliza por tirar vidas.

— Como o senhor pode ver, neste andar estão os prisioneiros condenados ao regime de *murus strictus*, e os irredutíveis na confissão — comentei, mudando para assuntos menos perturbadores. — No andar de cima, estão os prisioneiros *murus largus*, que podem se exercitar nos corredores e conversar por ali. O senhor gostaria de ver a masmorra inferior, padre? Pode ser alcançada por aquele alçapão.

— Não — disse o padre Augustin abruptamente. E depois perguntou:

— Ela tem sido muito usada?

— Só quando preciso de um lugar para interrogatórios. — Um bom inquisidor não precisa torturar. — Padre Jacques a usava às vezes para outras finalidades, mas não nos últimos tempos. Vamos então subir as escadas agora? Pons e sua mulher vivem no último andar, assim poderemos terminar lá, como o senhor pediu.

Meu superior, de fato, pensara em visitar a prisão antes de conhecer o carcereiro. Ele não justificara essa preferência, mas eu supus que, se a administração de Pons fosse de alguma forma inadequada, padre Augustin certamente notaria e pediria uma explicação ao final da visita. Ao conduzi-lo pelas celas de *murus largus*, algumas delas com dois ou mais ocupantes devido à falta de espaço, ele se mostrou muito interessado no procedimento para assegurar que os prisioneiros recebessem os objetos enviados por amigos e familiares. Ele perguntou se por acaso esses objetos passavam pelas mãos do carcereiro.

— Fique tranquilo, padre — foi a minha resposta. —Pons é tão honesto quanto um carcereiro pode ser.

— Como você pode ter certeza?

— Conheço muitos parentes e amigos dos prisioneiros. Eu lhes pergunto o que deixam e pergunto aos prisioneiros o que recebem, e nunca há discrepância.

Padre Augustin resmungou. Senti que talvez não tivesse se convencido, mas decidi — como sempre — que seria tolice afrontá-lo em uma suposição não confirmada. *Sua força estará na quietude e na confiança.* Nenhum de nós disse mais nada. Continuamos. Subindo para o último andar, eu o apresentei a diversos guardas, e a nosso familiar Isarn, que muitas vezes entregava intimações. Isarn era um jovem herege convertido, de aparência doentia e determinada. Filho de pais hereges (já falecidos), considerava o carcereiro e sua mulher como pais adotivos: comia com eles, dava-lhes a maior parte de seus poucos proventos e dormia sobre sua mesa.

Eu sempre o considerei inofensivo, quase invisível, portanto fiquei surpreso com a reação de padre Augustin quando mencionei sua triste história.

— Aquele jovem era seguidor da falsidade? — questionou, ao receber a informação.

— Foi o que eu disse. Mas não mais. Ele abdicou de seus erros há muitos anos, quando era criança.

— Como pode ter certeza disso?

Olhei incrédulo para ele. Estávamos subindo as escadas para os aposentos de Pons naquele momento, e fui obrigado a parar e a me virar para olhá-lo.

— Nunca fui favorável a aproveitar essas pessoas — declarou ele. — Não é seguro. Não é inteligente. A trama em Carcassonne foi facilitada por um homem com as mesmas tendências...

— Padre — interrompi. — O senhor está me dizendo que *não existe essa coisa* de "ex-herege"?

— Estou dizendo que não podemos empregar esse jovem — respondeu padre Augustin. — Livre-se dele.

— Mas ele nunca deu nenhum motivo...

— Imediatamente, por favor.

— Mas...

— Irmão Bernard — falou padre Augustin de maneira muito severa. — Será que o etíope pode mudar a cor de sua pele, ou o leopardo, suas pintas?

— Padre Augustin, seu próprio homônimo foi um herege convertido — respondi.

— Ele foi um santo e um grande homem.

— E ele escreveu certa vez: "Ninguém, a não ser grandes homens, foram autores de heresias".

— Não gostaria de começar uma discussão retórica, irmão. Você simpatiza com a madeira cortada da vinha?

— Não — disse, e falei a verdade. Um antigo Padre da Igreja escreveu certa vez: só há hereges por contenda. O próprio São Paulo criticou a discórdia e a divisão, que desencadeiam a ruína, a miséria e o desespero. A harmonia da unidade é a base do mundo cristão. Só os arrogantes, movidos pelo orgulho e pela paixão, tentariam rachar essa pedra e assistir a nossa civilização afundar no poço da eterna escuridão.

Você há de conhecê-los através de seus frutos. Famílias separadas, padres assassinados, irmãs seduzidas por seus irmãos, crianças moribundas privadas de alimento. Bons hereges hesitariam mais em matar uma galinha que um padre. E eles fazem essa escolha. Como você provavelmente sabe, "escolha" é o verdadeiro significado de "haeresis".

Eles escolhem o desvio do caminho e devem pagar o preço dessa escolha.

— Não, padre — disse eu. — Não tenho a tendência de simpatizar com qualquer herege.

— Então fique atento. Estará em poder do homem descobrir o que se passa no coração do outro?

— Não, padre.

— Não. Não, a não ser que esteja iluminado pelo espírito de Deus, ou instruído pela proteção dos anjos. Você é tão abençoado assim?

— Não, padre.

— Nem eu. Por isso devemos ficar atentos. Não podemos permitir que o inimigo da humanidade se torne nosso amigo.

Pela terceira vez naquele dia, ele me derrotou. De fato, ele era eficaz em sua força de vontade. Curvei-me, mostrando consentimento, e o conduzi para apresentar suas cartas reais de nomeação ao senescal, ao bispo, ao tesoureiro real e ao administrador real de confiscos. De volta ao convento, ele também participou da Completa, após conversar em particular com o abade.

E, naquela noite, enquanto estava deitado em meu catre, adormeci ao som da voz grave do pobre Sicard lendo os registros de padre Jacques na cela ao lado. Ele ainda estava lendo quando tocou o sino para as Matinas, bem cedo.

Seria ilógico que eu começasse a encarar meu novo superior como um homem vivendo à sombra da morte?

2
UM LEÃO EM LUGARES SECRETOS

O Santo Ofício teria problemas por todos os lados, não fosse a ajuda de alguns funcionários humildes — escrivães, guardas, mensageiros, até espiões —, que são em geral conhecidos como "familiares" e olhados com desdém por muitos cidadãos respeitáveis, injustamente na maior parte das vezes. Isarn pode ter tido dificuldades sob o peso de um passado herético, mas era um empregado bom e humilde, sem vaidade ou malícia. Padre Augustin também não tinha vaidade ou malícia, era uma alma cheia de virtudes, enriquecida com as múltiplas graças do espírito sagrado de Deus — mas errou ao se desfazer do pobre Isarn. Claramente estava errado. Nesses assuntos, seria melhor que não fôssemos tão rápidos em condenar, porque a compaixão e a verdade são virtudes que em geral andam juntas. Abençoados sejam os misericordiosos, com bênçãos abundantes — como eu próprio posso testemunhar.

Há uns três anos, contratei um familiar cujos serviços eram excepcionais, um homem de inteligência extraordinária, tão perito em seu ofício que minha pena vacila quando tento fazer justiça à sua excelência. Mas era um perfeito (ou assim parecia) e não merecia confiança. Com que facilidade poderia ter desconsiderado suas propostas estranhas! Poderia ter-me agarrado às minhas suspeitas e desperdiçado aquilo que ele oferecia! Mas fui imprudente e ouvi, ponderei e concordei. E os frutos dessa decisão foram fartos.

Eu o vi pela primeira vez em sua cela na prisão, para a qual tinha sido enviado pouco antes. Não sabia muito sobre ele, salvo que tinha sido pego — com seu companheiro perfeito — no mercado em Padern. Sabia seu nome, mas não irei mencioná-lo aqui. Como sua identidade é um segredo guardado a sete chaves, o chamarei simplesmente de "S". Ele (e, de novo, não posso descrevê-lo com detalhes) era um homem alto e pálido, com pequenos olhos muito claros e perspicazes.

— Então, meu amigo — disse-lhe eu. — Você pediu uma audiência comigo.

— Sim, pedi. — Sua voz era macia e suave como manteiga. — Quero me confessar.

— Então você deve esperar até amanhã — aconselhei. — O tribunal estará em sessão, e um notário estará presente para documentar tudo o que você tem a dizer.

— Não — respondeu ele. — Gostaria de falar só com o senhor.

— Se você quer fazer uma confissão, ela terá que ser documentada.

— Gostaria de dar uma sugestão. Dê-me um pouco de seu tempo, meu senhor, e não se arrependerá.

Fiquei intrigado. Geralmente sou chamado de "meu senhor" apenas por agricultores assustados e oficiais de justiça respeitosos; nunca antes um perfeito me chamara assim. Então mandei que prosseguisse, e ele começou dizendo:

— Não sou um "bom homem", meu senhor.

Sabendo que "bom homem" era outra maneira de dizer perfeito, respondi:

— Então essa não é uma confissão, porque já tenho uma declaração de que você é.

— Eu me visto como um "bom homem". Uso um robe azul e sandálias. Não como carne quando estou com outras pessoas e falo da Grande Babilônia da Igreja Católica. Mas em meu âmago não sou herege, nem nunca fui.

Ao ouvir isso, ri alto e me preparei para dizer algo. Ele porém se antecipou. Disse que seus pais haviam sido cátaros; que seu pai fora queimado como herege prescrito, e sua mãe fora feita prisioneira; que seu patrimônio fora confiscado, e a casa onde nascera, destruída. Disse que, aos 6 anos de idade, perdera tudo. Em sua juventude dormira em celeiros de parentes, cuidando de suas ovelhas, comendo seus restos. Contou tudo isso calmamente, numa voz delicada, como se falasse sobre um dia nublado ou um pão amanhecido.

— Os "bons homens" destruíram minha herança — concluiu. — Mesmo assim vinham até mim para compartilhar de minha cama, desejando ser guiados de cá para lá, esperando que eu os escondesse e ajudasse e escutasse, mesmo pondo em risco toda a aldeia. Meus parentes sempre os recebiam bem, e eu ficava a noite toda acordado, temendo que alguém avisasse os inquisidores.

— Você deveria nos ter avisado — comentei.

— E ido para onde, meu senhor? Eu era apenas uma criança. Mas jurei que um dia reaveria minha herança, destruindo aqueles que me roubaram.

Falou com uma intensidade contida que achei bem convincente. Mas eu ainda estava confuso.

— Eles eram seus inimigos, mas você se juntou às suas fileiras. Como foi isso?

— Para trair seu inimigo, você tem que conhecê-lo bem — respondeu "S". — Meu senhor, o "bom homem", Arnaud, foi capturado comigo. Eu o trouxe até sua porta. Posso contar-lhe tudo sobre ele e sobre outros "bons homens", seus hábitos, suas caças, as trilhas que utilizam e os homens que os lideram. Posso dar-lhe os cinco últimos anos de minha vida e de todo o distrito de Corbieres.

— Por rancor? — perguntei, mas ele não entendeu. (Ele não era um homem muito estudado, logo percebi, mas tinha um raciocínio rápido.) Então fui obrigado a refazer minha pergunta:

— Por que você detesta tanto os hereges?

— Eu os odeio, sim. E quero lucrar com eles. Os últimos cinco anos darei de graça para o senhor, como sinal de minha boa vontade. O próximo ano, porém, terá que pagar.

— Você está se oferecendo para espionar para mim?

— Para o senhor, e apenas para o senhor. — Ele olhou para mim com seus pequenos olhos claros, cor de mel, e percebi que devia ser um pregador poderoso, porque seu olhar era intenso. — Ninguém mais deve saber. Eu lhe contarei minha história como a de um herege convertido. Meu castigo será ligeiro porque traí muita gente. O senhor me deixará ir, e retornarei à minha função em outro distrito — Rousillon. Dentro de um ano, o senhor me prenderá em Tautavel. Vou contar-lhe tudo o que vi, e o senhor me pagará duzentos livres tournois.

— Duzentos? Meu amigo, você sabe qual é *meu* salário?

— Duzentos — disse ele com firmeza. — Com isso comprarei uma casa, alguns vinhedos, um pomar...

— Como fará isso se estiver na prisão? Não posso libertar um herege reincidente. Você será executado na fogueira.

— Não se me ajudar a escapar, meu senhor. — Fez uma pausa e completou:

— Talvez, se gostar de meu trabalho, poderá me contratar por mais um ano.

E foi assim que consegui o familiar mais perfeito já contratado pelo Santo Ofício — não só por um ano, nem por dois, mas por quantos ele me desse. Aquele homem era um achado! Tão ardiloso quanto um camaleão (que muda de cor de acordo com o lugar onde se esconde) e tão perigoso quanto um leão entre os animais da floresta. Mas dei-lhe minha confiança, e ele me deu a dele em troca. *Seja forte e tenha coragem, porque o Senhor teu Deus está contigo para onde você for.*

Devo admitir, porém, que nem todos os familiares são confiáveis. Alguns vendem sua honra por dinheiro, e os mais pobres, até por um par de sapatos. Grimaud Sobacca era um desses; era a própria falsidade em pessoa, mas padre Jacques lhe dava uns livres, de vez em quando, para serviços vis e infames. Às vezes soltava rumores falsos, causando rompimentos entre pessoas que, daí, denunciavam umas às outras como hereges. Outras vezes fazia de conta que era um prisioneiro e obtinha segredos, depois relatados a padre Jacques. Outras, ainda, ele subornava empregadas, ameaçava crianças, roubava documentos. Se alguma vez padre Jacques aceitou dinheiro, foi provavelmente Grimaud que o recebeu.

Então, com a morte de seu benfeitor, Grimaud foi buscar ajuda com padre Augustin. Ele trouxe fragmentos de fofocas para o Santo Ofício, como um gato desgarrado leva ratos mortos para a cozinha, só que ele era mais rato que gato e, como a maioria das pragas, sempre arranjava um jeito de entrar. Em um fim de tarde, quando retornávamos ao convento para a Completa, meu superior me questionou sobre Grimaud. Disse-me que Grimaud havia vindo até ele naquele mesmo dia com uma história de mulheres hereges que viviam em Casseras. Elas haviam se mudado para o antigo castelo cátaro de lá e não iam à igreja.

— Você sabe algo sobre essas mulheres? — perguntou padre Augustin. — Eu nem sabia da existência de um castelo em Casseras.

— Não há castelo lá — disse eu. — Há uma forcia, uma fazenda fortificada, que foi confiscada em algum momento no passado quando seu dono foi condenado por heresia. Acredito que a terra agora pertença à coroa. A última vez que estive em Casseras ninguém vivia na forcia, que estava bastante destruída.

— Então Grimaud estava mentindo?

— Grimaud sempre mente. Ele anda pelas ruas da Babilônia e chafurda na lama como se estivesse em um leito de aromas e óleos preciosos.

— Entendi. — A força de minha condenação impressionara visivelmente padre Augustin. — De qualquer maneira, vou escrever para o pároco de lá. Quem é ele?

— Padre Paul de Miramonte.

— Escreverei e pedirei a confirmação.

— O senhor deu dinheiro a Grimaud?

— Eu lhe disse que se prendermos uma dessas mulheres após a investigação, ele receberia uma pequena soma.

— Se houvesse hereges em Casseras, padre, o pároco de lá já teria lhe contado. É uma pessoa confiável.

— Você o conhece?

— Procuro conhecer a maioria dos párocos daqui.

— E muitos dos paroquianos também, não?

— Sim.

— Então talvez você possa me dizer algo a respeito destas pessoas. — E começou a recitar uma lista de seis nomes: Aimery Ribaudin, Bernard de Pibraux, Raymond Maury, Oldric Capiscol, Petrona Capdenier e Bruna d'Aguilar. — Elas foram mencionadas em alguns dos testemunhos de padre Jacques, mas nunca foram acusadas ou condenadas.

— Aimery Ribaudin! — exclamei. — *Aimery Ribaudin?*

— Esse nome lhe é familiar?

Parei, peguei seu braço e apontei para o final da rua à nossa direita. Essa rua estava cheia de casas impressionantes — construções de dois andares com lojas grandes abobadadas e depósitos nos andares de baixo. — Você vê aquela casa? Pertence a Aimery Ribaudin. Ele é um fabricante de armas, e cônsul, e um homem rico.

— Já ouviu alguém difamá-lo?

— Nunca. É um patrono de Saint Polycarpe.

— E os outros? E Bernard de Pibraux?

— Pibraux é uma aldeia a oeste de Lazet. A família proprietária do lugar tem três filhos, e Bernard é o mais novo. Nunca fui apresentado a ele. — Havíamos feito uma pausa na caminhada, mas, vendo os olhares de curiosidade em nossa direção, comecei a andar novamente. — Raymond Maury é padeiro, vive próximo ao priorado. É um sujeito mal-humorado, mas, também, tem nove filhos para criar. Bruna d'Aguilar é uma viúva da paróquia de São Nicolau, bem de vida, chefe de família. Eu, *sim*, ouvi histórias sobre ela.

— Que histórias?

— Besteiras. Que ela cospe três vezes para abençoar seu pão. Que seu porco sabe recitar o *pater noster*.

— Ahn.

— Não conheço os outros dois nomes. Conheço vários Capiscols, mas não Oldric. Talvez esteja morto.

— Talvez. Ele foi visto em uma reunião há 43 anos.

— Então deve estar morto. Pode até ter sido sentenciado e condenado muito antes da época de padre Jacques. Você deveria verificar os registros mais antigos.

— É o que farei.

E ele o fez. Fez Raymond procurar nos registros de cinquenta anos atrás, e fez Sicaud lê-los todas as noites, desde a Completa até as Matinas, até que o pobre ficasse rouco e com os olhos vermelhos. Então, certo dia, em nossa sede, enquanto eu redigia uma carta a Jean de Beaune, o inquisidor de Carcassonne (que queria uma cópia de certos depoimentos que nós mantínhamos), padre Augustin apareceu correndo escada circular abaixo, parando em frente à minha mesa.

— Irmão Bernard, andou mexendo nos arquivos ultimamente?

— Eu? Não.

— Não tem nenhum arquivo em seu poder?

— Nenhum. Por quê? Algum registro desapareceu?

— Parece que sim. — Padre Augustin parecia um pouco diferente do habitual; seu olhar perambulou pelas minhas penas, gredas de pisoeiro e pedras-pomes enquanto falava. — Raymond não está conseguindo encontrar um dos registros antigos.

— Não estaria procurando no lugar errado?

— Ele disse que você talvez o tenha mandado a outro inquisidor.

— Eu jamais envio originais, padre, sempre mando fazer cópias. Raymond deveria saber disso. — A essa altura comecei a me preocupar com esse sumiço também. — Há quanto tempo o livro está faltando?

— Isso eu não consigo determinar, e Raymond também não tem certeza. Esses registros antigos são consultados muito raramente.

— Talvez as duas cópias tenham sido colocadas na biblioteca do bispo por engano.

— Talvez. De qualquer maneira, pedi a ele que encontrasse a cópia do bispo e a trouxesse aqui.

Nesse momento, passei a me concentrar nisso. Tal mistério tinha que ser resolvido. — O irmão Lucius viu esse registro?

— Não.

— E o bispo?

— Vou perguntar a ele.

— Ninguém mais tem acesso aos arquivos. A não ser... — Fiz uma pausa e, por uma dessas notáveis sintonias de pensamento, padre Augustin completou a frase:

— A não ser que padre Jacques o tenha levado.

— A não ser que o tenha colocado em lugar errado.

— Ahn.

Olhamos um para o outro, e eu me perguntei: será que padre Jacques estava encobrindo suas pegadas? Mas não disse nada, porque calar é ouro.

— Vou verificar isso — anunciou meu superior após certo tempo. Pareceu colocar o tópico de lado com um movimento brusco de mão; e, de repente, passou a tratar de assunto completamente diferente. — Vou precisar de cavalos amanhã — disse ele. —Como faço para consegui-los?

— Cavalos?

— Gostaria de ir a Casseras.

— Ah. — Expliquei que ele deveria avisar o chefe de estrebaria do bispo e perguntei se tinha recebido alguma informação mais recente do padre Paul de Miramonte. — As suspeitas de Grimaud foram confirmadas? — questionei. — Há hereges vivendo na forcia em Casseras?

Por um longo tempo, padre Augustin ficou em silêncio. Eu estava a ponto de repetir a pergunta (sem me lembrar que sua audição era especialmente boa), quando ele de repente demonstrou que, sim, tinha me escutado.

— Até onde posso afirmar, as mulheres em questão são boas católicas — respondeu. — Elas frequentam a igreja, mas não com muita assiduidade por problemas de saúde. Padre Paul diz que a forcia fica a certa distância da aldeia, e isso também faz com que não apareçam lá quando o clima não permite. Elas vivem de maneira simples, devotada, criam aves domésticas e trocam ovos por queijo. Ele não vê nada questionável em seus hábitos.

— Então...? — Fiquei confuso. — Para que a viagem?

Novamente, padre Augustin pensou um pouco antes de falar.

— Mulheres vivendo sozinhas dessa maneira atraem o perigo e a calúnia — disse, por fim. — Se as mulheres querem viver de maneira casta, servindo a Deus e obedecendo Suas leis, elas deveriam buscar a proteção de um padre ou um monge e entrar para um convento. Do contrário, elas correm um grave risco, primeiro porque estão isoladas, vulneráveis a estupro e pilhagem, e segundo porque as pessoas se lembram de que as seguidoras da crença albigense já viveram em circunstâncias similares, fundando muitos "conventos" heréticos. As pessoas não confiam em mulheres que parecem preferir a vida de Maria à de Marta, mas que rejeitam a orientação disciplinada da autoridade competente.

— Isso é verdade — concordei. — Há sempre uma dúvida em tais casos. Como diz o senhor, por que não entram para um convento?

— Além do mais... — E aqui padre Augustin fez uma pausa antes de repetir enfaticamente recorrendo à forma retórica conhecida como *conduplicatio*. — Além do mais, uma delas sabe ler.

— Ah. — O dom das letras, entre leigos, pode ser uma bênção ou uma maldição. — Em latim também?

— Acho que não. Mas, como você sabe, os semialfabetizados têm mais a temer que os analfabetos.

— Sim, é verdade. — Eu mesmo havia sido testemunha da vaidade inflexível de homens e mulheres pouco conhecedores das letras que chegaram a decorar algumas passagens da Bíblia, mas que se achavam mais competentes que as autoridades mais cultas. Ouvi rústicos ignorantes expondo as escrituras de maneira falsa e corrupta, como na Epístola de João — "Os seus não o receberam", traduzindo *"os seus"* como "porcos", confundindo *sui* por *sues*. E, quanto ao salmo "Retirem os animais selvagens dos juncos", eles dizem: "Retirem os animais das andorinhas", confundindo *harundinis* com *hirundinis*.

Eles presumem que o aprendizado se parece a um manto que oculta a profundidade de sua ignorância aos olhos dos outros analfabetos.

— Se essas mulheres estiverem atraindo o pecado, vivendo de maneira perigosa, vou tentar colocá-las no bom caminho — disse padre Augustin. — Tudo o que preciso é dar um conselho paterno, fazer um discurso gentil.

— À maneira de São Domingos — concordei, e ele pareceu satisfeito com essa comparação.

— Sim, como São Domingos. — E com seu jeito seco, mas enérgico, acrescentou:

— Afinal de contas, *Domini Canes* não são matilhas do Senhor simplesmente porque atacamos os lobos vorazes. Nós estamos aqui também para cercar as ovelhas que se desgarram do rebanho.

Tendo transmitido esse sentimento, foi embora mancando, respirando com dificuldade e apoiando-se fortemente na bengala. Tenho que confessar que passou um pensamento terrível por minha cabeça naquele momento — a imagem de um cão de três patas, velho, careca e desdentado —, e sorri para a pena em minha mão.

Mas meu sorriso se extinguiu quando me fiz a seguinte pergunta: como os cães desdentados se alimentam, senão de carniça?

Padre Augustin estava certamente determinado a perseguir hereges caluniadores até a sepultura, e além. Se fizesse isso, eu sabia que traria problemas para nós. Haveria protestos e recriminações. Haveria posicionamento de patronos influentes.

No entanto, eu não esperava o pior. E nisso me faltou discernimento.

Casseras fica próxima a uma aldeia maior, Rasiers. De cabeça, eu diria que Rasiers tem uns trezentos habitantes, e entre eles, o preboste real. É ele quem ocupa o castelo, que, no passado, foi de propriedade da mesma família que construiu a forcia nas proximidades de Casseras — uma família sobre a qual sei muito pouco, salvo que seu líder, Jordan de Rasiers, entregou seu castelo às forças do Norte há uns cem anos. Após ter consultado os registros do Santo Ofício, também posso dizer-lhe que seu neto, Raymond-Arnaud, perdeu a forcia de Casseras e uma casa em Lazet, quando foi condenado por heresia em 1254.

Tanto Rasiers quanto Casseras estiveram infestadas de hereges há muito tempo. Eu vi as transcrições, centenas delas, dos interrogatórios de 1253 e 1254, quando a maioria dos moradores foi chamada a Lazet, em pequenos grupos. Que eu me lembre, umas 60 pessoas de Casseras foram condenadas, todas pertencentes a quatro famílias.

(Tenho observado que a heresia infecta o sangue, tal como algumas doenças hereditárias.) Já não há membros dessas famílias na aldeia: todos foram feitos prisioneiros, ou executados, ou despachados para longas peregrinações das quais nunca voltaram. Alguns, principalmente crianças, foram enviados para viver com parentes distantes. Como Jerônimo* declarou em seu comentário sobre os gálatas: "Corte fora a carne podre, expulse as ovelhas sarnentas do curral, para que a casa toda, o pasto inteiro, o corpo todo, o rebanho inteiro não queimem, pereçam, apodreçam, morram". Com a cauterização da infecção da heresia, Casseras recobrou a saúde (embora devamos estar sempre vigilantes, como padre Augustin costumava dizer).

Para chegar à aldeia vindo de Lazet, há que se cavalgar para o sul durante meio dia até Rasiers, com seu platô verdejante de pastagens, florestas e campos de trigo — um arranjo harmonioso de riqueza natural que alegra a vista e rende uma produção variada para o trabalhador esforçado. *Ó Deus, quão múltiplos são os Teus trabalhos! Você os criou com sabedoria: a terra está plena de Tuas riquezas.* Casseras está mais ao sul, entre contrafortes, e a terra lá não é tão fértil. Não há pomares nem vinhedos, carroças ou cavalos, moinho, taberna, convento, ferreiro. Só duas casas podem dar-se ao luxo de ter um curral para as ovelhas, as mulas e os bois. A igreja é um modesto receptáculo da graça de Deus — uma caixa de pedra calcária contendo um altar de pedra, um crucifixo de madeira e uma arca trancada que guarda o cálice, uma vasilha, toalhas e vestimentas. Há também algumas pinturas nas paredes, malfeitas e mal conservadas. É claro que é melhor ser humilde com os humildes (e assim por diante), mas há muito pouco lá para glorificar a majestade de Cristo.

A partir de Casseras, um caminho de pedra percorre os campos da aldeia e bosques sem clareiras, até atingir os pastos em forma de terraços da antiga forcia de Rasiers. Aí o senhor geralmente verá ovelhas pastando; elas pertencem a algumas famílias locais, que pagam ao preboste uma taxa de direito de pastagem e outra de direito de uso do bosque pelo privilégio de ocupar terra real. (Há muitas queixas a

---

* N.R.T.: Padre da Igreja do século IV.

respeito desses impostos: para onde quer que eu vá, eu as escuto. Impostos demais, dizem os camponeses. Como contribuir com a Igreja, quando o rei quer tanto?) O caminho do qual falo é tão íngreme quanto uma escada em alguns trechos, tão profundo quanto uma trincheira em outros, quase intransitável com tempo chuvoso, perigoso com neve, mais conveniente para as cabras do que para as pessoas, desafiador até para os cavaleiros mais experientes e capazes. Assim foi que padre Augustin e seus oficiais, após terem cruzado o Rio Agly, guiado suas montarias através de declives acidentados sob um sol abrasador e arriscado suas vidas ao atravessar uma floresta espessa conhecida por sua grande quantidade de bandoleiros, ficaram, bem no final da viagem, diante da escalada mais difícil de todas.

Decidiram voltar no mesmo dia, e rapidamente, para chegar a Lazet antes do fechamento dos portões, ao pôr do sol. Quer dizer, padre Augustin tomou essa decisão leviana que quase o matou. Como consequência, passou os três dias seguintes à viagem na cama — e por quê? Porque relutou (ou assim declarou) em perder a celebração da Completa. Bom, eu entendo que é dever de todo irmão dominicano comparecer à Completa, pois ela é o clímax do nosso dia. Toda ausência será notada e não haverá desculpa que seja suficiente. Entretanto, como diz Santo Agostinho, Deus criou a mente do homem para ser racional e intelectual, e a razão diz que um homem doente, ainda mais enfraquecido pelas dores e fadiga de uma longa cavalgada, se ausentará da Completa muito mais vezes do que um homem que sabiamente interrompe sua viagem e passa a noite sob o teto de um padre do local.

Eu dei essa opinião quando visitei meu superior em sua cela no segundo dia de sua convalescença, e ele concordou que superestimara suas forças.

— Da próxima vez passarei a noite lá — disse ele.

Fiquei surpreso.

— Você pretende *voltar*?

— Sim.

— Mas, se essas mulheres não são ortodoxas em sua fé, você deveria chamá-las aqui.

— Elas são ortodoxas — interrompeu padre Augustin. Sua voz era um resmungo baixo e difícil de ouvir, mas, com a minha cabeça abaixada até quase o nível de sua boca, foi possível apreender tanto as palavras que pronunciou quanto o sentido, apenas um eco, da cólera com a qual elas estavam imbuídas. Essa raiva que brotou de alguma fonte submersa me intrigou. Eu não via razão para ela.

— Elas precisam de orientação — continuou padre Augustin, com os olhos fechados, e seu mau hálito em minha bochecha. Eu conseguia ver muito claramente o contorno do esqueleto dele sob sua pele.

— Com certeza padre Paul poderia orientá-las — disse eu, e ele meneou a cabeça de maneira irritada, quase febril.

— Ele não pode.

— Mas...

— O padre Paul é um homem simples com mais de cem almas para cuidar. Essas mulheres são bem-nascidas, e bastante inteligentes, na medida do possível em que uma mulher pode exercer essas faculdades mais desenvolvidas nos homens.

Ele fez uma pausa e eu esperei, mas não houve nenhuma outra explicação. Então ousei tentar a minha.

— Quer dizer que, se elas cederem ao erro, e padre Paul as censurar, elas provavelmente irão *convertê-lo*. É isso que o senhor quer dizer, padre? — questionei.

Novamente meu superior girou a cabeça de maneira inquieta, como aqueles que tomam o vinho da ira de Deus e não conseguem mais descanso, seja dia ou noite. Seu estado adoentado estava começando a afetar seu comportamento, normalmente tão calmo e frio.

— Você é tão irreverente — queixou-se ele. — Essa zombaria... você me atormenta...

Imediatamente arrependido, pedi perdão. — Padre, eu errei. Não deveria falar assim, é uma fraqueza minha.

— Esses são assuntos importantes.

— Eu sei.

— No entanto, você zomba deles. Sempre. Faz piada até com os prisioneiros acorrentados. Como posso entendê-lo?

E eu pensei: escutar-vos sim, mas entender não. Receio que sempre tenha sido assim. Não importa a ordem a que pertençam, os monges são geralmente instados a falar baixo e a não dar risada, a ser humildes, graves e usar poucas palavras.

55

— Padre Paul não seria *convertido* — continuou meu superior, respirando pesadamente. — Mas talvez ele não *convenceria*.

— Claro. Entendo.

— Essas mulheres precisam da orientação pastoral. É minha obrigação, como monge de São Domingos, prevenir que caiam no erro. Eu me ofereci para visitá-las ocasionalmente e ministrar a saúde de suas almas. É minha obrigação, irmão.

— Claro — disse eu novamente, mas sem compreender. Orientação pastoral é o dever do clero laico, não dos frades pregadores. Pode haver algumas exceções (Guillaume de Paris, como o senhor sabe, foi confessor do rei por muitos anos), mas o Estatuto de São Domingos, por mais que envie os nossos confrades aos cantos mais longínquos da Terra para que possamos espalhar a palavra de Deus com o poder persuasivo da retórica adocicada — embora consiga trazer o povo a nós para juntos rezarmos a Completa —, não promove o tipo de intimidade adotado pelos laços da orientação pastoral. Além do mais, certamente não incentiva um relacionamento livre e frequente com mulheres.

Devo confessar que esse fato foi o que mais me intrigou e preocupou. Não preciso lhe apresentar um argumento ilustrativo do perigo da amizade entre monges e mulheres, quer sejam elas matronas, virgens ou meretrizes. Santo Agostinho foi firme ao declarar que essas amizades propiciam o pecado. *Através de uma inclinação desmedida para os bens carnais, abandonamos os bens mais nobres e elevados.* São Bernardo de Claraval pergunta: "Estar sempre com uma mulher e não ter relações sexuais com ela não é mais difícil do que ressuscitar os mortos?". Mesmo as parcerias inspiradas em Deus, tal como a de Santa Cristina de Markgate com o eremita Roger, podem ser perigosas — não foi o diabo, o inimigo da castidade, que tirou vantagem de seu companheirismo próximo e superou a resistência dele?

Ora há muitos homens nas ordens sagradas que, com a desculpa de que Eva profanou a árvore proibida e a lei de Deus (e, por ser a mulher mais amarga que a morte, com o coração composto só de ardis e armadilhas), tentarão deixar de falar, até de olhar, para quaisquer mulheres que cruzem seu caminho. Agindo assim, falta-lhes o espírito de caridade, e se excedem em seu temor de contato carnal.

O próprio Cristo não permitiu que uma mulher lhe beijasse os pés, os lavasse com suas lágrimas e os secasse com seus cabelos? Ele não lhe disse: "A tua fé te salvou; vá em paz"? Eu conversei com muitas mulheres na rua, fora do priorado, nas soleiras das portas e atrás dos muros dos conventos. Eu preguei para elas em igrejas e as ouvi nas prisões. Esse tipo de comunicação pode ser bastante útil de muitas maneiras.

Mas comer com uma mulher, dormir sob o mesmo teto, encontrar-se amiúde com ela e abrir-lhe o coração — aí mora o perigo. Sei disso (e aqui tenho que fazer uma confissão da qual me envergonho) porque corri esse perigo quando era jovem, e me expus ao pecado e à desgraça. Quando jovem, antes de me ordenar, conheci mulheres carnalmente — em pecado — fora dos laços do matrimônio. Quão diligente estudei a arte do amor! Quanta atenção dei aos trabalhos dos trovadores, além de ter usado suas frases adocicadas como flechas cujo destino foi o coração de muitas jovens donzelas! Porém, quando fiz o voto de castidade, foi com a intenção solene de mantê-lo. Mesmo como simples pregador, ao viajar pelas zonas rurais com um pregador geral, mais velho e com mais experiência que eu (o venerado padre Dominic de Radel), fui entusiástico em meu desejo de lançar contra Jesus, como se lançasse contra uma rocha, os pensamentos perversos e impuros que porventura me viessem à cabeça. Me esforçava para tirar os olhos de qualquer forma feminina, almejando conquistar o amor perfeito de Deus, e que rechaça qualquer temor.

Mas somos todos pecadores, não é mesmo? E eu caí em tentação, como Adão, quando confinado por muitas semanas em uma aldeia em Ariege, por conta de uma doença que se apossou de meu companheiro e o deixou prostrado. Ao pregar na igreja local, uma jovem viúva se aproximou de mim para pedir orientação espiritual. Nós conversamos, não uma, mas muitas vezes, e... tenha piedade de mim, Ó Deus, pois sou fraco. Para não prolongar muito um incidente profano e indigno, nós tivemos relações sexuais.

É claro que eu não esperava que padre Augustin sucumbisse da mesma maneira. Eu suspeitava que o estado de sua saúde não o permitiria. Além do mais, eu o considerava um homem que caminhava firmemente sob os estatutos do Senhor. (Eu diria *mancava* sob os estatutos de Deus, se não fosse leviano demais.) Na verdade, ele era como uma oliveira verde na casa do Senhor, e eu não conseguia imaginar que sua alma se uniria a outra, nem que a chama do desejo pecaminoso se acenderia em seus órgãos genitais.

Mesmo assim, suas viagens a Casseras se tornaram um motivo de irritação para mim. Não eram regulares, nem muito frequentes, mas o suficiente para atrasar o progresso do Santo Ofício. E, para entender por quê, o senhor precisa entender a extensão do *inquisitio* que estava em curso.

Eu havia recebido notícias de Jean de Beaune em Carcassonne, de que ele estava interrogando testemunhas das imediações de Tarascon. Uma dessas testemunhas implicara um homem de uma aldeia chamada Saint-Fiacre, que está nos domínios de Lazet. Quando convocado e interrogado, esse homem incriminou quase todos os habitantes de Saint-Fiacre, acusando até o padre local de abrigar e ajudar perfeitos. Ao ser confrontado com tal volume de testemunho, me senti perdido. Por onde começar? A quem convocar primeiro?

— Prenda todos — ordenou padre Augustin.

— *Todos?*

— Já foi feito no passado. Há dez anos, o antigo inquisidor de Carcassonne prendeu toda a população de uma aldeia das montanhas. Esqueci o nome dele.

— Mas, padre, há mais de 150 pessoas em Saint-Fiacre. Onde vamos colocá-las?

— Na prisão.

— Mas...

— Ou no calabouço real. Falarei com o senescal.

— Mas por que não os chamamos em pequenos grupos? Seria tão mais fácil se...

— Se os restantes escapassem para a Catalunha? Nesse caso, sem dúvida *haveria* menos trabalho para nós. — Meu superior não acrescentou: "Será essa sua desculpa quando você finalmente ressuscitar para confrontar Aquele de cuja face a terra e o céu irão fugir?", mas sua expressão pétrea disse as palavras tão claramente quanto qualquer língua o faria. Embora eu duvidasse que toda a população de Saint-Fiacre fosse fugir na surdina pelas montanhas, mesmo assim tive de admitir que ao menos alguns, especialmente os pastores, poderiam fazer uso daquele plano. Então, com temor, eu me propus a tarefa de convencer Roger Descalquencs a nos dar sua ajuda — porque sem o senescal não tínhamos os meios para obrigar mais de 150 pessoas a marchar até Lazet, quanto mais se entregar nas mãos do Santo Ofício. (Naturalmente, Roger havia feito o juramento de obediência exigido de qualquer um que tivesse um cargo oficial, mas era um homem ocupado, e às vezes tinha que ser apaziguado.)

Também tive que acalmar Pons, nosso carcereiro, que não ficou satisfeito com esse afluxo enorme de prisioneiros — e tive que contratar os serviços de outro notário. Mesmo Raymond Donatus, com toda sua capacidade e rapidez, não conseguiria dar conta de tantos interrogatórios. Padre Augustin e eu fomos obrigados a interrogar não apenas os habitantes de Saint-Fiacre, mas testemunhas que pudessem implicar aqueles quatro suspeitos identificados pelo meu superior como subornadores do padre Jacques: ou seja, os suspeitos Aimery Ribaudin, Bernard de Pibraux, Raymond Maury e Bruna d'Aguilar. Já que padre Augustin estava lidando exclusivamente com esses casos, os depoimentos de Saint-Fiacre foram praticamente deixados para mim. Sendo assim, precisávamos de dois notários. Pedimos ao administrador real de confiscos fundos para isso, e ele nos deu alguns livres tournois, com muita má vontade, para contratar Durand Fogasset.

Durand já trabalhara comigo antes. Era um rapaz magro, de aspecto doentio, com dedos sujos de tinta, roupa puída e uma massa de cabelos escuros caída sobre os olhos. Sua habilidade e sua experiência estavam de acordo com a quantia modesta que lhe pagávamos. Na verdade, só trabalhava conosco quando havia muita demanda, porque Lazet tinha notários demais, e, na época, não havia vagas nem nas áreas rurais. Embora seu comportamento fosse adequado a seu cargo, ele não fazia nenhum esforço para disfarçar suas opiniões sobre o Santo Ofício e seus funcionários. Talvez por essa razão, e por não ser tão eficiente quanto Raymond, padre Augustin não gostava muito dele. "Aquele jovem maltrapilho", era como padre Augustin chamava Durand. Como resultado, o jovem notário trabalhou somente comigo.

Relendo o parágrafo anterior, fico preocupado que possa dar a impressão errada. Durand não manifestava nenhum ponto de vista censurável ou herético. Ele nunca abria a boca durante meus interrogatórios, nem me repreendia depois por algo que eu tivesse dito. Acontece que, às vezes, com uma careta ou um comentário ácido do tipo "Você quer que eu desconsidere todos os apelos à Virgem, no futuro, ou devo incluí-los nas minhas transcrições?", ele conseguia transmitir certa desaprovação silenciosa.

Certa vez, após interrogar uma moradora de Saint-Fiacre de 16 anos, perguntei a Durand o que ele achava francamente. Essa testemunha falara por algum tempo sobre a devoção à sua tia, e, como era meu costume, permiti que se desviasse do caminho pelo qual eu a estava interrogando, sabendo que alguns assuntos têm que ser ventilados e exauridos — para socorrer uma alma sobrecarregada — antes de examinar outros. (Dessa maneira, eu também dou um jeito de mostrar meu próprio ponto de vista benevolente.) Ao final da sessão, eu disse a Durand que, quando redigisse o protocolo final, cortasse a maior parte das referências à tia da testemunha.

— As considerações dela sobre o Santo Sacramento são relevantes, além, claro, da visita do perfeito. O resto podemos descartar.

Durand olhou para mim por um tempo. — O senhor acha *irrelevante*? — questionou.

— Para a nossa investigação, sim.

— Mas a tia era como uma mãe para essa garota. Cuidou dela com tanta ternura, com tanta devoção. Como a garota pode traí-la? É contra a natureza.

— Talvez. — Mas discutir a respeito da natureza e do que ela abrange é mergulhar em um pântano teológico. — De qualquer maneira, é irrelevante para a nossa investigação. Estamos juntando evidências, Durand. Evidências de associação herética. Não é nossa função procurar desculpas.

Fiz uma pausa e olhei para Durand, que, carrancudo, encarava o chão. Tinha as páginas do protocolo junto ao peito.

— Você me considera injusto? — perguntei com delicadeza. — Você acha que fui cruel com a garota?

— Não. — Ele meneou a cabeça, ainda meio aborrecido. — Você foi um pouco... você tem um jeito amável com pessoas como ela. — E com uma olhadela irônica, atravessada, disse: — É seu jeito, sua técnica.

— E funciona bem.

— Sim. Mas o senhor adula as pessoas para conseguir os testemunhos, e depois os descarta. Quando eles poderiam ser importantes.

— De que modo?

— Para a defesa dela.

— Você quer dizer que ela foi levada a trair a Igreja Santa e Apostólica por amor?

Durand piscou. Hesitou, pareceu confuso.

— Durand — disse eu. — Você se lembra das palavras de Cristo? — Aquele que ama o pai ou a mãe mais do que a Mim não é digno de Mim.

— Eu sei que ela estava errada — respondeu ele. —Mas certamente seus motivos eram menos abjetos que os de sua tia, digamos... ou da prima?

— Talvez. E eles serão levados em consideração quando ela for julgada.

— Mas *serão* mesmo? Se não constarem dos autos?

— Eu estarei presente no julgamento. Farei de tudo para que sejam. — Observando a testa franzida de Durand, acrescentei:

— Lembre-se do estado das finanças do Santo Ofício, meu amigo. Será que podemos gastar centenas de ares* de pergaminho nas divagações íntimas de cada testemunha que interrogamos? Se o fizéssemos, temo que não conseguiríamos pagar seu salário.

À menção disso, Durand franziu o cenho num misto de desagrado, arrependimento e constrangimento. Em seguida encolheu os ombros e inclinou a cabeça com seu jeito esquisito de sempre de arremedar uma reverência.

---

* N.T.: Medida de superfície correspondente a 100 m².

— Aí o senhor me pegou — comentou ele. — Vou redigir este protocolo, então. Obrigado, padre.

Eu o observei enquanto corria em direção à escada. Antes que chegasse lá, porém, tive que reforçar meu argumento com uma última observação.

— Durand! — chamei, e ele se virou. — Lembre-se também de que a garota fez uma escolha. No final, todos fazemos escolhas. Essa liberdade é o presente de Deus à humanidade.

Durand pareceu refletir e em seguida disse:

— Talvez ela tenha *achado* que não tinha escolha.

— Então ela estava errada.

— Sem dúvida. Bem... obrigado, padre. Vou me lembrar disso.

Mas estou divagando. O diálogo não tem nenhuma relação com o assunto principal de minha narrativa, que é a enxurrada de trabalho causada pela investigação de padre Augustin sobre a moral de seu predecessor, além da prisão de toda a população adulta de Saint-Fiacre. Estávamos tão ocupados, como eu disse, que acabamos precisando de outro notário (Durand); tão ocupados que uma vez atrasei a Completa e fui punido pela minha desobediência durante o Capítulo das Culpas. Ainda assim, no meio dessa enorme confusão, padre Augustin foi para Casseras três vezes. Mesmo sabendo do peso do trabalho com que estava nos sobrecarregando, ele se ausentou, e devo confessar, que Deus me perdoe, que eu estava muito aborrecido. Pensei, como Jó: não vou me calar; vou falar da angústia de minha alma; vou me queixar da amargura de minha vida.

Por isso fui até o confessor.

Em um convento, é difícil eliminar o rancor e o ressentimento do coração. Um irmão fala muito raramente, e em especial por meio de códigos — e suas poucas conversas são geralmente ouvidas, porque quase nunca está sozinho. Um irmão precisa ocultar seus sentimentos e dar a impressão de que suporta tudo o que lhe infligem com uma mente tranquila. Mas não preciso lhe explicar isso; nós todos ficamos acordados à noite, bebendo da taça da indignação enquanto silenciosamente maldizemos nosso irmão, que quase sempre está deitado, acordado e enfurecido na cama ao lado!

Para nós, só a confissão oferece alívio. Ao mesmo tempo que descrevemos nossos sentimentos passíveis de culpa, conseguimos enumerar as falhas e injustiças de nossos irmãos. E foi isso que fiz no confessionário com o prior Hugues. Confessei meu ressentimento e relatei a razão dele. O prior escutou com os olhos fechados; ele e eu temos uma longa história em comum, nos conhecemos na escola do priorado em Carcassonne, e respeitamos a opinião um do outro.

— Estou perdido — disse-lhe eu. — Padre Augustin é tão constante e perseverante, tão diligente e zeloso em sua busca da verdade, mas de vez em quando dá uma escapada até Casseras — sem nenhum motivo aparente, que eu saiba, a não ser que tenha, de alguma maneira, se afastado da Ordem.

O prior abriu os olhos.

— De que maneira?

— Ah, há mulheres envolvidas, padre. Quem pode deixar de especular?

— Sobre padre *Augustin*?

— Eu sei que parece improvável...

— Com certeza!

— Mas por quê, padre? Por que ele está fazendo isso?

— Pergunte a ele.

— Eu já perguntei. — Rapidamente, contei a ele a explicação de padre Augustin sobre seu comportamento. — Mas não somos párocos, somos coadjutores. Não entendo.

— Você precisa entender? "Por acaso sou o guardião de meu irmão?"

Eu teria dito "Sim" — porque, em um priorado, o prior é o guardião de seus irmãos em Cristo. Mas eu sabia que o gracejo apenas confundiria meu velho amigo. Embora sábio e sereno, ele não era de acolher gracejos.

Então me calei.

— Padre Augustin sente de verdade que está fazendo o trabalho de Deus — continuou o prior, em sua maneira plácida, e eu percebi que, como era o pastor responsável por nosso rebanho, ele já deveria ter falado desse assunto com meu superior. — Um inquisidor — ressaltou ele — tem o dever de salvar almas.

— Às custas de seu trabalho no Santo Ofício?

— Meu filho, perdoe-me, mas você não está certo ao questionar as ações de seu superior. — Com seu sorriso bondoso, o prior, então, conseguiu me disciplinar sem me ofender. — O seu único papel é o de servir e de carregar a sua cruz com coragem.

Novamente eu não disse nada, porque sabia que ele estava certo.

— Esteja seguro de que estou observando nosso irmão — o prior concluiu. — E farei tudo para que nada de ruim lhe aconteça. Limite-se a suas obrigações e livre seu coração desses pensamentos raivosos. Para que servem, a não ser para envenenar sua própria existência?

Assim me esforcei para manter minha alma tão serena quanto um jardim recém-regado, enquanto padre Augustin, aparentemente em paz com sua consciência, continuava como antes, visitando Casseras a cada uma ou duas semanas, obstinadamente perseguindo um resultado secreto para todos com quem convivia. As viagens o deixavam sempre seriamente debilitado; aliás, eu o preveni em várias ocasiões de que elas o matariam.

E eu estava certo, porque ele estava em Casseras no dia de sua morte.

◆

Padre Augustin morreu durante a Comemoração da Natividade da Santíssima Virgem Maria. Sua ausência do priorado naquele dia foi muito comentada, e me chamou a atenção por ser uma imprudência, para não dizer um desrespeito. O fato de ele não retornar para a Completa, porém, não foi comentado; ele tinha criado o hábito de passar a noite com padre Paul, em Casseras, antes de retornar a Lazet.

Foi somente ao meio-dia do dia seguinte, quando ele e seus acompanhantes ainda não haviam retornado, que comecei a me preocupar.

Neste ponto de minha narrativa me sinto obrigado a tentar um *demonstratio* de alguns eventos que nunca presenciei. Não deixa de ser algo difícil parafrasear as palavras dos outros, a fim de recriar nitidamente certos episódios cujos aspectos são apenas vagos em minha própria mente. Mesmo assim isso precisa ser feito, porque esses fatos são cruciais para seu entendimento do destino que me adveio disso.

O caminho de pedra já mencionado de Casseras até a forcia era, como descrevi, uma passagem irregular, inóspita, pouco usada pelos aldeões a não ser os que levavam suas ovelhas para pastar nas terras do rei. Sua última extensão, a mais íngreme, situada entre penhascos e um novo bosque, quase não era utilizada.

Só as moradoras da forcia — e, mais recentemente, o inquisidor que as visitava — eram obrigados a pelejar para cima e para baixo nesse caminho de cabras impraticável. Mas, no dia seguinte à Comemoração da Natividade, dois meninos resolveram visitar a forcia para poder cumprimentar e admirar tanto os guarda-costas do inquisidor quanto os maravilhosos cavalos em que esses homens magníficos cavalgavam. Os meninos eram, claro, filhos de Casseras.

Seus nomes eram Guido e Guillaume.

Guido e Guillaume nunca haviam visto cavalos antes da chegada de padre Augustin. E nunca haviam visto uma espada, ou uma clava. Por isso aguardavam com muito entusiasmo os finais de tarde que traziam o inquisidor de Lazet à casa de seu pároco, porque o inquisidor estava sempre acompanhado por quatro homens armados e suas cavalgaduras, que dormiam no celeiro de Bruno Pelfort. Os dois garotos estavam fascinados pela arte da guerra. Frequentemente eram vistos seguindo nossos familiares, Bertrand, Maurand, Jordan e Giraud, como sombras, e às vezes essa assiduidade era recompensada com sobras de comida ou um tempinho sobre os cavalos.

Portanto, quando seus heróis passaram por Casseras no dia da Comemoração da Natividade e não retornaram naquela noite, ficaram muito desapontados. Como o restante dos aldeões, acharam que padre Augustin tinha decidido dormir na forcia. ("Nós pensamos que seu padre estava se divertindo com sua mulher, afinal," foi como um morador descreveu o fato algum tempo depois.) Essa foi a razão pela qual, na manhã seguinte, os dois saíram correndo para visitar seus ídolos, ansiosos para não perder a oportunidade.

Quando conversei com Guillaume, o mais velho, ele descreveu aquela manhã em detalhes. De acordo com ele, Guido tinha um pouco de medo da forcia, porque era popularmente conhecida pelas crianças da aldeia como assombrada por "demônios". Nunca entendi bem o sentido dessa observação, já que os aldeões adultos pareciam ter recebido bem as mulheres que moravam em sua vizinhança. Talvez a noção de "demônios" tenha a ver com a crença herética da família Rasiers. Talvez certas aparições demoníacas tenham realmente se manifestado lá. De qualquer maneira, Guillaume foi obrigado a persuadi-lo ao longo do caminho, dizendo que era impossível que houvesse demônios na forcia, já que o inquisidor de Lazet com certeza os expulsara.

Eles estavam falando sobre o inquisidor e sobre quantos demônios ele devia ter aprisionado em jaulas em Lazet, quando sentiram um cheiro hediondo. (Lembre-se, por favor, de que era o mês de setembro, e os dias eram muito quentes.) Enquanto continuavam a subida, o cheiro ficou mais forte; Guillaume imediatamente imaginou que, em algum lugar não muito longe de onde estavam, alguma ovelha tivesse morrido por doença, ou com um ataque de cães, ou de outra maneira triste da qual ovelhas, acho eu, morrem. Ele comentou isso, mas Guido o contestou, porque não havia nenhuma informação sobre alguma ovelha perdida.

Então ouviram o zumbido de moscas. Primeiro tiveram medo de que um enxame de abelhas estivesse se aproximando, e Guido quis fugir rapidamente. Guillaume refletiu, juntando cheiro e som, e deduziu que um animal morto talvez estivesse atraindo os insetos, e, já que a quantidade deles era muita, o animal morto devia ser muito grande.

Então continuou avançando com certo temor, um pedaço pontudo de pau na mão, e onde o caminho se juntava a um pequeno platô, cercado por uma vegetação muito densa, encontrou os cadáveres do grupo de padre Augustin.

O senhor deve ter ouvido falar, sem dúvida, que padre Augustin e seus guarda-costas foram feitos em pedaços. Talvez o senhor não atine totalmente, porém, que, quando emprego a expressão "feitos em pedaços", não estou usando uma hipérbole, mas uma descrição literal e precisa do estado das vítimas. Seus corpos haviam sido divididos em pequenas porções espalhadas como sementes. Não sobrara nem um pedaço da roupa deles. O *translatio* que poderia ser empregado ao estado dos defuntos é o de uma cripta pilhada — ou talvez até a do Vale dos Ossos —, só que esses ossos não estavam limpos e secos. Estavam cobertos de sangue e carne pútrida e, sob um manto de moscas, clamavam aos céus por vingança.

Tente apenas imaginar a visão que Guillaume teve: uma cena da carnificina mais terrível, o solo escurecido de sangue, folhas e pedras com respingos, fragmentos de carne pútrida grudados em todos os cantos e, suspenso no ar, um fedor tão forte que parecia ter uma presença corpórea própria. (Guillaume me confessou mais tarde que era difícil respirar). A princípio, os garotos, pasmos, não conseguiram identificar o que viam. Guillaume pensou, por um instante, que uma ovelha havia sido desmembrada por uma alcateia de lobos. Mas, quando se aproximou, e fez com que uma parte das moscas se dispersasse como nevoeiro, viu um pé humano e entendeu o que acontecera.

— Eu fugi — disse-me ele quando o questionei. — Eu fugi porque o Guido fugiu. Nós dois corremos de volta para a aldeia.

— Não para a forcia? A forcia estava mais próxima.

— Nunca pensamos nisso. — Parecendo um pouco envergonhado, ele acrescentou:

— Guido tinha medo da forcia. Guido tinha medo. Eu não.

— E aí?

— Eu vi o pároco. Contei a ele.

Como você bem pode imaginar, padre Paul ficou horrorizado e um pouco perdido. Foi até Bruno Pelfort, o homem mais rico e mais importante de Casseras, e, juntos, procuraram ajuda dos outros aldeões. Ficou decidido que um grupo seria enviado para examinar o local do massacre e retirar o que sobrara dos corpos. Vários utensílios agrícolas foram separados para servir como armas, caso houvesse uma emboscada. Por recomendação de Guillaume, também foram levados vários baldes e sacos, e 14 homens, armados de foices, espadas e aguilhões, marcharam rumo à forcia.

Voltaram muito tempo depois, perseguidos por enxames de moscas.

— Foi horrível — contou-me padre Paul. — O cheiro era terrível. Alguns dos homens que tinham que catar os pedaços... eles ficaram mal, vomitaram. Alguns disseram que foi um trabalho do diabo e estavam muito assustados. Depois, os sacos e baldes foram queimados, ninguém os queria de volta.

— E ninguém se lembrou das mulheres?

— Sim, pensamos nelas. Ficamos com medo que isso tivesse acontecido com elas também. Mas ninguém queria ir ver.

— Mas alguém foi.

— Sim, quando chegamos à aldeia, mandei uma mensagem ao preboste da Polícia em Rasiers. Ele tem um pequeno contingente lá — bem pequeno. Ele veio com alguns soldados, e foram até a forcia.

Enquanto isso, houve muita discussão acerca dos restos mortais. Foi confirmado que eram masculinos, e a maioria dos aldeões concordava que pertenciam a padre Augustin e seus homens. Mas não havia certeza, porque as cabeças não foram encontradas. Faltavam outros membros também, e certas pessoas foram acusadas de tê-los deixado para trás.

Padre Paul, porém, insistiu que todas as partes visíveis dos corpos haviam sido trazidas. Ele teve muito cuidado em verificar isso pessoalmente.

— Se algo estiver faltando, temos que procurar em outro lugar — disse ele. — Talvez no bosque. Deveríamos mandar os cachorros.

— Mas não agora — disse Bruno. — Não antes que os soldados cheguem.

— Está bem, depois de os soldados chegarem — concordou padre Paul. Então alguém lhe perguntou sobre o que fazer com os restos que eles já tinham, e houve mais discussão. Alguém sugeriu que fossem enterrados logo, mas isso foi refutado. Como enterrar meio homem, quando sua outra metade ainda estava jogada em algum lugar no bosque? Além do mais, esses corpos pertenciam ao Santo Ofício. Com certeza o Santo Ofício iria reivindicá-los. Até lá, teriam que ser guardados.

— Como o senhor pode dizer uma coisa dessas? — contestou a mãe de Guillaume. Eles *não* vão se conservar. Eles não são pedaços de toicinho. Você sente o cheiro deles daqui.

— Controle sua língua! — vociferou padre Paul. Ele estava muito abalado, porque, de todos os moradores da aldeia, só ele tinha conhecido bem padre Augustin. (Mais tarde eu soube que, após ter olhado demoradamente para a cena da carnificina, ele tinha caído de joelhos e não conseguira andar por algum tempo.) — Não se pronuncie com tanto desrespeito! Esses homens ainda são homens, não importa quão bárbaro tenha sido seu fim!

Seguiu-se um silêncio longo e contrito. Um aldeão sugeriu:

— Talvez nós *devêssemos* salgá-los, como carne de porco. Deu-se uma troca de olhares cautelosa. A sugestão parecia quase uma blasfêmia, mas, por outro lado, o que mais poderia ser feito? Aos poucos, até padre Paul teve que admitir que a escolha se dava entre salgá-los ou defumá-los. Assim, após muita resistência, ele aprovou o uso do sal, e seguiu-se uma discussão inflamada sobre quem dedicaria seu tempo para a tarefa e quem doaria seus barris de salmoura, porque ninguém queria assumir tarefa tão terrível.

Uma mulher de meia-idade chegou a declarar que padre Paul deveria responsabilizar-se por isso, já que ele, assim como o inquisidor, era um homem de Deus.

Mas padre Paul meneou a cabeça e comentou que precisava ir a Lazet. — Preciso contar a padre Bernard. — E todos concordaram que essa tarefa, sem dúvida, seria mais bem realizada por um padre. Padre Paul foi instado a esperar que o preboste Estolt de Coza chegasse, e tomar emprestado seu cavalo, mas estava inclinado a ir a pé o mais rápido possível. — Se o oficial quiser mandar um cavalo atrás de mim, talvez ele me alcance — disse ele. — Preciso me apressar, pois, se eu sair de imediato, chegarei a Lazet antes do pôr do sol.

Decidiu levar o filho de Bruno, Aimery, e iniciar imediatamente a jornada com uma provisão modesta de vinho, pão e queijo. Os dois homens não haviam ido longe quando foram alcançados por um dos suboficiais de Estolt em um cavalo que ele entregou a padre

Paul. Aparentemente Estolt havia chegado a Casseras pouco depois da partida do padre. Montado, padre Paul não tinha muita necessidade de companhia. Portanto, continuou sozinho, enquanto Aimery e o suboficial deram meia volta.

De volta a Casseras, o oficial Estolt se encarregou de tudo. Escutou atentamente o relato de Bruno Pelfort a respeito do trabalho da manhã e viu os restos mortais de padre Augustin e de seus familiares. Em seguida, com seu grupo de suboficiais, alguns voluntários corajosos do vilarejo, e seu próprio cão, seguiu cautelosamente o caminho até o local do assassinato.

— Meu cão de caça é excelente, tem um olfato muito aguçado — contou-me quando o visitei. — Embora assustado com todo o sangue, logo farejou uma cabeça e outro pedaço que estavam enfiados no meio da vegetação rasteira. Entendi que foram atirados lá.

Diferentemente de padre Paul, Estolt teve a iniciativa de examinar o chão à procura de pistas. Infelizmente, a terra gretada pelo sol era tão dura e seca como um osso velho; mesmo assim ele conseguiu encontrar algumas evidências, como folhas amassadas e manchas de sangue, que sugeriam que cavalos irromperam no bosque, e, muito possivelmente, foram levados para fora de novo. — Eu não sabia se os assassinos estavam na forcia ou se tinham fugido — disse ele. Não lhe ocorrera, nesse momento, que eles poderiam ter voltado ao vilarejo.

Com as partes dos corpos recém-descobertas cuidadosamente enroladas no capote de alguém, Estolt e seu grupo dirigiram-se à forcia. A passagem que usaram não tinha marcas de sangue ou qualquer outro sinal suspeito. Uma coluna de fumaça subia das ruínas, mas era fina e rala, e vinha de um forno de cozinha. Era possível ouvir vozes de mulheres, sem traços de medo; juntavam-se num murmúrio tranquilo, como um arrulho de pombas. Como Estolt disse mais tarde, era um som que evidenciava, com mais clareza que palavras, que não descobriria os assassinos naquele lugar.

Ali encontrou quatro mulheres serenas; uma velha chamada Alcaya de Rasiers; uma idosa desdentada e acamada que, ironicamente, se chamava Vitália; uma viúva, Johanna de Caussade, e sua filha, Babilônia. Não sabiam nada da chacina que ocorrera nas proximidades, e pareceram apavoradas ao saber.

— Não haviam ouvido nada nem visto ninguém — informou-me o Oficial. — Não tinham nenhuma explicação para o que acontecera. Falei com Alcaya — ela era descendente do velho Raymond-Arnaud de Rasiers, por isso acho que se sentia meio dona do lugar. Conversei principalmente com ela, porque parecia ser a responsável. Mas foi a viúva que voltou comigo para Casseras.

E ali, ela tomou para si a obrigação de salgar os restos dos cinco homens assassinados. Foi um ato de devoção, quase exaltada, que os habitantes do vilarejo consideraram muito suspeito. Acho que, à luz do que ouvi depois, as suspeitas não foram infundadas. Entretanto, acredito que Johanna de Caussade resolveu cumprir essa obrigação terrível por um senso de dever moral, e deve ser elogiada por sua determinação.

Embora eu honrasse e respeitasse padre Augustin, não teria sido capaz de fazer uma coisa dessas.

3

ATENÇÃO! VOU CONTAR-LHES UM SEGREDO

Ao constatar que padre Augustin não voltara, evidentemente fiquei um pouco perturbado. Após consultar o prior Hugh, mandei dois familiares armados a Casseras com uma carta para padre Paul de Miramonte. Eles devem ter cruzado com o padre em algum lugar perto de Crieux, porque ele chegou a Lazet um pouco antes das Vésperas. Como consequência, não fui ao trabalho e, na realidade, não estive presente nem mesmo durante a Completa, por estar ocupado com a tarefa infeliz de informar ao bispo e ao senescal que os restos de padre Augustin se tornaram, dali em diante, carne para as aves do paraíso.

Os mortos ouvirão a voz do Filho de Deus: e aqueles que a ouvirem viverão. Eu acreditava e ainda acredito que padre Augustin é destinado para a vida eterna. Para ele, com certeza a morte é o portal do paraíso — e com que alegria ele deve ter abandonado aquela mortalidade frágil e doentia! Ainda me recordo das palavras de seu homônimo: "Ali glorifica-se a Deus e aqui glorifica-se a Deus, mas aqui por aqueles cheios de vontade de cuidar, e lá por aqueles livres de cuidado; aqui por aqueles que desejam a morte, lá por aqueles que vivem para sempre; aqui com esperança, lá na plenitude; aqui no caminho, lá em nossa pátria". Sei que padre Augustin encontrará a glória eterna naquela cidade que não precisa do sol, ou da lua, porque o cordeiro é sua luz. Sei que ele caminha de branco entre aqueles que não macularam suas vestes. Sei que ele morreu como testemunha da fé, e, portanto, terá salvação.

Não obstante, essa certeza não me trouxe conforto. Ao contrário, fui perseguido por uma imagem de carnificina que não me deu sossego e me deixou secretamente assustado. Como um leão em lugares secretos, esse medo tomou conta de mim devagar, passo a passo, quando o choque desapareceu por causa da movimentação desencadeada com a notificação de padre Paul. Foi o senescal, Roger Descalquencs, que primeiro deu voz a meu pavor, quando conversamos sobre o assassinato pela primeira vez.

— Você está dizendo que não havia nenhuma roupa? — perguntou ele ao padre de Casseras.

— Nenhuma — respondeu padre Paul.

— Nem mesmo um resto, nem um farrapo? Nada?

— Nem uma única linha.

Roger pensou um pouco. Estávamos sentados no Grande Salão do Palácio Comtal, que sempre foi um lugar de confusão, cheio de fumaça, cachorros e sargentos se espreguiçando, suportes grudentos, armas descartadas, cheiro de restos de comida. Com certa frequência, um dos jovens filhos do senescal aparecia, dava uma volta pelo salão e ia embora.

Quando isso ocorria, éramos obrigados a elevar as nossas vozes acima dos guinchos extraordinários proferidos por essa criança — que não diferiam muito daqueles emitidos por um porco sendo sacrificado. Assim, o assassinato de padre Augustin tornou-se público porque muitos dos sargentos da guarnição ouviram e espalharam as novas rapidamente. Ao mesmo tempo, muitos até se juntaram a nós, dando suas opiniões sem serem convidados.

— Ladrões — disse um deles. — Devem ter sido ladrões.

— Ladrões poderiam ter roubado os cavalos e as roupas — respondeu Roger. — Mas por que iriam perder tempo cortando pernas e braços a machadadas?

Essa era, a meu ver, a questão primordial. Ficamos ponderando por algum tempo. Aí Roger falou novamente.

— As vítimas estavam montadas — disse devagar. — Quatro delas eram mercenários. Para vencer soldados profissionais devidamente armados... bem, na minha opinião, nenhum bando maltrapilho de camponeses esfomeados conseguiria fazê-lo.

— Nem mesmo com flechas? — perguntou um dos sargentos.

Roger franziu as sobrancelhas e balançou a cabeça. Enquanto faço a revisão deste texto, percebo que não lhe dei um *effictio* do senescal, nem mesmo uma pequena descrição de sua vida, embora ele seja de extrema importância para a minha história. Na época à qual me refiro, ele tinha servido ao rei por 12 anos, com vigor, com critério, talvez com um pouco de avidez, mas tudo a favor do rei; seu próprio estilo de vida não era caracterizado pelo apego excessivo aos bens terrenos. É um homem da minha idade, com experiência militar, dono de um físico musculoso e forte, que tem muito mais cabelo do que eu (de fato, ele é uma das pessoas com cabelos mais espessos que conheço). Foi casado três vezes — suas duas primeiras mulheres morreram ao dar à luz. Com a ajuda delas, porém, teve sete filhos, e a mais velha é casada com o sobrinho do conde de Foix.

Com seu jeito brusco e um pouco rústico, Roger geralmente consegue disfarçar a profundidade e perspicácia de sua inteligência. Gosta de criar cães e caçar javalis; é analfabeto, geralmente taciturno, ignorante em muitos pontos fundamentais da doutrina católica, sem interesse em História ou Filosofia, nenhuma vontade de ampliar conhecimentos geográficos, nenhuma preocupação sincera pela salvação da alma. Sua aparência, com sua roupa de lã manchada e seu casaco de couro gasto, é mais a de um criado de estrebaria do que a de um oficial do rei. Eu li que Aristóteles, em uma carta ao rei Alexandre, certa vez aconselhou-o a escolher como conselheiro "alguém com instrução nas sete artes liberais, conhecedor dos sete princípios e mestre nos sete requisitos para ser um cavalheiro. Eu considero essa a verdadeira nobreza". Por esses critérios, Roger não pertence à nobreza de maneira nenhuma.

Ainda assim, é um homem de uma visão política sem igual, dono de uma mente meticulosa, clara e lógica. Isso ele demonstrou enquanto repassava as evidências até então apresentadas.

— Para atacar mercenários armados e montados, você tem que estar armado, e talvez até montado — refletiu ele. — A não ser que sejam muitos, o que eu duvido, neste caso. A maioria dos ladrões não tem dinheiro para comprar armas e cavalos, a não ser que vivam próximos a alguma rota de peregrinação lucrativa. Ouvi dizer que há salteadores assim no caminho para Compostela, mas não em volta de Casseras — não que eu saiba.

— Então você duvida que este tenha sido o trabalho de ladrões comuns? — perguntei, e ele abriu os braços.

— Quem pode dizer?

— Mas você se perguntou por que os ladrões perderiam seu tempo desmembrando cadáveres?

— Sim, e também me pergunto como souberam onde armar a emboscada. Se quiser saber, esse ataque não foi por acaso. Que tipo de bandoleiros armados estariam zanzando por um lugar ermo como aquele? É o lugar perfeito para uma emboscada, mas quem esperavam roubar lá? Alguém deve ter contado aos assassinos a respeito de padre Augustin.

Eu já reconheci, nestas páginas, a impossibilidade de adivinhar os pensamentos dos outros. Como o próprio Santo Agostinho escreveu certa vez: "Os homens podem falar, podem ser vistos pelas ações de seus membros, podem ser ouvidos; mas quem consegue penetrar em seus pensamentos, ou ver seu coração?" Mesmo assim, acho que meu pensamento estava em sintonia com o de Roger, porque, quando foi minha vez de falar, ele acenou com a cabeça, do jeito que se acena para alguém familiar.

— As visitas de padre Augustin não eram regulares ou anunciadas publicamente — disse eu. — Ninguém saberia sobre elas, a não ser que a pessoa o visse na estrada.

— Ou vivesse em Casseras.

— Ou talvez fosse avisado através de algum empregado dos estábulos do bispo — concluí. — O funcionário de plantão dos estábulos do bispo era sempre notificado na noite anterior.

— Ninguém em Casseras faria uma coisa dessas — insistiu padre Paul com veemência. — Ninguém nem *pensaria* nisso! — Mas sinto dizer que ele foi ignorado.

— Vou dizer o que me parece estranho — comentou o senescal, batendo em seu queixo com um dedo enquanto permanecia com o olhar perdido. — Cortar alguém em pedaços é uma atitude raivosa. Você só a faria se odiasse a pessoa em questão. Então, se foram ladrões que fizeram isso, eles deviam ter um ressentimento contra o inquisidor. E, se *não* eram ladrões, por que levar as roupas?

— Eles devem ter despido os corpos antes de desmembrá-los — ressaltei. — Mais tempo perdido.

— Exatamente.

— Um assassino de aluguel pode querer ficar com as roupas — me aventurei a dizer. — Se seu cavalo e suas armas pertencem a outra pessoa, ele pode ser tão miserável a ponto de querer guardar até roupas rasgadas e ensanguentadas, que podem ser lavadas e consertadas.

Roger resmungou. Em seguida esticou os braços e passou a mão por seus espessos cabelos grisalhos várias vezes, como se estivesse penteando lã. — Algumas pessoas têm facilidade de fazer um inimigo que as odeia tanto a ponto de querer talhá-las — observou ele. — Por ser um inquisidor, certamente meio mundo teria adorado queimá-lo vivo. Se eu fosse você, padre Bernard, tomaria muito cuidado aonde for, de agora em diante. O fato de os guardas também terem sido desmembrados pode significar que quem fez isso odeia a Inquisição inteira, não apenas padre Augustin.

Com essa observação tão tranquilizadora soando em meus ouvidos, é de se espantar que eu não tenha conseguido dormir naquela noite? Não que houvesse expectativa de eu dormir, porque houve, naturalmente, uma vigília pela alma de padre Augustin. Mas o senhor deve saber o que acontece nas vigílias (e, certamente também, com as Matinas): não importa quão sinceras sejam as intenções, a tendência é às vezes adormecer de madrugada. Aquela noite, porém, fiquei acordado refletindo a respeito dessa morte, tão cruel e injustificada, e tão próxima à minha própria vida. Tenho de confessar que senti mais medo e repugnância do que pena, e até (Deus perdoe meu desrespeito) autocomiseração, porque a morte de meu superior me deixara o ônus de suas várias inquisições para terminar. Como somos vaidosos, nós, homens, embora nossos dias sejam uma sombra fugaz. Como somos ligados às questões materiais, mesmo sob a sombra desse mistério que é a morte. Assim, em lugar de oferecer rezas pela alma dos que partiram, eu me vi rememorando os eventos do dia, que havia sido bem movimentado: o senescal viajara a Casseras para reivindicar os corpos e examinar o local do assassinato; prior Hugues escrevera ao superior geral, informando-o a respeito desse crime hediondo; o bispo escrevera ao inquisidor da França pedindo um substituto para padre Augustin. E eu? Embora assoberbado de trabalho, passei a maior parte do dia tentando julgar quem, de todos os que haviam sido perseguidos por meu superior, poderia ter mandado matá-lo. O que pensei é que a maioria deles não teria condições de fazê-lo eles próprios, porque ainda estavam na prisão.

Padre Augustin estivera em Lazet por apenas três meses: nesse período, instaurara processos contra Aimery Ribaudin, Bernard de Pibraux, Raymond Maury, Bruna d'Aguilar, além de toda a aldeia de Saint-Fiacre. Eu pensei que seria provável que um dos aldeões fosse responsável pela morte de meu superior, já que poucos, se é que algum, tinham família fora da prisão ou recursos para pagar e equipar assassinos de aluguel. Esse foi meu primeiro pensamento. Depois, comecei a me questionar, como o senescal havia cogitado, se o ataque tinha a ver com padre Augustin pessoalmente ou com o próprio Santo Ofício. Nesse caso, o criminoso poderia ter sido alguém perseguido sob *minhas* ordens — ou mesmo sob as ordens de padre Jacques. Também me ocorreu, de repente, que padre Augustin fora o primeiro inquisidor em muitos anos a botar os pés fora de Lazet. Seu predecessor havia permanecido dentro dos muros da cidade por todo o tempo que convivi com ele; eu particularmente viajara muito pouco. Então poderia se concluir que padre Augustin fora um alvo óbvio. É possível que algum pecador malévolo estivesse planejando esse ato sangrento por anos a fio e levado a cabo quando surgiu a oportunidade.

Foi quando percebi, com angústia, que esse criminoso jamais seria pego se o único jeito de conseguir isso fosse examinando os registros das inquisições dos últimos vinte anos. Havia tantos, e os recursos do Santo Ofício eram tão minguados. Mesmo se a investigação do senescal revelasse novas evidências, e elas diminuíssem a margem de suspeitos, nós ainda *precisaríamos* de uma margem, que naturalmente constaria dos arquivos do Santo Ofício.

Foi o que ocupou meus pensamentos enquanto eu estava ajoelhado no coro durante a vigília de padre Augustin. Não rezei por ele como deveria; não concentrei meu coração no sofrimento de Cristo nem depositei minha vaidade nas mãos de Deus, aviltando-me até me tornar tão humilde quanto o joio das eiras no verão e ser digno de suplicar o perdão divino em prol de meu superior. Não refleti a respeito de suas feridas brutais ou chorei por elas como deveria ter chorado pelas feridas de nosso Salvador. Em lugar disso, pensei nos valores deste mundo (que só nos causam sofrimento), tateando na escuridão, quando eu deveria ter levantado meu olhar para a luz.

Nem pensei: meu amigo está morto; nunca mais o verei. Ao ler estas palavras, o senhor vai me encarar com desaprovação e me condenar como alguém que tem o coração gélido. Mas acho que passei a sentir mais intensamente a falta de padre Augustin com o correr do tempo, e percebo agora que isso deve ser consequência da rara qualidade de nossa amizade. As amizades verdadeiras são uma trilha para a virtude, assim dizem as autoridades — e muitos percorrem esse caminho de mãos dadas. Ailred de Rievaulx, em seu *Spiritualis Amicitia*, assim escreveu: "O amigo, ao seguir seu amigo no espírito de Cristo, se confunde em coração e mente com ele, e, assim, ascendendo através dos estágios de amor à amizade de Cristo, ele, em um beijo, se torna um único espírito". Esse é um ideal elevado, mas não tem quase nada a ver com meu próprio relacionamento com padre Augustin. Temo que ele e eu mantivemos nossos corações e nossas almas fortemente separados, principalmente por conta de meu orgulho desprezível. Não obstante, eu sabia que ele agia conforme os regulamentos do Senhor, e recordo as palavras de Cícero em *De Amicitia:* "Amei a virtude do homem, a qual não se extinguiu". Padre Augustin e eu não compartilhávamos gracejos ou segredos ternos. Não desfrutávamos da companhia um do outro, ou procurávamos um ao outro para aliviar nossos corações quando o peso dos cuidados do mundo os sobrecarregavam. Mas ele caminhava à minha frente na estrada da virtude, iluminando meus pés e meu caminho. Ele era um modelo e um ideal, o inquisidor perfeito, fervoroso, mas equilibrado, forte em suas convicções, inabalável em sua coragem. De sua presença obtive uma força renovada, que só notei quando a fonte já partira. Nele identifiquei um senso de propósito, ausente em seu predecessor, e, cegamente, deixei que guiasse meus próprios passos, sabendo que padre Augustin não me desencaminharia.

Sem ele, eu não tinha mais ninguém a quem seguir. Mais uma vez tive que abrir meu próprio caminho, perdendo-me em desvios que me levavam a pântanos e urtigas — porque sempre permiti que meu temperamento obstinado e minha curiosidade, minha preguiça e meu orgulho governassem aquelas virtudes que têm raízes tão pouco profundas em meu caráter. Se padre Augustin estivesse vivo, talvez... mas, se padre Augustin estivesse vivo, nada disto teria ocorrido.

Eu sei que ele deve ter morrido com bravura. Embora fraco de corpo, era forte de espírito, e deve ter enfrentado o último ataque com tanta serenidade quanto possível, como alguém cujos pensamentos e emoções já estivessem fixos nas recompensas eternas. Também acredito que estava mais bem preparado para a morte do que a maioria de nós, já que viveu por tanto tempo à sua sombra. Mas agora, quando relembro suas mãos trêmulas, sua figura frágil (tão indefesa quanto um filhote de passarinho) e quão vagarosamente, com tanto esforço, ele realizava até a mais simples das tarefas... quando me lembro dessas coisas, as minhas entranhas doem e meus olhos se enchem de lágrimas, porque sei que, quando sobreveio o primeiro golpe, ele não teve tempo nem força para erguer a mão ou esconder a cabeça, em uma tentativa frustrada de se proteger. De fato, enxergava tão pouco que não deve nem ter visto a lâmina quando esta o atingiu.

Matá-lo deve ter sido como matar um cordeiro amarrado.

É estranho que eu consiga chorar por ele agora, mas não o tenha feito na época. Acho que agora eu o conheço melhor, por razões que explicarei em seguida — e, ao mesmo tempo, estou muito diferente, em muitos sentidos. Os fatos cooperaram para ampliar os limites de meus sentimentos.

Eu deveria ter me sentido comovido quando vi pela primeira vez seus restos mortais. Em lugar disso, fiquei nauseado e desconfortável. Talvez, ao confrontar essa prova atroz da transitoriedade da vida, tenta-se fugir da noção de que esses pedaços ensanguentados de carne, esses ossos destruídos possam ter sido humanos em sua essência. Ou talvez foi simplesmente porque eles não tinham nenhuma semelhança com padre Augustin — até porque sua cabeça, essa parte do corpo que nos diferencia, ainda não tinha sido encontrada.

Mas eu não deveria me referir aos restos mortais ainda. Eles chegaram um pouco mais tarde, passados uns dois dias. Tenho de aprender a não adiantar minha narrativa, quando ainda há fatos intermediários a contar.

O senescal, como eu disse, levou mais uns dois dias para voltar com os corpos das vítimas. Nesse meio-tempo, estive muito ocupado. Um dos familiares mortos (e só um, graças a Deus) era casado, com filhos; eu tinha a obrigação de ir vê-los e oferecer-lhes o máximo de consolo que podia, e, com o consentimento do bispo e do prior, pude prometer uma pequena pensão à viúva desolada. Também era minha obrigação informar aos inquisidores de Carcassonne e de Toulouse que padre Augustin havia falecido e preveni-los de que eles também corriam perigo. Eu não quis mandar mensageiros com essas novas, já que, como empregados do Santo Ofício, poderiam ser trucidados no caminho; por isso, ao usar três empregados do bispo, consegui amenizar qualquer temor a esse respeito.

Além disso, todo o trabalho até então feito por padre Augustin naturalmente passou para mim. Imagine o remorso com o qual me lembrei do tempo, não tão distante, em que tinha um ressentimento contra ele por conta de suas viagens a Casseras. Como eu pensava em mim mesmo! Agora, ao consultar o cronograma de seus interrogatórios, percebi que ele estava tentando compensar suas ausências assumindo muito mais do que poderia ser esperado de um de nós — ainda mais de um homem com a saúde tão abalada. Fiquei envergonhado, e também assustado. Como conseguiria substituí-lo? Eu não seria capaz. Muita gente teria que permanecer presa por muitos meses mais, esperando seus interrogatórios, porque o Santo Ofício não tinha os meios de julgar seus casos com brevidade.

Passou pela minha cabeça que o responsável pela morte de padre Augustin poderia estar entre aqueles que ele andara investigando mais recentemente. Por isso eu estava ansioso para remexer nos pertences dele e rever os documentos que tratavam das últimas inquisições. Não achei nada de interessante em sua cela, porque lá só estava guardado o enxoval humilde que o estatuto exigia: suas três túnicas e capa de inverno, suas perneiras, meias e roupas de baixo sobressalentes, os três livros editados para os que seguem aos níveis mais altos de estudo — *Historia Scholastica*, de Pierre Comester, as *Sentenças*, de Pedro Lombardo, e as Escrituras Sagradas. Seu escapulário e seu hábito, seu capote preto e seu cinto de couro, sua faca e bolsa e lenço... esses, evidentemente, sumiram. Encontrei e descartei certos unguentos e medicamentos preparados para ele por nosso irmão enfermeiro, bem como uma vela perfumada que tinha a fama de ter um efeito salutar em dores de cabeça e olhos irritados. O travesseiro de ervas dei para o pobre Sicard. Eu deixei de dar atenção a Sicard nesta narrativa, mas seu papel é muito pequeno. Ele entrou na ordem como oblato, e tinha muitas das qualidades características de pessoas recém-saídas de uma infância reclusa: voz baixa, apetite incontrolável, uma leve corcunda e uma veneração intensa pelos livros. (Irmão Lucius, nosso escrivão, também era assim.) Embora eu nunca tenha achado que Sicard fosse um jovem muito inteligente ou talentoso, ele servira como escriba para padre Augustin de maneira leal e eficiente, e estava abalado até o espírito com a morte dele. Portanto, eu o mantive a meu lado por muitos dias após o ocorrido, como quem toma conta de um gatinho órfão, deixando-o ficar com o travesseiro de padre Augustin com a certeza de que iria confortá-lo um pouco. Fiz isso com a aprovação do prior, que logo o tirou de minhas mãos. Ao fim do mês, ele se tornara assistente do irmão bibliotecário, que lhe propiciou muito mais horas de sono do que tinha quando estava a serviço de padre Augustin.

Ele nunca será um pregador, não tem a capacidade.

Mas eu falava dos pertences de padre Augustin. Após ter limpado sua cela, fui examinar sua mesa e seu baú de documentos na sede. Ali encontrei quatro registros da época de padre Jacques, cada um deles assinalado e glosado toda vez que os nomes Aimery Ribaudin, Bernard de Pibraux, Raymond Maury, Oldric Capiscol, Petrona Capdenier e Bruna d'Aguilar apareciam. Encontrei também um registro antigo, marcado em vários lugares, no qual descobri todo o passado triste de Oldric Capiscol.

Há 34 anos, quando era um jovem de 13, Oldric havia reverenciado um perfeito a pedido de seu pai. Três anos depois, alguém presente naquele culto o difamou, e ele foi preso por dois anos: quando solto, foi obrigado a aceitar uma *poena confusibilis* — nome de um castigo humilhante em que o penitente tem que usar cruzes de cor amarelo-alaranjada em seu peito e em suas costas. Oldric o fez durante um ano, mas, quando entendeu que isso o impedia de encontrar trabalho, livrou-se delas e arranjou ocupação como barqueiro. É óbvio que não conseguiu escapar do castigo tão facilmente. *Esteja certo de que seu pecado irá encontrá-lo.* Tendo sido descoberto e intimado a comparecer perante o Santo Ofício em 1283, ficou com medo e fugiu, o que o levou a ser excomungado. Após ficar sob censura por um ano, foi declarado herege em 1284. Capturado, por fim, em 1288, fugiu no caminho, mas foi reencontrado perto de Carcassonne. Sua sentença foi prisão perpétua a pão e água.

Achei tudo isso surpreendente, porque sabia que, se padre Jacques tivesse presidido o *auto de fé*, ele teria condenado Oldric à morte. Em uma anotação na margem do registro, padre Augustin escrevera que, atualmente, não havia ninguém com o nome Oldric Capiscol vivendo na prisão; concluiu que, já que não havia menção alguma de outra fuga, o prisioneiro deve, portanto, ter morrido na prisão em algum momento entre 1289 e o dia da anotação.

Então Oldric não poderia ser culpado pela morte de padre Augustin, embora eu tenha ficado imaginando, apreensivo, se ele teria descendentes com algum ressentimento contra o Santo Ofício. Nenhum dos Capiscols que *eu* conhecia parecia ter uma personalidade rancorosa; eram granjeiros, e todos os granjeiros que conheço (sempre tão ocupados em decapitar aves) têm uma personalidade calma, talvez porque consigam extravasar a maldade em sua atividade. No entanto, percebi que poderia haver um ramo da família que eu não conhecia, e, sentado à mesa de meu superior, folheando devagar as anotações empoeiradas com antigos nomes e contravenções, fiquei bastante apreensivo. Será que havia alguém em Lazet cuja vida não fora tocada, de alguma forma, pela nossa perseguição, sem trégua, às almas errantes? Como seria possível procurar e identificar os assassinos, quando tanta gente tinha razões suficientes para odiar — ou temer — o morto? Em Avignonet, Guillaume Arnaud e Stephen de Saint-Thibery foram assassinados por fidalgos hereges, muitos desconhecidos de suas vítimas, vindos de fora, de Montsegur apenas para matar esses dois defensores da fé. Teria semelhante destino atingido padre Augustin? Seriam seus assassinos apenas hereges, sem nenhum vínculo direto com o homem que despedaçaram de modo tão brutal?

Mas daí me lembrei de que os criminosos sabiam onde e quando atacar. Para preparar uma emboscada, precisariam ter uma base perto de Casseras — ou um informante entre os empregados domésticos do bispo. Se a investigação do senescal foi completa, algum nome ou descrição com certeza haveria de surgir. Enquanto isso, era imprescindível que eu tivesse minha própria lista de nomes, que poderia ser checada com qualquer pista que surgisse da parte do senescal.

Foi isso que me propus a fazer nos dois dias antes da volta dele, e comecei com os suspeitos de suborno.

De todos eles, apenas um, Bernard de Pibraux, havia sido preso e encarcerado por padre Augustin. Por outro lado, Raymond Maury havia sido intimado a comparecer perante o tribunal em cinco dias. O raciocínio de padre Augustin ficara claro para mim, nesse caso — porque um padeiro com nove filhos não desapareceria tão facilmente quanto um jovem nobre, forte, solteiro, sem (o que pude deduzir de vários depoimentos) nenhuma perspectiva de herdar a fortuna da família. Na verdade, nenhum dos acusados parecia ter muitos bens materiais, e eu me perguntei, a princípio, como teriam tido os meios para convencer padre Jacques a não tomar conhecimento deles. Mas Bernard de Pibraux tinha um pai que o adorava, e também me recordo de que os familiares da mulher de Raymond estavam bem de vida, por serem uma família de peleteiros bem-sucedida. A maior parte das famílias estaria disposta a pagar um bom dinheiro para não ser marcada com a vergonha de ter um parente herege. Claramente, é uma mácula hereditária.

Ao examinar os registros de padre Jacques, familiarizei-me com as acusações originais contra Bernard de Pibraux e Raymond Maury. Os dois nomes haviam sido mencionados, de passagem, por testemunhas arroladas por outros motivos. Uma testemunha ouvira Raymond dizer em sua loja, um dia, que "uma mula tem uma alma tão boa quanto a de um homem". A outra testemunha havia visto Bernard de Pibraux fazer uma reverência a um perfeito e dar-lhe um pouco de comida. Nenhum dos dois incidentes tornou-se motivo de investigação para padre Jacques, embora padre Augustin tivesse, nesse ínterim, interrogado Bernard, que repetiu não saber a identidade do perfeito. Fora apresentado a esse transmissor da falsa doutrina na casa de um amigo, e o reverenciara, depois, por cortesia e lhe dera um pouco de pão que ele mesmo não queria. Bernard negou que alguma vez, por qualquer razão, tenha pagado algum dinheiro a padre Jacques.

Em casos assim, é muito difícil discernir a verdade. Padre Augustin havia entrevistado várias testemunhas, nenhuma das quais pôde atribuir a Bernard qualquer outro ato a ser descrito como não ortodoxo. O jovem ia à igreja esporadicamente: o padre de sua paróquia o censurava por ser "um jovem imprudente, beberrão e quase sempre descuidado de sua alma — como muitos nesta vizinhança. Faz parte de um pequeno grupo de amigos que têm os mesmos hábitos. Não consigo convencê-los a deixar as jovens donzelas em paz". Com seu método eficiente, como sempre, padre Augustin tinha dado um jeito de averiguar os nomes desse "pequeno grupo de amigos". Eram eles: o primo de Bernard, Guibert; Etienne, filho de um castelão vizinho; e Odo, filho do notário local. Ponderei se eles tinham um temperamento violento e perguntei a Pons se Bernard de Pibraux tinha recebido a visita de algum amigo da mesma faixa etária.

— Não — disse Pons. — Só do pai e do irmão.

— O pai, por acaso, responsabilizou-se pelo irmão?

— Se ele o fez, não havia necessidade. — Pons chegou a sorrir; algo que, garanto, é muito difícil de ver. — Eles são farinha do mesmo saco, os três.

— Como eles estavam? Você achou que estavam muito bravos? Havia algo de furtivo em seu comportamento?

— Furtivo?

— Parecia que eles estavam tramando algo de ruim?

Pons franziu o cenho. Coçou o queixo. — Todo mundo que entra aqui parece assustado — observou ele. — Acham que não os deixarão sair.

Essa era uma observação válida. A gente esquece o efeito terrível que uma prisão deixa sobre a maior parte das pessoas. — Mas e quanto a Bernard? — perguntei. — Como ele está enfrentando a prisão?

— Ah, *isso* eu posso dizer. Bernard tem um temperamento dos diabos. Nunca fica calado. Joguei três baldes de água nele e não fez nenhuma diferença. Alguns dos outros prisioneiros reclamaram.

— Ele é violento, então?

— Ele seria, se eu deixasse. Certa vez o acorrentei, e isso o acalmou um pouco.

— Sei.

Com essa informação, retornei à minha mesa e refleti. Me pareceu que a culpa ou a inocência de Bernard com relação à reverência para o perfeito nunca seria provada deste ou daquele modo a não ser que ele confessasse que houve uma ação herética. Padre Augustin deve ter pensado o mesmo, porque fora muito sutil ao perguntar a Bernard os nomes de inimigos que o queriam prejudicar. Esse procedimento, usado para prender testemunhas falsas, é muito útil quando fica difícil estabelecer a culpa da pessoa. Mas, como Bernard não citou o nome da testemunha responsável por acusá-lo, não houve nenhuma sugestão de conspiração.

Defrontado com esse dilema, pensei no que padre Jacques teria feito. Para ele, haveria duas alternativas: ou o faria passar fome antes de recomendar uma condenação branda, ou teria ignorado o incidente todo. Uma ou duas vezes, no passado, eu mesmo havia testemunhado essa tendência de deixar passar certos relatos de malfeitos "por falta de provas", e não estou convencido de que meu superior tenha se comovido por amor ao dinheiro, mais do que por uma inclinação à compaixão.

— Se um homem escolhe não matar uma galinha para sua sogra, *não* quer dizer que seja herege — disse-me ele certa vez. — Talvez essa mulher seja mal-humorada e briguenta, então por que sacrificar uma galinha boa e gordinha para alguém assim? Mande-a embora.

Eu nunca tinha contado a padre Augustin esses pequenos deslizes, porque não eram frequentes; envolveram pessoas sem dinheiro para pagar até o pedágio (quanto mais um suborno) e ocorriam quando padre Jacques se sentia particularmente cansado e infeliz. De fato, eu o enalteceria por sua clemência, não fosse o fato de que também estava sujeito a desagradáveis surtos de índole vingativa. Quanto a mim, o deslize de Bernard de Pibraux ter sido ignorado não indicava nada de extraordinário com relação à conduta de padre Jacques.

No caso de Raymond Maury, porém, eu podia perceber que havia algo de errado. Dizer que uma mula tem uma alma tão boa quanto a de um homem é corroborar com a crença dos cátaros de que as almas de homens e animais foram tiradas do Reino da Luz pelo Deus da Escuridão e introduzidas em seres corpóreos até que elas pudessem ser devolvidas ao céu. Ora, é possível que alguém xingue um inimigo dizendo que "ele tem a alma de uma mula e o caráter de um rato", ou algo parecido, e que o insulto tenha sido mal interpretado ou escutado errado. Mas padre Augustin, após entrevistar alguns amigos e conhecidos de Raymond Maury, havia conseguido extrair deles mais evidências de que ele era um homem de opiniões fora do padrão. Um vizinho, ao informar a Raymond que iria sair para uma peregrinação com o intuito de receber uma graça, ouviu do homem: "Você acredita que algum homem possa lhe absolver de seus pecados? Só Deus pode fazê-lo, meu amigo". Outra conhecida recordou que fora à igreja de Santa Maria de Montgauzy para rezar pela devolução de objetos que lhe haviam sido roubados; no caminho, encontrou Raymond Maury, que zombou de suas intenções. "Suas preces não farão nada por você", supostamente disse-lhe ele.

Como o senhor pode ver, padre Augustin havia juntado muitas provas condenatórias contra Raymond — e, ao fazê-lo, levantara suspeitas sobre padre Jacques. Parecia realmente que a honestidade do antigo inquisidor estava em cheque: por que Raymond não fora preso logo? Eu não podia acreditar que a cegueira aparente de padre Jacques provinha de um impulso de misericórdia, não importa quantos filhos Raymond tivesse; nesses casos, a misericórdia deve ser demonstrada na condenação. Não, eu me convenci, ao ler os testemunhos, que deve ter havido um pagamento de uma quantia ilícita.

Fiquei triste por pensar assim, mas não inteiramente surpreso. O que, *sim*, me deixou surpreso foi o documento que encontrei escondido em um dos registros. Após ler com atenção seu conteúdo, consegui identificá-lo como uma carta, mas não reconheci quem a escrevera.

Embora eu não consiga reproduzir o texto da carta de maneira fidedigna, pela minha memória o conteúdo era o seguinte:

> Jacques Fournier, bispo, com a graça de Deus, humilde servidor da Igreja de Pamiers, saúda seu filho valoroso, irmão Augustin Duese, inquisidor da depravação herética; saudações e afeto no Senhor.
>
> Recebi com alegria sua carta de caridade. Quanto ao assunto sobre o qual você pediu meu conselho: espero que haja tanto compreensão quanto amor no que eu escrevo, para que possa aconselhar meu filho da melhor

maneira possível. Você se refere a uma jovem de grande beleza e valor espiritual "possuída por demônios"; você está à procura de súplicas que possam libertá-la dessa maldição. Como você imaginou, em minha biblioteca tenho literatura que descreve tais exorcismos, mas, antes de tentar qualquer ritual dessa natureza, eu lhe peço para examinar atentamente a forma e os sintomas da doença dela. Será que se trata, como você diz, de um caso de possessão, ou de um caso de insanidade mental causada por algum inimigo conhecedor das artes diabólicas? O próprio Doutor Angélico nos advertiu contra essas velhas que podem causar mal, particularmente em crianças, com o olho gordo — e há outras, bem mais perigosas, mestras em invocar "reis do inferno", e sobre as quais sei muito pouco. Proteja-se bem com a armadura da fé e da coragem, antes de empunhar a espada contra esse tipo de inimigo.

Com relação à fórmula para banir demônios, eis aqui:

Faça a vítima segurar uma vela, sentada ou ajoelhada; o padre deve começar com "A nossa ajuda é em nome do Senhor", e os presentes entoam as respostas. O padre, então, borrifa a vítima com água benta e coloca uma estola em volta de seu pescoço, e recita o salmo 70. "Apressa-te, ó Deus, em me salvar" — continuando com a ladainha dos doentes, dizendo, ao invocar os santos: "Reze por ela e seja favorável: salve-a, ó Senhor".

Depois, inicia-se o exorcismo, a ser recitado assim:

"Eu te exorcizo, sendo fraca, mas renascida no batismo sagrado pelo Deus vivo, pelo Deus verdadeiro, pelo Deus que te redimiu com Seu sangue precioso, para que tu sejas exorcizada, para que todas as ilusões e maldades da falsidade do demônio te abandonem e fujam de ti com todos os espíritos impuros repudiados por Aquele que julgará tanto os vivos quanto os mortos, e que purificará a terra com fogo. Amém..."

Não recitarei a fórmula em sua totalidade, já que não tem relação com minha história. A carta terminava com uma saudação respeitosa (Que a paz de nosso Senhor Jesus Cristo esteja com o senhor etc.) e um pedido por cópias de alguns testemunhos que, novamente, não são relevantes a esta narrativa. A carta fora escrita cerca de três semanas antes.

Disse que fiquei surpreso com essa carta, mas, na verdade, fiquei mais do que surpreso: fiquei tão perplexo que quase caí de meu assento. Quem seria essa "jovem, de grande beleza e valor espiritual"? Certamente ninguém que *eu* já conhecia. Talvez, pensei, fosse uma das mulheres de Casseras — a filha da viúva, por exemplo. Mas por que padre Augustin se preocupava com o sofrimento dela? Os demônios, invocados ou em poder de uma alma sofredora, não estavam no âmbito do Santo Ofício. O papa Alexandre IV prevenira os inquisidores especificamente a não se ocupar com casos de adivinhação (ou coisa que o valha), a não ser que se caracterizassem como heresia de maneira explícita.

Quanto às fórmulas relatadas, não consigo perceber como elas beneficiariam meu superior, já que ele não era sacerdote e deveria ter conversado com um antes de procurar o bispo de Pamiers. Era um mistério atrás do outro. Mas eu sabia que meu superior não poderia ter escrito sozinho a carta ao bispo, sua vista sendo tão ruim — então me dirigi a Sicard e lhe perguntei a respeito da carta.

— Sim — disse ele, piscando para mim com seus olhos grandes e claros. (Ele estava inspecionando alguns volumes da *Summa* do Doutor Angélico, à procura de traças.) — Eu me lembro de tê-la redigido. Ele a mandou a Pamiers com alguns documentos. Mas você teria que perguntar ao irmão Lucius sobre os outros documentos.

— Qual era o teor da carta? Você se lembra?

— Era sobre uma mulher. Possuída pelo demônio.

— Você sabe quem ela é? Ele chegou a mencionar o nome dela?

— Não.

Esperei, mas logo entendi que, se eu quisesse mais alguma coisa, teria que extraí-la, como se extraem os dentes. Sicard era sempre assim — a disciplina do claustro o havia treinado muito bem. Ou talvez fora o padre Augustin a insistir que ele falasse apenas quando alguém se dirigisse a ele, respondesse apenas às perguntas feitas a ele, e não fizesse nenhuma observação por vontade própria até que alcançasse um alto nível de maturidade e educação.

— Sicard, por acaso padre Augustin mencionou onde ela vive ou com quem vive? Ele fez alguma descrição detalhada de alguma coisa? — perguntei. — Pense, agora.

Obediente, Sicard pensou. Molhou o lábio inferior. Seus dedos delicados brincavam nervosamente com uma pena enquanto ele negava com a cabeça.

— Ele só disse que ela era jovem. E de grande valor espiritual.

— E ele não explicou nada a *você*?

— Não, padre.

— E você nunca pensou em pedir uma explicação?

— Oh, *não*, padre! — Sicard parecia chocado. — Por que eu faria isso?

— Porque você estava curioso. Não estava? Eu teria ficado curioso.

O pobre rapaz ficou me encarando como se não conhecesse a palavra "curioso" e não tivesse vontade de conhecê-la melhor. Percebi, então, que padre Augustin havia escolhido seu escriba com grande sabedoria, elegendo alguém totalmente sem curiosidade, respeitoso de berço, tristemente desprovido de perspicácia e, por essas três razões, quase incapaz de revelar os segredos do Santo Ofício. Por isso o deixei, com palavras de ânimo, e fui para a Completa ainda refletindo a respeito dessa carta incrível, que decidi (sabiamente, parece) manter escondida, por ora.

Em meu âmago, porém, me comprometi a visitar as mulheres em Casseras para me certificar de que lá tudo estava no lugar. Mas eu relutava em fazê-lo antes da volta do senescal; queria ouvir seu relato antes de tomar outras decisões.

Acontece que ele voltou no dia seguinte e não pude dar-lhe uma lista de possíveis suspeitos. Eu ainda nem sequer tinha entrevistado Bernard de Pibraux. Talvez eu estivesse muito confiante em minhas habilidades, mas, com toda a franqueza, não esperava que o senescal voltasse tão cedo. Se a investigação estivesse sob minhas ordens, acho que eu teria avançado mais devagar e com mais delicadeza.

Suponho que todos nós temos maneiras diferentes de trabalhar.

Eu estava escrevendo cartas quando os cadáveres chegaram. Pensei que deveria falar, sem falta, com os três amigos próximos de Bernard de Pibraux — Etienne, Odo e Guibert — para, se fosse possível, averiguar onde tinham estado no dia da morte de padre Augustin. Pelo menos dois deles provavelmente tinham sido treinados na arte da guerra, e, como eram jovens, cabeça quente e beberrões, tudo levava a crer que poderiam ter incitado uns aos outros a causar algo terrível ao responsável pela desgraça de seu amigo. Na minha cabeça, essa conjectura foi reforçada pela possível inocência de Bernard de Pibraux. Um bando de jovens selvagens e impetuosos, convencidos de que seu amigo fora preso sem motivo, certamente seriam movidos por uma fúria implacável que os levaria a perpetrar até mesmo um ato tão chocante.

Até o momento, eles eram os suspeitos mais prováveis.

O senhor talvez não saiba, mas há um procedimento específico para intimar as pessoas a comparecer ao tribunal. É necessário escrever ao sacerdote da paróquia o seguinte: *Nós, os inquisidores da Depravação Herética, o cumprimentamos, encarregando-o e estritamente instruindo-o, pela autoridade que exercemos, a intimar em nosso nome fulano de tal para comparecer tal dia em tal lugar, para responder por sua fé.* Nesse caso específico, claro, intimei os três nomes e pedi que viessem a mim em horários e datas diferentes, pois queria interrogá-los em separado.

Eu já tinha lacrado essa carta e estava afiando minha pena para redigir a próxima (convocando o sogro de Raymond Maury), quando alguém bateu na porta principal. Como estava trancada por dentro, como é de costume na sede, me levantei e fui abri-la. Encontrei Roger Descalquencs na soleira da porta.

— Meu Deus! — exclamei.

— Padre. — Ele estava banhado em suor e coberto de poeira; em sua mão direita estavam as rédeas de seu cavalo. — O senhor poderia ficar com estes barris?

— Quê?

— Os corpos estão nestes barris — disse ele, mostrando os cavalos atrás dele. Cada um carregava dois barris pequenos de madeira amarrados com cordas. Havia uma comitiva de seis ou sete soldados com a aparência esgotada, mostrando que enfrentaram uma viagem difícil. — Eles foram salgados.

— *Salgados?*

— Foram colocados em salmoura. Para preservá-los.

Fiz o sinal da cruz, e dois dos soldados, ao me ver fazendo isso, imitaram meu gesto.

— Achei que o senhor iria querer que eu os trouxesse diretamente para cá — continuou o senescal. Sua voz estava rouca, a respiração pesada. — A não ser que tenha uma outra ideia?

— Ah... Hmm...

— O cheiro é muito forte — advertiu-me ele.

A essa altura, Raymond Donatus (sempre alerta) havia descido do *scriptorium*; eu podia ouvir suas exclamações de assombro por trás de mim.

— Eles terão que ser examinados... — balbuciei. — Eu deveria pedir ao irmão enfermeiro...

— O senhor os quer no priorado?

— Não! Não... — A ideia de ter esses restos cartilaginosos poluindo e perturbando a paz do mosteiro me repugnava. Eu sabia o quanto iriam afligir muitos de meus companheiros. — Não, leve-os... Já sei. — Lembrei-me dos estábulos vazios no piso inferior. — Leve-os para baixo. Por aqui. Raymond, pode lhes mostrar? Preciso ir buscar nosso irmão enfermeiro.

— Jean pode fazer isso. Preciso falar com o senhor. Jean! Você ouviu. — O senescal apontou o queixo para um dos oficiais. — Arnaud, você supervisiona o descarregamento. Onde podemos conversar, padre?

— Aqui dentro.

Introduzi o senescal na sala antes ocupada por meu superior e o convidei a se sentar. Vendo-o desmoronar na cadeira do inquisidor, me senti na obrigação de lhe oferecer algo para beber. Mas ele não aceitou.

— Quando eu chegar em casa — disse ele. — Agora, me conte, aconteceu alguma coisa enquanto estive fora? O senhor descobriu alguma coisa que possa nos ajudar?

— Ah. — Era evidente que suas notícias não eram boas. — Eu ia perguntar a mesma coisa.

— Padre, eu não sou cão de caça. Eu *não* tenho o faro para esse tipo de coisa. — Ele suspirou, olhando para suas belas botas espanholas. — Tudo que posso dizer é, se os aldeões estiverem envolvidos, todos estão. Sem exceção.

— Conte o que você conseguiu.

E assim ele fez. Contou que seus guardas haviam examinado Casseras, procurando por armas escondidas, cavalos ou roupas. Contou que havia interrogado todos os aldeões, perguntando o que fizeram na tarde da morte de padre Augustin. Que ele se lembre, não houve discrepância nos testemunhos.

— Não havia nada. Ninguém vira pessoas estranhas aquele dia. Ninguém aparentemente odeia o Santo Ofício. E ninguém esteve fora naquela noite — que provavelmente é a informação mais importante que consegui.

— Por quê?

— Porque foram encontrados mais pedaços. — Parece que, durante a estada do senescal em Casseras, duas descobertas marcantes aconteceram a pouca distância da aldeia. Em um dos casos, um pastor encontrara um braço nas montanhas e o trouxera para Casseras porque queria entregá-lo ao padre mais próximo. Da mesma forma, fora encontrada uma cabeça na estrada para Rasiers — uma aldeia onde o padre ouvira falar do massacre de Casseras, e, portanto, mandou a cabeça para Estolt de Coza rapidamente. Estolt, por sua vez, a encaminhou a Roger.

— Esses restos estavam muito espalhados — comentou o senescal. — O braço estava a aproximadamente um dia de caminhada de Casseras; se alguém da aldeia o tivesse deixado lá, esse alguém com certeza precisara passar a noite fora.

— Mesmo a cavalo?

— Mesmo se fosse, ele teria que ter andado de volta, porque não havia nenhum cavalo em Casseras, padre.

— Entendo.

— Você entende? Eu gostaria de dizer o mesmo. Parece que os assassinos se separaram e foram em muitas direções.

— Espalhando membros sangrentos pelo caminho.

— Faz sentido para o senhor?

— Receio que não.

— Pelo menos podemos dizer que eram dois, talvez mais, e que não eram da aldeia. Estou seguro de que não eram da aldeia. Eles precisariam ter tido muita habilidade e andado muito... não! Se me perguntasse, diria que eles eram de outro lugar.

Após ter dado sua opinião, Roger silenciou. Por algum tempo ficou examinando suas botas, aparentemente perdido em pensamentos, enquanto eu remoía seus argumentos na minha cabeça. Pareciam sólidos.

De repente ele voltou a falar.

— O senhor tem ideia de quanto custa contratar um grupo de assassinos? — perguntou do nada, e eu não consegui deixar de sorrir.

— Infelizmente, meu senhor, eu não seria capaz nem de arriscar um valor.

— Bem... depende do que se quer. Acho que dá para contratar um par de mendigos por quase nada. Mas houve dois mercenários julgados na minha corte, há pouco tempo, que receberam 15 livres. Quinze! Só para dois!

— E onde alguém de Casseras conseguiria 15 livres?

— Exatamente. Onde? Digamos que ganhassem 20 livres; bem, dá para comprar meia casa por esse valor em Casseras. Imagino que até Bruno Pelfort teria que vender uma boa parte de seu rebanho, e ele é o homem mais rico da aldeia. Mas o padre disse que o rebanho dele está mais ou menos do mesmo tamanho de sempre.

— Então, a não ser que todos os aldeões contribuíssem...

— Ou então se o dinheiro viesse de alguém como Estolt de Coza...

— Mas o senhor não acha...

— Não vejo nenhuma razão. Se é que se pode acreditar em padre Paul.

— Eu acho que sim.

— Eu também. Não houve hereges em Casseras ultimamente? Meneei a cabeça. — Não que tenha chegado até nós.

— E Rasiers?

— Nem em Rasiers.

— E com relação àquelas mulheres da forcia? Padre Paul disse que o inquisidor ia lá para lhes dar conselho espiritual. É verdade?

Hesitei um pouco, não sabendo como responder. Eu não tinha certeza se *era* verdade. Percebendo como eu estava perdido, o senescal contorceu o rosto em uma expressão de desagrado.

— Certeza de que não era um assunto do coração? — quis saber.

— Alguns dos aldeões dizem que sim...

— Meu Deus, isso é possível?

— Eu quero saber o que *você* acha.

— Eu acho que não é provável.

— Mas não impossível?

— Eu acho que é *muito* improvável.

Mesmo enquanto eu falava, sabia que a ênfase que dera às palavras e a expressão em meu rosto enquanto as pronunciava eram desrespeitosas — porque subentendiam que alguém da idade e com a aparência de padre Augustin com certeza teria renunciado a todas as aflições do amor há muito, muito tempo. Para minha surpresa, porém, o senescal não reagiu da maneira que eu esperava. Em vez de responder com vaga anuência — talvez até um sorriso — ele franziu o cenho e coçou o queixo.

— Eu também acharia improvável — disse ele — se eu não tivesse conhecido as mulheres. Os olhos delas estavam vermelhos de tanto chorar. Elas falavam e falavam da bondade dele, de sua compaixão e de sua sabedoria. Foi muito... — Fez uma pausa, e sorriu, meio sem jeito. — Veja, padre, se elas estivessem falando sobre *você*, então eu entenderia. Você é o tipo de padre pelo qual uma mulher choraria.

— Ah! — Naturalmente, gargalhei alto, embora deva confessar que me senti lisonjeado, Deus me livre. — Isso é um elogio ou uma acusação?

— O senhor sabe o que quero dizer. O senhor tem um jeito de falar... ah, deixa para lá! — Aparentemente incomodado com o assunto, Roger o colocou de lado com um movimento brusco de sua mão. — Sabe o que quero dizer. Mas padre Augustin era um... um monge nato.

— Um monge nato?

— Não havia sangue em suas veias! Ele era seco como pó. Pelo amor de Deus, padre, o senhor deve saber do que estou falando!

— Sim, sim, eu sei a que se refere. — Não era hora de provocar. — Então acha que essas mulheres estavam sofrendo de verdade?

— Quem pode saber? As lágrimas de uma mulher... Mas *cheguei* mesmo a pensar que se padre Augustin as estava investigando, elas poderiam ter tido uma razão para matá-lo.

— E os meios?

— Talvez sim. Talvez não. Elas vivem de maneira simples, mas devem viver de alguma coisa. Algo mais do que um pouco de aves e uma horta.

— Sim, devem — disse eu, pensando na carta de Jacques Fournier. Estava na sala ao lado, e eu poderia tê-la mostrado, em algum momento, para que o senescal desse sua opinião. Por que hesitei? Porque eu ainda não a havia mostrado ao prior? Talvez porque eu queria proteger a reputação de padre Augustin. Se, na minha futura visita a Casseras, eu descobrisse que ele tinha uma relação vergonhosa com essas mulheres — uma amizade que não tinha associação com seu assassinato — seria meu dever esconder sua conduta irregular do mundo todo. — Infelizmente, as mulheres não estavam sendo investigadas — declarei. — Pelo que sei, padre Augustin estava tentando convencê-las a entrar para um convento. Para sua própria segurança.

— Ah.

— E, se elas quisessem dissuadi-lo, poderiam tê-lo feito sem cortá-lo em pedaços.

— Sim.

Nesse momento ambos ficamos em silêncio, como se estivéssemos exaustos, e nos ocupamos cada um com seus próprios pensamentos. Os meus se voltaram para Bernard de Pibraux, e a pilha de trabalho para terminar que me esperava sobre minha mesa. Os de Roger, evidentemente, preocupavam-se com os estábulos do bispo, porque após um tempo ele disse:

— Por acaso você chegou a falar com o cavalariço do bispo?

— Não. E o senhor?

— Ainda não.

— Se descobrirmos quem sabia a respeito da visita de padre Augustin, além do pessoal de Casseras...

— Sim.

— E se compararmos esses nomes com os de quem ele eventualmente tenha ofendido...

— Claro. E você deveria investigar também com relação ao assassinato dos familiares, se eles teriam mencionado a viagem para alguém.

— Há *muito* trabalho pela frente — suspirei. — Pode levar semanas. Meses. E pode dar em nada.

O senescal concordou. — Se eu mandar avisar todo oficial, preboste e castelão que vive a três dias a cavalo de Casseras, é provável que achemos uma testemunha que tenha visto os assassinos em fuga — afirmei, dando um bocejo enorme. — Eles devem ter parado para lavar o sangue. Talvez alguém encontre algum dos cavalos roubados.

— Talvez.

— Pode até ser que os assassinos se vangloriem do que fizeram. Acontece com frequência.

— Deus queira que assim seja.

Mais uma vez, uma fadiga parecia descer sobre nós como uma névoa. Claramente, deveríamos terminar a conversa, levantar das cadeiras e ir cuidar de nossas obrigações. Ao contrário, continuamos sentados, enquanto o recinto aos poucos se enchia com o cheiro de suor de cavalo. Lembro-me de ter olhado para minhas mãos, manchadas de tinta e cera de lacre.

— Bem — disse Roger finalmente, falando quase num gemido, como se o esforço fosse insuportável. — Acho que eu deveria ir falar com o cavalariço do bispo. Conseguir os nomes que o senhor queria. E uma descrição dos cavalos desaparecidos.

— O bispo sente muito a falta dos cavalos. — Temo que minha intenção ao dizer isso não tenha sido muito generosa, mas o senescal respondeu apenas a minhas palavras, não a meu tom.

97

— Cinco deles desaparecidos? — perguntou. — Eu também ficaria muito sentido. Comprar outros vai custar uma fortuna. Você vai tomar conta dos corpos, padre?

— Claro — respondi, levantando-me ao mesmo tempo que ele. Através da porta fechada eu podia ouvir rangidos, murmúrios e arrastar de pés, o que indicava que os barris contendo os restos de padre Augustin (e dos familiares) estavam sendo transportados para os estábulos. Será que eu conseguia discernir a batida oca da água salgada na madeira do barril? Nesse momento, me dei conta de que precisaria examinar o conteúdo repulsivo desses recipientes pessoalmente — uma obrigação à qual eu estava muito relutante de me desincumbir.

— Meu senhor? — chamei, fazendo Roger parar na soleira da porta. — Se não tiver nenhuma objeção, meu senhor, gostaria de visitar Casseras em breve. — (Ao fazer esse pedido, eu sabia que teria que agir com cuidado, ou arriscaria ofendê-lo com o que poderia ser considerado um desrespeito a seus métodos.) — Já que estou mais acostumado com os sinais que indicam a presença de heresia, poderia desvendar alguns indícios que talvez tenham lhe passado despercebidos. Mas não por sua culpa.

— *O senhor?* — Havia perplexidade e alarme na expressão do senescal. Acho maravilhoso como um homem consegue falar sem palavras, pois, assim como as preces dos santos são frascos celestes cheios de perfume, o movimento das sombras é a linguagem do semblante de um homem. — *O senhor* ir? Mas isso seria estúpido!

— Não se eu fosse acompanhado por alguns de seus homens.

— Padre Augustin estava acompanhado, e veja o que aconteceu a ele.

— Eu poderia ter o dobro da quantidade de guardas.

— Você poderia mandar os aldeões virem aqui. Seria menos perigoso.

— Verdade. — Essa ideia havia me ocorrido. — Mas isso os amedrontaria. Eu gostaria que eles me vissem como amigo. Quero a confiança deles, e, além disso, não temos lugar na prisão.

— Padre, se fosse você, eu reconsideraria — advertiu-me Roger. Fechou a porta (que tinha acabado de ser aberta) e colocou a mão em meu braço, deixando uma mancha cinza no tecido branco. — Como ficaremos se você for morto?

Tentei não dar muita importância à sua preocupação. — Como vou usar seus cavalos, meu senhor, pelo menos vamos ficar sabendo que o criminoso não conseguiu a informação por meio dos estábulos do bispo — gracejei. Eu me comportava como se estivesse despreocupado, mas por dentro estava tremendo. A minha razão me dizia que os assassinos de padre Augustin tinham deixado a cena do crime para trás e estavam bem longe, mas, em meu âmago, existia um medo absurdo, que eu pretendia sufocar a todo custo.

Infelizmente, como o senhor deve ter antecipado, minha primeira visão dos restos de padre Augustin só serviu para intensificar esse medo.

4
QUE EU POSSA CONHECÊ-LO

Amiel de Veteravinea é o enfermeiro do convento. É um homem pequeno e rijo, de comportamento enérgico, que fala depressa e aos tropeços. Embora seja totalmente careca, suas sobrancelhas são exuberantes, grossas e escuras como a vegetação do Norte. Eu diria que seu caráter não é tão amável como exige a profissão; mas é excelente tanto nos diagnósticos quanto na preparação de remédios. E tem um interesse profundo e erudito na arte de embalsamar.

Dessa prática antiga, pela qual se preserva a carne morta da deterioração usando certas especiarias e técnicas misteriosas não tenho o mínimo conhecimento. Nunca achei esse assunto muito atraente. Para irmão Amiel, no entanto, é uma fonte de intenso fascínio, como o que um teólogo pode vir a sentir em um debate a respeito da essência da divindade. E o interesse de irmão Amiel não é apenas teórico, porque, após consultar vários textos raros e antigos (alguns escritos por infiéis), ele frequentemente compromete a integridade imaculada de seu conhecimento recém-adquirido ao aplicá-lo em cadáveres de pequenos pássaros e animais.

Foi, portanto, a irmão Amiel que recorri quando me deparei com os restos dos cinco homens assassinados. Nenhuma outra pessoa que eu conhecia teria tido o estômago para examinar todas as partes dos corpos com o cuidado requerido para identificá-los de maneira adequada. Ele veio rapidamente, trazendo uma porção de lençóis de linho enormes, e logo percebi que minha intuição estava correta, porque seus olhos brilhavam e ele caminhava nitidamente ávido pela tarefa. Ao chegar aos estábulos, estendeu os lençóis um ao lado do outro no chão, dobrou as mangas como se fosse preparar uma refeição deliciosa e precisasse evitar que alguma parte de sua roupa encostasse na gordura.

Eu deveria lhe contar, neste ponto da narrativa, que nessa época os estábulos já estavam algo repugnantes quanto ao cheiro e aspecto, porque tinham sido usados para acomodar os porcos de Pons uns dois anos antes. Os animais, porém, não se deram bem lá e os odores tinham sido difíceis de aguentar para todos nós que trabalhávamos um andar acima. Então, após abater seus preciosos porcos (em um dos cochos destinados a matar a sede de cavalos que não existiam), Pons havia abandonado seu sonho de produzir bacon curado em casa, e ninguém mais pôs os pés lá.

De fato, eles eram perfeitamente apropriados para armazenar os restos humanos em decomposição.

—Ah! — exclamou irmão Amiel ao tirar um membro encharcado do primeiro barril. — Joelho, parece. Sim. Um joelho.

—Eu, ahn, me perdoe, irmão... — Com um canto do meu hábito encostado no nariz, covardemente me infiltrei na escadaria. (Havia duas saídas possíveis dos estábulos: através de uma pequena porta que abre para a escadaria, ou através de um par de portas grandes voltadas para a rua. Essas sempre estavam trancadas por dentro.) — Voltarei quando você tiver terminado de examinar os corpos.

—Mas *esta* não é a mão de padre Augustin. Eu conhecia sua mão, e esta é muito maior.

Me virei para ir embora, mas irmão Amiel não deixou.

— Espere! — exclamou ele. — Aonde o senhor vai?

— Eu... eu estou muito ocupado, irmão...

— O senhor conhecia esses oficiais mortos? Devia conhecê-los. Eles trabalhavam aqui, não era?

— Eu os conhecia apenas de vista.

— Mas, então, quem os conhecia bem? Eu preciso de ajuda, irmão Bernard, não vou conseguir juntar esses corpos sozinho.

— Por que não? — Sinto dizer que não conseguia entender o significado disso, a princípio. — É demais para você?

— Irmão, as partes precisam ser *identificadas*.

— Ah, sim, claro — apressei-me a responder, mas, quando olhei para o item inchado, preto e roxo em sua mão, meu poder de raciocínio de repente voltou para mim. — Irmão, certamente o avançado grau de putrefação vai evitar que nós... quer dizer... duvido que a maior parte das pessoas consiga reconhecer estes restos desmembrados, não importa o quanto conheciam as vítimas.

— Tolice.

— Eu tenho certeza.

— Os pelos nesta mão são pretos. Os do joelho são cinza. — falou irmão Amiel com condescendência e um tanto quanto rispidamente, como se estivesse falando com uma criança estúpida, mas estava me sentindo muito nauseado para me ofender. — Há sempre certas características que a putrefação não apaga.

— Sim, mas você precisa levar em consideração nossa repugnância natural — disse eu sem fôlego, percebendo, enquanto falava, que irmão Amiel não sentira nada disso. — A visão desses pedaços... irá impactar as pessoas tão fortemente...

— Então *ninguém* vai me ajudar?

— Irmão, não espere ajuda. Estou apenas avisando, é isso. — E, tendo dado esse recado, me afastei rapidamente para procurar a pobre esposa de Giraud Gantier e alguns familiares a quem eu já convencera a examinar o que restou de Giraud e de outros companheiros.

Quando voltei, trouxe Pons comigo. Dos sete oficiais restantes de nosso pessoal, quatro haviam concordado em vir, um por vez, por conta das restrições da escalação de turnos, e três estavam dormindo em casa após terem trabalhado no turno da noite. Eu havia mandado o substituto de Isarn, o novo mensageiro, buscar Matheva Gantier. Deus sabe que eu estava relutante em buscar sua ajuda, mas parece que não tinha alternativa.

— Deus do Céu! — murmurou Pons ao entrar nos estábulos. Na minha ausência, irmão Amiel havia esvaziado os barris de salmoura e espalhado o que havia dentro em toda a extensão dos lençóis de linho. Percebi logo que algumas partes pareciam dispostas de maneira que vagamente lembravam um ser humano, com a cabeça na parte de cima dos lençóis e os pés na de baixo.

Eu pude ver só duas cabeças.

— Faltam muitos pedaços aqui — anunciou irmão Amiel, sem deixar de nos olhar. — Muitos. Isso dificulta demais as coisas.

— Oh, Cristo Deus... — balbuciou Pons. Sua mão estava sobre sua boca, e ele estava tão branco quanto o segundo cavalo do Apocalipse. Coloquei uma mão solidária em seu braço.

— Talvez você pudesse pedir à sua mulher para trazer umas ervas para baixo — sugeri. — Ervas potentes para mascarar o mau cheiro.

— Sim. Sim. Imediatamente! — O carcereiro saiu precipitadamente, e fui deixado sozinho na entrada. Levou certo tempo para eu tomar coragem e entrar. Irmão Amiel simplesmente me ignorou, examinando com atenção cada pedaço à luz de seu lampião, até eu me aproximar de onde ele estava agachado.

— Veja, encontrei o que resta de padre Augustin —apontou.
— A cabeça não está aqui, mas eu conheço bem o corpo. Suas mãos eram muito deformadas, são inconfundíveis. Os pés também. Vê? Só um. Esta, eu tenho certeza, é a parte de cima de suas costas. Lembra que ele tinha uma corcova... a curvatura é reconhecível. Seus braços eram magros e fracos.

Eu me afastei.

— O resto é mais difícil. Temos duas cabeças e podemos, até certo ponto, distinguir entre certos tipos pela consistência e pela cor dos pelos do corpo. O cabelo de padre Augustin é grisalho, então podemos colocar todos os cabelos dessa cor nesse grupo. Também temos preto e castanho, e o preto é grosso e áspero, enquanto o castanho

103

parece mais fino. Mas há também um pouco de castanho mais grosso, e três braços com pelos pretos; então temos que levar em conta as diferenças entre os pelos que crescem em diferentes partes do corpo...

— Ah, irmão? O senhor diria que isto foi feito com um machado?

— Consideraria que *só* pode ter sido feito com um machado. Veja como as espinhas foram cortadas! Eu duvido que isso pudesse ser feito com uma espada.

— Teria que ser muito forte, então? Para fazer isto?

Irmão Amiel hesitou. — Teria que ser forte o suficiente para cortar lenha — disse ele finalmente. — Eu já vi crianças cortando lenha, e mulheres grávidas. Mas não inválidos.

— Claro.

— Eu Te glorificarei, porque fui feito sem temor e maravilhosamente — murmurou irmão Amiel. — ... e em Teu livro todas as partes do meu corpo estão inscritas, e em seguida foram moldadas... — Se tivéssemos o Livro do Senhor, irmão, seríamos capazes de identificar até o último pedaço.

— Sem dúvida.

— Temo que terão de ser enterrados em uma única sepultura — continuou o enfermeiro. — E, então, como vai ser na Ressurreição? Como padre Augustin irá ascender para enfrentar o julgamento divino quando sua cabeça está perdida em algum lugar nas montanhas?

— Sim, certamente — sussurrei, e levantei minha cabeça enquanto sua observação atravessava meu enjoo, como o som claro e límpido de um sino. Será que *essa* tinha sido a razão para desmembrar padre Augustin? Será que a intenção de seus assassinos era que lhe fosse negada a Ressurreição?

Eu achava difícil de acreditar que alguém sentisse tanto ódio por ele, a ponto de cometer essa atrocidade.

— Se estes pedaços tivessem sido charqueados, eu estaria bem mais contente — reclamou irmão Amiel. — Carne podre não se preserva de maneira adequada em salmoura. Mas ouso dizer que o suprimento de sal em Casseras teria sido insuficiente...

— Ahn... Consigo identificar as cabeças, irmão. — Eu me obriguei a olhar para elas, e percebi que eram identificáveis — pelo menos pelas barbas. — Este é Giraud, e este, Bertrand.

— É? Bom. E qual era o mais alto?

— Isso não sei responder.

— Precisamos desesperadamente de membros aqui. Só há cinco pés.

A essa altura eu já estava ficando tonto com a fedentina, mas sabia que precisava ficar, pelo menos para confortar Matheva. Ela era uma mulher pequena e delicada, recentemente saída de uma doença febril; como eu temia, manifestou um profundo sofrimento ao ver a cabeça do marido e teve que ser carregada para fora dos estábulos. Os oficiais também não foram de muita ajuda: um vomitou na escadaria (embora mais tarde tenha insistido em dizer que fora envenenado por um ovo estragado); os outros aparentemente eram desatentos e respondiam às perguntas de irmão Amiel com expressões vagas e pedidos rudes de desculpas.

Mesmo assim, o enfermeiro fora parcialmente bem-sucedido no trabalho. Até a Completa, ele havia separado os restos em quatro grupos: um que continha as partes de padre Augustin; outro contendo as de Giraud Gantier, outro que continha "pedaços com pelos pretos", abundantes e misturados; e o último, com a cabeça de Bertrand Borrel com várias partes (a maioria sem pelos) que eram difíceis de classificar. Cada um desses grupos, embalados em lençóis separados, foi levado para o convento, e só as barricas de salmoura ficaram.

Dei ordem para serem mantidas, até que eu pudesse perguntar aos donos se devia devolvê-las ou simplesmente destruí-las. Não passava por minha cabeça que alguém as quisesse de volta, mas sabia que as convenções tinham que ser respeitadas. Seria muito fácil resolver o assunto quando eu fosse a Casseras; o único esforço seria lembrar dessa preocupação tão sem importância. Eu duvidava muito que os aldeões esperassem ver suas barricas de novo.

Com relação à minha visita, consegui reunir uma escolta de 12 soldados da tropa da cidade. O senescal até me emprestou sua montaria de batalha, um enorme garanhão preto chamado Star, que me impressionou pela bravura, sendo maior que um elefante, forte como um touro e rápido como um tigre. Mas, antes de descrever o progresso e o resultado dessa viagem, gostaria de registrar aqui dois assuntos que me ocuparam a mente durante os três dias anteriores à partida. O primeiro foi um adendo à minha teoria com relação ao desmembramento de padre Augustin; o segundo, uma teoria totalmente nova que me atingiu com a força de um relâmpago uma noite, enquanto estava deitado na cama. Vale a pena considerar ambos, já que modificaram meu discernimento.

Começarei com o adendo, que me ocorreu quando conversava com o bispo. Novamente omiti um *effictio* importante, ao não mencionar o bispo, cuja posição elevada deveria ter lhe assegurado presença nesta narrativa já há algum tempo. Mas talvez o senhor já o conheça. Se não, deixe-me apresentar-lhe Anselm de Villelongue, um ex-abade cisterciense* tornado prelado, com ao menos 40 anos de autoaperfeiçoamento dedicado em suas costas, exímio nas artes de poesia e caça, confidente de vários senhores e senhoras bem estabelecidos (especialmente senhoras); um homem com coração e mente vinculados, não às obsessões básicas da política local, mas ao campo da alta diplomacia entre condes e reis. Bispo Anselm preside as preocupações espirituais de seu rebanho com uma indiferença educada e abstrata, deixando as autoridades competentes agirem como bem entendem. Passa boa parte do tempo escrevendo cartas — e provavelmente será eleito papa algum dia. Com relação à sua aparência, não é nem muito gordo, nem magro; nem alto nem baixo. Veste roupas finas e come alimentos delicados. Tem um sorriso agradável e bondoso, belos dentes e um rosto liso, redondo e corado.

Suas mãos são grossas e pesadas, e ele chama atenção para elas com uma variedade de joias de causar inveja. Há que procurar muito, lhe asseguro, o anel episcopal para beijar. Se o senhor fizer menção à variedade que exibe, ele gentilmente lhe contará a história de cada peça, citando o valor, o antigo proprietário e a maneira como chegou a ele — em geral como presente. *O pobre é odiado até por seu próprio vizinho: mas o rico tem muitos amigos.* O bispo Anselm tem uma multidão de amigos, que cresce a cada dia; poucos, no entanto, são locais. Talvez os cidadãos de Lazet cansaram de tentar chamar sua atenção.

---

* N.R.T.: Membro da Ordem Religiosa criada por Bernardo de Claraval (1090-1154).

Tivemos que, por exemplo, discutir longamente vários aspectos dos cavalos desaparecidos do bispo Anselm antes que o senescal e eu pudéssemos conduzi-lo a assuntos mais relevantes. Estávamos sentados na sala de recepção do bispo, com almofadas adamascadas sobre cadeiras entalhadas, e mesmo Roger Descalquencs já tinha perdido a paciência com toda aquela conversa sobre tendões e esparavãos das patas dos cavalos bem antes que o bispo esgotasse seu interesse nos mistérios da criação desses animais. (Eu sempre tive a seguinte curiosidade: será que o bispo não percebia apenas o enfado dos inferiores, ou pessoas como o conde de Foix e o arcebispo de Narbonne também achavam que carne de cavalo e joias eram assuntos de vital importância?) De qualquer maneira, lembro de estar descrevendo ao bispo Anselm o estado exato dos homens assassinados enquanto ele exibia uma expressão consternada — mas muito mais como se tivesse mordido uma uva estragada do que se os pecados do mundo estivessem lacerando seu coração — e eu lhe contava também que uma grande parte do cadáver de padre Augustin estava faltando, embora aparentemente outra cabeça houvesse sido encontrada perto de uma aldeia mais próxima da costa (com um dos cavalos do bispo). A cabeça estava sendo trazida a Lazet nesse ínterim; se Deus permitisse, irmão Amiel a identificaria como pertencendo a padre Augustin.

— Irmão Amiel diz que ainda faltam muitos membros — expliquei. — Ele afirma que não consegue nem formar quatro cadáveres com o que tem, quanto mais cinco.

— Deus tenha piedade.

— Seja quem for que fez isso, devia ter muita raiva — interrompeu o senescal. — Padre Bernard acha que pode ter algo a ver com a Ressurreição.

— A Ressurreição? — repetiu o bispo Anselm. — Como assim?

Fui obrigado, então, a repetir minha teoria, e o fiz com certa relutância, porque ainda a considerava improvável. O bispo meneou a cabeça, negando.

— Ó filhos dos homens, até quando transformarão Minha Glória em vergonha? — recitou ele. — Que ato monstruoso negar a salvação final a uma alma! Sem dúvida alguma esse é o trabalho de hereges.

— Bem... não, meu senhor — disse eu, percebendo, enquanto falava, o alcance total do que eu havia proposto. — De fato, os cátaros não acreditam na ressurreição dos corpos.

— Ah.

— Há, também, os hereges *valdenses* — prossegui. — Mas nunca conheci um valdense. Só li a respeito deles.

O bispo sacudiu a mão em discórdia. — Todos são descendentes do poder hediondo — replicou. — E você disse antes que o homem que achou meu cavalo, ou melhor, o cavalo que parece ser meu, você disse que é um monge?

— Um franciscano, meu senhor, sim.

— Um homem de boa conduta?

— Assim parece. Ele alega que o encontrou vagando no pasto que pertence a seu priorado. Nós mandamos buscá-lo, evidentemente.

— E ele está trazendo o cavalo com ele?

— Acredito que estará montado nele, sim.

— Ah? — O bispo estalou sua língua. — Que preocupante. Muitos franciscanos parecem sacos de farinha sobre a sela. Coisa de quem anda a pé para todo lugar.

Temendo, sem dúvida, que a conversa se voltasse novamente para assuntos equinos, o senescal rapidamente interveio. — Meu senhor, nós estivemos interrogando seu cavalariço — disse ele. — Parece que apenas quatro pessoas sabiam da visita de padre Augustin a Casseras: seu cavalariço, dois dos ajudantes do estábulo e o senhor, claro. O cavalariço mencionou o fato também a um dos cônegos. O *senhor* o mencionou a alguém? Qualquer um?

O bispo, porém, não estava escutando; perdido, talvez, em sua preocupação com relação ao bem-estar de um cavalo montado por um franciscano. — Mencionado o quê? — perguntou ele.

— Meu senhor, a visita de padre Augustin a Casseras.

— Eu não tinha ideia de que ele se dirigia a Casseras.

— Então ninguém pediu sua permissão? Para tomar emprestados os cavalos?

— Ah, os *cavalos*. Sim, claro.

E assim continuamos a nos esforçar, como se tivéssemos que atravessar um lago de lama, o que acabou sendo um esforço inútil. Naquela noite, porém, relembrando aquela conversa, meus pensamentos se centraram em uma frase que eu dissera: *"Ele afirma que não consegue nem formar quatro cadáveres com o que tem, quanto mais cinco"*. Foi uma observação curiosamente insípida, embora poderosa na descrição das dificuldades de irmão Amiel. Seu significado total, literal, não ficara aparente até aquele momento. Lembro-me de ter aberto os olhos de repente e ter olhado para a escuridão, com meu coração martelando.

Irmão Amiel não podia formar cinco corpos. Portanto, era possível especular que havia apenas quatro.

Meus pensamentos pareceram se fixar nessa hipótese por um longo, longo tempo. Então, com um solavanco ou uma vertigem, pularam para a frente e começaram a correr ao longo dos caminhos da razão com a velocidade de um raio. Talvez a melhor *translatio* que eu poderia usar seria comparar esse fenômeno a um rato surpreendido em um celeiro: primeiro, em choque, ficará no lugar; aí, amedrontado, tentará fugir. Meus pensamentos fugiam para cá e para lá como um rato amedrontado — eu me fazia pergunta atrás de pergunta. Só foram quatro mortos? Será que o quinto fora sequestrado ou, com mais certeza, esse fora o traidor? Será que os corpos foram desmembrados para dissimular sua ausência? E as roupas, removidas para facilitar essa fraude?

Percebi que minha nova teoria dava conta de muitos aspectos do massacre que haviam ficado misteriosos a nossos olhos. Ela esclarecia a combinação esquisita entre selvageria e perícia inerente ao trabalho de fatiar alguém em pedaços. Ela dava conta do desaparecimento das roupas. E também esclarecia a fonte de informação com respeito à visita de padre Augustin a Casseras. Afinal de contas, quem conheceria melhor seus passos do que um de seus guarda-costas?

Os familiares sempre recebiam instruções sobre suas obrigações na noite anterior à partida de padre Augustin. Portanto, um traidor teria tido tempo suficiente para alertar seus cúmplices, que então teriam que começar a viagem imediatamente (e passar a noite na estrada) ou, como alternativa, partir com a aurora. Se a segunda hipótese fosse a correta, eles poderiam até ter seguido padre Augustin, a uma distância discreta, sabendo que teriam como preparar a emboscada enquanto ele estivesse na forcia.

E então? Então, na volta a Casseras, padre Augustin teria sido levado diretamente à morte pelo traidor a seu lado. Depois, esse hipócrita pestilento teria fugido, buscando refúgio em algum lugar distante. Eu me perguntava quem teria pagado a traição dele, porque sozinho não conseguiria atrair seus cúmplices com o salário de um familiar. Também gostaria de saber onde ele estaria agora, se não estivesse morto — entenda, senhor, que essa teoria ainda era apenas isso, uma teoria. Eu não tinha prova nenhuma, e não podia ter certeza de que minhas suspeitas fossem justificadas.

Mas, se fossem, seria muito fácil descobrir a identidade do traidor, desde que a terceira cabeça, agora a caminho de Lazet, não pertencesse a padre Augustin. Se pertencesse, estaríamos diante de uma escolha entre dois suspeitos: Jordan Sicre e Maurand d'Alzen. Enquanto adormecia, prometi a mim mesmo, solenemente, que investigaria as vidas desses dois homens.

Também jurei que não contaria minhas suspeitas a ninguém, até que conseguisse indícios de que fossem verdadeiras. Eu não queria me precipitar em anunciar que um dos assassinos de padre Augustin havia sido criado no seio do Santo Ofício. É difícil recuar nesse tipo de revelação se, por acaso, ficar provado que não é verdadeira — talvez porque muitos gostariam que fosse.

Há um provérbio famoso relacionado a certo grego, supostamente encontrado no tripé de Apolo: "Conhece-te a ti mesmo, e aceita-te como és". Não há nada mais claro na natureza humana, nada de maior valor e nada, por fim, mais excelente. É por essas qualidades que o homem é, por uma prerrogativa única, o preferido de todas as criaturas sensíveis, e ao mesmo tempo é ligado, por um elo de unidade, às incapazes de sentir.

Fiz um esforço para me ver como sou e, ao fazê-lo, reconheci uma vergonhosa falta de humildade em meu ânimo arrogante, em minha desconsideração dos mandamentos de Deus, em minha crença de que poderia visitar Casseras, onde mora o perigo, sem me colocar em perigo. O senescal me aconselhou que não fosse; Raymond Donatus e Durand Fogasset me aconselharam que não fosse; o prior Hughes me aconselhou a não ir.

E, em vez de acatar a orientação de meu superior com toda a obediência (imitando nosso Senhor, sobre quem o Apóstolo disse: Ele ficou obediente mesmo diante da morte), ignorei todos os conselhos com uma insolência censurável, persistindo com obstinação em meu propósito, e por isso me arriscando a receber o tipo de castigo que eu deveria ter antecipado — já que somos advertidos nas Sagradas Escrituras a não seguir nossas próprias vontades.

Vou omitir qualquer descrição da viagem, por não ser relevante, exceto dizer que minha passagem foi notada e muito comentada, graças à quantidade de escolta que eu levava. Na verdade, me senti como um rei ou bispo com meus doze guardiães fortemente armados cavalgando a meu redor. A maior parte era de origem humilde, de maneiras grosseiras e toscos nas palavras. Senti que alguns deles talvez não estivessem totalmente satisfeitos em ser incluídos na excursão, mais por minha presença que por algum risco que pudessem correr: a princípio suspeitei que a insatisfação derivava de uma aversão ao Santo Ofício, mas aos poucos percebi que ficavam desconfortáveis quando obrigados a estar muito perto de alguém com tonsura.* Não pareciam muito dados a rezar e adorar. Mas sabiam seu *pater noster* e seu credo, e frequentavam a igreja em alguns feriados religiosos; alguns até confessaram sua devoção a certos santos (principalmente os santos guerreiros, como Jorge e Maurício). Na maior parte, porém, pareciam ver a igreja como um pai rigoroso e tirânico, sempre castigando pelos pecados, uma igreja rica como Salomão, mas sobretudo mesquinha — o pensamento normal de pessoas que evitam a prática espiritual. Esses homens não são hereges, porque acreditam no que a igreja lhes diz para acreditar; contudo, são a matéria-prima da qual os hereges geralmente são feitos. Como São Bernardo de Claraval nos lembra, o escravo e o mercenário têm uma lei própria, que não é a de Deus.

---

* N.R.T.: A tonsura é o corte de cabelo usado pelos clérigos.

Eu acrescentaria que descobri tudo isso não em interrogatórios, o que poderia ter confirmado os piores temores deles sobre o Santo Ofício, mas após cumprimentá-los pelas condições e pelos modelos de suas armas. Não há nada mais próximo ao coração de um soldado do que sua espada, lança ou clava; ao admirar esses objetos sinistros eu tranquilizei os donos, e, ao trocar gracejos a respeito do bispo (Deus me perdoe, mas não há ninguém mais desprezado em toda Lazet), eu me valorizei mais um pouco. Quando chegamos a Casseras, nosso grupo estava bem-humorado, embora cansado e precisando de repouso. De fato, um dos soldados até me cumprimentou pelo fato de eu "não ter jeito de monge" — algo de que sempre sou acusado por meus irmãos, mas em outro tom.

Casseras é um povoado murado, sem a existência de um castelo próximo para onde os aldeões possam fugir quando há perigo. (A forcia é apenas uma fazenda reforçada, e de construção relativamente recente.) Felizmente, a disposição do terreno permite que as casas sejam construídas em círculos concêntricos ao redor da igreja; se a aldeia estivesse em um terreno mais inclinado, isso não seria possível. Há dois poços protegidos pelos muros, bem como vários jardins e eiras, duas dúzias de árvores frutíferas e um par de celeiros. Toda a aldeia cheira a esterco. Como seria natural, minha chegada foi acolhida com assombro, e talvez certa apreensão, até poder informar aos moradores que minha enorme comitiva não lhes trazia perigo, e estava ali no caso *de eles me* fazerem mal. Muitos riram quando eu disse isso, mas outros se sentiram ofendidos. Asseguraram-me, revoltados, não estarem envolvidos na morte de padre Augustin.

Padre Paul ficou satisfeito de eu estar bem protegido. Diferentemente de tantos outros sacerdotes em aldeias remotas similares — que se consideram quase donos, fora do alcance da autoridade episcopal —, ele é um bom e humilde servo de Cristo, um pouco cansado e infeliz, talvez de certa forma submisso demais aos desejos do ricaço Bruno Pelfort, mas no geral um pároco confiável e zeloso. Disse que estava feliz em me acomodar naquela noite, desculpando-se pela qualidade da hospitalidade, que descreveu como "muito simples". Naturalmente eu o louvei por isso, e conversamos um pouco sobre as virtudes da pobreza, embora cuidando para não usar um tom muito enfático — já que nenhum de nós é frade franciscano.

Em seguida, avisei que gostaria de visitar a forcia antes do pôr do sol. Ofereceu-se para me acompanhar e mostrar a cena do massacre, e eu prontamente aceitei sua oferta. Para que ele ficasse a nosso lado durante a cavalgada, insisti para que um dos meus guarda-costas lhe cedesse a montaria e permanecesse na aldeia até nossa volta: mal tinha acabado de falar, e o soldado à minha direita se apeou. (Eu me perguntei mais tarde se a fartura de belas garotas em Casseras tinha algo a ver com sua prontidão.) Houve depois certa movimentação que não vem ao caso aqui, e iniciamos a jornada enquanto o sol ainda estava alto. De alguma forma misteriosa, durante nossa curta permanência em Casseras, muitos de meus guardas compraram grandes pedaços de pão e de porco defumado, que eles generosamente dividiram com aqueles de nós cujo encantamento não fora tão poderoso ou frutífero. Não pude deixar de especular o que mais eles receberiam durante a noite no celeiro de Bruno Pelfort.

Já descrevi o caminho até a forcia. Para mim, os sulcos na terra seca e a folhagem invasiva pareciam agourentos e ameaçadores — embora meus sentimentos estivessem baseados, de alguma forma, no que eles silenciosamente haviam testemunhado. Fazia muito calor; o céu estava pesado, pálido e sem nuvens; os pássaros, em sua maioria, silenciosos. Insetos zumbiam, o couro rangia. De vez em quando, algum dos oficiais cuspia ou arrotava. Ninguém parecia muito motivado para conversar; a cavalgada era tão difícil que exigia concentração.

Não foi preciso me avisar quando chegamos ao local da morte de padre Augustin, porque o sangue ainda estava visível. Embora parte dele estivesse coberto por pó ou folhas secas, muitas manchas escuras ainda podiam ser detectadas — sem erro, não pela cor, mas pela forma: gotas e manchas, poças, borrifos e respingos. Até meus acompanhantes foram tocados por esses vestígios e pelo fraco, mas ainda característico, cheiro de podridão. Desmontei e fiz algumas preces; padre Paul me acompanhou. O restante do grupo permaneceu montado, atento a qualquer sinal de ameaça. Nosso temor,

113

porém, foi infundado — ninguém nos atacou a caminho da forcia. Ninguém nem saiu do bosque para nos ver ou nos cumprimentar. Parecia não haver ninguém por ali.

Chegamos repentinamente à forcia, porque a configuração da terra é tal que nos aproximamos dela subindo um aclive íngreme como um morro, só que no topo há um corte abrupto formando um platô triangular. É sobre esse platô, rodeado por picos elevados, que a forcia foi construída; está no centro de um terreno de pastagem pouco roçado, a alguma distância do ponto onde o caminho chega ao platô. Por isso quem chega não divisa seu destino até completar a subida.

Então se vê, ao longe, um muro de pedra quase em ruínas, cortado por uma passagem desprotegida. O portão se abre para uma espécie de pátio externo, que rodeia, não uma torre fortificada, mas uma casa enorme e muito deteriorada. Embora uma porção grande do telhado de madeira tenha caído, podia-se deduzir que parte dela estava habitada pela nuvem de fumaça subindo em direção ao céu. Outros sinais de que havia habitantes eram os galináceos desfilando pela terra batida do pátio e as roupas decorando um muro baixo, que poderia ter sido de um celeiro, antes de desmoronar. As ruínas de vários anexos, construídos ao longo da muralha, ainda podiam ser vistas. Sem sombra de dúvidas, essa fazenda fora valiosa e próspera no passado.

O que ela era agora não consegui discernir à primeira vista. Embora, na aparência, estivesse empobrecida, não parecia ser um refúgio de leprosos ou uma cabana esquisita de pastores. Um primeiro olhar já mostrava que alguém andara varrendo o pátio em volta da casa, e cuidando do jardim plantado sob o muro do lado sul. As galinhas tinham um aspecto rechonchudo de aves bem alimentadas. Não havia nenhum resto de ossos e cascas de nozes no chão, nem cheiro de excremento pairando no ar. Na verdade, o ar exalava o perfume das várias ervas que secavam ao sol; também havia a fragrância daquela pureza inexplicável, quase triunfante, que parece vir com a proximidade das montanhas.

Percebi tudo isso mesmo quando uma mulher saiu da casa — sem dúvida atraída pelo ruído de nossa aproximação. Sem querer assustá-la, desmontei a certa distância e me aproximei a pé, seguido por padre Paul. Notei de imediato que ela não era a jovem da carta de padre Augustin. Deveria ter aproximadamente minha idade e, embora muito bonita — a matrona mais bem-apessoada que encontrei em muitos anos —, não poderia ser descrita como uma mulher de "grande beleza". Os cabelos grossos e escuros eram grisalhos; ela era alta, ereta e imponente; tinha traços finos bem distribuídos em um rosto longo, e um olhar calmo, mas crítico (*diante do qual nenhum ser vivo será justo*). A pele era de fato esplendorosa, branca como as vestes celestiais dos mártires. Com seu jeito impecável de se vestir, sua postura firme, mas graciosa, e a forma de arrumar o penteado — com todas essas coisas, ela parecia transformar o entorno: onde antes eu notara a sujeira e a desolação, agora percebi a maravilhosa vista das montanhas, o capricho da horta, as figuras delicadas e coloridas bordadas no cobertor que havia sido estendido no chão sob as ervas secas. Embora ela não parecesse exatamente pertencer a esse lugar, sua presença servia para elevá-lo ou até refiná-lo, e assim se olhava para ele de outro modo, como se olharia para um pedaço de trapo ou fragmento de madeira que havia sido tocado por um santo. Não que eu a descrevesse como santa — muito pelo contrário! Só quero passar minha impressão de sua aparência, que indicava que ela nascera ou fora criada entre pessoas acostumadas à abundância e ao bom gosto.

Ainda assim, ela usava roupas muito simples e tinha as mãos sujas.

— Padre Paul! — exclamou, e aí virou-se para mim, inclinando-se. O padre fez um sinal da cruz no ar sobre sua cabeça, abençoando-a.

— Johanna — disse ele. — Este é padre Bernard Peyre de Prouille, de Lazet.

— Bem-vindo, padre.

— Ele quer lhe falar sobre padre Augustin.

— Sim, entendo. — A viúva (porque é isso que ela era) falou com uma voz macia e musical, muito agradável ao ouvido, e que não combinava com a objetividade de seu olhar. Tinha a voz de uma freira e os olhos de um juiz. —Venham por aqui, por favor.

— Como vai Vitália? — perguntou padre Paul, enquanto nos dirigíamos à casa. — Está melhor?

— Nem um pouco.

— Então precisamos rezar, e rezar intensamente.

— Sim, padre. Eu tenho rezado. Entrem, por favor.

Parou ao lado de uma entrada no muro norte da casa, levantou uma cortina que a cobria e esperou que entrássemos. Confesso que hesitei um pouco, imaginando se não haveria um assassino me esperando do lado de dentro. Padre Paul, no entanto, não tinha esse tipo de preocupação, talvez porque o território lhe fosse familiar; entrou sem receio, e pude ouvi-lo cumprimentar alguém, logo após cruzar a soleira.

Portanto, eu o segui, com a viúva atrás de mim.

— Vitália, eu trouxe o amigo de padre Augustin para visitá-la — estava dizendo padre Paul. Com a pouca luz, pude vê-lo parado junto a uma cama baixa, ou catre, onde estava deitada a minúscula forma de uma velha senhora. Do outro lado do quarto, que era bem grande, havia um braseiro; como não havia fornalha, concluí que a cozinha original não estava em condições de ser usada, e que esse aposento fora construído como dormitório ou algum tipo de despensa.

Quase não havia móveis — apenas a cama da velha senhora, uma mesa feita de uma porta bichada colocada sobre pedras talhadas e alguns bancos construídos nos mesmos moldes. Mas percebi que havia muitos utensílios de cozinha (na minha opinião) de boa qualidade, bem como roupa de cama, recipientes para armazenar comida e o próprio braseiro. Também notei um livro sobre a mesa, como se fosse uma xícara ou um pedaço de queijo, e isso me deixou fascinado. A maioria dos dominicanos que conheço são incapazes de ignorar um livro: o senhor não concorda?

Eu o ergui de maneira sorrateira e o examinei. Para minha surpresa, era uma tradução, para a língua vulgar, de *Scivias*, de Hildegard de Bingen.* Era mal transcrito, incompleto, sem título; só o reco-

---

* N.R.T.: Mística germânica, da ordem beneditina, que viveu no século XII.

nheci porque estou familiarizado com os trabalhos da abadessa Hildegard. As palavras que li eram inconfundíveis: "As visões que tive não foram sonhadas, nem fruto da loucura, nem reveladas com meus olhos mundanos, ou ouvidos corpóreos, oriundas de lugares secretos; tive-as acordada, alerta, e com os olhos do espírito e os ouvidos interiores. Eu olho para elas abertamente e de acordo com a vontade de Deus". (Péssima tradução.)

— De quem é este livro? — perguntei.

— Pertence à Alcaya — respondeu a viúva, e vi que estava sorrindo. — Alcaya sabe ler.

— Ah. — Por alguma razão, eu esperava que ela fosse a alfabetizada. — E onde está Alcaya?

— Alcaya está com minha filha, catando lenha.

Fiquei desapontado, porque eu queria conhecer a filha, que, com certeza, era a jovem mencionada por padre Augustin. Mas a mãe dela, sem dúvida, me daria alguma informação.

Eu disse então que gostaria de conversar com ela em particular sobre alguns aspectos relativos a padre Augustin e sua morte.

— Podemos conversar no dormitório. — respondeu ela. — Por aqui. — E eu ficarei com Vitália — sugeriu padre Paul. Rezaremos para Deus em Sua misericórdia. Você gostaria disso, Vitália?

Se Vitália assentiu ou negou com a cabeça, nunca saberei — porque eu já me encontrava no dormitório antes de o sacerdote terminar de falar. Evidentemente, esse cômodo já tivera uma porta trancada e venezianas, mas não restava nenhum vestígio delas; as aberturas que restavam estavam escondidas por muitos metros de tecido barato, pregados às vergas de madeira. Havia três catres no quarto e um belo baú entalhado e pintado para o enxoval, que examinei com curiosidade.

— Esse é meu — disse a viúva. — Eu o trouxe para cá.

— É muito bonito.

— Foi feito em Agde. Onde eu nasci.

— Você veio para cá de Agde?

— De Montpellier.

— Que coincidência. Eu estudei Teologia em Montpellier.

117

— É, eu sei. — Quando a olhei com surpresa, ela acrescentou:

— Padre Augustin me contou.

Contemplei-a por algum tempo. Ela estava em pé com as mãos cerradas na cintura e me olhava com interesse, sem medo. Seu comportamento me desconcertou. Era muito diferente de qualquer outra mulher quando confrontada por um representante do Santo Ofício — embora não fosse nem um pouco insolente ou agressiva.

— Minha filha — disse eu. — Padre Augustin a visitou aqui muitas vezes, então tenho certeza de que falaram de muitas coisas. Mas qual era a razão das visitas dele? Por que vocês precisavam dele com tanta urgência? Para aconselhamento espiritual poderiam ter ido a padre Paul.

A viúva pensou um pouco e por fim disse:

— Padre Paul está muito ocupado.

— Não mais do que padre Augustin estava.

— Verdade — concordou ela. — Mas padre Paul não conhece as leis.

— As *leis?*

— Estou envolvida em uma disputa de propriedade. Padre Augustin estava me aconselhando.

Ela falou medindo as palavras e com uma óbvia falta de franqueza, mas mantive uma expressão amigável, que via de regra assumo nessas ocasiões.

— Que tipo de disputa de propriedade? — perguntei.

—Ah, padre, eu me constrangeria de fazê-lo perder seu tempo.

— Mas você não ficou constrangida de fazer isso a padre Augustin.

— Apenas porque ele não era tão agradável como o senhor, padre.

O sorriso dela, ao dizer isso, me tirou do sério, porque contradizia o brilho dos olhos. Na boca, havia um sorriso afetado, e no olhar, um desafio.

Levei em conta essa proximidade curiosa.

— Meu jeito pode ser tão desagradável quanto o de qualquer homem — respondi, em um tom gentil, mas com certa ênfase inequívoca. E, para demonstrar que eu não me desviava facilmente de meu caminho, acrescentei:

— Conte-me a respeito da disputa de propriedade.

— Ah, um caso lamentável.

— Como?

— Tem perturbado meu sono.

— Por quê?

— Porque é tão desesperador e complicado...

— Talvez eu possa ajudar.

— Ninguém pode ajudar.

— Nem mesmo padre Augustin?

— Padre Augustin está morto.

Comecei a me sentir como se estivesse jogando xadrez (um passatempo que me ocupara muito antes de me ordenar).

Suspirando, recomecei meu ataque usando armas mais diretas.

— Por favor, me descreva essa disputa de propriedade. — disse eu.

— Padre, é muito chato.

— Deixe-me ser o juiz disso.

— Mas, padre, eu *não posso* explicar. — Ela estendeu as mãos. — Não posso explicar porque nem eu mesma compreendo. Sou uma mulher simples. Uma mulher ignorante.

E eu, minha senhora, sou o rei dos leprosos, teria sido minha resposta imediata a essa observação (tão manifestadamente falsa). Mas não expressei o pensamento em voz alta. Em vez disso, observei que, se ela realmente havia pedido ajuda a padre Augustin, deve ter tido alguma maneira de comunicar suas dificuldades.

— Ele leu os documentos — respondeu ela. — Há documentos.

— Deixe-me vê-los.

— Não dá. Eu os dei a padre Augustin.

De repente fiquei impaciente. Não acontece sempre, eu lhe asseguro, mas não tinha todo o tempo do mundo, e ela havia demonstrado certa insolência nas respostas. Achei que seria conveniente demonstrar-lhe que eu sabia de alguns fatos importantes.

— Padre Augustin escreveu ao bispo de Pamiers a respeito de sua filha — declarei. — Ele mencionou que ela estava possuída por um demônio. Seria essa a razão pela qual você precisava dos conselhos dele, e não do de um padre rural e pouco letrado?

Usar informação dessa maneira é como manejar uma arma. Fiz isso tantas vezes ao interrogar testemunhas, e a reação é sempre intensa no bom sentido. Eu vi gente se engasgar, chorar e mudar de cor; vi pessoas caírem de joelhos em súplica e tentarem arranhar meu rosto em fúria. Mas Johanna de Caussade continuou a me olhar sem mudar a expressão. Finalmente disse:

— Augustin falava muito do senhor. — E quem engasgou fui eu. Será que ela omitira *intencionalmente* o título dele, tão fundamental?

— Ele disse que o senhor era muito inteligente e persistente — continuou ela. — E que trabalhava muito, mas não tinha a alma de um inquisidor. Disse que tratava tudo como esporte, como caçar javalis, que não pensava como ele sobre isso. Ele desaprovava tal leviandade. Mas eu não.

O senhor pode imaginar como me senti nessa hora? O senhor pode imaginar uma *mulher* estranha lhe dizendo que seu superior falecido e respeitado o considerava incompetente em uma qualidade fundamental? E o desplante dela ao dizer tudo isso! Eu lhe garanto que fiquei sem fala.

— Eu creio que isso mostra que tem alguma fraqueza humana e compaixão — continuou a viúva. Então, sem pedir licença, sentou-se sobre o baú com um suspiro. — Eu vou lhe contar isso porque, se eu tentar escondê-lo, sei que fará de tudo para descobrir, de qualquer maneira. Não vai sossegar enquanto não o fizer. Mas quero pedir que guarde isso para si; não se destina a outros ouvidos.

Finalmente recuperei a voz e, com alívio, lhe informei que não poderia prometer isso.

— Não? — Ela pensou um pouco. — O senhor contou para alguém a respeito de minha filha?

— Ainda não.

— Então sabe como manter suas deliberações — disse ela.

Que lisonjeiro! Eu, um inquisidor da depravação herética e por muito tempo confessor de inúmeros irmãos — eu, Bernard Peyre de Prouille — fui julgado como alguém capaz de manter minhas opiniões!

De repente, deixei de ficar irritado e comecei a me divertir. Era tanta a audácia dessa mulher que quase me senti compelido a admirá-la.

— Sim — concordei, cruzando os braços. — Sei como manter um segredo. Mas por que eu deveria manter o seu?

— Porque não é apenas meu — replicou ela. — Veja, minha filha é filha de Augustin.

Acredite em mim: quando escutei isso não compreendi toda a amplitude da revelação. E, quando as palavras dela penetraram nas profundezas de minha alma, perdi o controle do corpo e tive que me apoiar na parede — senão teria desmaiado.

— Ela nasceu há 25 anos — continuou a viúva a me contar, de uma maneira ligeira, sem me dar tempo de pensar. — Eu tinha 17 anos, filha única de um rico importador de tecidos finos e muito devota. Queria tornar-me freira. Meu pai, que queria um neto, tentou me influenciar a casar, mas eu ficava emocionada com histórias das santas virgens martirizadas. — Ao fazer essa afirmação, Johanna deu um sorriso meio irônico. — Sabe, eu me via como a próxima Santa Águeda. Meu pai, desesperado, foi até padre Augustin, a quem conhecia. Nessa época, Augustin tinha 42 anos, era muito alto e elegante, como um príncipe. Muito culto. Muito... — Ela se deteve. — Ele tinha um fogo no ventre que se espelhava em seus olhos — disse finalmente. — Como aqueles olhos mexiam comigo! Mas eu era *muito* devota, lembre-se, e jovem, e bonita, e idiota. E, quando falávamos sobre o amor a Deus, eu pensava sobre amar Augustin. Parecia a mesma coisa para mim naquela época.

De repente, ela riu alto e balançou a cabeça, surpresa. Sua incredulidade, porém, não se igualava à minha. Ao tentar imaginar padre Augustin como um objeto de desejo fervoroso, vigoroso, provocador de almas, não consegui.

— Ele prometeu a meu pai que iria olhar dentro de meu coração, para se certificar de que eu realmente era uma noiva de Cristo — explicou a viúva. — Conversamos muitas vezes, sentados no jardim de minha casa paterna, mas só falávamos de Deus, de Jesus e dos santos. O amor ao divino. Eu poderia ouvi-lo falar sobre qualquer coisa — poderia tê-lo ouvido repetir a mesma palavra muitas e muitas vezes! Não teria feito diferença.

Houve outra pausa. Demorou tanto que fui obrigado a instigá-la.

— E aí? — perguntei.

— E aí ele decidiu que eu não deveria me tornar freira. Claro que ele devia ter percebido que eu estava apaixonada por ele; talvez me visse como eu era, uma garota sentimental com ideias tolas. De qualquer maneira, ele disse a meu pai que era melhor eu me casar. Me disse a mesma coisa. E ele estava certo, sabe, ele estava bem certo. — A viúva assentiu com a cabeça para si mesma e ficou séria; ela não olhava para mim, e sim para a parede atrás de mim. — Mesmo assim, eu estava infeliz. Me senti tão traída. Quando o encontrei na rua um dia, virei a cara, nem falei com ele. Passei reto. Que coisa mais idiota e infantil de se fazer. Mas acredite ou não, padre... — aqui ela riu de novo — ... Acredite, isso o ofendeu terrivelmente! Acho que ofendeu seu orgulho. Ele veio até minha casa, eu estava sozinha, e discutimos muito. Terminou como você pode imaginar: eu chorava copiosamente, e ele me tomou em seus braços... bem, você pode imaginar o que aconteceu.

Eu podia, mas tentei não imaginar. Nutrir tais pensamentos impuros é quase pior que cometê-los.

— Foi só aquela vez, porque... bem, porque ele estava muito envergonhado. Eu sei que ele nunca se perdoou; sabe, ele havia quebrado seus votos. E eu fiquei grávida. Não contei a ninguém, mas a gravidez não é uma coisa que você pode esconder para sempre. Meu pai viu o que aconteceu e me bateu até eu revelar o nome de Augustin. O pobre Augustin foi mandado embora, eu nunca soube para onde. Seu prior não quis que algum escândalo atingisse Augustin, ou o priorado, então o assunto se tornou um segredo, com a graça de Deus. Quanto a mim, com a ajuda de um dote considerável, meu pai convenceu Roger de Caussade a se casar comigo e a educar minha criança. Minha única criança. Minha filha. — Finalmente, a viúva olhou para mim. — A filha de Augustin.

Esse, então, foi o relato de Johanna. Não duvidei; acreditei em cada palavra, embora minha imaginação tenha falhado (graças a

Deus) quando tentei imaginar padre Augustin abraçando apaixonadamente uma garota de 17 anos. Também foi impossível ver o objeto do desejo dele, uma garota ingênua e de sangue quente, que apareceu perante meus olhos como um fantasma, na mulher sentada sobre o baú, tão calma, tão controlada e tão mais velha. Era como se ela estivesse falando de outra pessoa.

— E seu marido, morreu? — perguntei.

— Morreu, e seu irmão se apropriou da casa, embora a propriedade de meu pai me pertença. A família de Roger nunca gostou de mim. Eles suspeitam que minha filha não fosse dele.

— Mas o que você está fazendo aqui? — Essa era a pergunta que não queria calar em minha cabeça. — Você veio para cá por causa de Augustin?

— Ah, *não*! — Pela primeira vez, ela se mostrou realmente animada: levantou as mãos e as juntou sob o queixo. — Não, não. Eu não tinha ideia de onde ele estava.

— Então por quê?

— Por causa de minha filha. Eu tinha que achar um lugar para minha filha.

Em resposta a meu interrogatório, delicado, mas persistente, ela revelou que a filha, uma moça doce e linda, nunca esteve "muito bem". Mesmo quando criança, tinha pesadelos, ataques súbitos de cólera, períodos de letargia anormais. Os sermões severos faziam que chorasse de maneira incontrolável e mutilasse a própria carne. Aos 12 anos, ela havia tido uma "visão de diabos", e gritava toda vez que seu primo se aproximava dela, dizendo que ele estava cercado por um "halo escuro". Seus problemas pioraram com o passar dos anos: ela caía no chão, cuspindo e gritando e mordendo a língua. Às vezes, se sentava nos cantos, balançando-se para a frente e para trás, falando de maneira incoerente; às vezes gritava sem parar, sem razão aparente.

— E é uma boa pessoa — insistiu Johanna. — Uma moça doce e pia. Não fez mal algum. Ela é como uma criança pequena. Não *consigo* entender...

— "Saber disso é demais para mim; é elevado, não consigo atingi-lo." Os caminhos de Deus são misteriosos, Johanna.

— Sim, assim me disseram — respondeu ela, impaciente. — Fui ver muitos padres e freiras, e eles me disseram que os castigos de Deus podem ser cruéis. Alguns disseram que ela está tomada por um diabo. As pessoas jogavam pedras nela nas ruas porque ela gritava e cuspia. Meu marido ficou com tanto medo dela que não queria deixá-la entrar em casa. Ninguém queria se casar com ela. Não tive escolha; ela foi viver em um convento. Ela quis ir, e achei que isso ajudaria. Entreguei todo o dote dela para a igreja. Se tivesse sido menor, acho que não a teriam aceitado.

— Você acha? — Embora falte caridade no mundo, eu não podia acreditar que em algum lugar, entre todas as comunidades devotadas ao serviço de Cristo, não houvesse pelo menos uma em que o socorro a uma alma assombrada teria acolhida. Deus sabe quantos irmãos desfigurados e possuídos pelo demônio conheci em minha vida. — Mas ela finalmente foi admitida.

— Sim, por seus pecados. Tentaram *tirar à força* os demônios de dentro dela! Avisaram-me que estava morrendo, e, quando fui vê-la, estava deitada sobre seu próprio... excremento. — Essa memória ainda a afligia; ela corou ao contar isso, e sua voz tremeu. — Então eu a levei embora. Meu marido havia falecido, então eu a tirei dali. Fui para Montpellier, onde ninguém nos conhecia o suficiente para atirar-lhe pedras na rua. E conheci Alcaya.

— Ah sim, Alcaya. — Fiquei sabendo que Alcaya era a neta do próprio Raymond-Arnaud de Rasiers que havia construído a casa onde estávamos. Quando criança, ela fora mandada para viver com parentes em Montpellier, após seus pais morrerem na prisão. Tinha se casado, mas abandonara o marido para viver, por um tempo, com algumas pessoas religiosas. (Johanna mencionou essas pessoas muito vagamente, com uma falta de entendimento tão evidente, que não consegui identificá-las.) Quando Johanna a conheceu, Alcaya vivia o que podia ser descrito como uma vida de mendicância, pedindo comida, dormindo nas casas de amigos caridosos, passando muito de seu tempo sentada ao lado dos poços municipais falando com as mulheres que vinham buscar água. Às vezes ela lhes lia passagens de um dos três livros que ela carregava consigo. Pareceu-me, ouvindo aquilo, que se considerava uma pregadora — e achei isso problemático.

— Um dia minha filha caiu na rua — contou Johanna. — E alguém jogou um balde de água nela. Todos ficaram com medo de seus gritos, exceto Alcaya. Alcaya pegou minha filha no colo e rezou. Ela me disse que Babilônia era especial, e próxima a Deus; falou de muitas santas mulheres (não consigo lembrar os nomes delas, padre) que, quando viam Deus, choravam por dias, ou dançavam como bêbadas, ou gritavam sem parar até que acordavam de seu transe. Ela me disse que minha filha estava exaltada por seu amor a Deus. — A viúva me olhou apreensiva e hesitante. — Isso é verdade, padre? Os santos se comportam assim mesmo?

Não há dúvida de que muitas mulheres santas – assim como homens – foram levadas a se comportar de uma maneira que pode parecer louca, em sua exaltação mística. Elas deliram com visões; parecem mortas; giram sem rumo e falam em línguas estranhas. Eu já li sobre esse tipo de loucura sagrada, mas nunca me deparei com nada parecido.

— Alguns servos de Deus abençoados foram levados a cometer atos estranhos em seu êxtase — respondi, com cautela. — Mas nunca ouvi dizer que mordiam a própria língua. *Você* acha que sua filha... ahn... encontra a glória do Senhor quando cai e morde a própria língua?

— Não — respondeu a viúva, em seguida. — Se Deus está com ela, então por que as pessoas a temem? Por que Augustin tinha medo? Ele achava que isso era coisa de Satanás, não de Deus.

— E você?

A mulher suspirou, como se estivesse cansada de confrontar um dilema antigo e passado. — Eu só sei de uma coisa — disse ela em seguida. — Sei que ela fica melhor quando come bem, e dorme bem, e pode vagar por onde quiser, sem que ninguém a ataque. Sei que ela está melhor quando é amada. Alcaya a ama. Alcaya consegue apaziguá-la e fazê-la feliz. Então vim para cá com Alcaya.

E por que Alcaya veio? — perguntei. — Para reivindicar sua herança? Este lugar pertence ao rei agora.

— Alcaya quis encontrar paz. Todas nós queríamos encontrar paz. Vitália também. Ela teve uma vida difícil.

— *Paz*? — exclamei, e ela entendeu o que eu quis dizer imediatamente.

— Aqui era pacífico. Antes de Augustin vir.

— Ele queria que vocês fossem embora.

— Queria.

— Ele estava certo. Não dá para viver aqui no inverno.

— Não. No inverno iremos para outro lugar.

— Vocês deviam ir agora. Não é seguro aqui.

— Talvez — falou ela baixinho, olhando o chão.

— Talvez? Você viu o que aconteceu a padre Augustin.

— Sim.

— Você se acha a salvo de tal destino?

— Talvez.

— É mesmo? E por quê?

— Porque não sou um inquisidor.

Ela levantou os olhos ao dizer isso, e não vi neles nenhum sinal de lágrimas. Seu olhar era duro, exausto, impaciente. Eu lhe disse, com uma curiosidade genuína:

— Você aceitou padre Augustin de volta em sua vida? Ou ele lhe importunou?

— Ele tinha direito de me importunar. Babilônia é tanto dele quanto minha.

— Ele estava preocupado com Babilônia?

— Claro. Ele não tinha nenhum interesse em mim. Mas, quando padre Paul lhe disse nossos nomes, ele quis ver a filha dele. Correu um grande risco, sabe? Eu poderia tê-lo envergonhado diante do mundo, quando chegou com seus guardas. Eu poderia ter revelado tudo; ele nem tinha certeza de que eu não o faria. Mesmo assim ele veio. Veio conhecer Babilônia. — A viúva meneou a cabeça. — E, quando o fez, não disse nada. Pareceu indiferente. Um homem estranho.

— E quando ele viu você? Como ele reagiu?

— Ah, ele ficou bravo comigo. Ficou bravo comigo por eu ter trazido Babilônia para cá. — A expressão perplexa de Johanna tornou-se sardônica. — Ele *odiou* Alcaya.

— Por quê?

— Porque ela discutiu com ele.

— Sei. — Na verdade, eu entendi muito bem. A descrição de Johanna sobre a amiga não era muito atraente. Tudo levava a crer que o comportamento de Alcaya, para não mencionar suas crenças, era perigosamente heterodoxo. — Você acha que Alcaya gostaria de vê-lo morto?

— *Alcaya*? — gritou a viúva. Ela me olhou espantada, e aí caiu na gargalhada. Mas imediatamente parou de rir. — O senhor não pode acreditar que Alcaya matou Augustin — disse ela. Como pode pensar uma coisa dessas?

— Considere, senhora, que eu nem conheço Alcaya. Como vou saber do que ela é capaz?

— Eles foram cortados em pedaços! Cinco homens adultos!

— Assassinos podem ser contratados.

Ela me olhou muito espantada, com tamanha perplexidade, que acabei sorrindo. — Devo admitir, porém, que ela não está em primeiro lugar em minha lista de suspeitos — acrescentei.

Ela pareceu aceitar isso. Nossa conversa seguiu para outros assuntos, desde o tempo em Montpellier até as múltiplas virtudes de padre Augustin. Talvez por um sentimento de culpa, fiquei muito aliviado em poder discutir a respeito de meu superior com alguém que o conhecera intimamente e que não era um membro da igreja.

— Ele abusava de suas forças — disse ela a certa altura. — Ele desprezava sua própria fraqueza. Eu lhe disse: Você está muito doente. Se você precisa vir, fique mais tempo. Mas ele se recusou.

— Ele era uma alma ardente — concordei. — Acordado durante toda a noite, vivendo dos restos da cozinha. Ele devia estar sentindo que sua vida estava chegando ao fim.

— Oh, não, sempre foi assim. Era de sua natureza. Um bom homem, mas quase bom demais. Se você entende o que quero dizer.

— Eu entendo, sim. Bom demais para conviver. — Eu dei risada. — E sua filha também é assim?

— De jeito nenhum. Ela é tão boa quanto um cordeiro. Augustin era bom como... como...

— Uma águia. — Eu gentilmente a lembrei de que deveria se referir a ele como "padre" Augustin. — Gostaria de saber: será que ele pensou nela em todos esses anos? Se eu tivesse uma filha, rezaria por ela todos os dias.

— Você não é como Aug... como padre Augustin.

— Tenha certeza de que não é necessário me lembrar *disso*. Tenho muitos defeitos.

— Eu também. Ele sempre falava nisso.

— O castigo de sua paz — disse eu, mas ela não entendeu a citação. — Acredite, nenhum de nós estava à sua altura. E ele também repreendia sua filha?

— Oh, não. Nunca. Você não pode repreender Babilônia, porque ela não é culpada de nenhum de seus pecados. — Pela primeira vez vi os olhos da viúva úmidos. — Ele a amava. Tenho certeza disso. Ele tinha um coração enorme, mas se envergonhava dele. Pobre homem. Pobre homem, e eu nunca contei a ela...

— Nunca contou a ela o quê?

— Que ele era o pai dela — soluçou a viúva. — No começo ela tinha medo dele, e eu fiquei aguardando. Ela estava começando a conhecê-lo, e ele estava começando a sorrir para ela... foi tão cruel. Tão cruel.

— Foi — disse eu. Ao ver suas lágrimas me convenci, apesar de lágrimas dificilmente me convencerem, de que Johanna não era de forma alguma responsável pela morte de meu superior. Veja, essas lágrimas não vieram com facilidade: foram arrancadas de dentro dela, como uma fonte de vergonha profunda.

O efeito atenuante que elas tiveram na argila ressecada de meus afetos quase me fez acariciar sua mão, mas me contive.

— Perdoe-me — balbuciou ela. — Perdoe-me, padre, eu não tenho conseguido dormir.

— Não há nada para perdoar.

— Eu só lamento não tê-lo amado o suficiente. Ele dificultou tanto as coisas.

— Eu sei.

— Como ele podia ser irritante! Às vezes eu tinha vontade de bater nele, e quando aconteceu essa coisa terrível, senti como se eu a tivesse causado...

— Você gostaria de se confessar?

— O quê? — Ela olhou para cima e piscou. Parecia chocada. — Oh, não. Não, não — disse, recompondo-se imediatamente. — Não há necessidade disso.

— Tem certeza?

— Não estou *escondendo* nada, padre. — Seu tom foi seco. — Foi por isso que o senhor veio? Para verificar se eu o matei?

— Para descobrir *quem* o matou; e, para isso, preciso saber tudo o que há para saber. Você é uma mulher inteligente, Johanna, deveria entender. O que faria, em meu lugar?

Ela olhou para mim, e seu rancor cedeu. Pude vê-lo desaparecendo de seu rosto. Assentindo devagar, abriu a boca para falar, mas foi interrompida por uma gritaria que parecia vir de fora, de longe. Dava a impressão de ser uma discussão.

Temerosos, trocamos olhares de incerteza. Então corremos para fora, para ver o que se passava.

5

A TUA LUZ SE APROXIMA

Santo Agostinho escreveu certa vez: "Tudo existe tanto para o cego quanto para aquele que enxerga. O cego e o que enxerga, no mesmo lugar, estão cercados pelas formas das mesmas coisas; mas um as presencia e o outro não... não porque as coisas em si se aproximam de um e se afastam do outro, mas por conta da diferença de seus olhos".

Descobri que esse mesmo tipo de situação também pode ocorrer quando se trata de duas pessoas que enxergam. Uma delas pode olhar e ver certa pessoa, coisa ou situação, enquanto a outra pode, a princípio, não ver a mesma pessoa, coisa ou evento, mas sim ver algo totalmente diferente. Foi isso que aconteceu quando a viúva e eu saímos da casa. Minha impressão foi de que meus guardas (todos reunidos agora no pátio) estavam compartilhando algum gracejo, porque tinham um comportamento jovial e relaxado. Haviam desmontado e passavam um odre de vinho de mão em mão.

Johanna, ao contrário, viu um bando de soldados armados ameaçando sua querida amiga, Alcaya. Eu sei disso porque ela apertou meu braço e perguntou com uma voz preocupada:

— O que eles estão fazendo?

— Fazendo? — retruquei. — O que você quer dizer?

— Aqueles homens!

— Eles são meus guarda-costas.

— Eles a estão ameaçando!

— Você acha isso? — Olhando novamente, vi uma mulher de certa idade tentando desarmar um dos oficiais, que conseguiu desvencilhar-se dela. Um de seus companheiros a segurou por trás, e aí caiu fingindo-se ferido, em meio a muitas risadas, quando ela bateu de leve em seu punho. — A mim parece que ela *os* está ameaçando.

Mesmo assim, avancei e perguntei qual era a razão da confusão.

— Oh, padre, ela quer nos mandar embora! — Evidentemente, para homens que trabalhavam nessa profissão, isso era uma piada, indigna de ser levada em conta; uma ordem que teria sido dada no mesmo espírito bem-humorado com que fora recebida. — Eu lhe disse que quem nos dá ordens é o senescal!

— Essa é Alcaya — murmurou padre Paul, que saíra da casa atrás de mim. — Alcaya, qual é o problema? Esses homens estão aqui comigo.

— Padre, o senhor é bem-vindo. Eles são bem-vindos. Mas amedrontaram Babilônia. Ela está escondida na montanha e não vai voltar até eles irem embora.

— Ah, mas já é tão tarde — protestou Johanna. — Ela *tem* que descer.

— Ela não descerá — respondeu a velha. Examinando-a, fiquei surpreso em notar que seu jeito não era belicoso nem arrogante; tinha uma expressão serena, e a voz, embora áspera por conta da idade, parecia crepitar calorosamente, como o fogo na cozinha. Tinha olhos de um azul brilhante (cor que raramente se vê por aqui), que aparentavam ser tão inocentes quanto os de uma criança quando olhou para mim. — O senhor é muito alto, padre — disse ela. — Nunca vi um religioso tão alto.

— E você é uma mulher pequena. — Eu me surpreendi com minha réplica infantil. — Embora não a menor que eu já tenha visto.

— Este é o padre Bernard Peyre de Prouille — exclamou padre Paul. — Você tem que lhe mostrar respeito, Alcaya, porque é um inquisidor da depravação herética e um homem importante.

— Percebi, pela quantidade de guarda-costas. — Tenho certeza de que Alcaya não estava sendo irônica; seu tom foi doce e grave. — O senhor é muito bem-vindo, padre. Estamos honradas. — E fez uma reverência.

— Johanna me disse que você sabe ler — foi minha resposta, porque eu estava interessado, intensamente interessado, no que ela lia. — Vi um de seus livros, escrito pela abadessa Hildegard.

O rosto de Alcaya se iluminou. — Ah! — exclamou ela. — Que livro abençoado!

— Com certeza.

— Que sabedoria! Que devoção! Que exemplo de virtude feminina! Padre, o senhor leu esse livro?

— Muitas vezes.

— Eu também li muitas vezes. Eu o li para minhas amigas.

— E seus outros livros? Gostaria de ver seus outros livros. Você me mostra?

— Claro! Com prazer! Venha, eles estão dentro de casa.

— Esperem. — Foi Johanna que falou; observava-nos atentamente (ao cruzar seu olhar percebi que padre Augustin também deve ter mostrado o mesmo interesse nas leituras de Alcaya), mas agora o alvo de sua preocupação era a filha. — E Babilônia? Ela está com medo de descer a montanha. Ela não pode ficar lá, padre, vai escurecer logo.

— Não se preocupe. Vou mandar meus guardas embora.

Os guardas, porém, não saíram do lugar. Haviam sido instruídos a não sair de meu lado e se mantiveram firmes nesse propósito. Nada do que eu dissesse os demoveria. — Se desobedecermos o senescal, ele nos esfolará — responderam eles, o que não era verdade. (Roger Descalquencs nunca esfolou ninguém, que eu saiba.) Finalmente, eles concordaram em sair do pátio, deixando um guarda na porta da casa, enquanto o restante tomaria conta do portão, que era quase indefensável. Tive que me contentar com isso.

132

— Se sua filha ainda está assustada — disse eu a Johanna — então partiremos todos. Mas ainda espero que ela volte, porque estou ansioso para conhecê-la.

Ao dizer isso, senti que demonstrara minhas boas intenções. Que mais poderia ter feito? A viúva, porém, parecia esperar muito mais de mim. De fato, ela me olhou com uma expressão tão aflita que me senti desconfortável. Então a deixei e entrei na casa, onde Alcaya estava retirando livros do baú da amiga.

Segurou-os amorosamente, com muito cuidado, e colocou-os em minhas mãos como uma mãe colocaria seu bebê recém-nascido nos braços do padre que iria batizá-lo.

Irradiava amor e orgulho.

Eram dois livros: o *Tratado sobre o amor de Deus*, de São Bernardo de Claraval, e o tratado sobre a pobreza de Pierre Jean Olieu. Os dois haviam sido traduzidos para o vernáculo, e o trabalho de São Bernardo era realmente esplêndido, embora muito velho e em péssimo estado. Com certeza o senhor deve ter lido esse tratado e se regozijado com o nobre início: "Você deseja que eu lhe diga por que e como Deus deve ser amado. A minha resposta é que o próprio Deus é a razão pela qual Ele deve ser amado". Será que já existiu um *exordium* mais simples, profundo, entusiasmado? (Salvo o das próprias Escrituras Sagradas, é claro!) O trabalho de Olieu, no entanto, é de uma natureza totalmente diferente. Esse franciscano já falecido confessa ter sido levado a escrevê-lo "porque a esperteza maligna do velho adversário (que seria o Demônio) continua, como no passado, a levantar problemas contra a pobreza evangélica". Ele abomina "certos pseudorreligiosos munidos de autoridade para ensinar e pregar" — isto é, dominicanos como eu mesmo —, que condena por terem deixado de adotar a pobreza extrema, considerada por ele como requisito para a salvação. Pode ser que o senhor não conheça os livros e panfletos desse homem. Talvez o senhor não saiba que eles inflamaram os ânimos de seus confrades franciscanos nesta parte do mundo. Acredite quando lhe digo que esse frade sulino desconhecido, com suas ideias errôneas e radicais, foi, de certa maneira, responsável pela inflexibilidade dos quatro franciscanos

133

queimados em maio passado em Avignon. O senhor se lembra do caso? Como tantos outros franciscanos, ou até leigos, eles estavam obcecados com a ideia absurda (realmente, quase impossível) de que servos de Deus como eles deveriam viver de modo miserável, sem bens pessoais ou até comunitários. Eles eram favoráveis a mendigar esfarrapados e proclamavam que a Igreja havia se tornado uma "Babilônia, a grande meretriz, que arruinou e envenenou a humanidade!". Por que eles diziam isso? Porque, segundo eles, a nossa Igreja Santa e Apostólica se entregou à luxúria, à avareza, ao orgulho e à cobiça. Alguns de seus seguidores até chamam nosso sumo pontífice de anticristo e pregam o início de uma nova era, na qual eles próprios conduzirão o cristianismo à glória.

Bom, não preciso lembrá-lo do que o senhor certamente já sabe: com certeza o senhor já conhece o decreto *Gloriosam ecclesiam*, no qual o Santo Padre lista muitos dos erros em que "homens arrogantes" caíram. Como inquisidor da depravação herética, naturalmente fui obrigado a estudar esse documento cuidadosamente quando chegou às mãos do bispo, porque há uma tênue distinção entre os que amam a pobreza e os que a idolatram acima de todas as coisas — mesmo acima da própria obediência à autoridade apostólica. Até hoje, eu poderia acrescentar, nunca havia encontrado alguém em Lazet cujas crenças pareciam ecoar aquelas proscritas pelo Santo Padre; além do mais, nenhum de nossos irmãos franciscanos vestiu hábitos "curtos e restritos" (condenados naquele outro decreto, *Quorundam exigit*, no final do ano passado) ou defendeu a crença de que o Evangelho de Cristo havia sido processada apenas por eles. É claro que nossos irmãos franciscanos em Lazet não são como muitos outros que habitam esta região. Não expulsaram seu prior devidamente eleito em favor de um candidato mais tolerante com as opiniões de Pierre Olieu e de seus asseclas — seguindo o exemplo dos irmãos de Narbonne em 1315. Aqui em Lazet talvez estejamos um pouco isolados das paixões e novas ideias que perturbam a paz de outras cidades. Em Lazet, nossas heresias são muito antigas, e nossas paixões, previsíveis.

Mas estou divagando. O que eu gostaria de dizer é que o tratado de Pierre Jean Olieu, embora ainda seja lido por muita gente de valor (cada vez mais, no entanto, para tentar contradizer suas afirmações)... embora ainda seja bastante lido e possa ser encontrado, por exemplo, na biblioteca dos próprios irmãos franciscanos em Lazet, parece carregar uma nódoa, ou talvez emane uma nuvem negra, sobretudo desde que o Santo Padre incumbiu, há pouco tempo, oito teólogos de investigar a *Lectura* do autor. De qualquer forma, o tratado agora requer uma desculpa ou explicação.

Então procurei uma de Alcaya de Rasiers.

— O tratado sobre a pobreza — murmurei, virando suas páginas bastante manuseadas. — Você leu o comentário dele sobre o Apocalipse?

— O Apocalipse? — disse Alcaya, com um olhar vago.

— Pierre Jean Olieu escreveu outros livros sobre diversos assuntos. Você já os leu?

— Não, ai de mim. — Ela meneou a cabeça, sorrindo. — Certa vez escutei alguém lendo outro livro que disseram que era dele: Sobre a Perfeição Evangélica?

— *Questões sobre a Perfeição Evangélica.* Sim, esse mesmo. Eu mesmo não o li.

— Padre Augustin o leu. Ele disse que continha muitas mentiras.

— É mesmo? — Mais uma vez me senti tropeçando nos passos de padre Augustin. Naturalmente, imaginei que ele teria perscrutado a alma de Alcaya com muita atenção. Com certeza teria mandado prendê-la, se suas crenças fossem não ortodoxas.

Teria mesmo?

Eu achava difícil aceitar que padre Augustin tivesse negligenciado seu dever religioso em troca da felicidade da filha. Por outro lado, também achava difícil imaginar que ele tivesse concebido uma filha.

— E o que padre Augustin disse sobre *este* livro? — perguntei, indicando o tratado que tinha em mãos. — Ele disse que continha mentiras?

— Ah, sim — respondeu ela alegremente.

— E mesmo assim você ainda o guarda?

— Ele não disse que era *todo* falso. Apenas algumas coisas. — Ela pensou por um instante. — Ele disse que não havia prova de que Cristo era tão pobre, do nascimento à morte, a ponto de não deixar nada para sua mãe.

— Sei.

— Perguntei-lhe se poderia ser provado que Cristo *não* era pobre, do nascimento à morte — continuou Alcaya ainda sorrindo, como se se lembrasse de algo bom. — Ele disse que não. Tivemos uma bela conversa. O padre Augustin era um homem sábio. Um homem muito sábio e santo.

A imagem de meu superior debatendo o *usus pauper* com esta velha suspeita — sem dúvida constrangido pelo conhecimento de quanto sua filha a amava — quase trouxe um sorriso a *meu* rosto. Como seu comportamento deve ter sido gélido! Como ele deve ter achado toda essa situação repugnante! E como, tenho certeza, ele teria ficado feliz em condenar Alcaya a um interrogatório formal, se houvesse alguma razão para isso. A satisfação com a qual ela narrou a bela conversa que teve com ele, como se estivesse contando a conversa de duas lavadeiras, me deixou com os nervos à flor da pele.

Apesar disso, cabia-me descartar quaisquer dúvidas que tivesse... o mais cuidadosamente possível.

— Me conte — disse eu, tentando lembrar-me do texto do decreto *Gloriosam ecclesiam* (porque eu não tinha ninguém para consultar a esse respeito). — Você e padre Augustin discutiram outras ideias falsas? Vocês discutiram sobre a Igreja, e se ela se afastara do caminho de Cristo, por conta de sua riqueza?

— Ah, sim! — Desta vez Alcaya deu gargalhadas. — Padre Augustin me disse: "Alguém já lhe contou que a Igreja Romana é uma meretriz, e que os padres não têm autoridade?". E eu lhe disse: "Sim, padre — *o senhor* acabou de fazê-lo! Com certeza o senhor não pode acreditar nisso?" Ele ficou vermelho como um toucinho! Mas é claro que eu estava brincando — acrescentou ela, como se quisesse me tranquilizar. — É claro que ele não acreditaria em tal coisa.

— E *você*, acredita?

136

— Oh, não. — Uma resposta tranquila. — Sou uma filha fervorosa da Igreja Romana. Eu faço o que os padres me mandam fazer.

— Mas certamente os padres não lhe disseram para abandonar seu marido, ou mendigar nas ruas, ou vir morar aqui? Tenho que confessar, Alcaya, que sua vida não parece ser a de uma boa mulher cristã. Parece ser um pouco perversa — a vida de uma mendiga. Uma fugitiva.

Pela primeira vez, a serenidade de Alcaya foi abalada. Ela suspirou e me olhou com tristeza. Aí colocou uma mão em meu braço para confidenciar algo.

— Padre, andei procurando um jeito de servir a Deus — revelou ela. — Não deixei meu marido; ele me pôs para fora de casa. Eu não tinha dinheiro, então fui forçada a mendigar. Eu queria entrar para uma comunidade religiosa, mas quem me aceitaria? Só as beguinas,* padre, e o que elas pregavam lá estava errado.

— Como errado?

— Ah, padre, elas eram muito boas, pessoas muito pobres, que amavam Cristo e São Francisco, mas diziam coisas terríveis sobre o papa. O papa e os bispos. Isso me enfureceu.

— Que pecado — respondi eu, com o pulso acelerado. — E você contou a padre Augustin a respeito dessas pessoas?

— Sim, padre.

— E você lhe disse os nomes delas?

— Ah, sim. — Conforme eu ia perguntando, ela descreveu a comunidade com detalhes, e pude identificá-la como um grupo de terciárias (a maioria de mulheres) sob a proteção de um frei que, se não fora incluído entre os 43 obrigados a se retratar de seus erros em Avignon no ano passado, certamente deveria ter sido. Alcaya também me informou que ela havia alertado um padre local do que estava sendo pregado entre aquelas pessoas e que as havia abandonado em seguida. — Aí me juntei a algumas mulheres ligadas à *sua* Ordem, padre, mas elas não gostaram de mim. Ninguém sabia ler, entende, e tinham medo de mim e tramavam contra mim. — Seguiu-se uma longa e tediosa digressão que tinha a ver com as conspirações dessa comunidade, calúnias

---

* N.R.T.: Poderosa força leiga, predominantemente feminina, dentro da Igreja Ocidental desde o início do século XIII até o século XV.

mútuas e retaliações maldosas, que são facilmente encontradas em famílias, cortes e fundações monásticas. Embora narrados com tristeza e consternação, e não com amargura e raiva, os detalhes eram sórdidos, e os deixei de lado. Basta dizer que parecia haver um profundo antagonismo entre Alcaya e uma mulher chamada Agnes. — Fui jogada na rua — Alcaya continuou. — E então conheci Babilônia. Eu logo percebi que ela estava próxima a Deus. Pensei que talvez Deus a tivesse colocado em meu caminho. Deveria eu pegar essas pessoas, como Babilônia e a pobre Vitália, e levá-las para um lugar onde ficariam felizes no amor a Deus? — A voz de Alcaya ficou mais rápida e animada; sua expressão se tornou mais radiante. — Veja, padre, essas queridas virgens são movidas pelo amor mais puro a Deus; são como as admiráveis filhas de Sião, esplêndidas em sua virgindade serena, lindamente adornadas com ouro e brilhantes, como a abadessa Hildegard presenciou. Falei com elas sobre seus desejos, e elas querem — com tanto ardor, padre! —, elas *desejam* abraçar Cristo com um amor casto, elas suspiram profundamente por Sua presença, elas descansam em paz quando pensam n'Ele. Abandonaram os anseios da carne, eu lhe garanto. Eu lhes digo: "A carne não é útil, é o espírito que dá vida", e elas sabem. Eu lhes falo de seu Noivo celestial, que entrará por vontade própria no coração delas se este estiver enfeitado com as flores da graça e os frutos da Paixão, colhidos da árvore da Cruz. Nós o louvamos juntas — e falamos do doce momento quando "Sua mão esquerda está sob minha cabeça e me abraça com a direita". E Babilônia sentiu a carícia daquelas mãos, padre, ela submergiu no amor a Deus. Ela viu a Nuvem da Luz Viva, como a abadessa Hildegard. — A essa altura Alcaya estava em êxtase; os olhos, cheios de lágrimas. — Quando eu li as visões do livro da abadessa para ela, ela gritou espantada. Ela reconheceu a Luz dentro da Luz. Ela experimentou o momento de harmonia eterna que se encontrava dentro dela. Oh, padre, ela conheceu a união com Cristo! Ela foi cegada pela luz do amor divino, abandonou sua vontade, e sua alma foi até Deus. Que bênção, padre! Que regozijo, para todos nós!

— Sim, realmente — gaguejei eu, espantado com esse jorro de palavras. Muitas eu reconheci: eram as palavras de São Bernardo e da abadessa Hildegard. Mas estavam imbuídas de certo êxtase, uma paixão ardente, que não podia ser fingida. Eu percebi que Alcaya estava tomada por um amor a Deus verdadeiro e esmagador, um desejo ardente da presença divina, e isso era admirável.

Mas essa paixão pode ser perigosa. Pode levar ao excesso. Apenas as mulheres mais sábias e fortes, imbuídas de tal fervor, são capazes de seguir a trilha de Deus sem uma orientação cuidadosa. (Como diz Jacques de Vitry sobre a *mulier sancta*, Marie d'Oignes: "Ela nunca se curvou à direita ou à esquerda, e trilhou o caminho abençoado do meio com uma moderação extraordinária".)

— Padre, quando eu era pequena — continuou Alcaya com mais calma — subi essa montanha aí fora e ouvi anjos. Foi a única vez em minha vida que isso aconteceu. Então, quando Johanna me contou de seus temores com relação à filha, eu sabia que Babilônia seria feliz aqui, onde os anjos cantam. Fiquei sabendo que ninguém poderia nos tirar este teto, que me serviu de abrigo quando criança. Eu sabia que, com a ajuda de Johanna, nós poderíamos viver felizes e piamente, à vista de Deus. — Curvando-se para a frente, Alcaya pegou minhas mãos e olhou em meu rosto e seu rosto risonho refletia uma felicidade imensa. — Você sentiu o amor de Deus aqui, padre? Será que a paz perfeita de Sua glória encheu seu coração?

O que eu podia dizer? Que o amor de Deus era uma bênção pela qual me empenhara a vida toda, mas que nunca havia conseguido de maneira satisfatória? Que minha alma foi oprimida pelo meu corpo corruptível, de modo que (nas palavras de São Bernardo) minha mente ficou ocupada por assuntos terrenos, perdida em pensamentos? Que eu era um homem de natureza prática e não espiritual, incapaz de me abandonar na contemplação do divino?

— Quando olho para esta montanha, meu coração é tomado, não de paz, mas de imagens do corpo esquartejado de padre Augustin — respondi com franqueza.

Deus me perdoe por aquilo. Foi dito de má-fé e apagou a alegria dos olhos de Alcaya.

Deus me perdoe, porque tive que fechar meu coração à Sua divina presença.

Não conheci Babilônia naquela noite. Ela não retornaria enquanto os soldados estivessem presentes, e eles não deixariam o local a não ser que eu os acompanhasse. Esperei por algum tempo, conversando com Alcaya enquanto observava Johanna (cuja mudança de expressão sutil sugeria pensamentos que eu gostaria de compartilhar). Mas, no final, fui obrigado a deixar a forcia enquanto ainda havia luz no céu — porque meus guarda-costas queriam chegar a Casseras antes do anoitecer.

Parti com eles decidido a retornar escondido, quando amanhecesse. Assim, ganharia um pouco de tempo com Babilônia antes que me achassem e a afugentassem. Ao mesmo tempo, veria as mulheres na perfeição de sua paz sem distúrbios, e poderia julgar se, como Alcaya insistia, era verdadeiramente a paz de Deus. Que suposição arrogante a minha — possuir o poder de julgar o que era e o que não era a paz que ultrapassa todo entendimento! Entendo melhor agora. Mas mesmo naquele momento, o fervor de Alcaya tinha me afetado. Sentira seu calor e estava curioso para descobrir o fogo de onde provinha. Queria conhecer Babilônia e decidir se realmente ela estava "próxima a Deus", ou possuída por um demônio; queria examinar suas características para achar aquelas outras, que me foram tão familiares no passado, e que agora já estão desaparecendo de minhas lembranças.

Tenho de admitir, também, que tinha necessidade de finalizar a conversa com Johanna, interrompida antes de satisfazer minha curiosidade. Era nisso que eu acreditava, embora, talvez, estivesse mais envolvido em meus desejos sexuais do que minha consciência permitia — quem sabe? Só Deus. Johanna me atraía e reconheci isso naquela noite, deitado em meu catre na casa do padre. Mas resolvi seguir a razão, e não o coração. Bani de minha mente qualquer pensamento referente a ela (como havia feito sempre, com tantos pensamentos impuros), pedi perdão a Deus e meditei sobre Seu amor, que eu não havia procurado com tanta veemência como deveria, ou conhecido como desejaria. Claro que eu conhecia o amor de Deus, como todos o conhecemos, a saber, nas dádivas que Ele nos concedeu (... *vinho que alegra o coração dos homens, óleo para fazer brilhar suas faces e pão que fortalece seus corações...)*, mas, acima de tudo, na dádiva de Seu filho único. Eu lera, escutara, e sentia, em meu âmago, que Deus ama o mundo. Mas também lera sobre Seu amor quando toca os santos. Eu lera que São Bernardo se sentiu "internamente envolvido, por assim dizer, pelos braços da sabedoria" e que recebeu "o doce influxo do amor Divino". Eu lera que Santo Agostinho se alegrara "ao sentir aquela luz brilhando em minh'alma" e "aquele envolvimento é desfrutado e não se finda com a saciedade". Esse era o amor divino em toda sua pureza, em sua essência mesma; eu o reconheci como se reconhece uma montanha distante e bela, para sempre inalcançável.

Mas havia uma possibilidade de Babilônia o ter alcançado. Alcaya acreditava que sim; padre Augustin achava que não. Eu, naturalmente, estava mais propenso a confiar na opinião de padre Augustin — ele fora um homem sábio, educado, de muita experiência e virtude. Mas Alcaya, de certa forma, mexeu com minha alma, e eu me perguntei: "Será que padre Augustin, com toda sua sabedoria, educação e virtude, alguma vez sentiu de verdade o fluxo do amor divino? Será que ele reconheceria essa manifestação em outra pessoa? Será que ele, como Jacques de Vitry, teria reconhecido a presença de Deus no choro incontrolável de Marie d'Oignes, ou ele seria como aqueles outros homens, condenados por Jacques, que maliciosamente difamaram a vida ascética daquelas mulheres e, como cães raivosos, atacaram os costumes que eram contrários aos seus?".

Mas eu me penitenciei. Padre Augustin não fora um cão raivoso, e Marie d'Oignes nunca fora apedrejada nas ruas. Percebi que minha mente estava ofuscada pelo cansaço e voltei meus pensamentos para outros assuntos. Pensei no tratado de Pierre Jean Olieu, dado a Alcaya no pouco tempo em que esteve entre os dissidentes franciscanos terciários. Temi não a ter questionado com a intensidade necessária sobre sua opinião a respeito da pobreza de Cristo. Naturalmente, ela se descreveu como uma "filha fiel da Igreja Católica", que fazia o que os padres mandavam — e não rejeitava sua autoridade, porque eles não se entregavam a frugalidades nem a erros sem sentido. Além do mais, eu sabia que padre Augustin já havia feito isso antes de mim, e não conseguira identificar em Alcaya um amor exagerado à pobreza sagrada que pusesse sua alma em perigo.

Entretanto, eu precisava esclarecer minhas dúvidas nesse aspecto, e resolvi fazê-lo.

Também pensei nas outras pessoas que precisavam ser interrogadas: o preboste de Rasiers; os meninos Guillaume e Guido; os pastores locais que levavam suas ovelhas para pastar próximo à forcia. Seria uma tarefa árdua, porque essa não era uma inquisição oficial, com procedimentos claros como os que constam do *Speculum Judiciale* de Guillaume Durant (o senhor alguma vez consultou o trabalho dele?), e outros estabelecidos ao longo dos anos pelo uso ou por decreto papal. O testemunho feito ao Santo Ofício sempre é transcrito por um notário, na presença de dois observadores imparciais — como os dois dominicanos, Simon e Berengar, geralmente presentes a meus interrogatórios. É preciso fazer juramentos e registrá-los; é necessário revelar ou retirar culpas, de acordo com o que parece apropriado; deve-se dar ou recusar a permissão para algum atraso — novamente, de acordo com o que parece apropriado. Há regras, e elas devem ser seguidas.

Mas, nesse caso, a inquisição era informal, e eu não tinha regras para seguir. Para começar, minha autoridade se resumia ao extermínio de hereges: não era de minha alçada caçar os assassinos de padre Augustin, a não ser que eles tivessem sido motivados, ou imbuídos, de crenças heréticas. Outro inquisidor poderia ter aprisionado toda a população de Casseras, alegando (quem sabe com razão?) que todos que fossem encontrados nas proximidades do lugar do crime deveriam estar implicados no complô. Mas eu não estava convencido de que uma ação assim seria o melhor caminho. De qualquer maneira, onde colocaríamos os habitantes de Casseras, se nossa prisão já estava lotada com a população de Saint-Fiacre?

Como desejei que padre Augustin estivesse a meu lado! Ele saberia o que fazer. Eu me senti pouco experiente e afundando em um pântano de informações importantes, mas desconexas: Bernard de

Pibraux e seus três jovens amigos, os membros amputados e espalhados e os cavalos desaparecidos, o tratado de Pierre Jean Olieu, a carta de padre Augustin ao bispo de Pamiers. Padre Augustin havia escrito que Babilônia estava possuída por um demônio; quando eu a conhecesse, será que me sentiria confrontando o inimigo inveterado da raça humana? Tantas vezes São Domingos o confrontara e triunfara, mas eu não era um santo... e a mera perspectiva desse embate me fez tremer.

Lembro de ter rezado com devoção para que aparecesse um novo superior, quando de repente adormeci. Então sonhei, não com anjos ou demônios, mas com velas, centenas delas, em um local enorme e escuro. Assim que eu acendia uma, outra se apagava de alguma forma misteriosa (porque não havia nenhuma brisa), e eu tinha que voltar a acendê-la com meu círio. Parecia que a noite toda fiquei correndo de vela em vela. E acordei antes do raiar do sol — como de costume —, aterrorizado ao ver que, apesar da minha luta incessante, ainda estava cercado pela escuridão!

Deveria contar-lhe que eu conversara com padre Paul antes de me deitar, mas sem pedir-lhe que fosse comigo até a forcia. Com uma refeição modesta de pão e queijo, nós tínhamos conversado sobre a morte de padre Augustin, mas eu não mencionei que pretendia visitar as mulheres mais uma vez — consciente de que, preocupado com minha segurança, padre Paul certamente teria alertado meus seguranças. Por isso, fui obrigado a sair da casa sem fazer barulho. O fato de um dos guardas ter sido colocado na cozinha especificamente para me proteger de um ataque noturno, dificultou meu propósito; mesmo tendo saído de meu quarto engatinhando e descalço, ele acordou, e tive que sussurrar uma mentira, dizendo que estava indo me aliviar. Ele aceitou a desculpa e voltou a dormir. Mas eu sabia que, se eu não voltasse, seu instinto de vigia o faria acordar. Por isso saí o mais rápido possível, parando apenas para calçar as botas que carregava na mão.

Eu não tinha condições de selar meu cavalo, porque ele estava na mesma cocheira que os dos seguranças. Precisei ir a pé, como um verdadeiro mendigo, apenas com as primeiras luzes da aurora a iluminar meu caminho. A claridade aumentou à medida que eu avançava; então o sol surgiu, as estrelas desapareceram, os pássaros acordaram, e obviamente eu deveria ter pensado, como São Francisco, na imensa variedade dessas criaturas, que recebiam a palavra de Deus com tanta alegria quando ele pregava para elas. Mas eu estava cego por meu próprio medo. Na verdade, minha coragem para empreender essa jornada tinha o medo como fundamento. Quanto mais medo eu tinha, mais eu queria provar a mim mesmo que era corajoso e destemido — como homem. *Não tema*, escrevi no bilhete a padre Paul. *Fui fazer um passeio até a forcia e volto logo.* Deus perdoe minha soberba! Mas, pode crer, eu estava começando a me arrepender: o ar estava tão parado, o caminho, tão vazio, a luz, tão fraca. Um farfalhar na vegetação à minha esquerda fez que eu parasse, redobrasse o passo, parasse novamente. Lembro de ter murmurado as palavras: "O que estou fazendo?" — e teria voltado sem hesitar não fosse pelo fato de ter comunicado minhas intenções a padre Paul. Se voltasse, eu estaria admitindo que tive medo de avançar. Outra vez, que soberba!

Então continuei, recitando alguns salmos, bem como as exigências que, segundo a lista de Bernard Gui, eram necessárias para um bom inquisidor (ao longo dos anos, tínhamos mantido uma correspondência sobre esse assunto). De acordo com Bernard — e quem melhor para julgar? —, o inquisidor tinha que ser constante, perseverante diante dos perigos e das adversidades, e até perante a morte. Ele tinha que estar disposto a sofrer em nome da justiça, sem se precipitar em direção ao perigo de maneira imprudente nem retroceder de modo vergonhoso por temor, porque isso enfraquece a estabilidade moral. Fiquei pensando se eu tinha me precipitado em direção ao perigo, ao sair sozinho de Casseras, e cheguei à conclusão de que era provável que sim. Com muita vontade, comecei a desejar ouvir o som de um tropel no meu encalço. Por que meus seguranças não vinham me salvar?

De repente, me vi no local da execução de padre Augustin. Vi as marcas escuras na terra clara; senti o cheiro pútrido; senti o peso da folhagem invasiva e sombreada. Era um lugar maldito. E quase fui embora, impedido apenas por um pequeno fragmento de ouro que parecia brilhar perto de uma das pedras mais manchadas de

144

sangue. Quando cheguei perto, pude identificar esse objeto brilhante como um ramo de flores amarelas. Pareciam frescas, e estavam amarradas com um pedaço de grama trançada.

Em sua beleza simples e delicada, reconheci uma oferenda de devoção.

Minha primeira reação foi pegá-lo, mas, sentindo que não devia fazê-lo, eu o devolvi rapidamente. De alguma forma misteriosa, ele fez a clareira parecer menos terrível. Boa parte de meu medo desapareceu, e me vi sorrindo. E meu sorriso se ampliou quando a melodia de uma canção alcançou meus ouvidos; o que mais pode comover o coração do que a música? Será que as próprias montanhas e os morros não vão irromper em uma cantoria? (*Oh, cante uma nova canção para o Senhor; cante para o Senhor, toda a terra.*) Claro que a canção não era um salmo, era uma composição escrita em língua vulgar local — mesmo assim, possuía certa poesia. O senhor vai me perdoar se, nesta tentativa de reproduzi-la e traduzi-la, não conseguir transmitir seu encanto delicado; que eu me lembre, era assim:

> *Pequena cotovia, canto contigo*
> *Porque eu também saúdo o sol!*
> *Pequena cotovia, diga a meu amado*
> *Que ele é o escolhido.*
> *Pequena cotovia, não se demore.*
> *Anseio ver a tua partida,*
> *Diga a meu amado que eu o terei*
> *E ele me terá.*

Os sentimentos não eram muito louváveis, mas a melodia era doce e alegre. Era cantada por uma mulher cuja voz não reconheci. Ainda assim, segui esse canto de sereia, desconsiderando o perigo; segui através do bosque, minhas botas pisando em terreno íngreme e minhas vestes se enroscando em ramos e espinhos, até adentrar num pasto de inclinação suave, aquecido pelo sol levante. Ah, se eu fosse um poeta, poderia transmitir-lhe a beleza que se estendia a meus pés.

No frescor daquela manhã, o ar estava tão puro quanto o tilintar de um sino. Por isso, vi a cena à minha frente com olhos de águia: vi vales distantes e montanhas que lançavam sombras obscuras: vi Rasiers, tão pequena que caberia na palma de minha mão; vi o cintilar de um rio e o clarão do orvalho à luz do sol. Rochedos íngremes, como as muralhas de um castelo poderoso, pareciam tingidos de um rosa pálido. Cotovias e andorinhas bordavam contornos complexos contra o céu totalmente limpo. Senti que eu via o mundo como Deus deve vê-lo, em toda sua majestade e toda sua complexidade. (*E até mesmo os cabelos de Vossa cabeça estão todos contados...*) Senti como se estivesse na montanha da criação, meu coração ficou pleno, e pensei comigo: Ó Senhor meu Deus, Vós sois poderoso; estais vestido de honra e majestade, vos cobris de luz como um manto; que estica os céus como uma cortina; que coloca os feixes de luz de Vossos aposentos nas águas; que faz das nuvens Vossa carruagem; que anda sobre as asas do vento. E, enquanto o calor do sol acariciava meu rosto, e o ar puro enchia minhas narinas, e a doce e suave melodia daquela canção vulgar, mas linda, encantava meus ouvidos, ouvi outra voz juntar-se à primeira em uma harmonia graciosa, e vi duas mulheres que cantavam, saindo de um pequeno bosque, abaixo de mim, no declive. Carregavam cestos na cabeça e caminhavam em perfeita harmonia, uma segurando a mão da outra. Reconheci Johanna de Caussade como sendo a mais alta. Acho que ela me reconheceu no mesmo instante, mas não interrompeu a canção ou o passo.

Em vez disso, sorriu e me cumprimentou com uma alegria livre e descontraída, como se cumprimenta um amigo querido ou um conhecido que encontrou em uma ocasião feliz — talvez em uma festividade ou uma celebração de vitória. Daí falou com a garota a seu lado, ainda sorrindo, e as duas olharam para mim, e de repente meu coração se encheu até transbordar. Como posso descrever essa sensação extraordinária, quase pungente no prazer que proporcionou, tão morna quanto leite da última ordenha, tão ampla quanto o oceano, infinitamente maravilhosa? Senti vontade de chorar e de rir. Minhas pernas cansadas se fortaleceram, mas ficaram curiosamente lânguidas. Senti como se fosse viver por toda a eternidade, mas poderia morrer naquele lugar, sabendo que minha morte não importava. Olhei com o mesmo amor para o gramado amarelo, as borboletas brancas, as urtigas, o esterco das ovelhas, as mulheres lá embaixo: eu queria ninar a criação em meus braços. Meu amor era tão abrangente que senti que não era verdadeiramente meu, mas fluía através de mim, a meu redor, para dentro de mim, e aí olhei para o sol, e fui cegado por uma grande luz. Por um instante que não passou de uma única respiração, mas que foi infinitamente prolongado, eu era uma criança no útero da mãe. Senti Cristo me envolvendo, e Ele era paz, e Ele era alegria, e Ele era terrível como a morte, e eu soube de Seu amor infinito por mim, porque o vi, o agarrei e o senti em meu próprio coração.

Deus, como posso demonstrar tudo isso só com palavras? Não tenho palavras. Nenhuma palavra é suficiente. Não foi o próprio Doutor Angélico que, quando dominado por uma revelação mística em seus últimos anos, não conseguiu falar por algum tempo? Com certeza sua revelação foi de uma ordem superior à minha; certamente ele mostrou uma genialidade no uso das palavras que nunca vou igualar. E, esse sendo o caso, se a presença de Deus o privou de sua língua ágil, como posso eu encontrar as palavras que lhe escaparam?

Sei que Deus esteve comigo naquele declive. Sei que Cristo me abraçou, embora não possa dizer por quê, já que não fiz nada, não disse nada, não pensei em nada que merecesse tão precioso presente. Talvez Ele simplesmente estivesse lá, na perfeição da manhã, e se apiedara de mim quando tropecei em sua presença. Talvez estivesse no coração de Johanna, e seu sorriso tenha sido a chave que destrancou minha própria alma, para que finalmente o amor Divino achasse um caminho para ela. Como posso saber? Não sou santo. Sou um pecador torpe que, por um ato de piedade milagroso, alcançou além da nuvem que cobre toda a terra.

Santo Agostinho disse certa vez que, quando a alma de um homem atravessa a escuridão carnal que envolve a vida terrena, é como se ele fosse tocado por um fulgor imediato, apenas para sucumbir novamente à sua fragilidade natural, e, por mais que se mantenha o desejo de se elevar às alturas outra vez, sua impureza não é suficiente para mantê-lo lá. De acordo com Santo Agostinho, quanto mais vezes alguém faz isso, melhor ele é.

Isso sugere que o homem precisa se esforçar para receber tal bênção. Mas será que São Paulo se esforçou para conseguir algo além da maldade, antes de receber a Luz a caminho de Damasco? Foi o esforço de Deus, e não o dele, que o trouxe para a Verdade. Então foi o amor de Deus, e não o meu próprio, que me trouxe para tão perto Dele.

Sem dúvida Ele sabia que, se me deixasse à minha própria sorte, nunca teria levantado os olhos do chão. Talvez eu nunca mais o faça; talvez eu não tenha a força, nem a pureza.

Mas está dentro de mim amar a Deus. Eu amo Deus agora, não como meu Pai, que me dá presentes e instrução, mas como meu amante, como o conforto de meu coração, como minha fé e esperança, como a comida e a bebida que alimentam meu coração. Amar assim é trabalhoso, com certeza: felizmente, consigo sempre atingir essas alturas meditando sobre aquele momento imensurável quando quase desfaleci de amor, no alto do declive, com o abraço alegre e pesaroso de Cristo.

Também consigo encontrá-lo meditando a respeito do sorriso de Johanna de Caussade. Pois, assim como aquele sorriso destravou meu coração pela primeira vez, percebi que continuou a fazê-lo.

— Padre?

A voz de Johanna abriu meus olhos terrenos de novo e me trouxe de volta a mim mesmo, me puxando como um peixe na ponta do anzol. A eternidade de minha comunhão divina havia durado apenas um instante; as duas mulheres ainda vinham em minha direção quando minha alma foi libertada da contemplação extasiada, e senti, ainda zonzo, a onda de amor sumindo de meu coração. Por instantes, olhei sem ver e sem falar. Então, minha visão pareceu melhorar, e o primeiro objeto que se fez presente a meus olhos foi o rosto da companheira de Johanna.

Vi o rosto de uma jovem, perfeitamente formado e tão suave quanto um lírio (embora com algumas marcas no queixo e na testa).

Se eu fosse um trovador, recitaria loas, comparando sua pele a rosas, sua maciez a uma ave recém-nascida, seu cabelo ruivo a maçãs e seda. Mas não sou um poeta do coração, vou simplesmente dizer que ela era linda. Em todos esses anos, nunca vira uma mulher com beleza tão suave. E, como seus olhos refletiam não a inocência de uma criança, mas a de um animalzinho — e porque meu coração estava pleno de amor, amor demais para conter —, eu lhe sorri ternamente. Eu teria sorrido com igual amor a qualquer mosca, ou árvore ou lobo que aparecesse na minha frente, porque eu amava o mundo. Mas, por sorte, ela foi o primeiro elemento de minha visão, então foi ela que recebeu o sorriso que o próprio Deus havia formado.

Ela também sorriu, com um sorriso tão doce como o mel.

— O senhor é padre Bernard — disse ela.

— E você é Babilônia.

— Sim. — Ela parecia radiante. — Eu sou Babilônia!

— O senhor está bem, padre? — perguntou Johanna, pois, segundo soube mais tarde, minha voz estava muito lenta e eu, resfolegante. De fato, parecia estar bêbado ou doente.

Dando-me conta disso, me apressei em acalmá-la.

— Estou bem — disse. — Muito bem, e você? O que está fazendo? Apanhando mais lenha?

— Cogumelos — disse Johanna.

— E caracóis — acrescentou a filha.

— Cogumelos e caracóis! — Pelo que isso significava para mim, elas poderiam ter dito "gordura de lã e ovos que voam". Eu ainda estava tonto de euforia, e tive que lutar contra o desejo de gargalhar ou de chorar copiosamente. Vendo a expressão de perplexidade no rosto de Johanna, porém, eu me forcei, com toda a vontade de minha mente e de meu espírito, a falar baixo e agir com decoro. — Tiveram sorte? — perguntei.

— Um pouco — respondeu Johanna.

— Eu acho os caracóis, mas não os como — acrescentou Babilônia. — Eles me fazem sufocar.

— Sério?

— O senhor trouxe os guardas, padre? — questionou Johanna em tom suave, sem medo ou preocupação, mas vi sua filha piscar várias vezes. — Estão com o senhor hoje?

— Hoje não. Ainda não. — Um senso de humor escondido me fez acrescentar:

— Saí de mansinho esta manhã. Consegui escapar. Mas logo estarão atrás de mim.

— Então temos que escondê-lo, rápido! — A pobre Babilônia estava obviamente espantada. Me dei conta de que ela era completamente ingênua, talvez até simples, e nunca devia ser zombada ou provocada, porque só via o que estava à sua frente.

— Os soldados não querem machucá-lo, minha flor — completou Johanna. — Eles querem protegê-lo. Dos homens que mataram padre Augustin.

— Oh, não! — Os olhos de Babilônia se encheram de lágrimas. — Então o senhor deveria voltar! Agora!

— Minha querida criança, não estou em perigo aqui. Deus está conosco. — Na minha serenidade inspirada pela divindade, eu passei um calor e uma confiança que a acalmaram um pouco; até toquei em seu braço (deixe-me dizer-lhe que é um ato que normalmente não faria). Perguntei-lhes se haviam terminado a procura pela generosidade de Deus.

— Já foi o suficiente por hoje — respondeu Johanna.

— Posso acompanhá-las até a casa? Gostaria de conversar com Alcaya.

— Padre, o senhor pode fazer o que quiser. O senhor é um inquisidor e um homem importante. Padre Paul nos disse isso.

Parecia que Johanna falava com uma ironia leve, mas não me ofendi.

— Não posso fazer *tudo* que eu quiser, madame. Há certas regras e leis que tenho que obedecer. — Sentindo-me extremamente despreocupado, continuei a falar em um tom provavelmente imprudente, quando começamos a subida de volta para a forcia. — Por exemplo, não posso romper meus votos de castidade e de obediência, por mais que eu queira.

150

— É mesmo? — questionou Johanna, enquanto andava a meu lado, e me lançou um olhar de soslaio, um olhar que era (não consigo achar outras palavras para descrevê-lo) especulativo, até diria de flerte. Em vez de acender minhas paixões, porém, teve um efeito contrário: senti um calafrio, como se estivesse encharcado, e balancei a cabeça como se a água tivesse entrado em meus ouvidos.

— Perdoe-me — sussurrei. — Perdoe-me, não estou sendo eu mesmo.

— Não — disse Johanna, quase rindo. — Percebi. O senhor está doente?

— Não doente, não, eu — um estranho feitiço.

— O senhor veio andando de Casseras até aqui?

— Sim.

— E normalmente anda distâncias assim subindo a montanha?

— Não — disse eu. — Mas não sou padre Augustin, madame! Não sou doente!

— Claro que não.

Seu tom me fez rir.

— Você acalma minha suave vaidade. Exerceu essa habilidade com padre Augustin, ou é um talento natural de toda mãe?

Desta vez foi Johanna quem riu, mas silenciosamente, sem nem abrir a boca. — Ah, padre — disse ela. — Nós todos temos nossas vaidades.

— É bem verdade.

— Por exemplo, eu me orgulho de saber encontrar boas pessoas, que podem me ajudar.

— Como Alcaya?

— Como Alcaya. E como o senhor, padre.

— É mesmo? Mas temo que esteja tristemente enganada.

— Talvez — admitiu Johanna. — Talvez o senhor não seja tão bom.

Ante isso, rimos *os dois*, e pareceu que havia um entendimento entre nós, de nossos pensamentos e intenções mútuos, algo que eu nunca tivera com ninguém. Deixe-me explicar isto, porque sei que o senhor dirá: "Aqui estão um padre e uma mulher. O que podem saber dos corações e das mentes um do outro, além de um alerta do

151

desejo carnal?". E o senhor estaria certo, em parte, porque os dois estávamos sujeitos aos estímulos da carne, sendo pecadores aos olhos de Deus. Mas acredito que, por *sermos* pecadores, vaidosos, desobedientes, teimosos, mesmo irreverentes, por termos tantos pecados, nós nos víamos claramente. A impressão era de que conhecíamos um ao outro porque conhecíamos a nós mesmos.

Basta dizer que tínhamos temperamentos complacentes. Uma conjunção curiosa, quando o senhor considera que ela era a filha de um mercador analfabeto. Mas Deus é a fonte de mistérios muito maiores.

— Havia umas flores amarelas no caminho — observei, quando ficou claro para mim que havíamos evitado passar pelo local do assassinato de padre Augustin, tomando outro caminho. — Você as colheu, ou foi Babilônia?

— Eu as colhi — foi a resposta de Johanna. — Duvido que eu chegue a visitar seu túmulo, então deixei-as onde ele morreu.

— Ele vai ser enterrado em Lazet. Você pode visitar Lazet.

— Não.

— Por que não? Você não pode ficar aqui no inverno. Por que não ir para Lazet?

— Por que não ir a Casseras? É muito mais perto.

— Pode ser que não a recebam bem em Casseras.

— Pode ser que não sejamos bem-vindas em Lazet. Babilônia nunca é bem-vinda em lugar algum.

— Não consigo acreditar. — Olhando em frente, onde Babilônia galgava o caminho íngreme, fui novamente tocado por sua beleza. — Ela é uma joia, e tão gentil quanto uma pomba.

— Com o senhor, ela foi gentil como uma pomba. Com os outros, ela é como um lobo. O senhor não a reconheceria. — Johanna disse isso com uma total ausência de emoção. Era como se ela considerasse tal transformação algo corriqueiro. Mas seu tom ficou mais animado quando prosseguiu. — O senhor foi como Alcaya, quando a cumprimentou. Seria tão bom se todos fossem gentis assim! Augustin sorriu para ela como se suas entranhas o estivessem atormentando.

— Talvez estivessem. Era um homem doente.

— Ele tinha medo dela — continuou Johanna, ignorando meu comentário. — Ele a amava, mas ela o amedrontava. Certa vez ela o atacou, e tive que puxá-la à força. Ele ficou parado, tremendo, com lágrimas nos olhos. E tinha vergonha de ter tanto medo. — De repente ela franziu a testa, as sobrancelhas escuras se juntaram e ela ficou com uma bela expressão. — Ele me disse que ela era amaldiçoada por nosso pecado — dele e meu. Eu disse que isso era tolice. O senhor acha que ele estava certo, padre?

Deduzi que padre Augustin havia se expressado em choque e desespero, mas respondi com cuidado. — As escrituras não considerariam isso. "O que você quer dizer quando usa o seguinte provérbio com relação à terra de Israel: Os pais comeram uvas amargas, e os dentes dos filhos é que sentem? Enquanto eu viver, diz o Senhor Deus, este provérbio não será usado em Israel."

— Então Augustin estava errado. Eu sabia que ele estava errado.

— Johanna, não podemos saber o que Deus tinha em mente. Só há uma certeza — que somos todos pecadores, cada um de nós. Até Babilônia.

— Os pecados de Babilônia não são de responsabilidade dela — respondeu a viúva, inflexível.

— Mas o Homem viveu em pecado desde a queda. O plano de Deus para nós, seres humanos, é que transcendamos esse pecado ao obter a salvação. Você está querendo dizer que Babilônia tem a alma de um animal — que ela não é humana?

A viúva abriu a boca, e fechou-a novamente. Parecia meditar profundamente. Como tínhamos alcançado o último e mais íngreme trecho de nossa subida, não conseguimos conversar até chegarmos aos pastos ao redor da forcia. Então, ainda ofegante, ela se virou para mim com um olhar grave e pesaroso.

— Padre, o senhor é um homem inteligente — afirmou ela. — Eu sabia que era compassivo, e uma companhia agradável, porque Augustin assim me disse. Eu sabia que iria gostar do senhor mesmo antes de nos conhecermos, pela maneira como ele falava do senhor. Mas eu ignorava que havia tanta sabedoria em seu coração.

— Johanna...

— Talvez o que o senhor diz seja verdade. Acreditar que os pecados de minha filha não são de responsabilidade dela é acreditar que ela seja um animal. Mas, padre, às vezes ela *é* um animal. Ela faz ruídos de animal e tenta me despedaçar. Como é que uma mãe pode aceitar que sua própria filha queira matá-la? Como é que um ser humano pode deitar sobre seu próprio excremento? Como os pecados de Babilônia podem ser dela, se ela não se lembra de nada? Como, padre?

O que eu podia dizer? É claro que, para padre Augustin, os atos degradantes de Babilônia foram infligidos a ela pela presença de demônios, como castigo pelos pecados dele. Mas eu tinha dúvidas de que ele estivesse certo. Eu me perguntava se a repugnância que ele sentia por sua fragilidade física e moral, nesse caso, não o tinham levado a um engano.

— Lembre-se — eu disse, após hesitar. — que Jó, mesmo sendo impecável e correto, foi testado por Deus e Satanás com todas as desgraças imagináveis. Talvez sejam as virtudes de Babilônia, e não seus pecados, que fazem recair esse tormento sobre ela. Talvez ela também esteja sendo testada.

Os olhos de Johanna se encheram de lágrimas.

— Ah, padre — murmurou ela. — Seria isso possível?

— Como disse, não podemos saber as intenções de Deus. Nós só sabemos que Ele é bom.

— Ah, padre, o senhor é um grande consolo. — Sua voz estava trêmula, mas ela sorriu, engoliu saliva e limpou os olhos com vigor. — E muito gentil.

— Essa não foi minha intenção. — Mas claro que foi. A caridade do amor de Cristo ainda se encontrava em meu coração, e fiquei emocionado em poder fazer o mundo todo a meu redor feliz. — Os inquisidores não são gentis.

— Verdade. Mas talvez o senhor não seja um *bom* inquisidor.

Sorrindo, continuamos os dois até a forcia, onde Alcaya me recebeu com alegria. Estava sentada ao lado da cama de Vitália, lendo o tratado de São Bernardo para a velha senhora. Observei (de maneira jovial) que era tranquilizador vê-la com São Bernardo nas mãos, e não com Pierre Jean Olieu. E ela meneou a cabeça afetuosamente, como uma tia.

— Como vocês dominicanos odeiam o pobre homem — disse ela.

— Não o homem; suas ideias. — Foi a minha resposta.

— Foi isso que padre Augustin disse.

— E você concordou com ele?

— Claro. Ele ficava muito bravo se eu discordava.

— Alcaya — protestou a viúva. — Você discutia com ele o tempo todo!

— Sim, mas ele sempre ganhava no final — observou Alcaya. — Era muito sábio.

— Alcaya — disse eu, pensando que deveria ser honesto quanto às minhas preocupações, em vez de disfarçá-las em uma conversa aparentemente inócua e amigável, como sempre. — Você sabia que os livros de Olieu são vistos com muita desaprovação pelo papa e por muitos homens importantes da Igreja?

Ela me olhou com surpresa.

— Tanto que ter uma cópia levanta a suspeita de crença na heresia — continuei. — Sabia disso?

Ouvi Johanna resfolegar, mas não olhei em sua direção. Mantive a atenção em Alcaya, que apenas sorriu.

— Padre — disse ela —, não sou herege.

— Nesse caso, você deveria ler outros livros. E deveria queimar o tratado de Pierre Jean Olieu.

— *Queime aquele livro* — gritou. Ela parecia divertida, não chocada, e fiquei intrigado até que ela explicou que padre Augustin, no calor da discussão, a havia mandado queimar o tratado em várias ocasiões. Eu lhe disse: "Padre, este livro é meu, tenho tão poucos. Eu os amo imensamente. O senhor me tiraria meu único filho?".

— Alcaya, você está cortejando o perigo.

— Padre, sou uma mulher pobre. Sei onde o livro está errado, então que mal pode fazer? — Apresentando o tratado de São Bernardo para minha inspeção, ela o acariciou com carinho, primeiro a encadernação, depois as páginas em papel pergaminho. — Padre, veja como esses livros são belos. Abrem-se como as asas de uma pomba branca. Cheiram a sabedoria. Como alguém poderia queimar um que fosse, se são tão belos e inocentes? Padre, eles são meus amigos.

Deus do céu, o que eu podia responder? Sou dominicano. Dormi com as *Confissões* de Santo Agostinho junto a meu peito. Chorei ao ver páginas se tornarem pó em minhas mãos por terem traças. Beijei as Escrituras Sagradas. Cada palavra do discurso de Alcaya fez surgirem flores delicadas em meu coração — já bem regadas pelo amor de Deus naquele dia.

E pensei em meus próprios livros (não propriamente meus), que me haviam sido dados pela Ordem e por certas pessoas que me amaram no passado. Meu pai me dera dois livros quando ingressei na Ordem: *Legenda Áurea*, de Jacopo de Varazze, que ele adorava, e o *Decretum*, de Graciano, que ele consultava. De um dos clérigos leitores de Carcassonne, um irmão mais velho e muito sábio chamado Guilabert, eu recebera uma cópia da *Ars Grammatica*, de Donatus. (Nela ele havia escrito: *Estou velho e você é meu melhor aluno. Pegue este livro, use-o sabiamente e reze por mim quando o fizer.* Deus sabe o quanto considerei esse livro um tesouro!) Havia uma mulher nobre em uma de minhas congregações, quando eu era pregador, que me havia passado seu *Livro de Horas*, dizendo que minha eloquência a induziu a dar muitas de suas posses — e, embora tenha me sentido pouco à vontade com seu entusiasmo, não pude rejeitar o volume, que era ricamente decorado e adornado de ouro.

Por fim, padre Jacques me deixara um de seus livros ao morrer: *Ad Herrenium de Arte Rhetorica*, de Cícero. Pensando a respeito desse trabalho, e dos outros em minha cela, me envergonhei — como nunca antes — pelo amor possessivo que eu tinha por eles. (*Nenhum homem pode servir a dois patrões...*) Claro que eles não eram meus para valer, mas eu tinha o usufruto deles pelo tempo que vivesse, e assim os considerava como minhas próprias mãos ou meus pés. Isso não seria considerado pecado para um monge de São Domingos? Seria eu como Alcaya, que falava de seus livros como se fossem crianças, belas e inocentes?

— Alcaya — disse eu, e Deus sabe que eu estava fazendo um sacrifício terrível. — Se você me der o tratado de Pierre Jean Olieu, eu lhe darei em troca outro livro. Eu lhe darei a *Vida*, de São Francisco, de um livro chamado *Legenda Áurea*, que é um trabalho muito melhor. Você já leu *Legenda Áurea*?

Ela meneou a cabeça.

— Bem — continuei. — Contém as histórias de muitos santos, São Francisco entre eles. E ele, como você deve saber, era comprometido com a Senhora Pobreza com toda sua alma e coração. Você aceitaria esse trabalho abençoado em troca do outro? É de muito melhor qualidade.

Bom, eu tinha feito uma oferta assim generosa para testar a fé de Alcaya. Se ela estivesse infectada pelos erros de Olieu, ela hesitaria em entregar seu livro, não importava o prêmio. Mas, mesmo enquanto eu falava, os olhos dela brilharam; ela tocou em sua boca, e depois em seu peito.

— São Francisco! — gritou ela. — Mas... eu... que bênção...

— Você trouxe esse livro com você? — perguntou-me Johanna.

— Não. Mas posso mandar buscá-lo. Você o terá antes de eu deixar Casseras. Venha. — Coloquei a mão no ombro de Alcaya e me inclinei para a frente a fim de que nossos rostos estivessem no mesmo nível. — Dê-me o livro de Olieu e deixe minha mente descansar. Você fará isso por mim? Estou lhe oferecendo o livro que meu pai me deu, Alcaya.

Para minha profunda surpresa, ela acariciou minha face, fazendo que eu retrocedesse abruptamente. Mais tarde o prior Hughes me repreendeu por ter deixado isso acontecer, dizendo que meu comportamento cordial — carinhoso, até — havia encorajado tais atos íntimos. Talvez ele estivesse certo. Ou talvez o amor a Deus ainda brilhasse em meus olhos, extraindo de Alcaya essa reação natural.

De qualquer maneira, ela acariciou minha face e sorriu.

— Não precisa me dar o livro de seu pai — disse ela. — Se este outro livro mortifica seu espírito, então o senhor o terá com meu amor. Sei que só deseja meu bem, porque o senhor foi iluminado pelos raios da sabedoria celeste.

Como o senhor pode imaginar, não encontrei resposta a isso. Mas não precisei de nenhuma, porque naquele momento Babilônia (que estava fora da casa) deu um grito terrível.

— Mamãe! — gritava ela. — Mamãe, os homens! Os homens!

Não me lembro de ter me mexido. Só lembro que, de repente, eu estava no pátio, indo até Babilônia, que corria de um lado para o outro como um coelho enjaulado. Eu a peguei, segurei e fui retribuí-do com mordidas e arranhões.

— Calma — disse eu. — Acalme-se, criança. Não vou deixá-los machucar você. Calma, calma.

— Mamãe está aqui, minha flor. Mamãe está aqui.

Johanna nos alcançara. Ela tentou abraçar a filha, mas Babilônia se soltou; começou a se balançar em meus braços, mexendo a cabeça e fazendo ruídos estranhos — barulhos como de uma língua demoníaca. Fiquei abismado com sua força. Na verdade, eu quase não tinha força nos braços para fazê-la parar, embora ela fosse tão pequena e leve.

Aí ela recomeçou a gritar, e eram gritos de uma alma condenada. Quando olhei para seu rosto, vi outra expressão, vermelha e contorcida, com uma língua azul para fora e dentes rangendo, olhos inchados, veias salientes. Vi o rosto de um demônio que me assustou tanto que proferi uma blasfêmia (para minha eterna vergonha), que Babilônia começou a repetir, em uma velocidade sobrenatural.

— Padre, deixe-a ir! — gritou Alcaya. — O senhor está com medo, padre, deixe-a ir!

— Mas ela vai lhe machucar!

— Solte-a!

Não tive escolha, porque naquele mesmo instante Babilônia e eu fomos separados por um de meus guarda-costas. Embora eu não os tivesse visto, haviam chegado à forcia; haviam sido recebidos por gritos apavorantes, e me viram lutando contra uma Fúria, meu rosto branco sob arranhões de sangue.

Não é de surpreender que tenham reagido com força desnecessária.

— Padre, padre, o senhor está machucado?

— Soltem-na! Vocês... parem com isso... soltem-na! *Parem com isso*! — Eu estava muito zangado, porque eles tinham pegado Babilônia e atirado ao chão, e um dos soldados (um homem enorme e desajeitado) estava ajoelhado sobre suas costas. Soltando-me dos que me seguravam, empurrei o homem com força, derrubando-o de lado. Acredite que ele nunca teria se movido, se estivesse atento.

— Meu amor, meu amor, Cristo está aqui. Jesus, nosso Senhor, está aqui. — Inclinando-se para baixo até a figura prostrada da jovem, Alcaya embalou em seus braços a cabeça ensanguentada e empoeirada de Babilônia. — Você pode sentir Sua doçura? Você consegue sentir Seu abraço? Beba Seu vinho, querida, e esqueça o seu sofrimento.

— Ela está ferida? — Eu me vi ajoelhado ao lado desse par estranho, tentando avaliar ansiosamente o estado de Babilônia, quando senti mais mãos me puxando para trás. Mais uma vez tive que me desvencilhar dos soldados preocupados, que pareciam querer me ver fora de perigo. — Deixem-me, por favor, não estou em perigo! Vejam!

E mostrei a coitada a meus pés, deitada, imóvel, gemendo, com os olhos fechados. O sargento a meu lado olhou para ela como se estivesse observando um bicho morto.

— Foi ela que fez aquilo, padre? — perguntou ele.

— O quê?

— Foi ela que matou padre Augustin?

— Matou...? — Passaram-se alguns instantes até eu entender. — Imbecil! — xinguei e me virei para Alcaya. — Ela está machucada? — repeti. — Eles a machucaram?

— Não.

— Sinto muito.

— Não é sua culpa — disse Johanna. — Mas eu acho... perdoe-me, padre, acho que é melhor o senhor ir embora.

— Está bem. — Meu acompanhante concordou com ela. — Venha conosco. Aquela louca vai lhe arranhar os olhos.

Então parti imediatamente. Achei melhor, embora fosse uma pena minha partida ser tão desagradável. Ao sair do pátio, me virei, e vi Babilônia em pé de novo, sem chorar ou lutar, parada quieta, como uma mulher dona de seus próprios atos — e me tranquilizei. Percebi que Johanna ergueu a mão para mim, e isso também me tranquilizou. (A memória daquele gesto, hesitante, se desculpando, manteve-se comigo por algum tempo.)

Alcaya pareceu ter-se esquecido de minha existência; ela não levantou os olhos para me ver partir.

Em outras circunstâncias, eu teria repreendido meus guarda-costas severamente por todo o caminho de volta a Casseras, e recebido sua reprovação. Mas no começo eu estava muito abalado para falar. Fiquei pensando na transformação de Babilônia, e as forças satânicas que devem tê-la desencadeado. Então, ao passar pelas flores de Johanna, a paz de Deus voltou à minha alma. Me acalmou e silenciou; eu era como uma ovelha ao lado de águas plácidas. Por isso expulsa a tristeza de teu coração, eu disse a mim mesmo, e extirpa o mal de tua carne. Quem sabe o que é bom para um homem nesta vida, que passa todos os dias de sua existência fútil como uma sombra?

— Meus amigos — disse eu aos homens cavalgando comigo. — Tenho uma sugestão a fazer. Se vocês se esquecerem de dizer ao senescal que eu visitei a forcia sozinho, vou deixar de contar que ninguém me impediu de fazê-lo. Parece justo para vocês?

Sim, pareceu justo. De verdade, seus temores foram aliviados sem mais demora, e o estado de espírito ficou leve. Pelo restante da viagem falamos sobre coisas agradáveis como comida, e pessoas loucas, e feridas que havíamos testemunhado no passado.

E nenhum deles imaginava que meu coração ansiava pelas pessoas que tínhamos deixado para trás.

6

VÓS, QUE ESTAIS MUITO CARREGADOS

Fiquei com padre Paul por dois dias.
No primeiro deles, após deixar a forcia, fui a Rasiers e conversei com o preboste. Embora fosse um homenzinho presunçoso de modos empolados, soube fornecer um relatório muito bem feito da investigação da morte de padre Augustin, investigação que, devo admitir, foi conduzida de maneira impecável. De lá, voltei a Casseras e entrevistei os dois rapazes, Guillaume e Guido, sobre a descoberta dos restos mortais no local do crime. Embora eu tenha percebido que os pais estavam um pouco preocupados em me ver conversando com os filhos, estes estavam bem felizes em me agradar, porque eu havia tido a precaução de me munir de bolos e guloseimas, que encomendei na cozinha do priorado. De fato, logo me vi acompanhado por todos os jovens da aldeia; eles esperavam por mim nas portas das casas e me espionavam das janelas. Mas não me importei com esse assédio, porque as crianças não costumam mentir. Se você for paciente, amigável, e ávido por se surpreender, pode aprender muito com as crianças. Geralmente elas observam coisas que os adultos não percebem.

Por exemplo, após perguntar sobre as andanças de padre Augustin e de seus guarda-costas, questionei a respeito de quaisquer outros estranhos que pudessem ter passado pela vila. Talvez homens usando roupas azuis? Homens que estariam vivendo nos bosques, mas vindo à aldeia à noite? Não? Que tal homens armados e a cavalo?

— O senescal veio — disse Guillaume. (Um rapaz inteligente, o Guillaume.) — Ele veio com seus homens.

— Ah, sim.

— Ele nos perguntou a mesma coisa. Ele juntou todos os moradores e nos perguntou:

— Vocês viram homens armados e a cavalo?

— E vocês haviam visto?

— Ah, não.

— Não.

— Ninguém tinha visto.

— Exceto Lili — observou uma das crianças menores, e Guillaume a olhou com desagrado.

— Lili? — perguntou ele, dirigindo-se a uma menina pequena de cabelos encaracolados escuros. — O que você anda dizendo?

Lili simplesmente olhou para ele, sem expressão.

— Ela viu um homem com flechas — apressou-se a nos dizer a amiga de Lili. — Mas nenhum cavalo.

— Flechas? — Novamente, Guillaume resolveu questionar a testemunha. — Onde foi isso, Lili? Você devia ter contado ao senescal!

— Mas ela não viu cavalos. O senescal falou a respeito de cavalos.

— Prima, sua tonta! Como se importasse! Lili, quando você viu esse homem? Como ele era? Ele tinha uma espada? Lili? — Como não houve resposta, Guillaume de repente perdeu a paciência com a pequena. — Ah, ela não viu nada. Ela é tão idiota. Ela inventou tudo.

— Lili, venha cá. — Após deixar Guillaume interrogá-la, achando que ela responderia mais abertamente a um amigo, decidi que ganharia falando eu mesmo com ela. — Lili, tenho algo para você. Está vendo? Um delicioso bolinho recheado com nozes. Você gosta disso? Sim? Tenho outro também... será que está aqui dentro? Não, nada aqui dentro. Será que está na minha manga? Vamos ver? Não. Talvez o encontremos se formos para aquele lugar onde você viu o homem com as flechas. Acho que vai estar lá. Você me mostra? Sim? Vem, então.

Assim espalhou-se que eu saíra da aldeia de mãos dadas com uma criança de 3 anos de idade, perseguido por muitas outras. Elas me acompanharam até a beira de um trigal, a partir do qual havia uma colina rochosa e coberta de vegetação, com poucas árvores. Mesmo assim, havia bastante cobertura para dar a qualquer assassino à espreita meios suficientes para passar perto de Casseras sem ser detectado — exceto, talvez, por uma criança tão pequena que ele próprio não pudesse ver.

Examinei a área que Lili identificou, fingindo encontrar lá um doce de amêndoas com mel. Ela o aceitou sem graça, mas não conseguiu me dar detalhes quando a questionei a respeito de datas ou horários.

— Ela me contou sobre isso há bastante tempo — arriscou Prima.

— Quanto tempo?

— Há muito tempo... dias e dias...

— Deve ter sido antes de termos achado padre Augustin. — Guillaume fez um parêntese. — Porque nenhum de nós teve permissão para sair da aldeia sozinho desde então.

Como eu já havia dito, Guillaume era um menino inteligente.

— Você ficou assustada, Lili? Quando você viu o homem? — perguntei, e ela negou com a cabeça. — Por que não? Ele sorriu para você? Você o conhecia? — Novamente negou, e comecei a me desesperar porque não conseguiria tirar dela uma única palavra coerente. — Acho que o gato comeu a língua dessa menina. Você consegue falar, Lili, ou o gato comeu sua língua?

Em resposta, ela ofereceu sua língua para eu inspecionar.

— Ah — exclamou Prima, de repente. — Eu sei! Ela me disse que tinha visto um dos guarda-costas de padre Augustin! E eu falei que ela estava mentindo, porque eles já tinham se dirigido à forcia!

— Você quer dizer que isso aconteceu no *mesmo* dia?

— Sim.

— Lili, olhe para mim. Você viu sangue naquele homem? Não? Nenhum sangue? De que cor era o cabelo dele, era preto? Castanho? E sua túnica? Lili? Olhe para mim, agora.

O tom de minha voz denotava urgência; os lábios dela treme-ram, e ela começou a choramingar. Deus me perdoe, mas eu quase bati nela.

— Ela é tão idiota — comentou Guillaume. — Dê-lhe outra amêndoa.

— E para mim também! E para mim também!

— Também quero uma!

Após gastar um monte de tempo e energia, consegui constatar que o homem armado tinha cabelo preto, uma túnica verde e um manto azul. Quando perguntei a Lili se ele tinha cavalgado para Casseras com padre Augustin mais cedo naquele dia, ela não me ajudou. Logo ficou evidente que a menina não conseguia distinguir entre os homens armados.

Apesar disso, eu havia ampliado minha soma de informação... E fiquei feliz, muito feliz, porque nenhum dos guarda-costas de padre Augustin tinha sido visto usando uma capa verde, ou carregan-do uma aljava de flechas. Parecia que o homem visto perto do trigal não era um familiar, e, portanto, poderia muito bem ter sido um assassino, embora eu não pudesse ter certeza disso.

Mesmo hoje, ainda não tenho certeza disso, porque, após ter ido de maneira diligente atrás do assunto, não encontrei mais nenhum tipo de informação nova. Embora eu tenha implorado aos pais de Lili para eles próprios a interrogarem, eram pessoas simples, tão analfabetas quanto sua prole, e não esperei muita ajuda daquela parte. Nenhum dos vizinhos tampouco passou algum mexerico ou especulação úteis; como Roger Descalquencs havia descoberto, os habitantes de Casseras não tinham visto nada, ouvido nada, sus-peitado de nada. Além disso, eles se diziam bons católicos, tendo apreço por padre Augustin por não meter o bedelho nas coisas de-les. Eu, naturalmente, fui muito delicado e cauteloso em minhas perguntas — até tentei ouvir o que se falava através das persianas fechadas. Mas, depois de dois dias tentando me tornar simpático a todos, com bolos, amabilidade e algumas poucas promessas bem colocadas, o único trunfo que tinha era a descrição não muito con-fiável de Lili. Não consegui detectar nenhum sinal de heresia (se o senhor não levar em conta — como sempre faço — as inúmeras queixas sobre pagamentos do dízimo). Ninguém nem havia feito qualquer acusação falsa, e isso me surpreendeu, porque é raro investigar uma aldeia sem pelo menos um habitante difamar inimigos com alguma mentira sobre alguém que se recusou a comer carne ou cuspiu a hóstia durante a missa.

Por isso, as minhas esperanças foram frustradas, embora meu bom humor estivesse em alta. Era como se o imenso esplendor de amor divino, que tinha inflamado meu coração naquela colina coberta de orvalho, tivesse deixado brasas mornas que iluminavam todos os cantos escuros de minha alma e não permitiam que meu humor se tornasse duro e frio. Tenha certeza de que dediquei muito mais tempo para meditar sobre minha comunhão mística com Deus do que à investigação que fiz em Casseras; mesmo assim, meu pensamento não estava enevoado por essa santa distração, mas claro, afiado e forte.

Também devo admitir que pensei muito sobre as mulheres da forcia, e isso talvez não tenha sido tão louvável. Até mandei um de meus guarda-costas de volta a Lazet para entregar o *Legenda Áurea* (ou pelo menos o códex que tratava de São Francisco), que não pude entregar pessoalmente a Alcaya, porque não queria invadir a paz de Babilônia outra vez com minha escolta de grandalhões desajeitados. Deixei o livro com padre Paul, que prometeu entregá-lo na primeira oportunidade. Dentro escrevi: *Que os ensinamentos de São Francisco a guiem como uma estrela e lhe tragam conforto nos momentos difíceis. Espero vê-la em Lazet neste inverno. Que Deus a abençoe e mantenha; você terá notícias minhas novamente.*

Claro que empreguei a língua vulgar ao escrever aquilo, e esperava que Alcaya lesse a mensagem para suas amigas.

Quando retornei a Lazet, descobri que muita coisa acontecera em minha ausência. A cabeça decepada tinha sido encontrada e — apesar do avançado estado de decomposição — tinha sido identificada como de padre Augustin. Consequentemente, prior Hugues tinha determinado que os restos fossem enterrados a todo vapor: houve uma missa modesta de funeral e enterro. O cavalo do bispo também aparecera, para a imensa alegria de seu dono. Roger

Descalquencs havia recebido um comunicado, de um dos castelãos locais, de que duas crianças de Bricaux haviam visto um estranho nu se lavando no riacho, mas fugiram assustadas quando ele brandiu uma espada contra elas. De acordo com as crianças, havia um cavalo amarrado perto, sem sinal de outros homens.

A data exata desse fato foi difícil de estimar com alguma certeza, mas o senescal estava convencido de que tinha acontecido no dia da morte de padre Augustin. A descrição do estranho também era bastante vaga. "Grande e cabeludo, com dentes enormes e olhos vermelhos", foi como Roger a interpretou. Mesmo assim ele a enviou a todos os oficiais da região — com a descrição de Lili do homem que ela tinha visto perto do trigal. Eu não estava otimista com relação ao benefício de um *effictio* tão incompleto, mas Roger, sim.

— Pouco a pouco — disse ele. — Passo a passo. Sabemos que eram pelo menos três: um fugiu pelas montanhas até a Catalunha; outro foi para o leste, em direção à costa; outro, ainda, foi para o norte. O que foi para o norte era grande e peludo, o que foi para leste abandonou seu cavalo...

— Abandonou o cavalo do bispo — corrigi. — Será que ele estava montado no dele? Lili não viu nenhum cavalo. Será que o cavalo ao lado do riacho parecia com um dos do bispo, ou os assassinos chegaram a Casseras a pé e partiram nos cavalos roubados?

Roger franziu o cenho. — Atacar cinco homens montados... — murmurou ele. — Seria muito perigoso se você também não estivesse montado.

— Eles tinham flechas — argui.

— Mesmo assim...

Foi então que expliquei ao senescal minha teoria de que era possível que houvesse um traidor entre os homens de padre Augustin. Concordamos que, ocupados com o ataque de fora de suas fileiras, os familiares honestos podem não ter notado nenhuma ameaça interna — até que se tornou tarde demais. Eles podem ter sido atacados pelas costas. E, assim, é possível que possam ter sido atacados por bandidos sem montarias.

— Padre, você tem a cabeça de um bandido — disse Roger, admirado. — Isso explica tudo.

— Quase tudo.

— Dê-me uma descrição dos dois homens de quem suspeita; Jordan e Maurand, são esses os nomes? Dê-me uma descrição completa, e vou avisar todo mundo.

— Também temos que verificar o que fizeram ultimamente, com quem estiveram, as casas que frequentaram.

— Exatamente. — O senescal deu uns tapinhas no meu ombro em um gesto de companheirismo. — Pergunte a seus companheiros e, se derem algum nome, traga-o para mim.

Com isso acabei assumindo mais uma obrigação de peso, em um período em que o Santo Ofício de Lazet tinha praticamente parado de funcionar. Felizmente o bispo Anselm tinha me contado que o inquisidor da França, informado da morte de padre Augustin, já estava procurando um substituto. Sabia que seria uma busca lenta e difícil por conta do destino que recaira sobre meu superior; na verdade, duvidava de que conseguissem um substituto antes do Ano-Novo. Mas me tranquilizou saber que o assunto estava sendo ventilado e que minha situação era conhecida por quem poderia resolvê-la.

Acho que o senhor concordará que, com tanta coisa ocupando meus pensamentos, se justifique minha recusa em receber Grimaud Sobacca quando pediu uma reunião na manhã seguinte a meu retorno de Casseras. O senhor se lembra de Grimaud? Era o familiar que padre Jacques incumbia de certos compromissos desagradáveis — o homem que difamara, sem razão, Johanna e suas amigas como "hereges". Por isso, eu relutava em perdoá-lo e me recusei a recebê-lo no Santo Ofício.

Com sua persistência habitual, porém, ele me confrontou na rua quando eu voltava ao convento.

— Meu senhor! — disse ele. — Preciso lhe falar!

— Não estou interessado em suas mentiras, Grimaud. Saia de meu caminho.

— Não são mentiras, meu senhor, não! Apenas o que escutei! Pela minha honra, o senhor vai me agradecer por esta informação.

Embora relutante em dar a essa criatura repugnante um *effictio*, acredito que descrevê-lo pode servir para ilustrar a maldade de sua alma, porque sua aparência era tão repulsiva quanto sua degradação moral. Tinha a pele oleosa e pustulenta, nariz roxo e era corpulento: tudo indicando glutonaria, falta de moderação, excesso. A preguiça o tornava molenga; a inveja o fazia lamuriar-se. Ele era como a ave pernalta que limpa seus intestinos com o próprio bico.

— Meu senhor — exclamou ele, enquanto eu tentava me afastar. — Tenho informação sobre a morte de padre Augustin! Preciso falar com o senhor *em particular*!

Ouvindo isso, tive que aceitar seu pedido, pois não queria discutir esse assunto em público, onde outros pudessem ouvir. Levei-o de volta para o Santo Ofício, sentei-o na sala de meu superior e fiquei em pé bem na frente dele de maneira ameaçadora.

— Se eu não estivesse tão ocupado, Grimaud, eu o prenderia por falso testemunho — disse eu. — Aquelas mulheres de Casseras não são hereges, e nunca foram. Então, se eu fosse você, pensaria muito, mas muito cuidadosamente antes de difamar outra pessoa, porque da próxima vez não terei piedade. Entendido?

— Sim, meu senhor. — O homem não tinha vergonha mesmo. — Mas eu só conto o que eu escuto por aí.

— Então seus ouvidos estão cheios de esterco — falei de maneira ríspida, o que o fez rir convulsivamente, achando que me agradaria com uma demonstração falsa de apreço. — Fique quieto, pare de zurrar e diga o que tem a dizer.

— Meu senhor, um amigo esteve em Crieux há dois dias, na estalagem local e viu o pai, o irmão e o sobrinho de Bernard de Pibraux na mesa ao lado. Quando passou, ouviu-os conversando. O pai, Pierre, disse: "Não faz diferença. Mata-se um, e Paris manda outro". Então o sobrinho comentou: "Mas pelo menos vingamos meu primo". E Pierre advertiu: "Fale baixo, seu tonto, eles têm espiões em todo lugar!". E aí ficaram em silêncio.

168

Tendo dado o recado, Grimaud ficou em silêncio, olhando-me com expectativa. Era como um cão embaixo da mesa esperando por um osso. Cruzei os braços.

— E você espera que eu lhe pague por isso? — perguntei, ao que suas sobrancelhas se contraíram.

— Meu senhor, eles disseram: "Paris manda outro!".

— Grimaud, quem é esse "amigo" de quem você fala?

— Um homem chamado Barthelemy.

— E onde posso encontrá-lo?

— No hospital de Saint-Étienne. Ele é cozinheiro lá.

A resposta me desconcertou um pouco, porque eu esperava que ele dissesse que o sujeito partira em peregrinação, ou morrera de alguma febre. Mas aí pensei que ele poderia ter concordado em corroborar a história de Grimaud por uma parte da recompensa — especialmente se ignorasse o castigo por falso testemunho.

Por outro lado, havia uma chance, muito remota, de que a história fosse verdadeira. Grimaud, embora mentiroso, nem sempre o era. Por isso a dificuldade em rejeitar seu relato de imediato (em especial por Pierre de Pibraux estar bem cotado em minha lista de suspeitos).

— Vou falar com seu amigo e com o estalajadeiro em Crieux — disse eu. — Se eu me convencer de que o que me disse pode ser verdade, então receberá um pagamento.

— *Obrigado*, meu senhor!

— Volte em duas semanas.

— *Duas semanas?* — Havia uma expressão de terror na face de Grimaud. — Mas, meu senhor... duas semanas...

— Estou ocupado. Muito ocupado.

— Mas preciso de ajuda agora...

— Estou *ocupado*, Grimaud! Não tenho tempo para você! Sem tempo! Agora saia, e volte em duas semanas!

Confesso que gritei alto, e meus amigos podem lhe assegurar que não costumo me alterar assim. Mas eu estava intimidado pela quantidade de tarefas que me aguardava. Para começar, eu tinha que investigar Jordan e Maurand, os dois guarda-costas sob suspeita, além de seus hábitos e relações. Eu tinha que entrevistar Bernard de Pibraux, seus três jovens amigos, seu pai e seu irmão. Raymond Maury, o padeiro, fora intimado a vir a meu encontro no dia seguinte, e eu ainda não tinha me preparado para isso, nem para interrogar seu sogro. Com relação aos outros possíveis suspeitos (como Bruna d'Aguilar), eu os estava ignorando completamente. Raymond Donatus e Durand Fogasset estavam me amolando para lhes arranjar trabalho, e irmão Lucius não tinha o que fazer. Pons, o carcereiro, me informara que um dos aldeões de Saint-Fiacre tinha morrido, e outros estavam doentes; ele disse que falecimentos como esse eram esperados em uma prisão lotada ao extremo. Quando eu conseguiria interrogar os prisioneiros de Saint-Fiacre?

Não tinha condições de responder a isso. Eu não sabia. Pelo jeito ia ser obrigado a nomear um de meus colegas como coadjutor — embora eu próprio, como coadjutor, não tivesse autoridade para fazê-lo. Se o bispo Anselm fosse como o bispo Jacques de Pamiers, eu poderia tê-lo convencido a criar uma inquisição episcopal, mas desanimei só de pensar em esperar qualquer tipo de ajuda do bispo Anselm. Na verdade, eu estava desesperado, e não apenas por conta do trabalho que se estendia diante de mim como uma imensidão selvagem.

Meu coração estava perturbado ao extremo porque prior Hugues me admoestara com respeito aos dias que eu passara em Casseras.

Ao voltar de Casseras, me dirigi ao prior e pedi uma audiência. Queria, principalmente, que ele soubesse da experiência transformadora e arrebatadora pela qual eu passara na montanha. Queria lhe perguntar como eu poderia purificar mais minha alma, e quais passos devia seguir para chegar novamente àquele estado de êxtase. Talvez eu não tenha conseguido descrevê-lo à altura, porém, porque ele pareceu preocupado com o papel de Johanna no que considerou um "episódio lascivo".

— Você disse que ela sorriu para você, e seu coração se encheu de amor — disse ele em tom de censura. — Meu filho, temo que você esteve sujeito à sedução de paixões carnais.

— Mas foi um amor *abrangente*. Eu amei tudo o que vi.

— Você amou a criação.

— Sim, amei a criação.

— E o que disse Santo Agostinho a respeito desse tipo de amor? "É verdade que Ele criou tudo extremamente bem, mas Ele é meu bem, não a criação."

Esse comentário me fez refletir, e o prior, vendo minha consternação, continuou.

— Você fala das flores que acalmaram seus medos com sua beleza e perfume. Fala da música que o arrebatou, e a vista que o enfeitiçou. Meu filho, esses são apenas prazeres sensuais.

— Mas eles me levaram a Deus!

— Novamente apelo a Santo Agostinho. "Ame, mas preste atenção ao que você ama. O amor a Deus, o amor ao próximo, é chamado de caridade; o amor ao mundo, o amor a esta vida, é chamado de libidinoso."

Mas eu não aceitava nada disso. — Padre — disse eu. — Se estamos apelando a Santo Agostinho, temos que considerar tudo o que ele diz: "Deixe a raiz do amor surgir de dentro, dessa raiz só pode crescer o que é bom"; "Como você ainda não viu Deus, para ganhar essa visão Dele você deve amar seu próximo".

— Meu filho, meu filho. — O prior ergueu a mão. — Contenha suas paixões.

— Perdoe-me, mas...

— Sei quais autoridades apoiariam seu argumento. São Paulo diz: "Não é o espiritual que vem antes, mas o que é animal, e depois o que é espiritual". São Bernardo afirma: "Já que somos carnais e nascidos do desejo libidinoso da carne, nossa paixão ou nosso amor deve começar com a carne, e, uma vez satisfeito, avança por etapas fixas, lideradas pela graça até consumar-se no espírito". Mas o que mais diz São Bernardo? Ele diz que, quando o Senhor tiver sido procurado na vigília e nas orações, com esforço profundo, com uma torrente de lágrimas, Ele finalmente Se apresentará à alma. Onde estava seu esforço, Bernard? Onde estavam suas lágrimas?

— Não houve nenhuma — admiti. — Mas sinto que talvez Deus tenha me concedido a bênção de Seu amor divino para me estimular na realização desse esforço. Ao me permitir sentir Sua doçura, Ele teve certeza de que eu estaria pleno de vontade por mais.

O prior resmungou.

— Padre — continuei, sentindo que ele não estava convencido —, eu senti exatamente essa plenitude. Sou um homem melhor pelo que vi e senti. Estou mais humilde. Mais caridoso...

— Vamos lá, Bernard, nós dois sabemos que isso não significa nada. Mesmo André Capelão assinala que o amor profano pode enobrecer. O que é mesmo que ele diz? Algo sobre o amor fazer o homem brilhar com tantas virtudes, e conferir a todos, por mais humildes que sejam, numerosos traços de caráter?

Achei divertido descobrir que meu velho amigo lera o *Tratado do Amor Cortês* em algum momento de sua vida, e até sabia alguns trechos de cor. Eu próprio nunca tinha lido o trabalho; é difícil encontrá-lo entre irmãos dominicanos.

— Mas, padre, nunca consultei essa autoridade. — Foi minha resposta um pouco irônica. — Mas há uma canção que ouvi certa vez — como era mesmo?

> *Tudo o que Vênus me manda fazer,*
> *Faço com ereção,*
> *Porque nunca no coração do homem*
> *Ela habita com triste prostração.*

— Contenha-se! — objetou o prior. — Bernard, você é irreverente. Estamos falando de amor, não de excessos sensuais.

— Eu sei. Estou errado. Mas, padre, eu amei mulheres antes (lamento dizer), e nenhuma nunca banhou meu coração com o esplendor divino. Isto foi diferente.

— Porque a mulher é outra.

— Padre, o senhor não respeita meu discernimento?

— E você não respeita o *meu*? Bernard, você veio a mim. Eu dei minha opinião: se há uma mulher envolvida, você está atraindo o perigo.

Todos os mestres da Igreja nos dizem isso. Agora, se você desconsiderar seus votos de obediência, e deseja contestar minha posição, então procure uma autoridade superior. Examine os sintomas de amor divino e profano — aprenda a distingui-los. Consulte o Doutor Angélico. Consulte as *Etymologiae*. E então prostre-se ante Deus, você que não é digno de receber Suas bênçãos, por causa de sua arrogância de espírito.

Após ter me repreendido, o prior me impôs uma série de exercícios de penitência e me mandou embora. Confesso que foi um momento doloroso. Embora eu devesse agir com humilhação, me vi inclinado a agir com rebeldia; as flechas da cólera estavam cravadas em mim, e meu espírito tinha sugado seu veneno. Por algum tempo, fiquei com muita raiva. Meus irmãos se afastavam de mim porque, nesse estado de fúria reprimida, eu era como um basilisco; minha voz, embora eu nunca a erguesse, podia queimar e deixar bolhas. Eu cumpria minhas penitências com um desdém mal disfarçado. Acreditava que o prior havia transformado crítica em amargura, e justiça em veneno.

É claro que rezei, mas minhas orações eram passos escorregadios no escuro. Claro que consultei os livros que o bibliotecário tinha recomendado, mas com o intuito de desacreditar o prior e de demonstrar a razão de minha própria causa. Porém, quanto mais eu lia, mais duvidava da verdadeira natureza daquele momento na colina. Quando estudei Teologia, foi, digamos, de uma maneira um pouco desinteressada e teórica. Embora eu tivesse pensado na união da alma com Deus e em outros assuntos correlatos, ter a sensação, intelectualmente, que estar presente em Deus é você próprio não ser nada, abandonar tudo o que o distingue — saber disso em sua mente é diferente de saber disso em seu coração. Em outras palavras, parecia que eu estava lendo com os olhos recém-abertos que, para habitar em Deus, é preciso renunciar a si próprio e a todas as coisas, inclusive às criaturas que existem no tempo ou na eternidade; que não se deve amar este ou aquele bem, mas o bem de onde emana todo o bem. É uma experiência estranha, usar esse conhecimento para interpretar um incidente em sua própria vida. (Anteriormente, eu tinha empregado meus conhecimentos filosóficos e teológicos apenas para debater proposições com interlocutores eruditos.) Era como tomar um depoimento de uma testemunha e analisá-lo com base nos erros execrados em um decreto papal. Fui forçado a perguntar: será que eu tinha realmente abandonado a mim mesmo e a tudo a meu redor? Será que minha alma estava completamente fundida com Deus?

Quando a raiva passou, vi o que eu deveria ter visto desde o princípio (e o senhor vai balançar a cabeça diante de minha insensatez): que era perigoso reivindicar o que eu estava reivindicando. Considere, por exemplo, como eu, um inquisidor da depravação herética, teria analisado essa história, se ela me fosse apresentada como prova de crenças heréticas. Será que eu não teria pensado: que homem insolente é esse, que se diz em comunhão com o Próprio Deus, embora nada em sua vida ou ocupação pareça justificar tal beatitude?

Como fiquei desgostoso! Mergulhado na incerteza, eu era como uma folha ao vento, levada a seu sabor. Recordava minha imensa felicidade na colina e tinha certeza de que minha alma havia atingido Deus. Então continuava lendo, e começava a duvidar. Pensei na viagem de São Paulo a Damasco: refleti a respeito da luz que brilhava ao seu redor, da voz que lhe falou e do fato de que, quando acordou, não viu nada. Muitos mestres ensinam que, no nada, ele viu Deus, porque Deus é o nada. Dionísio* escreveu a respeito de Deus: "Ele está acima de ser, acima da vida, acima da luz". No *Sobre a hierarquia celeste*, ele afirma: "Quem fala de Deus através de uma comparação, fala Dele de maneira ímpia, mas quem fala de Deus usando o termo *nada* fala Dele com propriedade". Por isso, quando a alma se une a Deus e enfrenta uma autorrejeição, encontra Deus no nada.

Então perguntei a mim mesmo: foi isso que encontrei na colina? O nada? Eu tinha a sensação de ter encontrado o amor, e todos sabemos que Deus é amor. Mas que *tipo* de amor? E se eu tivesse realmente experimentado o amor de Deus, então, talvez, por *eu* tê-lo experimentado (porque acredito que estava consciente de meu próprio ser o tempo todo), não fiquei amorfo, formado e transformado de verdade na uniformidade divina que nos faz uno com Deus. Eu estava tão confuso!

---

* N.R.T.: Dionísio, o Areopagita, escritor místico do final do século V ou início do VI, que se fez passar por discípulo do apóstolo Paulo.

Rezei a Deus por um esclarecimento, mas nada aconteceu. Procurei pela graça da presença de Deus, mas não senti o amor divino — ou, pelo menos, aquele amor que me preenchera na colina. Passei muito tempo de joelhos, mas talvez não o suficiente; minhas obrigações interferiam em minha busca espiritual. Toda a paz tinha escapado de minha alma. Eu não tinha sossego nem de dia, nem de noite: atolado de trabalho, condenado por meu superior e com problemas espirituais. Mesmo em meu leito, como Jó, eu me virava de um lado para o outro até o dia amanhecer.

Uma vez passei toda a noite prostrado de joelhos diante do altar, determinado a alcançar Deus. Não me mexi, e após algum tempo a dor era muito forte. Eu a ofereci a nosso Senhor; eu Lhe pedi que fizesse de mim um instrumento de Sua paz. Eu, perdida e apaixonadamente, me empenhei em livrar a mim de mim mesmo! Com quanta intensidade quis que Ele estivesse em meu coração! Mas, quanto mais desespero havia em minha procura Dele, mais distante Ele parecia, até que finalmente me senti sozinho em toda a criação, deixado à deriva do amor que personifica todo o amor, e chorei em desespero. *Meu Deus, meu Deus, porque me traíste?* Eu era uma ovelha perdida, uma dessas que merecia pouco, porque, mesmo nas profundezas de meu desespero, eu pedia Sua misericórdia infinita. Por que, naquela colina, Ele pareceu me tocar com Seu amor divino, quando eu não fizera nada para consegui-lo — e agora o negava, quando eu o procurava com tanto fervor?

Acho que o senhor vai concordar que essa busca mostra quão longe eu estava de meu objetivo. Na verdade, eu era indigno dele, porque minha natureza não é nem um pouco mística, e meu entendimento, limitado. Eu até diria que meu desejo pelo amor de Deus era, de alguma maneira, fruto de meu desejo de provar que eu o tivera uma vez antes. Que fraco e hipócrita eu era! Sofri o indescritível, mas eu merecia sofrer agonias muito maiores — pois note onde eu procurava indulto. Mostre onde meu espírito atormentado encontrou descanso. No peito do Senhor? Ai de mim, não.

No meio de meu tormento, eu não me voltava para a oração, mas sim para Johanna de Caussade.

Eu pensava em seu sorriso e sentia conforto. Eu refazia nosso diálogo em minha mente, e ria. Eu colocava sua imagem em minha frente, em minha cela à noite, e lhe descrevia, silenciosamente, meus tormentos, minhas lutas, e até minha confusão. Realmente uma atitude digna de um irmão dominicano! *Mas sou um verme, não um homem; uma vergonha de homem, um menosprezado pelo povo.* Eu estava envergonhado, mas ao mesmo tempo, obstinado. Eu discutia comigo mesmo que talvez ela fosse o instrumento de Deus, uma luz e uma estrela. É óbvio que ela não era um exemplo, como Marie d'Oignes — a quem Jacques de Vitry chamava de sua "mãe espiritual" — ou Santa Margarida da Escócia, que influenciou o rei Malcolm a ser bom e pio. ("O que ela rejeitava, ele rejeitava..., o que ela amava, ele, por amor a ela, amava também.") Mas talvez o amor tão extremado entre Johanna e sua filha tenha me mostrado o caminho do amor. Ou talvez tenha sido o caminho de Alcaya; e Johanna, uma pecadora como eu, tenha pegado em minha mão e me guiado através dele.

Que pensamentos mais vergonhosos! Considere apenas os postulados elaborados e engenhosos — minhas tentativas tortuosas de justificar o que eu sentia. O prior Hughes me conhecia bem. Ele sabia que eu fora afetado por Johanna, a tal ponto que meus votos se encontravam em perigo. (Um fato comum entre irmãos que saem para o mundo.) Sem dúvida o papel que padre Augustin representou na vida da viúva me encorajara a me abandonar às minhas emoções, pois, se ele, o inquisidor perfeito, não havia resistido a seu encanto, quem era eu para resistir? Não que meu interesse fosse pura ou até inteiramente lascivo. Lembre-se, por favor, de minha resposta a seu olhar galanteador — meu choque e meu medo; eu não imaginava uma união da carne. Eu só queria falar com ela, rir com ela, dividir meus pensamentos e meus problemas com ela.

Queria que ela me amasse, não como deveríamos amar ao próximo, mas com um amor que me diferenciasse e também excluísse outros homens. *Tenha piedade de mim, ó Deus, em Tua bondade, e na grandeza de Tua compaixão apague minha ofensa.* Lembrei-me de um assunto trazido a mim, certa vez, que derivava dos ensinamentos de um pagão: isto é, que o amor profano junta partes de almas que foram separadas na criação. Um erro pestilento, sem dúvida, mas que parecia uma interpretação poética de minha própria situação. Eu sentia que Johanna e eu éramos perfeitamente compatíveis, como os dois lados de um lacre rompido. Eu sentia que de alguma forma éramos como irmão e irmã.

Mas temo que não em todos os sentidos. Um dia, andando pela rua, vi as costas de uma mulher que, por engano, identifiquei como de Johanna de Caussade. Parei de repente. Meu coração parecia girar no meu peito. Vi que tinha me enganado, e meu desapontamento foi tão profundo que reconheci o tamanho de meu pecado. Consternado, percebi o quanto caíra em desgraça.

No mesmo instante, dei meia-volta e fui diretamente falar com o prior, que ouviu minha confissão pacientemente.

Disse-lhe que estava apaixonado por Johanna. Contei que esse amor estava enevoando meu discernimento. Pedi seu perdão e me censurei por minha vaidade, estupidez, teimosia. Como eu tinha sido obstinado! Tão voluntarioso! Meu pescoço era um tendão de ferro, minha fronte, de latão.

— Você precisa controlar seu orgulho — concordou meu superior.

— Eu preciso acabar com ele.

— Faça disto sua meta este mês, então. Pratique a obediência. Mortifique sua carne. Fique em silêncio durante o capítulo (tenho certeza de que vai achar isso uma grande experiência) e repita para si, muitas e muitas vezes: "o irmão Aeldred está certo; eu estou errado".

Caí na gargalhada, porque o irmão Aeldred, nosso mestre de estudantes, era um homem com quem eu tinha pouca afinidade. Nós divergíamos muito de opinião, as dele baseadas em pouco conhecimento e inteligência falha.

— Essa é uma cruz pesada — provoquei.

— E por isso a mais eficaz.

— Eu preferiria lavar-lhe os pés.

— Bernard, nós estamos justamente tentando suprimir seus desejos.

— Talvez eu devesse começar com um objetivo mais palpável. Talvez eu deva dizer a mim mesmo: "O irmão Aeldred tem o direito de abrir a boca; estou errado em esperar que ele entenda".

— Meu filho, estou falando sério — disse o prior com gravidade. — Você é um homem inteligente, ninguém duvida disso. Mas se orgulha demais de seu intelecto. Que mérito ele tem, se vem acompanhado por indolência, vaidade e desobediência? Aqui não é Roma nem Paris — você não vai encontrar os homens mais sábios do mundo em Lazet. Se isso acontecesse, talvez você entenderia que não está entre eles.

— Bem... *talvez*... — respondi, com um ar de resistência falso e exagerado.

— Bernard!

— Perdoe-me.

— Me pergunto se ficará rindo nos portões do inferno. Acho que, se você reconhecesse de verdade o pecado de seus atos, estaria chorando, e não rindo. Foi desobediente. Cedeu aos desejos da carne e amou seu próprio desejo. Foi arrogante — mais que arrogante, irreverente, obsceno, até, ao equiparar o desejo ardente da libidinosidade com o êxtase do amor divino. Que Deus o perdoe, meu filho, esse tipo de erro infame pode vir de um homem inteligente?

Talvez tenha sido o quê de escárnio em seu tom que me fez falar nesse momento. Ou talvez porque, ao se confessar, você tem que revelar tudo o que está pensando e sentindo.

— Padre, eu pequei em meu amor por Johanna de Caussade — eu disse. — Pequei em minha raiva e meu orgulho. Mas não estou convencido de que o que eu senti, naquela colina, tenha sido de origem terrena. Não estou convencido de que *não* tenha sido o amor a Deus.

— Bernard, você está errado.

— Talvez sim. Talvez não.

— Isso é humildade? Isso é arrependimento?

— Você preferiria que eu negasse Cristo?

— Você *me* deixaria aceitar tal blasfêmia?

— Padre, examinei minha alma...

— ... e sucumbiu à vaidade.

Confesso que, ao ouvir isso, fiquei enraivecido — embora tivesse prometido evitar a ira e abandonar o orgulho.

— Não é vaidade — protestei.

— Você é arrogante.

— O senhor me acha incapaz de raciocinar? Incapaz de distinguir entre uma espécie de amor e outra?

— Porque você está cego pelo orgulho.

— Padre — disse eu, tentando me manter calmo — *o senhor* já sentiu o amor divino?

— Não é hora de me perguntar isso.

— Eu sei que nunca sentiu o amor de uma *mulher*.

— Cale-se! — De repente, ele ficou muito irado. Eu raramente via o prior irado, com certeza não desde sua eleição. Por toda a vida ele cultivara a serenidade, e mesmo quando jovem apresentara uma expressão tranquila para o mundo. Eu, movido por algum demônio travesso, sempre tentara, naqueles tempos longínquos, solapar sua tranquilidade, provocando e insultando-o, mas sem sucesso. Mesmo assim, ninguém era mais capaz de perturbar seu sossego.

E, embora já fôssemos velhos, ele ainda era o ex-oblato gordinho e lento, sem experiência do mundo, enquanto eu continuava o homem magro de reflexos rápidos, graduado na vida dissoluta.

— Cale-se! — repetiu ele. — Ou terei que mandar açoitá-lo por sua insolência!

— Não tenho a intenção de ser insolente, padre, eu apenas queria ressaltar que tenho certa noção do amor, tanto profano como talvez divino...

— *Segure sua língua!*

— Hughes, escute. Não estou tentando questionar sua autoridade, juro que estou sendo sincero. O senhor me conhece, sou um homem de palavra, mas isto é diferente — eu estou lidando com demônios...

— Você é *dirigido* por demônios. Você está inchado de orgulho e negligencia a vontade de Deus. — Ele falou de maneira ofegante, aos trancos, e levantou-se para dar seu *conclusio*. — Não vejo nenhuma vantagem em termos um novo encontro. Você vai jejuar a pão e água, vai ficar em silêncio neste priorado e vai se prostrar no capítulo por um mês — ou arriscar ser expulso. Se você vier até minha presença novamente, que seja de quatro, pois não vou recebê-lo de outra maneira. Deus tenha piedade de sua alma.

E foi assim que perdi a amizade do prior. Eu não entendera, até esse momento, quão profundamente sua escolha para o cargo havia inflado seu senso de dignidade. Eu não entendera que, ao desafiá-lo, parecia, a seus olhos, fazer pouco de sua competência e questionar seu direito ao cargo.

Talvez, se tivesse compreendido isso, eu não estaria na situação em que me encontro.

Setembro terminou; começou a Quaresma; o verão chegava ao fim. No convento celebramos a festa de São Miguel e a de São Francisco. Nas montanhas, os pastores conduziam seus rebanhos para o sul. Nos vinhedos, as uvas estavam sendo pisoteadas. O mundo continuava do jeito que Deus ordenara (*Ele designou a Lua para as estações: o Sol sabe se pôr*), enquanto padre Augustin se decompunha devagar, sem ser vingado. Confesso, para minha vergonha, que não avancei um passo sequer para entender sua morte.

Após empenhar-me nessa direção por vários dias, juntei inúmeros fatos a respeito de Jordan Sicre e Maurand d'Alzen. Já sabia que Jordan havia chegado a Lazet vindo do destacamento de Puilaurens. Nascido em Limoux, tinha família lá, que pouco mencionava: os colegas acreditavam que ele havia rompido com todos os parentes. Ele era muito mais bem treinado do que vários de nossos familiares, e tinha uma espada curta que usava "com muita destreza". Antes de ser designado para seu cargo no Santo Ofício, servira no destacamento da cidade, e descobri que ele próprio pedira a transferência. (O salário de um familiar é superior ao de um sargento do destacamento, e suas obrigações são menos árduas, mas sua posição é talvez inferior.) Jordan vivia com outros quatro familiares em um quarto nos fundos de uma loja, cujo dono era Raymond Donatus. Não era casado, e raramente ia à igreja, se é que alguma vez foi.

Esses fatos eu conhecia, mas, após falar com os homens com quem ele dividia o quarto, e com os sargentos que tinham trabalhado com ele no destacamento da cidade — alguns dos quais tendo me acompanhado a Casseras, mostravam-se dispostos a ajudar —, cheguei a uma melhor e mais profunda avaliação de Jordan Sicre. Era um rapaz cabeça-dura, um tanto quanto lerdo, que desprezava a incompetência. Gostava de jogos de azar e se entregava a essa paixão livremente, sem quase se endividar. Falava com conhecimento sobre tosquia e pastagem. Ele se encontrava com prostitutas. Era respeitado, mas não querido; soube que não tinha amigos íntimos. A maior parte do tempo livre passava jogando com alguns companheiros igualmente viciados em jogos, todos familiares ou sargentos do destacamento. Seus bens (parcos) haviam sido divididos entre os companheiros de quarto. Ele tinha por volta de 30 anos quando se ofereceu para acompanhar padre Augustin naquela viagem fatídica.

Maurand d'Alzen também tinha se oferecido para acompanhar padre Augustin. Tinha 3 ou 4 anos a menos que Jordan, era oriundo de Lazet e seu pai era ferreiro no bairro de Saint-Étienne. Vivia com a família, mas aparentemente eles não sentiam muita falta dele. Quando seu nome foi relacionado ao massacre, lembrei-me de muitas vezes tê-lo repreendido por blasfemar ou usar de violência excessiva; certa vez, tinha sido acusado de quebrar as costelas de um prisioneiro, o que, no entanto, nunca foi provado. (Havia sangue entre Maurand e a vítima, mas o prisioneiro morrera sem recobrar a consciência, e não havia testemunhas da briga.) Como consequência, eu conhecia Maurand como um jovem violento de poucos méritos, impressão essa confirmada na minha conversa com sua família, com seus companheiros e com a mulher descrita como sua "amante".

Essa pobre moça, uma prima pobre, trabalhara para o pai de Maurand desde menina. Aos 16 anos, ela dera à luz o filho ilegítimo de Maurand, que agora tinha 3 anos. Em sua face e em seus braços ela carregava as cicatrizes feitas pelo amante, que tinha uma mão pesada; aparentemente, ela tinha se iniciado sexualmente com ele pouco depois de seu 13º aniversário, quando ele a estuprara, tirando sua virgindade. Ela se ressentia dele, não tanto por si mesma, mas pelo filho pequeno, que também apanhava dele. Por várias vezes ele tinha sido expulso de casa, mas sempre voltava e era bem recebido pela família.

Embora não tenha dito isso, cheguei à conclusão, por seu comportamento, que ela não ficara triste com a morte de Maurand.

Pelo visto, seus outros parentes também se voltaram contra ele, por causa da frequência e da violência de seus ataques de fúria. Descreveram-no como preguiçoso, desrespeitoso e desequilibrado. Nunca tinha dinheiro. Um tio o acusara de roubar um cinto de couro e um manto, mas não tinha provas; mesmo assim, seu pai devolvera esses itens ao parente. Muitas das mulheres da vizinhança se queixaram comigo sobre os comentários lascivos e impudicos dele. Curiosamente, frequentava a igreja com regularidade e era considerado "um rapaz simples, rude, mas devoto" pelos cônegos de Saint-Étienne. Não obstante, eu me perguntei: é esse o tipo de homem que empregamos no Santo Ofício? E prometi a mim mesmo que, na primeira oportunidade, iria rever os procedimentos de contratação. Pelo jeito, essa responsabilidade não deveria ser apenas da alçada de Pons.

Os colegas de Maurand foram um pouco mais generosos sobre ele. Consideravam-no "jovial" e elogiaram suas piadas. Ele fora um rapaz grandão, forte e sólido, não um lutador treinado, mas capaz de dar um soco violento (e também arremessar qualquer mesa, bastão ou capacete que aparecesse). Admitiam que tinha um temperamento facilmente inflamável e nunca pagava empréstimos. Por isso, ninguém lhe dava dinheiro mais do que uma vez.

— Ele não tinha dinheiro para pagar prostitutas – contaram-me —, e, com isso, estava sempre encrencado com as mulheres. Era tão grande e forte que algumas delas ficavam felizes de estar com ele. Mas a maioria tinha medo.

— Onde ficava quando não estava trabalhando ou em casa? Para onde ia? — perguntei.

— À taverna do mercado. Quase todos nós vamos lá.

— Claro. — Eu tinha visto os agrupamentos de sargentos ociosos que ficavam sentados à porta daquele estabelecimento, cuspindo nos rapazes e fazendo gestos obscenos para as jovens. — Quem eram os amigos dele lá, além de vocês?

Recebi uma longa lista de nomes, tão longa que fui obrigado a anotá-la. Aparentemente, Maurand era conhecido (e provavelmente detestado) por metade da população de Lazet. Embora eu não tenha reconhecido nenhum dos nomes como de membros da família ou de conhecidos de Bernard de Pibraux, notei o nome do genro de Aimery Ribaudin, Matthieu Martin. E, se o senhor se lembra, Aimery Ribaudin era um dos seis suspeitos de corromper padre Jacques.

— *Aimery Ribaudin?* — exclamou o senescal, quando o consultei sobre esse assunto. — Impossível.

— Padre Augustin estava interrogando seus amigos e parentes — respondi. — Se Aimery sabia disso, tinha motivos para matar padre Augustin.

— Mas, em primeiro lugar, como Aimery Ribaudin poderia ser um herege? Veja o quanto ele doa a Saint Polycarpe!

Para dizer a verdade, o caso contra Aimery não tinha consistência. Uns oito anos antes, um tecelão havia sido acusado de levar um perfeito ao leito de morte de sua esposa, para que ela se tornasse herege com o *consolamentum*.* Uma testemunha interrogada a respeito desse incidente lembrou-se de ter visto Aimery conversando com o acusado dois ou três anos após a morte da citada esposa (o tecelão havia abandonado a aldeia da família e se estabelecido em Lazet) e dando-lhe algum dinheiro.

Eu, porém, relutei em fornecer ao senescal esses detalhes, que não eram de conhecimento público.

— Aimery Ribaudin está sob investigação — disse eu com firmeza, ao que Roger, negando com a cabeça, murmurou algo do tipo que, se *ele* fosse Aimery, ficaria tentado a matar padre Augustin. Felizmente para Roger, escolhi ignorar essa observação. Em vez disso, transmiti-lhe a acusação de Grimaud contra Pierre de Pibraux e sobre a taverna em Crieux.

— Ainda não conversei com o amigo de Grimaud, Barthelemy, ou com o taverneiro — finalizei. — Mas vou fazê-lo antes que os três amigos de Bernard de Pibraux venham a Lazet. Eu os intimei já faz alguns dias. Eu já suspeitava deles.

---

* N.R.T.: *Consolamentum*, no ritual cátaro, equivale a batismo no ritual católico.

— Por Deus, parece promissor!

— Tomara. Como já disse, Grimaud não é muito confiável.

— Mas eu conheço o pai de Bernard de Pibraux — revelou o senescal, levantando-se e andando de um lado para o outro. (Eu havia decidido conversar com ele na nossa sede, porque eu tinha minhas dúvidas sobre o grau de privacidade em Comtal.) — Eu o conheço bem, e é mal-humorado. Todos são naquela família. Por Deus, padre, eles podem ser culpados!

— Talvez.

— E, se o são, podemos julgá-los e condená-los! E o rei vai parar de me azucrinar por causa disso!

— Talvez. — Meu tom deve ter soado um tanto quanto desatento, porque, naquela ocasião, eu ainda estava lidando com certas questões espirituais levantadas por minha visita a Casseras e andava dormindo muito pouco. O senescal me olhou intrigado.

— Pensei que você estaria mais animado — observou ele. — Está doente, padre?

— Eu? Não.

— Parece... pálido.

— Estou jejuando.

— Ah.

— E há tanto trabalho por fazer.

— Escute. — O senescal sentou-se novamente, inclinou-se para a frente e colocou ambas as mãos sobre meus joelhos. Ele estava vermelho, e senti que, com nossa presa quase a nosso alcance (ou assim parecendo), seus instintos de caçador haviam sido despertos. — Deixe-me conversar com esse Barthelemy. Se a impressão for de que está dizendo a verdade, deixe-me ir até Pibraux e descobrir o que Pierre e sua família estavam fazendo no dia da morte de padre Augustin. Posso até parar em Crieux no caminho e falar com o taverneiro. Desse modo, tirarei um peso de cima de seus ombros. O que acha?

Fiquei um tempo calado. Eu estava revendo a oferta dele e a reconstrução da suposta conversa de Pierre na taverna. Finalmente eu disse:

— Não há nenhum indício de que Pierre e seu sobrinho tenham matado padre Augustin com suas próprias mãos. Se eles empregaram mercenários, todos eles estariam normalmente em Pibraux no dia do assassinato. — A cara do senescal despencou.

— Mas — continuei, pensando seriamente. — *Barthelemy* pode não ter percebido aquilo. Se o senhor for até ele e lhe disser o que pretende fazer em Pibraux, e informá-lo do castigo que se dá aos que oferecem falso testemunho, irá assustá-lo e fazê-lo admitir que mentiu — se é que ele *mentiu* para o senhor. Diga a ele que, se Pierre estava em Pibraux no dia da morte, o senhor saberá que alguém está mentindo...

— E, se ele mantiver o que disse anteriormente, então é provável que esteja dizendo a verdade! — completou Roger. Ele bateu em meu joelho em contentamento, e com tanta força que quase me deixou aleijado. — Que cabeça você tem, padre! Tão astuto quanto uma raposa!

— Muitíssimo obrigado.

— Vou diretamente até Barthelemy. E, se eu ficar satisfeito, irei até Pibraux esta tarde. Por Deus, se eu pudesse tirar este caso de minhas costas, seria um alívio! E para você também, padre, é claro — apressou-se em acrescentar. — Vai poder descansar quando os culpados forem castigados.

Eu estava envergonhado por parecer estar sofrendo pela morte de padre Augustin, quando na verdade minhas noites mal dormidas resultavam de outras questões. Eu me envergonhava de parecer mais dedicado à sua memória do que realmente estava. Por isso, quando o senescal partiu, me dediquei a minhas obrigações com uma determinação renovada. Naquela mesma tarde, havia uma reunião marcada com o sogro de Raymond Maury (que era, se o senhor se lembra, um peleteiro rico); com a participação de Raymond Donatus, interroguei esse senhor sobre as assim ditas opiniões heréticas de seu genro e, não tendo ficado satisfeito com as respostas, interroguei-o novamente. Baseando-me em depoimentos feitos por várias outras testemunhas a padre Augustin, fiz que o peleteiro percebesse que em alguns casos eles o contradiziam. Demonstravam sua presença em uma situação que negava conhecer. Eles o citavam dizendo: "Meu genro é um maldito herege!". Como ele podia negar sua cumplicidade, quando ela era tão óbvia?

Esteja certo de que fui implacável. E, após uma entrevista longa e cansativa, o peleteiro finalmente se rendeu. Confessou que estava tentando proteger o genro. Chorando, me implorou perdão. Eu lhe disse que o perdoava de todo o coração, mas que ele devia e seria castigado por seus pecados. A sentença seria dada no próximo *auto de fé*, e, embora devesse ser feita uma consulta a vários especialistas, a punição costumeira para o crime de esconder um herege era uma mistura de prece, jejum, flagelo e peregrinação.

O peleteiro continuou a chorar.

— É claro que se for descoberto, através das declarações de outras testemunhas, que você também tem as mesmas ideias que ele... — disse-lhe eu.

— Não, padre, não!

— Um herege arrependido poderá vir a ser perdoado. Um herege obstinado, não.

— Padre, juro que não sou herege! Eu nunca, *nunca*... sou um bom católico! Amo a Igreja!

Sem descobrir nenhuma evidência do contrário, acreditei nele; começa-se a desenvolver certo instinto para detectar mentiras quando se é inquisidor da depravação herética. Embora a verdade possa estar escondida, consegue-se senti-la a maior parte das vezes, assim como o porco consegue encontrar as trufas enterradas. Além do mais, o peleteiro havia jurado dizer a verdade, nada mais que a verdade — e os cátaros nunca aceitam jurar.

No entanto, continuei a fingir que ainda não estava convencido, porque tinha uma hipótese de que o padre Jacques fora bem-remunerado para ignorar Raymond Maury, e, se esse fosse o caso, o pagamento muito provavelmente teria saído do bolso do sogro.

De qualquer maneira, decidi prosseguir com essa hipótese.

— Como posso acreditar em você se continua a esconder coisas de mim? — questionei eu.

— Não! Nunca!

— Nunca? E o dinheiro que pagou para assegurar que seu genro escapasse do castigo?

O peleteiro me olhou através das lágrimas. Aos poucos, mudou de cor. Eu vi sua garganta se mexer enquanto engolia.

— Ah — disse bem baixinho. — Eu me esqueci disso...

— Você se *esqueceu?*

— Foi há tanto tempo! Ele me pediu!

— Quem pediu? Padre Jacques?

— Padre Jacques? — O peleteiro me olhou, espantado. - Não, meu genro. Raymond me pediu.

— Quanto ele pediu?

— Cinquenta livres tournois.

— E você lhe deu?

— Eu amo minha filha, ela é minha única filha, eu faria qualquer coisa...

— Você mataria por ela? — perguntei, e o olhar que me lançou foi tão confuso, tão aflitivo e embriagado, mas não de vinho, que quase soltei uma gargalhada. — Sugeriram que, quando padre Augustin começou a perseguir Raymond, você contratou assassinos para matá-lo. — disse eu, mentindo.

— *Eu?* — berrou ele. E então ficou irado. — Quem disse isso? — perguntou. — Isso é mentira! Eu não matei o inquisidor!

— Se você o fez, você deveria confessar agora. Porque, no final, vou acabar descobrindo a verdade.

— *Não!* — gritou ele. — Eu lhe contei que menti! Contei que dei dinheiro! Contei tudo! Mas *não matei o inquisidor!*

Apesar de todo meu empenho, não consegui convencer o peleteiro a retirar essa afirmação. Acho que só a tortura o teria feito mudar de ideia, mas não pretendia empregar essa estratégia. Há um ponto a partir do qual um homem irá admitir tudo, e eu nunca realmente havia acreditado que o sogro de Raymond Maury fosse o responsável pela morte de padre Augustin. É claro que eu estava preparado para verificar seu testemunho. Estava preparado para convocar novamente várias das testemunhas já entrevistadas por padre Augustin e checar os hábitos recentes, gastos e relações do peleteiro. Mas não achava que ia descobrir que ele andava frequentando a taverna no mercado, ou jogando dados com Jordan Sicre.

Não imaginava descobrir que ele andava subornando os cavalariços do bispo.

Eu apenas queria eliminá-lo de minha lista de suspeitos.

Assim, o dispensei, agradeci às minhas testemunhas "imparciais" (os já mencionados irmãos Simon e Berengar) e concluí o interrogatório. Depois levei Raymond Donatus para um canto a fim de instruí-lo sobre como redigir o protocolo final. Ele estava ansioso para expressar sua opinião a respeito do peleteiro, que ele considerava "praticamente responsável pela morte de padre Augustin". Mas nada disse de padre Jacques.

Fiquei surpreso que ele resistisse à tentação. De fato, estava tão surpreso que eu mesmo toquei no assunto.

— Você sabia, claro, que padre Augustin estava investigando a honestidade de seu predecessor — disse eu.

— Sim, padre.

— Você teria alguma opinião a respeito da justiça deste interrogatório?

— Eu... isso não me cabe dizer.

Como o senhor deve estar imaginando, fiquei intrigado por sua cautela incomum. — Mas, meu amigo — observei. — Você nunca se manteve em silêncio antes.

— É um assunto delicado.

— Verdade.

— E padre Augustin me deu ordens para não falar a respeito dele.

— Sei.

— E, se você acha que eu posso estar implicado, tenha certeza de que *não* estou! — exclamou o notário, me surpreendendo. — Padre Augustin estava muito satisfeito com relação a isso! Ele me questionou várias vezes...

— Meu filho...

— E eu lhe disse que eu *confiava* em padre Jacques; não era de *minha* alçada manter um registro das pessoas mencionadas em todas aquelas centenas de inquisições...

— Raymond, por favor, eu não o estava acusando.

— Se ele tivesse suspeitado de mim, padre, teria me demitido, ou pior do que isso...

— Eu sei. Claro. Acalme-se. — Eu teria dito mais, não tivesse sido interrompido por um familiar com uma carta lacrada do bispo Anselm. Trazia também uma mensagem oral do senescal, que relatou palavra por palavra. Parecia que Barthelemy havia realmente se encontrado com Pierre de Pibraux em Crieux, mas não o ouvira dizer nada sinistro ou suspeito.

— Tenho que lhe dizer, padre, que sua pequena artimanha funcionou — anunciou o familiar.

— Obrigado, oficial.

— Também tenho que lhe dizer que mais um dos prisioneiros morreu. Uma criança. O carcereiro quer lhe falar.

— Deus nos salve. Muito bem.

— Também, me pediram para lhe informar que os familiares não receberam o salário este mês. Claro que sabemos que o senhor esteve muito ocupado...

— Sim, vou examinar isso. Peça desculpas a seus camaradas por mim e diga-lhes que vou visitar o procurador real de confiscos amanhã. Como você mesmo disse, tenho estado muito ocupado.

Boas novas, não eram? Não é de se admirar que eu não encontrasse alento em minha vida, tomado que estava de dúvidas, fracassos e frustrações. Mas o pior ainda estava por vir. Quando abri a carta do bispo, encontrei dentro uma missiva do inquisidor da França.

O meu novo superior havia sido nomeado, e era Pierre-Julien Fauré.

7

ELE VEM COM AS NUVENS

Eu sei que o senhor deve ter ouvido falar de Pierre-Julien Fauré. Suponho que deve tê-lo conhecido enquanto ele esteve em Paris, porque se trata de um homem que chama a atenção, não é? Ou melhor, ele faz questão de se fazer notado. É um homem ruidoso, e sempre foi; sou testemunha disso porque o conheço há muito, muito tempo. Sabe, ele nasceu nesta região.

Nós nos conhecemos quando eu ainda era um simples pregador, antes que o apoio de meus superiores me fizesse assumir novamente o papel de estudante, para tornar-me um *lector** de grande fama e influência. (Risível, não é?) Durante minhas viagens com padre Dominic, passei por Toulouse, parando por algum tempo para conhecer a Casa de Estudos da Província — onde Pierre-Julien havia sido residente por apenas um ano. Naquele tempo, ele era um jovem pálido, enamorado de São Tomás de Aquino, cuja *Summa* parecia ter decorado inteira. Acho que foi esse fato, mais do que qualquer brilhantismo ou percepção vívida, que o recomendou a seus professores — porque, quando eu assisti a uma das palestras lá, fiquei impressionado pela incrível insensatez de suas perguntas.

* N.R.T.: Professor de grau inferior ao *magister* (mestre).

Não perdi muito tempo analisando seu caráter naquele tempo, vendo-o apenas como um jovem sem grande distinção, pálido e de aparência doentia pela vida de estudos (ou assim eu pensava, embora hoje eu saiba que sua compleição seja lívida por natureza), possuidor de um entusiasmo que me repelia de alguma forma, e de uma voz que podia se tornar estridente se ignorada. Nós nos falamos apenas uma vez: ele me perguntou se eu achava difícil resistir às tentações do mundo, agora que me movimentava livremente entre elas.

— Não — respondi, já que ainda não havia me envolvido sexualmente com a jovem viúva cujo charme me fez quebrar meus votos.

— Você vê muitas mulheres? — insistiu ele.

— Sim.

— Isso deve ser duro.

— Sério? Por quê?

É claro que eu sabia exatamente o que ele estava tentando insinuar, mas fiquei satisfeito em vê-lo corar, gaguejar e silenciar. Eu era, em muitos aspectos, um jovem perverso, e várias vezes agia com crueldade; nesse caso, porém, fui punido por minha arrogância. Que castigo há maior do que ser o coadjutor de um homem a quem desprezei há tantos anos — um homem que alcançou alturas muito superiores às que eu jamais chegarei, apesar de ter uma inteligência muito inferior à minha?

De qualquer modo, nós nos separamos, e não nos encontramos de novo até quando fomos estudar no Studium Generale de Montpellier. Lá estávamos em círculos diferentes; eu entendi que ele se esforçava (enquanto eu voava alto), mas que controlava um estoque de bisbilhotice que o fazia ser seguido por aqueles interessados nos debates de Paris ou na política da corte papal. Ele tinha ficado mais rechonchudo e mais careca. Certa vez eu o *destruí* durante uma disputa informal, porque sua posição era indefensável e suas habilidades retóricas deixavam muito a desejar; mais uma vez, porém, me arrependi do vigor com o qual demoli seus argumentos. No fim, a maldade sempre nos arruína.

Eu nada soube da continuidade de sua carreira, até que começamos a nos encontrar nos capítulos provinciais, por volta de 1310.

Por essa época, ele era prior; eu, pregador geral e mestre de alunos (mas não em seu priorado, graças a Deus!). Ficou claro que divergíamos em muitos assuntos, incluindo os trabalhos de Durand de Saint Pourcain, que não foram, como o senhor deve se lembrar, *totalmente* banidos das escolas, mas foram permitidos enquanto apresentassem observações pertinentes. Acho que Pierre-Julien teria preferido que os estudantes lessem apenas Pedro Lombardo e o Doutor Angélico. Ele me repreendia, de forma ofensivamente indulgente, por possuir um "intelecto indisciplinado".

Receio que não devotávamos um ao outro um afeto fraterno.

Faz muitos anos que não apareço em um capítulo provincial por conta das demandas do Santo Ofício, e, para ser franco, pelo fato de que não sou um dos favoritos do próprio provincial. Mas a correspondência com outros irmãos me manteve informado do progresso de Pierre-Julien. Soube que ele estava lecionando em Paris, depois mudou-se para Avignon, onde era bem considerado na corte papal. Soube que havia sido enviado para auxiliar Michael le Moine, o inquisidor da depravação herética de Marselha, com a tarefa de convencer os obstinados franciscanos de Narbonne a abjurar. E agora, após aparentemente se distinguir na tarefa sagrada de extirpar a heresia, havia sido nomeado inquisidor de Lazet, substituindo padre Augustin Duese.

Devo confessar que ri (embora tristemente) com a escolha de palavras do bispo, porque de maneira alguma Pierre-Julien poderia ser considerado "substituto" de padre Augustin. Os dois eram o oposto um do outro. E, se o senhor não consegue perceber as diferenças, talvez por não ter convivido muito com eles, deixe-me contar as atividades de meu novo superior em seus dois primeiros dias no cargo.

Ele chegou aproximadamente três semanas após eu ter sido notificado de sua nova função, mas precedido por muitas cartas me alertando da data de sua chegada. Assim que marcou a data, trocou-a duas vezes, e voltou à original com apenas três dias de antecedência. (Se ele estivesse vivendo em Paris, em vez de Avignon, eu poderia ter tido que esperar por mais tempo!) Claro que ele esperava ser saudado com a recepção solene usual, recepção essa evitada por padre Augustin, o que fez com que eu me mantivesse ocupado resolvendo coisas com o bispo, o senescal, o prior, os cônegos de Saint Polycarpe, os cônsules... bem, o senhor deve saber quantas pessoas precisam ser consultadas em ocasiões como essas. O novo inquisidor queria ser saudado por um grupo de oficiais graduados no portão da cidade; e, depois, acompanhado por uma tropa de soldados e uma banda de músicos, queria ir até Saint Polycarpe, onde tinha a intenção de se dirigir a toda a população de Lazet com relação "à vinha enorme e expandida de Deus, que foi plantada pela mão do Senhor, salva por Seu sangue, regada por Sua palavra, propagada por Sua graça e frutificada por Seu espírito". Após uma grande parte da congregação se dispersar, ele cumprimentaria os líderes da cidade um a um, para que "viesse a conhecer os melhores carneiros de seu rebanho, como um bom pastor".

Daria para concluir, ao ler essas instruções, que Pierre-Julien considerava o posto de inquisidor como elevado na hierarquia dos anjos. De fato, quando chegou, essa impressão se confirmou pelo ar paternal com que abençoou todos, menos o bispo, que recebeu um beijo terno e respeitoso. (Tenho certeza de que o senescal não ficou muito encantado com o jeito de Pierre-Julien.) Fiquei muito satisfeito ao perceber que meu velho amigo já não precisava de uma navalha para manter sua coroa em dia; estava quase totalmente careca, fora alguns fios finos ainda pendurados ao redor das orelhas. De resto, estava praticamente igual — estridente, impetuoso, cheio de suor e tão pálido quanto gordura solidificada. Quando me viu, apenas me saudou com a cabeça, mas eu não esperava mais que isso. Se ele tivesse me beijado, reviraria meu estômago.

Não vou cansá-lo com uma descrição detalhada da recepção, embora eu, sim, vá dizer que, como tinha antecipado, o *translatio* da vinha do Senhor foi estendido ao limite máximo de tolerância, até que, de fato, foi mais longo que a própria vinha. Ele se referiu a nós como "uvas", nossas cidades como "cachos", nossas dúvidas como "vermes entocados dentro das uvas". Falou de "apanhar as raposas no vinhedo". Falou do Apocalipse como o ato de "pisotear as uvas" e o Juízo Final como "a degustação do vinho". (Parte do vinho seria absorvida por Deus e parte cuspida.) Tenho que confessar que eu estava rindo muito ao final do sermão, mas tinha que fingir estar comovido, que meus grunhidos e lágrimas eram prova de aflição, e não de riso contido. Contudo, acho que Pierre-Julien não se convenceu disso. Ele com certeza não me considerou uma das uvas mais suculentas do mundo.

Quando, porém, finalmente nos falamos (e isso foi no segundo dia, após ele ter conversado em particular com o bispo, o senescal, o prior, o tesoureiro real e o procurador geral de confiscos), ele me cumprimentou de maneira cordial, como se saúda um irmão leigo tolerado e afetuoso, mas ao mesmo tempo um pouco cretino e imprevisível.

— Meu filho — disse ele. — Há quanto tempo não nos encontramos! Você está ótimo. Com certeza a vida aqui combina com você.

Embora ele não tenha dito "aqui no fim do mundo", o sentido estava claro.

— Combinou, no passado — respondi. — Embora eu não possa dizer nada quanto ao futuro.

— Mas este lugar parece abandonado por Deus — continuou ele, deixando de lado os gracejos. — Que maldade! Chorei quando fiquei sabendo do destino terrível de padre Augustin. Pensei: "Satanás também se misturou a eles". Eu não sabia, então, que seria convidado a me levantar e a esfregar os leprosos eu mesmo.

— Ah, não somos *todos* leprosos aqui — disse eu, irado por dentro. — Alguns de nós ainda seguem as regras do Senhor.

— Claro. Mas é um atoleiro profundo, não é? As inundações transbordam. Fiquei sabendo que a prisão está cheia, e os assassinos de padre Augustin nem foram capturados.

— Como você deve estar imaginando, *irmão*, estou lotado de trabalho...

— Sim, e agora vim para ajudá-lo. Conte-me a respeito da investigação até o momento. Você fez progresso?

Eu lhe confirmei que sim. Descrevi a morte de padre Augustin, tomando cuidado para não levar muito tempo falando sobre Johanna ou suas amigas, que descrevi como "pias e humildes"; contei sobre o inquérito do preboste, a investigação do senescal e minha própria visita a Casseras (com certas lacunas importantes); descrevi a lista de suspeitos e meus esforços para determinar o grau de sua culpa. Também comentei sobre minha hipótese de um familiar traidor, que eu ainda não havia conseguido identificar.

— Tanto Jordan quanto Maurand podem ser os culpados — disse eu. — Jordan, porque era um jogador viciado, um mercenário treinado e um homem altamente eficiente; Maurand, porque era violento e depravado em quase todos os sentidos.

— Mas por que acha provável que alguém tenha traído padre Augustin?

— Porque os corpos estavam desmembrados e espalhados por todo o lugar. Faria sentido se o propósito de tal procedimento estranho fosse esconder a ausência de um corpo.

— Mas você disse que a maioria dos pedaços foram encontrados na estrada.

— Sim, foram. Mas várias cabeças, que são as que mais distinguem as pessoas, foram levadas embora.

— Me descreva o local. Você disse que o massacre aconteceu em uma clareira?

— Uma espécie de clareira.

— E a estrada passa por ela?

— Acredito que o termo "caminho" seja melhor que estrada.

— Esse caminho cruza com outros caminhos quando chega à clareira?

Intrigado pela pergunta, tive que pensar um pouco antes de responder.

— Que eu me lembre, há várias trilhas de cabras que chegam lá.

— Ah! — Pierre-Julien jogou as mãos para cima. — Aí está. Uma encruzilhada.

— Uma encruzilhada? — repeti, perplexo.

— Você não conhece a importância das encruzilhadas?

— Importância?

— Venha. — Pierre-Julien levantou-se do catre. Estávamos sentados em sua cela, lotada com o que posso descrever somente como "pertences", em sua maioria livros. Ele tinha uma enorme quantidade de livros, bem como dois ou três instrumentos de astronomia, uma coleção de unguentos em frascos de vidro, um altar portátil, um relicário com uma joia incrustada e uma caixa entalhada cheia de cartas. Do meio dessa bagagem material ele tirou um pequeno livro, que segurou cuidadosamente, como se ele fosse pegar fogo a qualquer momento. — Observe — disse. — Você com certeza não conhece este trabalho. Chama-se *O Livro dos Ofícios dos Espíritos*, e deriva daquele texto antigo e místico, *O Testamento de Salomão*.* Como é muito perigoso, você só o encontrará circulando entre homens eruditos cuja fé é incontestável.

Nesse momento eu poderia ter perguntado: "Então como chegou às suas mãos?". Mas me contive. Na verdade, fiquei curioso com relação a esse livro pequeno e perigoso.

— Trata das hostes do inferno — continuou Pierre-Julien. — Nele, você vai encontrar todos os anjos maus, seus nomes, suas manifestações e suas habilidades. Veja esta página, por exemplo: "Berith tem três nomes. Por alguns é chamado de Beall; pelos judeus, Berith; pelos necromantes, Bolfry: aparece como um soldado vermelho, vestido de vermelho, montado sobre um cavalo vermelho. Responde a questões do passado, do presente e do futuro. Ele também é um impostor, que transforma todos os metais em ouro".

— Mostre-me — exigi eu, tentando pegar o livro. Mas Pierre-Julien não o soltou.

— Claro que esses são só os demônios *principais* — afirmou ele. — Demônios como Purson, Leraie, Glasya Labolas, Malphas, Shax, Focalor, Sitrael e o resto. Muitos deles têm regimentos anônimos de demônios inferiores sob seu poder.

— Irmão, eu lhe peço, deixe-me ver.

Porém, novamente o livro não foi liberado.

— Como você pode imaginar, saber esse tipo de coisa já é, por si só, bem perigosa — Pierre-Julien falou alto. — Mas o livro também

---

* N.R.T.: Manuscrito apócrifo, que trata dos demônios que teriam colaborado com Salomão na construção do Templo de Jerusalém.

contém rituais para conjurar e invocar os demônios aí contidos. Ritos para exercer seus poderes.

— Não! — Eu ouvira falar desses textos, mas nunca tivera acesso a um deles. Na verdade, eu sempre suspeitara que eles existiam apenas na imaginação febril da senilidade. — É um livro mágico, então!

— É, sim. E, se você vir as prescrições para a invocação, lerá o seguinte: que, para invocar os cinco demônios Sitrael, Malanta, Tamaor, Falaur e Sitrami, após um preparo com jejum de castidade e oração, você precisa fumigar, aspergir e consagrar as facas com os cabos pretos e brancos...

— Irmão...

— Um momento, por favor. E então, alguém, tendo se preparado de todas essas maneiras, tem que levar uma galinha preta viva e virgem a uma encruzilhada à meia-noite, cortá-la em pedaços e espalhá-los, ao mesmo tempo que recita: "Eu vos conjuro, ordeno e encarrego Sitrael, Malanta, Tamaor, Falaur e Sitrami, reis do inferno, em nome e pelo poder e dignidade do Onipotente e Imortal Deus das Hostes..."

— Irmão, está tentando dizer...

— ... embora, certamente no caso da morte de padre Augustin, os assassinos, sendo hereges, teriam usado o nome de seus próprios deuses hediondos...

— Irmão, está falando *sério?* — Eu quase não conseguia acreditar em meus ouvidos. — Está tentando me dizer que padre Augustin foi sacrificado para invocar *demônios?*

— É bem provável.

— Mas ele não era uma galinha virgem!

— Não. Mas, se examinar livros como este, verá que membros humanos às vezes são sacrificados. E, se está familiarizado com a perseguição de Guichard, bispo de Troyes — o que talvez não seja o caso, mas dou-lhe minha palavra que, quando eu estava em Paris, consultei cópias dos depoimentos de testemunhas detidas pelo inquisidor da França —, se conhece esse caso triste, sabe que, quando Guichard e o irmão Jean le Fay consultaram o livro de feitiçarias, apareceu uma forma semelhante a um monge preto com chifres, e, quando Guichard lhe impôs que fizesse as pazes com a rainha Joana, esse demônio pediu um de seus membros em troca.

Eu lhe garanto, fiquei parado lá com a boca aberta escancarada. Claro que eu me lembrava da perseguição de Guichard, que aconteceu há dez anos. Me lembrei das histórias da infâmia de Guichard: que ele era filho de um íncubo, que mantinha um demônio particular em um vidro, que havia envenenado a rainha Joana com uma mistura de cobras, escorpiões, sapos e aranhas. E me lembro de pensar na época que, se essas histórias não estavam distorcidas pela distância, eram tão monstruosas que chegavam a ser risíveis. Mas há dez anos todo mundo estava falando das iniquidades dos Cavaleiros Templários, o senhor se lembra? Os cavaleiros foram acusados de prestar culto a Satanás com atos de blasfêmia e sodomia, com a morte de crianças e com a invocação de demônios. Se esses fatos eram ou não verdadeiros, não tenho como confirmar: eu não era um inquisidor da depravação herética naquele tempo, ainda bem, e agora sei como é fácil conseguir uma confissão usando carvão aceso. Também sei que muitos cavaleiros voltaram atrás nas confissões que fizeram sob tortura e foram queimados vivos ainda declarando inocência. Mas o senhor deve ter chegado às suas próprias conclusões com relação às atividades da Ordem na França, então não vou divagar aqui. Basta dizer que, quando ouvi as sentenças contra o bispo Guichard, não pude deixar de ponderar se certas pessoas haviam usado o medo das forças demoníacas, tão disseminado naquela época, para destruir a reputação dele. E eu estava certo, creio — pois ele não foi libertado da prisão há quatro anos e enviado como bispo auxiliar para a Germânia? Creio que isso aconteceu após certas testemunhas, antes hostis a ele, testemunharem a seu favor em seus leitos de morte.

Não pretendo negar a existência de demônios, ou dos necromantes que procuram atraí-los das profundezas. São Tomás de Aquino salientou que, quando um mágico invoca um demônio, o demônio não é necessariamente forçado a obedecer; embora pareça estar sujeito à vontade do conjurador, na verdade, está afundando o homem no pecado. Mas, se Guichard fosse culpado por um pecado, por que agora era um bispo auxiliar, sob a bênção do Santo Padre?

Na verdade, eu não podia acreditar que Pierre-Julien estivesse usando o exemplo do bispo Guichard a sério. Talvez, também, eu estivesse pensando naquele ataque bem conhecido ao papa Bonifácio VIII, cometido pelas mesmas forças que perpetraram a perseguição ao bispo Guichard e aos Cavaleiros Templários: ou seja, as forças do rei Filipe. O senhor, com certeza, vai se recordar da violência com a qual o rei e o papa Bonifácio se opunham um ao outro. Não foi de surpreender que o rei tenha culpado o Santo Padre de todo tipo de práticas heréticas e diabólicas após sua morte. De fato, lembro-me de que Bonifácio também foi acusado de esconder um demônio particular, que supostamente conjurou matando um galo e atirando seu sangue na fogueira. Talvez, como Guichard, estivesse usando um livro parecido com o que estava nas mãos de Pierre-Julien. Mas, se era culpado, por que o caso contra ele foi suspenso de repente, quando o papa Clemente (que descanse em paz) finalmente concordou com as várias demandas do rei que tinham a ver com a bula feita por Bonifácio?

Eu sou uma alma desconfiada e irreverente. O provincial costumava dizer isso, quando discordávamos sobre esse mesmo assunto. Mas acredito que não estou só em minhas dúvidas. Outros conhecidos também questionaram as razões do rei para perseguir o papa Bonifácio e o bispo Guichard.

Mas sei que Pierre-Julien certamente não estava entre eles.

— Tenho a impressão de que as acusações contra o bispo Guichard nunca foram provadas — disse eu.

— Foram sim! Ele foi preso!

— Mas seus acusadores se retrataram.

Pierre-Julien fez um gesto de desdém. — Você devia saber que o perdão dado a um pecador não o faz menos pecador. Agora, com relação a padre Augustin, me parece que certos brotos de depravação, em seu desejo de servir ao diabo e negar a verdade de Deus, talvez o tenham feito agir assim, sacrificando um dos defensores mais zelosos do Senhor, de maneira a conjurar todas as hordas do inferno.

— Irmão...

— Quando fui informado a respeito desse assassinato, logo pensei se não teria sido um ato de bruxaria. Eu disse isso ao Santo Padre, e ele ficou muito preocupado.

— Ficou? — Achei isso difícil de acreditar. Pessoalmente, eu teria caído na gargalhada. — Mas por quê?

Pierre-Julien me olhou com um ar de pena, de condescendência. Colocou uma mão em meu ombro e me puxou para baixo, para o catre, onde nos sentamos lado a lado.

— Você está muito afastado de Avignon,* aqui em Lazet — consolou-me ele. — É claro que você não saberia do último ataque à Cristandade. Eu quero dizer o veneno mortal da magia negra, adivinhação *e* invocação de demônios. Você sabia que o Santo Padre nomeou uma comissão para investigar a magia negra *no âmago de sua própria corte?*

Meneei a cabeça, sem ter o que dizer.

— É sim. Ele próprio, temendo essa associação pestilenta entre homens e anjos do mal, foi levado a usar uma pele de cobra mágica para detectar a presença de veneno em sua comida e bebida.

— Mas certamente... — Eu juro, não conseguia encontrar as palavras. — Certamente o Santo Padre não cairia no mesmo pecado...?

— Meu filho, você ignora as conspirações anteriores contra o papa João? Você não sabe que o bispo Hugh Geraud de Cahors e sua turma de conspiradores tentaram no ano passado matar o Santo Padre?

— Sim, claro, mas...

— Eles compraram de um judeu três figuras de cera às quais juntaram três tiras de pergaminho que continham os nomes do papa e de seus dois seguidores mais fiéis. Então, esconderam essas figuras, com venenos obtidos em Toulouse, em um filão de pão que enviaram a Avignon.

— Sério? — Embora eu soubesse da conspiração, eu não sabia das figuras de cera. — Você viu?

— O quê?

— As figuras?

— Não, mas falei com pessoas que viram.

---

* N.R.T.: Na época, o papa residia em Avignon (França).

— Sei. — Confuso, fiquei quieto. Parecia haver uma campanha em progresso, da qual eu não sabia nada. Claro que necromancia não estava no âmbito de um inquisidor da depravação herética, então não se esperava que eu me preocupasse com isso. Não obstante, senti pela primeira vez que tinha perdido minha compreensão do mundo. Me senti como um camponês das montanhas confrontado por um exército invasor, sem ter sido preparado para isso.

— Acho que você devia ler isto — Pierre-Julien me recomendou, finalmente largando *O Livro dos Ofícios dos Espíritos*. Eu também tenho aqui outro livro que deveria ler, chamado *Lemegeton*. Trate-os como manuais para a detecção de bruxos e adivinhos. Com esse conhecimento, estará mais bem preparado para superar as forças do mal.

— Mas não faz parte de minhas atribuições investigar mágicos. Não fui encarregado de fazer isso.

— Talvez logo você seja — observou Pierre-Julien. — Se o Santo Padre assim o quiser. Aliás, você está investigando a morte de padre Augustin, não está?

Ergui a mão. — Irmão, padre Augustin *não* foi sacrificado — disse eu.

— Como você pode estar certo disso?

— Porque ele não era uma galinha, porque ele não foi morto à meia-noite e porque não foi espalhado em volta de encruzilhadas. Padre Augustin foi espalhado por toda a região.

— Meu filho, não podemos saber quantos outros livros deste tipo existem — livros cheios de ritos e magias desconhecidos. Livros que nunca vimos, que contêm blasfêmias *inimagináveis*.

— Talvez. Mas, se *você* nunca os viu, irmão, vou jurar pelas Escrituras Sagradas que ninguém aqui os viu também. Como você diz, estamos muito longe de Avignon.

Pierre-Julien começou a balançar a cabeça. — Meu Deus, que assim seja! — Ele suspirou. — "E quando Ele chegar, Ele vai reprovar o mundo de pecadores." Não há nenhum canto do mundo livre da pestilência de Satanás.

De repente, fui tomado por uma fadiga terrível. Senti que, por mais que eu lutasse, Pierre-Julien nunca seria contido. Ele era incansável — imbuído de um fervor que nenhum homem de paixões moderadas podia igualar. Para mim, ficara evidente que essa energia, esse entusiasmo obstinado, foi o meio pelo qual ele avançara com tanta firmeza, afrontando qualquer oposição. Depois de algum tempo, a pessoa simplesmente desiste.

— Por exemplo, Casseras foi revistada, à procura de textos mágicos? — perguntou ele, com zelo incansável.

— Foi revistada. Nada suspeito foi encontrado.

— Nada? Nem facas escondidas, ganchos, foices ou agulhas? Nem galos ou gatos pretos?

— Não faço ideia. Roger Descalquencs conduziu a revista.

— E os moradores? Você os interrogou com relação a seu conhecimento de magia negra?

— Como poderia? — Novamente minha ira se inflamou. — Irmão, o Santo Ofício não foi encarregado de se preocupar com adivinhações!

— Sinto que chegou a hora — respondeu Pierre-Julien. Parou um pouco para pensar. — Quando você interrogar quaisquer suspeitos ou testemunhas novamente com relação a esse assunto, pergunte-lhes o que comeram ou o que lhes deram para comer: garras, cabelo, sangue e coisas desse tipo. Pergunte-lhes o que sabem a respeito de fazer mulheres estéreis ficarem prenhes, ou de discórdias entre maridos e mulheres, ou de crianças morrendo ou sendo curadas milagrosamente.

— Irmão...

— Pergunte-lhes se viram ou usaram imagens de cera ou de chumbo; também, sobre métodos de colher ervas, e sobre algum roubo, dentro da aldeia, de crisma ou óleo santo ou do sacramento do corpo de Cristo...

— Irmão, talvez *você* devesse perguntar-lhes essas coisas. — Eu não me imaginava conduzindo um interrogatório desse tipo para satisfazer Pierre-Julien. — Você, com certeza, sabe muito mais que eu. É mais adequado você investigar a morte de padre Augustin, e eu me dedicar a outros assuntos.

Novamente, Pierre-Julien ponderou, enquanto eu oferecia uma oração silenciosa ao Senhor. Mas o Senhor me rejeitara. — Não — disse, por fim, meu superior. — Você avançou muito nessa estrada. Você esteve em Casseras e conhece as pessoas. Será melhor se você continuar sua investigação, enquanto eu começo a inquirir as pessoas daquela aldeia que você prendeu. Qual o nome, mesmo?

— Saint-Fiacre.

— Saint-Fiacre. Precisamente. Claro, vou verificar o andamento das coisas e sugerir como podem ser melhoradas. De fato, e você vai achar isso de muita valia, vou escrever as perguntas que deve fazer com relação à magia e aos encantamentos. Como você não conhece muito da literatura relevante, vai provavelmente precisar de orientação na procura dos necromantes.

Ó Senhor, por que estais tão longe? Por que vos escondeis quando há problemas? O senhor pode imaginar quão humildemente aguentei essa provação — com que mansa paciência me submeti à vontade de Deus. Como Jó, amaldiçoei o dia, mas o fiz em silêncio, em meu coração; por milagre, encontrei forças para não dizer nada. Porque, se eu tivesse falado, teria gritado como os dragões e me lamentado como as corujas.

Em verdade, o Senhor havia me punido por meus pecados. E, assim como o aumento de Seu domínio e paz, esse castigo não teria fim.

Logo após a chegada de Pierre-Julien, houve um *auto de fé*. Eu tinha programado isso, porque havia muitos prisioneiros esperando ser julgados. Eu também quis mostrar a meu superior que, apesar de meus muitos defeitos e fraquezas, eu havia conseguido capturar alguns lobos devastadores. Por isso, entre todas as minhas outras obrigações, tinha convocado uma assembleia de juízes para dar as sentenças, e fiz anunciar em cada púlpito local os dias em que a cerimônia pública aconteceria. Também cuidei para que a proclamação incluísse a única execução programada para acontecer; havia notado que, se não houvesse uma promessa de morte, não se conseguiria atrair a quantidade de gente necessária para a ocasião.

Os juízes eram o bispo Anselm, o prior Hughes, o senescal, o administrador real de confiscos, um representante do bispo de Pamiers (entendido em leis canônicas), um notário local de reputação impecável, e, claro, Pierre-Julien Fauré. Durante um dia e meio, eles discutiram em meio à luxuosa mobília do palácio do bispo os vários casos apresentados a eles; em seguida, tendo concordado com os castigos adequados, fizeram registrar as sentenças. Dispersaram-se aliviados, porque o estado de espírito de um não combinava com o do outro. Fui informado em particular pelo notário que o bispo Anselm havia sido um "embaraço", e o cônego de Pamiers, "muito limitado em seu entendimento". ("Tudo o que ele sabe vem da *Summa iuris*, de Penafort! Há muito mais na lei do que Penafort, padre.") Roger se queixou de que as palavras complicadas do notário não faziam sentido, e que o prior Hughes fora "benevolente demais". Quanto ao cônego, disse que o senescal fora "ignorante e tosco".

Ninguém teve nada de bom a dizer sobre Pierre-Julien. Mesmo o bispo confidencialmente me perguntou se meu superior "*se* achava bispo". E o senescal foi levado a observar, durante os procedimentos, que, se "aquele excêntrico seboso mencionar seu comissionamento papal mais uma vez, farei que ele o engula".

Descobri que juntar pessoas desse jeito expõe os antagonismos latentes.

Uma vez decididas as sentenças, foi erguida uma grande plataforma de madeira na nave de Saint Polycarpe. Aqui, no dia marcado, congregaram-se 16 penitentes, com os notáveis que foram solicitados a comparecer: vários cônsules, o senescal, o bispo, Pierre-Julien Fauré e eu. Pierre-Julien pronunciou o sermão, que era um tal emaranhado de *translatio* que ficou totalmente incompreensível. (Ainda me pergunto o que ele queria dizer com "beber o joio do cálice do sangue de Cristo, na mesma medida com que vós mensurais, será medida para vós de novo"?) Então um juramento de obediência foi prestado para o senescal e os outros representantes do braço secular; um decreto solene de excomunhão foi emitido contra todos os que obstruíram o Santo Ofício, e Raymond Donatus leu em voz alta as confissões de cada penitente, na língua vulgar.

Eu geralmente concedia essa tarefa a Raymond Donatus, porque ele a executava com muita energia e paixão. Mesmo resumidas, essas confissões podem ser longas e complicadas, cheias de ofensas tolas e insignificantes, mas Raymond Donatus conseguia comover a plateia até as lágrimas, ou enfurecê-la, apenas relatando o mais humilde dos pecados. (Bendizer o pão de maneira herética, por exemplo.) Nessa ocasião ele se superou; mesmo os acusados choraram, e mal os ouvimos quando reafirmaram que suas confissões eram verdadeiras. Após a renúncia sob juramento, foram subsequentemente absolvidos da excomunhão a que estavam sujeitos, com promessa de perdão caso se comportassem com obediência, piedade e humildade em relação às sentenças que receberiam em seguida.

As sentenças foram em alguns casos mais severas do que eu havia previsto. Em geral, embora o senescal seja inclemente, o prior Hughes pede clemência, e o resultado é moderado e razoável. Nessa ocasião, porém, Pierre-Julien endossou o ponto de vista do senescal, e ninguém contrário à sua severidade teve a coragem de opor-se ao insaciável entusiasmo que eu já deplorara.

Então Grimaud Sobacca, pelo pecado de falso testemunho, foi condenado à prisão perpétua, quando eu teria recomendado que fossem costuradas línguas vermelhas em suas roupas, açoites todo domingo na igreja, jejum desde a sexta-feira após a Comemoração de São Miguel até a Páscoa e uma multa vultuosa. Da mesma maneira, o sogro de Raymond Maury foi condenado a cinco anos de prisão, sendo que eu apenas imporia uma série de peregrinações, por exemplo, a St Marie de Roche-amour, a St Rufus de Aliscamp, a St Gilles de Vauverte, a St Guilhem-le-Désert e a Santiago de Compostela, todas no espaço de cinco anos.

Parece que Pierre-Julien preferia a prisão em vez das peregrinações. (Eu sabia que Pons levantaria alguma objeção a isso, mas decidi que o que ele tinha a dizer diria a Pierre-Julien.) Só um penitente recebeu a pena de peregrinação: uma jovem cujo crime simplesmente foi que, quando criança, tinha visto um perfeito cátaro na casa do tio, sem saber quem ele era. Ela foi condenada a fazer 17 peregrinações curtas e, como é de costume, a trazer de volta de cada um dos santuários cartas confirmando a visita. Foi especificado que ela não precisava usar a cruz ou se submeter a açoites em nenhum dos santuários, mas, em minha opinião, ela merecia uma penitência bem mais leve. Eu teria imposto uma série de ritos: comparecer diariamente à missa, rezar o *pater noster* 10 vezes ao dia, não comer carne, ovos, queijos etc.

O senhor deve se lembrar do perfeito Ademar de Roaxio, sobre quem escrevi no início da narrativa. Como um herege obstinado, certamente teria sido executado, se não tivesse morrido na prisão; em vez disso, seus restos foram condenados à fogueira, com os daquele outro homem que havia recebido *consolamentum* em seu leito de morte. Sua esposa — que, embora não fosse herege, tinha permitido a conversão do marido — foi sentenciada à prisão perpétua. O libidinoso Bertrand Gasco de Seyrac foi sentenciado a três anos de prisão, após os quais teria que usar cruzes por toda a vida. Uma das mulheres que ele seduziu, Raymonda Vitalis, recebeu castigo idêntico. No total, apenas três penitentes não foram sentenciados à prisão; dos três, uma foi a jovem que já mencionei, sentenciada a 17 peregrinações, um não estava presente e o terceiro recebeu a *debita animadversione puniendum*, ou seja, foi deixado à mercê do castigo das autoridades seculares.

Esse terceiro penitente era um herege prescrito, pastor no passado e uma besta em forma humana. Foi condenado por adorar um perfeito 12 anos antes, tinha abjurado e se reconciliado, servido seis anos na prisão e sido solto sob a condição de que usasse as cruzes. Isso ele fez, até com orgulho; em várias ocasiões, foi multado e açoitado por atacar bons católicos que escarneciam dele por usar aquele sinal infame. Ele até tatuou uma cruz no peito, e alguém o ouviu gabar-se de que tinha estado no inferno, que era aqui na terra — uma crença que advinha dos ensinamentos cátaros. Quando foi difamado por ser um herege prescrito, alegou que quem o acusava estava usando falso testemunho contra ele, e, no entanto, praguejou contra o Santo Ofício, a igreja e o senescal quando foi preso; cuspiu em padre Jacques e o chamou de demônio; disse que Cristo estava morto, e que nós O tínhamos matado com nossos pecados. Na prisão, enquanto aguardava a sentença, ele uivara como um lobo e mordera Pons na perna, comera as próprias fezes e profetizara que toda Lazet seria destruída por Deus no dia de sua morte. Mas não acredito que ele estivesse louco. Conversamos três vezes, e ele falou com coerência — logicamente —, embora sua intenção sempre fosse ofender e enfurecer os outros com insultos, xingamentos e conduta depravada. Certa vez, quando eu estava desacompanhado (e creia que eu nunca mais entrei em sua cela sozinho!) ele me puxou para o chão, me segurou com um aperto muito forte e ameaçou conhecer-me de maneira carnal. Não duvido que o teria feito, embora estivesse acorrentado, porque tinha uma força descomunal. Por sorte, porém, meus gritos alertaram um dos guardas, que o chicoteou com uma corrente até que eu conseguisse me soltar.

O nome desse pecador irremediável era Jacob Galaubi. Todos os que o conheciam tinham medo dele, e eu mais que todos. Porque eu olhara dentro de seus olhos, enquanto ele me segurava próximo ao chão, e enxerguei tanto ódio, que parecia estar olhando para o próprio inferno. De fato, quando chegou em Saint Polycarpe para o *auto de fé*, aparentava ter surgido de lá mesmo, todo cheio de cicatrizes de ferimentos autoinfligidos e arqueado pelo peso das correntes que o amarravam. Rangia os dentes e revirava os olhos, e teria pronunciado ameaças e blasfêmias se sua língua não tivesse sido queimada com um carvão aceso. (Esse castigo cruel e original havia sido inventado por Pons, que se disse "cansado" da boca suja daquele imbecil.) Por isso, em vez de xingamentos, Jacob babava como um lobo faminto, e todos os que o viam tremiam.

Já que não houve confissão, não foi preciso confirmar a veracidade dela; seus pecados foram lidos, e ele foi levado de volta à prisão. Ali, foi-lhe dado mais um dia para se arrepender, para que sua alma não passasse das chamas temporais às eternas, mas ninguém ficou surpreso que ele se mantivesse firme em seu desprezo pela Igreja Santa e Apostólica. Quando o questionei sobre esse assunto, ele se recusou terminantemente a notar minha presença. Claro que ele não podia falar, sua língua estava muito inchada. Mas, quando lhe perguntei se ele solenemente confessava e se retratava dos pecados, negou com a cabeça. Limitou-se a olhar através de mim, bocejar e virar a cabeça — abandonado pelo Espírito Santo.

No dia seguinte, foi atado a um poste no mercado; feixes de paus misturados com palha e ramos de videiras estavam empilhados até seu queixo. Então, o senescal lhe perguntou se ele renunciaria aos trabalhos do Demônio. Tenho minhas dúvidas de que tenha ouvido essa pergunta, porque tinha resistido com muita força à sua retirada da prisão e, por isso, seus guardas haviam usado de mão pesada. Na verdade, estava só meio consciente, e devo admitir que fiquei aliviado. Não que eu fosse advogar por seu perdão, porque Jacob merecia morrer. Há alguns hereges prescritos que, quando se aproximam da morte, o fazem em um espírito de humildade, chorando e submissos, reconciliados à Igreja — e, embora sua penitência possa ser falsa, não consigo testemunhar sua agonia final sem remorso. Jacob, porém, era uma ferida infectada no corpo da Igreja; seu veneno era como o de uma serpente. Ele tomará o vinho da ira de Deus, e será atormentado por fogo e enxofre na presença dos anjos sagrados.

Mas, mesmo assim, tive que me afastar quando a pira foi acesa. Confesso, envergonhado, que precisei rezar em voz alta, não para honrar Cristo, mas para assegurar que os terríveis últimos gritos de Jacob não chegassem a meus ouvidos. Esse retraimento é minha fraqueza. Um homem convencido da justiça de uma execução deveria ter a força de assistir ao resultado de seu trabalho. Sei que padre Augustin não teria desviado os olhos ou tampado os ouvidos.

Padre Augustin teria assistido à indignidade final, quando o corpo semiqueimado foi retirado da pira, quebrado e colocado em um fogo fresco de toras até ser reduzido a cinzas. Muitos cidadãos ficam para assistir a esse procedimento, mas eu sempre me sinto meio indisposto. Novamente, não tenho nenhuma desculpa a oferecer. Minhas mãos ficam trêmulas, e os joelhos quase não me mantêm em pé.

O senhor deve estar se perguntando, ao ler minha descrição desse *auto de fé*, por que deixei de descrever o destino de certas pessoas, como Raymond Maury e Bernard de Pibraux. O senhor deve estar se questionando: eles não estavam presentes? Em suma, não estavam, por razões que agora irei contar.

Ao ser interrogado, Raymond Maury confessou seus pecados por vontade própria. Era um homem profundamente assustado, e ansioso por ser reabilitado. Até confessou que oferecera o que chamava de "dinheiro do perdão" — 50 livres tournois — a padre Jacques. Contou-me que, tendo em vista sua família numerosa e dependente, padre Jacques decidira ser leniente.

Ora, essa confissão me pôs face a face com uma séria dificuldade. Porque, embora fosse muito fácil condenar Raymond Maury por seus outros crimes, nunca havia me deparado com o pecado de subornar um inquisidor da depravação herética. Eu não sabia o que fazer. Raymond deveria ser julgado por esse erro? E padre Jacques? Eu não tinha a quem consultar: padre Augustin estava morto e Pierre-Julien ainda não tinha chegado de Avignon. Por isso, resolvi escrever ao inquisidor da França para me aconselhar, suspeitando que ele não iria querer que tal segredo vergonhoso se tornasse público. E também mantive Raymond em custódia, esperando a sentença, até que eu recebesse uma resposta à minha carta. Quando informei Pierre-Julien dessa decisão, concordou que deveríamos esperar um parecer de Paris antes de fazer qualquer coisa contra Raymond Maury.

O caso de Bernard Pibraux foi diferente, porque ele não admitiu nada. Eu finalmente encontrara tempo para interrogá-lo, e fiquei tocado por sua grande beleza, já um pouco gasta após tantos meses na prisão, e por sua imensa simpatia. O sofrimento havia acalmado seus atos selvagens e irresponsáveis, sua luxúria e seu temperamento de bêbado, até que surgiu o que estava escondido: uma vontade calma, mas ferrenha; uma alma jovem, pura e confusa. Aquele rapaz era um filhote de leão, e sua espinha era tão rígida quanto a de uma hiena. Meu coração amoleceu quando o vi; entendi imediata e perfeitamente, sem censura, por que padre Jacques nunca o havia intimado a comparecer perante o Santo Ofício.

Não que padre Augustin estivesse errado em investigar o caso. Os fariseus não eram vistos como moscas mortas? Um rosto bonito pode esconder uma alma degenerada, porque muitos hereges, como notou São Bernardo, são extremamente espertos, talentosos na dissimulação. Mas quem sabe eu estava errado em minha avaliação de Bernard de Pibraux? Afinal de contas, padre Augustin era mais íntegro do que eu.

Porém, mais uma vez minha fraqueza me traiu. Olhei para Bernard de Pibraux, escutei seu testemunho honesto, vacilante e determinado, e como desejei estar em outro lugar, em outro tempo, ter outra vocação! Levantei-me e fiquei andando de um lado para o outro enquanto Raymond Donatus olhava e Bernard titubeava.

— Meu amigo — disse eu ao prisioneiro. — Vou ser franco com você. Você foi visto fazendo uma reverência e alimentando um herege. Até agora é o que temos. Bem, devo concordar que a suspeita contra você não é forte o bastante. Portanto, decidi pedir a seu pai para juntar 20 testemunhas para seu juramento de negação. Esse procedimento não é usual, mas acho que seu caso o merece. Se seu pai conseguir encontrar 20 pessoas de sua posição social, pessoas de reputação irrepreensível, que você conheça pessoalmente e que irão jurar por sua inocência, então poderei apresentar a meu superior, quando ele chegar, um argumento razoável para que você seja solto.

— Padre...!

— Espere. Me escute. Você não será considerado inocente, Bernard. O caso será considerado "não provado", mas você ainda deverá abjurar da heresia da qual eventualmente se livrará. E, se eu encontrar qualquer nova evidência que lhe implique, não serei condescendente. Entenda isso.

— Padre, não sou herege. Não sou. Foi tudo um engano.

— É o que você diz. Pode ser que seja verdade. Mas não posso falar em nome de meu superior. Ele pode não estar convencido disso.

E, claro, ele não estava. Pierre-Julien ridicularizou minha sugestão de chamar as testemunhas — até pelo menos Bernard passar por uma prolongada dieta de pão e água. Se o jejum não o fizer confessar, há sempre métodos mais fortes para extrair a verdade. Só quando esses métodos falharem poderemos considerar a possibilidade de sua inocência. "Um açoite é para as costas daquele que não entende", observou meu superior.

Fiquei desapontado, mas não surpreso. Sob meu ponto de vista, a tortura sempre foi a marca da incompetência. Ao informar Bernard da decisão de meu superior, dei-lhe a entender que confessar resultaria em uma sentença mais leniente, enquanto perseverar no que estava afirmando atualmente poderia levar à ruína, à miséria, ao desespero. Argumentei: você é um jovem elegante e nobre, orgulho de seu pai e alegria de sua mãe. Não seria uma peregrinação ou talvez um ano em cativeiro melhor que a roda?*

— Seria uma mentira, não uma confissão — respondeu ele, pálido como a Lua.

— Bernard, você não está entendendo.

— Eu sou inocente!

— Escute — fiz uma última proposta —, talvez você seja inocente, mas sua família, não. Se seu pai esteve envolvido no assassinato de padre Augustin, então você deveria nos contar. Porque, se o fizer, eu garanto que sua sentença será leve como uma pluma.

Impressionado que estava com a dignidade dele, quase esperei que ele cuspisse em meu rosto. Mas ele tinha aprendido a se controlar no cativeiro: sua única resposta foi uma expressão irritada e umas palavras de desagrado.

— Pensei que o senhor fosse um homem bom — disse. — Mas é igualzinho aos outros.

Suspirando, disse-lhe para examinar suas opções com muito cuidado. Também lhe avisei que poderia apelar ao papa, mas o apelo deveria ser feito antes de qualquer sentença. (Eu não lhe disse que o Santo Padre provavelmente não lhe daria a liberdade.) Então saí da cela, me consolando com a ideia de que algumas semanas a pão e água poderiam levá-lo a mudar de ideia — porque eu não queria vê-lo na roda.

Essa foi, então, a razão pela qual Bernard não esteve presente no *auto de fé*; ele ainda estava preso e jejuando. Bruna d'Aguilar ou Petrona Capdenier ainda não tinham sido obrigadas a abjurar de seus erros em público, porque eu ainda não tivera tempo de

---

* N.T.: Antigo instrumento de tortura.

investigá-las. Quanto a Aimery Ribaudin, intimado a aparecer perante o tribunal, trouxe consigo, por iniciativa própria, declarações de cinquenta testemunhas a respeito de sua ortodoxia — incluindo a do bispo Anselm —, com dois notários e doze testemunhas dispostas a defender sua versão dos fatos. De acordo com Aimery, o dinheiro que ele havia dado ao tecelão herege fora apenas para pagar o tecido. Ele não conhecia a vida pregressa do homem. O padre Jacques, disse com franqueza, havia aceitado sua palavra a respeito. E, em agradecimento, ele doara ao priorado dominicano um vinhedo, quatro lojas e um belíssimo relicário contendo um pedaço do osso do dedo de São Sebastião.

Nessas circunstâncias, eu estava com vontade de declarar a acusação contra ele como "sem provas". No entanto, eu sabia que a última palavra seria de Pierre-Julien. Então promovi uma reunião entre eles, e me contorci de rir quando meu superior veio até mim, tecendo louvores ao armeiro. Um bom católico, disse ele, e um cidadão exemplar. Modesto, correto e devoto. Mas até bons homens podem ter inimigos com línguas ferinas.

— Então você acredita que este seja um caso de falso testemunho? — perguntei.

— Sem dúvida. Alguém deveria se ocupar do responsável por difamar tal joia cívica.

— Alguém se ocupou. Morreu na prisão há dois anos.

— Ah.

— Irmão, se considera que Aimery Ribaudin foi acusado falsamente, quem sabe poderia reconsiderar o caso contra Bernard de Pibraux, que é quase idêntico...

— Tolice.

— Ele também alega que não conhecia a identidade do herege...

— Ele é um mau caráter.

Quando Pierre-Julien disse "mau caráter", ele estava claramente se referindo a riqueza e influência. Ainda era assim neste mundo. Mas não fiquei ofendido, porque não há dúvida de que os ricos e poderosos *geram* inimigos, e a reputação de Aimery era irrepreensível. Além disso, me inteirei de certos fatos que tiraram de Maurand d'Alzen, ou seja, genro de Aimery, qualquer suspeita de cumplicidade na morte de padre Augustin. Em resumo, fiquei sabendo que Jordan Sicre ainda estava vivo.

Essa informação me foi trazida ao priorado alguns dias antes do *auto de fé*. Uma noite após a sessão de disciplina, naquele curto período de tempo antes de os irmãos se recolherem, um irmão leigo que supervisionava o pessoal da cozinha se aproximou de mim. Pediu minha permissão para falar, e eu a dei, embora estivesse recitando para mim mesmo os sete salmos de penitência. (Não podemos esquecer que eu ainda estava no meio de um dilema espiritual — do qual falarei novamente nesta narrativa.)

O irmão leigo, cujo nome era Arnaud, desculpou-se pela intromissão. Ele havia conversado com o superior, que o aconselhara a falar comigo. Falava não por si, mas por um dos ajudantes da cozinha, e não teria me perturbado se não fosse importante.

— Vá direto ao ponto, irmão, por favor — pedi.

Mas quando ele se retraiu, imediatamente me arrependi de minha impaciência e o levei até minha cela, tratando-o com simpatia. Contou uma história curiosa. Todo dia, após nossa refeição principal, os restos são distribuídos aos pobres — acompanhados de alguns filões de pão assado especialmente para isso. A comida era levada até o portão do priorado por um ajudante de cozinha, um tal de Thomas, que tinha a obrigação de assegurar que todas as pessoas famintas lá recebessem pelo menos uma pequena porção da doação do dia. A maioria dos pedintes era assídua; Thomas os conhecia pelo nome. Alguns dias antes, porém, apareceu um homem que ele não conhecia — que recusara um pedaço de pão porque estava "maculado pelo molho" e, portanto, pela "carne, o que é pecado".

Pensando que essa era uma referência ao jejum da Quaresma, Thomas não dera bola. Mas, dois dias depois, o mesmo homem repreendeu outro por "repartir comida produzida pelo coito". Ignorando o que significava o termo "coito", Thomas pedira uma explicação a Arnaud.

— Eu lembro que o senhor certa vez mencionou os pecados dos hereges — disse Arnaud com hesitação. — Contou-nos que eles não comem carne porque não matam nenhum pássaro ou animal.

213

— Certo.

— Também disse que eles usam a cor azul, mas aquele homem não estava usando nada azul. Mesmo assim, senti que deveria alertá-lo.

— Irmão, você fez bem em vir a mim. — Peguei sua mão. — Você é nosso cão de guarda nos portões da vinícola. Obrigado.

Ele corou e se sentiu gratificado. Pedi que me avisasse quando fosse a próxima vez de dar alimento aos pobres, e eu interrogaria esse mendigo estranho. Embora achasse difícil de acreditar que um herege fanático fosse pedir ajuda na própria porta de um priorado dominicano, eu tinha que investigar. Se não o fizesse, correria o risco de ser difamado como um ocultador de heresia.

No dia seguinte, antes da Hora Nona, Arnaud veio e me levou para ver os mendigos. Estavam aglomerados em volta da entrada do priorado, cerca de vinte deles. Alguns ainda eram crianças, outros, velhos e doentes. Mas pelo menos um deles estava na flor da idade — um homem magro com uma aparência doentia, olhos cor de mel e mãos delicadas.

Eu o reconheci imediatamente.

O senhor vai se lembrar do familiar inigualável descrito no começo de minha missiva. Eu me referi a ele apenas como "S". Na época da qual estou falando, "S" estivera fora de Lazet por cinco meses, condenado como um herege contumaz. Ao dar-lhe uma chave, e convocando um guarda para estar a meu lado quando essa chave estivesse programada a ser usada, eu tinha propiciado sua "fuga" da prisão. Nosso acordo foi de que ele fosse para o sul e se infiltrasse em um grupo de hereges vivendo nas montanhas da Catalunha. Após um ano, ele atrairia alguns deles para voltar pelas montanhas; uma data fora fixada a fim de encontrá-los — e prendê-los — em um vilarejo perto de Rasiers.

Então, me perguntei, o que ele estava fazendo em Lazet?

— Meu amigo — chamei-lhe eu, como se fosse um estranho, e refletindo furiosamente o tempo inteiro. — É verdade que você não come carne?

— É verdade — respondeu com sua voz sedosa.

— E por que isso, pode me dizer?

— Porque jejuar é bom para a alma.

— Com certeza, se você vem aqui, está com fome demais para jejuar. — Enquanto eu falava, pensei: para onde iremos? Eu não podia levá-lo para a sede, onde seria reconhecido. Por outro lado, se trouxesse essa figura estranha ao priorado, eu seria questionado.

— Minha alma tem mais fome que minha carne — disse "S", virando-se para ir embora. Chamei Arnaud de lado e lhe sussurrei que iria atrás desse rebento da infidelidade para descobrir seu covil. Ele poderia ter vindo de um verdadeiro *ninho* de hereges! E me afastei imediatamente, antes que Arnaud me fizesse mais perguntas.

Mantendo certa distância de minha fonte, fui atrás dele passando o castelo Comtal, indo para o outro lado do mercado. Seu passo era firme; em nenhum momento olhou para trás. Mesmo assim, senti que ele percebia minha presença. Enfim fui levado, não a um canto do pátio de uma granja ou a uma porta de igreja na penumbra, mas a um *hospitum*. Embora o andar de cima estivesse habitado, o de baixo, um depósito, era trancado como se fosse uma prisão. Enquanto andava pelo local, vi meu familiar retirar uma chave de sua roupa e entrar no prédio por uma porta lateral.

Ao completar o circuito do quarteirão, voltei a essa porta, que foi aberta para eu entrar.

— Bem-vindo — disse suavemente meu familiar. Então fechou a porta, da mesma maneira suave, de modo que a única luz que iluminava o espaço em que nos encontrávamos entrava por duas janelas pequenas no alto. Olhando em volta, vi que o depósito estava lotado de fardos de lã e pilhas de lenha. Mas também notei um monte de palha próximo a meus pés — e perto dele algumas coisas (um odre de vinho, um pedaço de pão, uma faca, um cobertor) — que me fizeram concluir que alguém vivia lá.

— Você vive aqui? — perguntei.

— Por ora.

— Alguém sabe?

— Acho que não.

— Então onde conseguiu a chave? — inquiri, e meu familiar sorriu.

— Padre, este prédio é meu, graças à sua generosidade. — respondeu ele.

— Ah. — Eu sabia que "S" havia comprado um vinhedo sob nome falso, mas não que ele fosse dono de um *hospitum* no coração de Lazet. — Você também é dono do que está aqui?

— Não. As mercadorias que você vê pertencem a meus inquilinos. — Ele fez um gesto em direção ao teto, e eu o examinei com curiosidade, porque parecia menos à vontade em seu próprio depósito do que na cela da prisão. Aparentava estar cansado, mas estranhamente alerta. Seus movimentos eram, também, estranhamente abruptos.

— Por que veio para cá? — perguntei-lhe. — Para receber aluguel? Você está correndo um grave risco, meu filho.

— Eu sei disso — respondeu. — Vim para ajudá-lo.

— Me ajudar?

— Soube que o inquisidor de Lazet foi morto. — Sentando sobre um dos fardos de lã, me convidou a acompanhá-lo. — Pensei se tratar de você, mas me disseram que era outro. O que substituiu padre Jacques.

— Augustin Duese.

— Sim. Meus novos amigos estavam loucos para descobrir mais. Ficaram sabendo que quatro guardas também foram mortos. Quatro familiares. Isso é verdade?

— Talvez. — Ao encontrar seu olhar claro e intenso, fui levado a lhe dar uma explicação mais detalhada. — Os corpos foram cortados em pedaços e espalhados distantes uns dos outros. É difícil dizer com certeza se todos os guardas foram mortos ou não.

— Você tem suas dúvidas?

— Eu tenho minhas dúvidas.

— Sobre Jordan Sicre?

Engasguei.

— Você o viu! — exclamei, ao que ele colocou os dedos sobre os lábios.

— Quieto! — murmurou. — Meus inquilinos vão ouvi-lo.

— Você o viu! — cochichei. — Onde? Quando?

— Não longe de onde estou vivendo. Ele comprou uma pequena fazenda, e é conhecido por outro nome. Mas eu o reconheci daquele período agradável que passei sob sua custódia, padre. Ele costumava pisar em minha comida. — Novamente meu familiar sorriu. Foi um sorriso perturbador. — Ele me reconheceu, claro. Veio até mim e me advertiu de que, como um perfeito foragido, eu seria um idiota se informasse à Inquisição — ou qualquer pessoa — sobre a identidade dele. E ele estava certo. Para um perfeito foragido, seria uma coisa tola a se fazer.

— Mesmo se significasse conseguir uma sentença mais leve?

— Ele não podia ter certeza disso.

— Verdade. Mas ele pode estar se perguntando onde você está agora.

— Padre, eu geralmente ando por aí pregando. Posso ficar fora por muitos dias a cada ocasião.

— Então ele ainda pode estar lá?

— Acho que sim.

— E se for preso? E se falar de você?

— Ah, padre — disse "S" gentilmente. — Se ele for preso, não posso voltar lá. Não tenho dúvidas de que vai falar de mim. Por isso você tem que decidir: o que é mais importante? Jordan Sicre ou meus novos amigos?

— Jordan. — Eu não tinha dúvidas sobre isso. — Temos que pegar Jordan. Mas, certamente, após todo esse tempo, você pode me dar *alguns* nomes? *Alguns* fatos?

— Claro. Alguns.

— Então eles devem ser suficientes. E vou precisar me lembrar deles, porque não temos como escrever...

— Aqui. — Meu familiar se levantou. Atrás de um fardo de lã ele tinha tinta, pena, pergaminho. Fiquei boquiaberto com sua precaução.

— Escreva você — falei, mas ele levantou uma mão, como que para negar a sugestão.

— Não, padre, não. — Foi a resposta. — Se eu o fizesse, poderiam provar que eu era o informante.

Preste atenção nas artimanhas desse homem! De verdade, ele era sem precedentes. Inigualável. Disse-lhe isso e ele respondeu que, como a maioria das pessoas, trabalhava em troca de pagamento.

Fui rápido em lhe assegurar que receberia a quantia que prometera pelos hereges catalães, embora, provavelmente, haveria menos hereges do que fora antecipado. Mas a quantia seria paga na data marcada, ao destinatário estipulado.

— Não importa o que eu fizer nesse meio-tempo? — perguntou.

— Não importa o que você fizer.

— Então deve me procurar daqui a dezoito meses, em Alet-les-Bains. Estou pensando em visitar uns amigos lá.

Não disse mais nada sobre o assunto. Consequentemente, após anotar a informação que ele tinha na cabeça (e sua memória, devo destacar, era fantástica), eu me despedi dele.

— Se eu me demorar muito, podem desconfiar — acrescentei.

— Claro.

— Você vai embora agora?

— Imediatamente.

— Tenha cuidado.

— Eu sempre tenho cuidado.

— Vou procurá-lo em Alet-les-Bains. — Com essas palavras, me virei para ir embora. Mas, antes que eu abrisse a porta, meu familiar cutucou meu hábito, e me assustei, porque nunca antes ele tentara me tocar.

— O senhor também deve ter cuidado, padre — disse ele.

— Eu?

— Fique atento. Alguém deve ter pagado a Jordan para matar seu amigo. Pode ser que quem lhe pagou ainda tenha dinheiro.

— Ah, entendi. — Sem motivo, eu quase me senti honrado por "S" se preocupar com minha segurança. Ele sempre me fizera pensar que era um homem de paixões pequenas e amargas, impermeável a sentimentos mais leves desencadeados por amor, amizade e gratidão. Sob seu exterior plácido, dava para sentir um coração duro e gelado. — Acredite. — disse-lhe. — Todas as possibilidades foram levadas em conta.

Ele anuiu, como se dissesse: é isso que se espera de um inquisidor. Então abriu a porta e fechou-a atrás de mim. Não o vi mais desde então.

E QUANDO ELE TINHA TOMADO O LIVRO

Ah, agradeça ao Senhor, porque Ele é bom: porque a Sua compaixão dura para sempre. Finalmente Deus viera em meu auxílio; Ele tirara minha vestimenta de luto e me envolvera com satisfação. Porque eu sabia que, se Jordan fosse detido, o grande mistério estaria desvendado. Os assassinos de padre Augustin seriam identificados, presos e castigados. Justiça seria feita. E eu não teria mais medo de sair da cidade.

Eu lhe asseguro, eu não tinha a menor dúvida de que Jordan nomearia os assassinos. Se houvesse necessidade de tortura, nós a usaríamos. Até estaria preparado para girar o torno eu mesmo, se isso não fosse proibido. Eu teria tido o mesmo escrúpulo que Jordan teve quando participou do assassinato de um velho sem defesa.

Como o senhor pode imaginar, eu estava louco para interrogá-lo pessoalmente. Mas tinha receio de que Pierre-Julien considerasse essa inquisição como sendo sua. Eu temia porque já sabia, nesse momento, que seus interrogatórios eram malfeitos, desorganizados e inadequados, repletos de referências estranhas a sangue de galo, pelos do traseiro e caveiras de ladrões. No meio de um interrogatório: "Você já viu alguém receber o *consolamentum*? Quando e onde? Quem estava presente? Você já adorou hereges? Você alguma vez os guiou ou fez com que alguém os acompanhasse de um lugar a outro?". Enfiava perguntas irrelevantes sobre visitas demoníacas, sacrifícios, magia negra. Perguntava: "Você alguma vez já cortou um homem em pedaços e espalhou seus membros ao redor de uma encruzilhada? Você alguma vez fez algum tipo de sacrifício para invocar um demônio? Você usou algum instrumento estranho para fazê-lo? Você já preparou alguma poção com ingredientes repulsivos como unhas cortadas de cadáveres, ou pelos de um gato preto, para enfeitiçar bons católicos?".

Sei que ele frequentemente perguntava isso, porque queria que eu também o fizesse. Chegou ao ponto de rever a transcrição de minha entrevista com Bruna d'Aguilar — que, como o senhor deve se lembrar, era suspeita de subornar padre Jacques. E, quando descobriu que eu em nenhum momento citara bruxaria ou magia negra, me castigou, indignado, na frente de Durand, irmão Lucius e Raymond Donatus.

— Você precisa interrogá-la de novo! — ordenou. — Precisa lhe perguntar se fez sacrifícios ao demônio.

— Mas não há *necessidade* de lhe perguntar nada. Quando Jordan vier, saberemos imediatamente quem é o culpado.

— Quando Jordan vier? Está me dizendo que recebeu uma resposta de Catalunha?

— Claro que não. Só faz uma semana que escrevi.

— Então faça o favor de continuar com a investigação. Se Jordan *for* pego, muito bem. Se não, precisamos encontrar os assassinos de qualquer maneira. E só conseguiremos se perseguirmos os feiticeiros entre nós.

Fui objeto de escárnio para todo meu povo, e sua canção o dia todo. Olhando a meu redor no *scriptorium*, observando o rosto ávido de Raymond, os olhos de irmão Lucius fixos no chão, a expressão entre irônica e compassiva de Durand, contive minha ira e falei com calma. Serena e educadamente.

— Irmão, posso lhe falar lá embaixo? Em particular? — pedi a Pierre-Julien.

— Agora?

— Por favor.

— Muito bem. — Juntos, descemos até sua sala, que nesse ínterim se tornara abrigo de muitos livros, entre eles pelo menos seis que tratavam de magia e encantamento. Fechando a porta, me voltei para ele, e fui levado a agradecer a Deus em meu coração por Ele ter me dado a graça de ser alto. Porque eu pairava acima de Pierre-Julien, que, embora não sendo exatamente um anão, era de pouca estatura. Por consequência, minha conduta tinha efeito mais ameaçador.

— Em primeiro lugar, irmão, eu ficaria agradecido se, quando quisesse me admoestar por alguma falha, *não* o fizesse na frente dos funcionários.

— Você...

— Em segundo lugar, Bruna d'Aguilar não é uma bruxa. Vou contar-lhe algo sobre Bruna. Ela tem 63 anos, cinco filhos vivos e foi casada duas vezes. É dona de uma casa e de um vinhedo, de um burro e de vários porcos, frequenta a igreja regularmente, dá esmolas aos pobres, é devota da Virgem Santa e é um pouco surda de um ouvido. Ela não come nabos, porque não lhe caem bem.

— O quê...

— Bruna também é uma velha irascível, nada razoável e repugnante. Tem uma disputa antiga com a família de uma nora, acusando-a de não ter pagado o dote combinado. Brigou com todos os vizinhos, seu filho mais novo, seus dois irmãos e as famílias de *ambos* os ex-maridos. Eu poderia lhe contar sobre as brigas, se você tivesse metade de um dia livre. Ela é acusada de matar as galinhas de seu vizinho, que desapareceram misteriosamente há pouco tempo, de jogar lavagem diante da porta da casa de seu irmão, de dar à sua nora figos secos envenenados. Mais importante, ela é acusada de dar o Santo Sacramento a um de seus porcos para curá-lo de uma desordem digestiva. Veja, ela ama seus porcos.

— Isso não é...

— Conversei com cada membro de sua família, seus vizinhos, seus filhos, seus irmãos, seus poucos amigos. Eu sei o que ela come diariamente, quando ela defeca, quando parou de menstruar, o que ela mantém em seu baú de casamento, por que seus maridos morreram; eu praticamente poderia dizer quando ela coça o nariz. Então, penso que, se Bruna d'Aguilar estivesse sacrificando inquisidores, eu teria sabido disso. De fato, seus inimigos teriam ficado muito satisfeitos em poder acusá-la desse crime.

— Você não pode acreditar que ela pudesse fazer isso abertamente? Diante de testemunhas?

— Irmão, deixe-me lhe contar algo. — Eu me encontrava mais fatigado do que perplexo, com sua obstinação cega. — Trabalho no Santo Ofício há oito anos. Nunca eu ou meus dois superiores anteriores encontramos alguém envolvido com demônios, adivinhação ou mágica — exceto, talvez, uma ou duas mulheres acusadas de possuir mau-olhado. Mas, como já chamei sua atenção para isso, esse tipo de maldade não interessa ao Santo Ofício. Nosso interesse é a heresia.

— Você não considera heresia estar de acordo com o diabo? Empregar o Santo Sacramento em circunstâncias perversas?

— Bruna será punida por dar o Santo Sacramento a um porco. Ela admite por iniciativa própria tê-lo feito, seguindo o conselho de uma amiga que também será punida. Mas foi um pecado de ignorância, não um ato de magia negra. Ela é uma velha tola.

— Você disse que todos os seus porcos têm nomes — comentou Pierre-Julien. — Será que são de tonalidade preta? Que você saiba, eles alguma vez trocaram de forma?

— Irmão! — Ele não estava nem me escutando. — *Não há bruxos* em Lazet!

— Como você pode saber disso, quando não fez as perguntas certas?

— Porque eu conheço esta cidade. Porque eu conheço as pessoas. E porque *você* tem feito essas perguntas, e *você* não encontrou nenhum bruxo!

— Ah, mas encontrei, sim — respondeu presunçosamente.

Eu o encarei.

— Um dos homens de Saint-Fiacre confessou ter invocado um demônio — continuou meu superior. — Ele disse que tentara consumar um relacionamento sexual com uma mulher casada, oferecendo uma boneca feita de cera, saliva e sangue de sapo ao diabo. Colocou a boneca na soleira da casa dela, ameaçando que, se ela não concordasse, seria atormentada por um demônio. Ela assentiu, e ele mais tarde sacrificou uma borboleta em nome desse demônio, que se manifestou em uma lufada de ar.

Como o senhor pode imaginar, eu fiquei extremamente chocado — mas não pelas razões que Pierre-Julien poderia ter antecipado.

— Ele... ele *confessou* isso? — perguntei.

— Seu depoimento está sendo registrado agora.

— Então você deve tê-lo levado à masmorra inferior. — De repente, entendi. — Você usou a roda.

— Não usei.

— O *strappado.*

— Não mesmo. Ele não foi torturado. — Ao perceber que fiquei sem fala, Pierre-Julien aproveitou-se de sua vantagem momentânea. — Você irá concordar, acho, que, em face de uma prova tão indiscutível, precisamos procurar e destruir a infecção pestilenta e herética da necromancia em nosso rebanho. "Porque a rebelião é tão pecaminosa quanto a bruxaria, e a teimosia é como a iniquidade e a idolatria." — Você é um homem teimoso, meu filho... você tem que se sujeitar a meu entendimento superior desses assuntos e fazer as perguntas que exijo que faça.

Tendo proferido esse insulto, me pediu que deixasse o recinto, porque tinha que preparar outro interrogatório. Intrigado, fiz o que pediu, sem nenhuma demonstração de raiva. Nem bati a porta, preocupado demais com esse desdobramento imprevisto. Como, perguntei-me, isso pode ter acontecido? O que o levou a uma confissão tão estranha? Seria verdade? Ou Pierre-Julien estaria *mentindo*?

Procurei por Raymond Donatus, que ainda estava trabalhando no *scriptorium*. Quando entrei, pude deduzir imediatamente, pela perturbação de Durand, pela postura confiante de Raymond e pela maneira com a qual irmão Lucius rapidamente levantou sua pena, que eles estavam falando de mim. Mas isso não me descompôs. Era algo esperado.

— Raymond — disse eu, sem preâmbulos. — Você transcreveu uma confissão sobre bonecos de cera para padre Pierre-Julien?

— Sim, Padre. Esta manhã.

— Durante essa inquisição foi usada tortura?

— Não, padre. Mas padre Pierre-Julien ameaçou usar a roda.

— Ah.

— Ele explicou como funciona e como os membros seriam separados...

— Entendi. Obrigado, Raymond.

— Nós chegamos a descer para olhar para ela.

— Sim. Obrigado. Entendo — De fato. Pensativo, me dei conta, aos poucos, do olhar especulativo de Durand e do arranhar da pena do escriba enquanto anotava o que era, sem dúvida, esse testemunho relevante. Ele estava tão arqueado sobre sua escrivaninha que seu nariz quase tocava a superfície.

— Padre? — Raymond limpou a garganta e levantou o protocolo terminado da confissão de Bruna. — Padre, me perdoe, mas devo dar isto para irmão Lucius copiar? Ou aguardo você interrogá-la novamente?

— Não irei interrogá-la novamente.

Os dois notários trocaram olhares.

— Não há razão para interrogá-la novamente. Já tenho muito o que fazer sem isso. Raymond, quando padre Augustin estava olhando os registros antigos, ele descobriu que um deles estava faltando. Você se lembra?

Raymond pareceu um pouco surpreso com essa mudança de assunto. Como esperado, serviu para distraí-lo da pergunta se eu deveria, ou não, interrogar Bruna d'Aguilar mais uma vez. Ele piscou, e abriu a boca, e fez uns ruídos esquisitos.

— Você se lembra? — voltei a perguntar. — Ele lhe pediu para verificar na biblioteca do bispo se, por acaso, as duas cópias estavam lá. Você fez isso?

— Sim, padre.

— E as duas cópias estavam lá?

— Não, padre.

— Apenas uma?

— Não, padre.

— *Não?* — Olhei para ele, enquanto ele se remexia, constrangido. — O que você quer dizer com *não*?

— N-Não havia cópia. Nenhuma.

— Nenhuma? Você quer dizer que *ambos* os registros estão faltando?

— Sim, padre.

Como posso lhe transmitir meu espanto? Meu descrédito? De verdade, eu estava como o povo de Isaías, que escutava, mas não compreendia.

— Isso é inacreditável — protestei. — Você tem certeza? Você procurou?

— Padre, eu fui e procurei...

— Você procurou *direito*? Tem que procurar de novo. Precisa voltar e procurar na biblioteca do bispo.

— Sim, padre.

— E, se você não achar, eu mesmo vou procurar. Vou pedir uma explicação ao bispo. Isso é muito importante, Raymond, precisamos encontrar esses registros.

— Sim, padre.

— Você alertou padre Augustin? Não? Não *mesmo*? Mas por que não?

— Padre, ele estava morto! — Perturbado, Raymond começara a assumir um tom defensivo. — E depois o senhor foi para Casseras! Eu me esqueci disso! O senhor não me perguntou mais!

— Mas por que eu teria que ter perguntado, quando...? Bem, deixe para lá — exclamei, acenando para ele. — Vá. Vá e encontre-as. Agora. Vá!

— Padre, não posso. Há... eu estou...

— Padre Pierre-Julien precisa dele para outra inquisição — interveio Durand.

— Quando?

— Logo.

— Então vá no lugar dele — disse a Durand. — E você, Raymond, comece já. Quero que examine todos os registros na biblioteca do bispo. Entendeu?

Raymond assentiu com a cabeça. Em seguida saiu, ainda aparentemente aturdido, e eu fiquei para lidar com as objeções de Durand. Não eram barulhentas e queixosas, como teriam sido as de Raymond em circunstâncias similares. (Em verdade, fiquei surpreso que Raymond tivesse obedecido com tanta boa vontade a um pedido que, por sua própria natureza, deve ter contribuído para seu desconforto geral.) A reprovação de Durand era em geral expressa com silêncios, que podiam ser excepcionalmente enfáticos.

Nessa ocasião, porém, ele foi levado a expressar seu descontentamento.

— Padre, devo entender que padre Pierre-Julien está ameaçando colocar prisioneiros na roda?

Isso era mais um protesto do que uma pergunta. Eu entendi o que ele estava tentando dizer.

— Apenas nos resta esperar que a ameaça seja suficiente. — Foi minha resposta.

— Padre, me perdoe, mas lembre-se de que, quando concordei em trabalhar para o Santo Ofício...

— Você manifestou seus sentimentos sobre alguns tópicos. Sim, Durand, eu me recordo muito bem disso. E deve ter observado que, ao trabalhar comigo, nunca transgredi isso. Infelizmente, agora é obrigado a trabalhar com o padre Pierre-Julien. E, se desaprova seus métodos, sugiro que resolva isso com ele... como eu fiz.

Talvez eu tenha sido muito franco e rígido. Certamente estava expelindo minha própria ira, para aliviar um coração sobrecarregado de tristeza. Dei meia-volta e corri para baixo, para minha mesa, onde comecei a remexer nos papéis de padre Augustin. Mas talvez o senhor não entenda a razão pela qual fiz isso. Talvez o senhor tenha se esquecido de que Bruna d'Aguilar não era o último nome na lista de suspeitos de propina de padre Augustin. O senhor tem acompanhado tudo?

Oldric Capiscol estava morto. Raymond Maury fora condenado. Bernard de Pibraux estava preso e em greve de fome. Aimery Ribaudin habilmente conseguira evitar o processo. Bruna d'Aguilar tinha sido investigada em detalhes. A única suspeita restante era Petrona Capdenier.

Ela havia sido identificada pelo testemunho de um perfeito examinado por padre Jacques, acusada de tê-lo alimentado e abrigado muitos anos antes. Tal como o de Oldric, seu pecado fora cometido muito antes da época de padre Jacques como inquisidor. Mas, enquanto o registro contendo o depoimento de Oldric (assinalado e bem comentado) se encontrava entre os papéis de padre Augustin, eu não achara lá nenhum documento com registro do depoimento ou da sentença de Petrona. Aparentemente, ela não fora presa por padre Jacques — e, se isso se devesse ao fato de ela já ter sido condenada, não existia prova de tal condenação.

Relembrando a busca de padre Augustin pelo registro desaparecido, cogitei se o arquivo em questão não teria a ver com o caso de Petrona Capdenier. Cheguei a isso por uma nota na margem, de próprio punho de padre Augustin, ao lado do testemunho do perfeito, que fazia referência a uma época e a um antigo inquisidor de Lazet, há muito falecido. Claramente padre Augustin havia inferido, pela informação existente, que deveria examinar os registros que tratavam dos processos naquela época. E evidentemente ele andava procurando os tais registros. E o fato de que nenhum deles tenha sido encontrado entre seus papéis indicava que a busca pelo nome de Petrona nesses registros havia sido infrutífera, ou que o arquivo que o continha estava faltando.

Procurei novamente entre as notas de padre Augustin, mas não achei nenhuma referência a tomos desaparecidos. Sabendo que ele, sem dúvida, teria perseguido o assunto com persistência, fui forçado a concluir que ele havia sido morto antes de conseguir seu intento. A pergunta agora era: o registro desaparecido e sua cópia foram colocados em lugar errado ou alguém os roubara?

Se houve um roubo, ele pode ter ocorrido em qualquer momento nos últimos quarenta anos. Mas só poderia ter sido levado a cabo por um número reduzido de pessoas, porque o acesso aos arquivos da Inquisição sempre fora restrito. Naturalmente, cada inquisidor pode consultá-los à vontade, bem como os vários notários emprega-dos pelo Santo Ofício. Nos últimos tempos, o bispo fora agraciado com cópias dos registros, e, antes da criação da diocese de Lazet, essas mesmas cópias foram mantidas no priorado. Que eu me lem-bre, apenas o prior e o bibliotecário tinham chaves para a arca onde estavam os documentos.

Como identifiquei possíveis culpados, pensei nos possíveis mo-tivos para o roubo dos registros. Padre Jacques poderia ter feito isso para ocultar o crime de uma mulher que lhe tinha pagado por esse serviço. (Ou seus descendentes teriam fornecido o dinheiro?) Por outro lado, se ele *tivesse* destruído o registro, por que não cance-lara o nome de Petrona da confissão do perfeito? E mais, por que permitira que, de qualquer maneira, o nome de Raymond Maury aparecesse nos autos?

Em meu entendimento, havia duas razões mais plausíveis para o roubo de um registro. Em primeiro lugar, se alguém cuja condenação consta nesse registro houvesse caído em erro mais uma vez, anos de-pois, esse mesmo herege teria sem dúvidas sido executado, *a não ser que nenhum registro de seu crime anterior fosse encontrado.* Lembrei-me de um caso em Toulouse, no qual uma certa Sibylla Borrell, tendo confessado e repudiado crenças heréticas dez anos antes, fora presa uns cinco anos depois por práticas similares. Com certeza ela teria sido condenada a morrer na fogueira se sua confissão anterior não tivesse sido perdida. Mas, como não foi encontrada, só pode ser con-denada como ré primária, e sentenciada à prisão perpétua.

É preciso também lembrar que ancestrais hereges atrapalham a prosperidade das pessoas. Não podem ser notários ou oficiais públicos se tiverem uma mancha hereditária. Eu me perguntei: seria possível que um dos notários da Inquisição tenha achado o nome de seu avô nesse registro desaparecido? Seria possível que fosse *Raymond?* Eu me retesei com esse pensamento, porque era terrível. Um traidor em nosso meio! *Outro* traidor! E cogitei, hor-rorizado, a possibilidade de Raymond ter mandado matar padre Augustin simplesmente porque estava procurando o registro que tinha sido roubado.

Neguei isso com veemência. Suposições desse tipo eram infundadas e extremas quando a evidência era tão pequena, e os possíveis culpados, tão numerosos, eu sabia. Talvez o registro nunca tivesse sido copiado por algum descuido. Pode ter sido perdido, como aconteceu com o documento de Toulouse. Havia um sem-número de explicações razoáveis.

No entanto, se Raymond Donatus não encontrasse o tomo, resolvi que o interrogaria assim que possível. Também decidi procurar eu mesmo o registro sumido. Retornei ao *scriptorium* ao tomar essa decisão e comecei a procurar com atenção dentro das duas arcas enormes onde os tomos estavam colocados. Ninguém me perguntou o que estava fazendo. Durand já tinha ido se juntar a meu superior no calabouço inferior, e irmão Lucius nunca dizia nada. Escrevia sem parar, fungando ou esfregando os olhos, enquanto eu vasculhava quase cem anos de depravação.

Tarefa trabalhosa, porque os tomos não estavam em nenhuma ordem especial, embora os de cima tendessem a ser mais recentes. Além disso, como de costume, os depoimentos em cada registro estavam agrupados de acordo com o local de residência do acusado, e não conforme as datas da transcrição dos depoimentos. Enquanto lutava contra essa massa de testemunhos desorganizada, fui ficando cada vez mais furioso com Raymond Donatus. Parecia que ele não estivera fazendo seu trabalho — e eu considerava isso quase um pecado tão grande quanto matar padre Augustin. Com efeito, ficou bastante claro que o registro desaparecido tinha, provavelmente, sido colocado em lugar errado. Comecei a considerar um milagre que uma grande quantidade de tomos não tivesse desaparecido sob a administração do notário.

— Lucius — chamei, e ele me olhou por cima da pena. — Você consegue se orientar com estes registros?

— Bem... não, padre. Não tenho autorização para consultá-los.

— Bem, pode lhe interessar saber que são uma *bagunça* total. O que Raymond faz durante o dia todo? Fala, suponho. Fala, fala e fala.

O escrivão não respondeu.

— E há folhas soltas em todo lugar. E traças! Abominável. Imperdoável. — Decidi que eu teria que rearranjar sozinho todos os documentos, tarefa na qual ainda estava ocupado quando, próximo da Completa, Pierre-Julien de repente adentrou o *scriptorium*. Estava sem fôlego e suando muito, como se tivesse subido correndo. Seu rosto estava totalmente vermelho.

— Ah, meu filho — disse, ofegante. — Aí está você.

— Como o senhor pode ver.

— Sim. Bom. Ahn... venha por aqui, por favor, gostaria de lhe falar.

Surpreso, eu o segui escada abaixo. Estava extremamente agitado. Quando chegamos à minha mesa, voltou-se para mim e cruzou os braços. Sua voz tremia de emoção reprimida.

— Fui informado de que você não tem nenhuma intenção de seguir meu conselho com relação ao interrogatório sobre magia negra de prisioneiros — disse ele. — É verdade?

Espantado, por um momento não soube o que responder. Mas Pierre-Julien não esperou:

— Por isso, decidi assumir o controle da investigação sobre a morte de padre Augustin — continuou.

— Mas...

— Por favor, me passe todos os documentos relevantes.

— Como quiser. — Eu disse a mim mesmo que, em vez de utilizar seu interrogatório ridículo, era melhor abandonar a tarefa de uma vez. — Mas o senhor deveria saber o que eu descobri...

— Também estou considerando seu futuro no Santo Ofício. Me parece que você não lida com este trabalho na perspectiva correta.

— Como assim?

— Decidi discutir o assunto com o bispo e com o prior Hughes. Nesse meio-tempo, você deveria se ocupar com a correspondência e outras tarefas menores...

— Espere. Pare. — Levantei a mão. — O senhor está realmente tentando me demitir deste cargo?

— É meu direito.

— Certamente, mesmo o *senhor* não está tão mal orientado a ponto de acreditar que consegue trabalhar aqui sem minha ajuda?

— Você é um homem presunçoso e insolente.

— E o senhor é um cabeça-dura. Um odre de vinho vazio. — De repente, perdi o controle. — Como ousa pensar que pode me instruir em alguma coisa? O senhor, que não consegue conduzir um simples interrogatório sem recorrer às armas toscas exigidas por sua incompetência total?

— "Que os lábios mentirosos que dizem coisas graves com orgulho e desprezo contra os íntegros se calem para sempre."

— Eu ia dizer exatamente a mesma coisa.

— Você está dispensado. — Os lábios do homem tremiam. — Não quero mais vê-lo aqui.

— Ótimo. Porque sua presença me dá engulhos.

E assim fui embora, para que ele não visse a profundidade de minha ira. Porque eu não queria mostrar-lhe o quão amargo havia sido o golpe — o quão profundamente ele ferira meu orgulho. Enquanto eu voltava ao priorado, eu o enchi de maldições. "Que a poeira de sua terra se transforme em piolhos. Que você seja um excremento sobre a face da Terra. Que seu sangue jorre pela força da espada. Que seu trigo e centeio sejam devastados...", repetindo para mim mesmo que estava feliz por tirar seu jugo de meu pescoço. Estar livre dessa tirania medíocre — nossa, era uma bênção! Eu deveria estar agradecendo ao Senhor! E, sem minha ajuda, ele não patinharia em um pântano de confusão e frustração? Não seria obrigado a voltar de joelhos, procurando rendição?

Disse tudo isso a mim mesmo, mas não consegui acalmar meu espírito conturbado. Veja quanto eu me afastara da humildade perfeita! Poderia ter invocado o fogo do inferno sobre ele. Poderia tê-lo golpeado com as pragas do Egito, e com a sarna, e com a coceira da qual não se sara. E nisso eu não servia a Cristo, pois o que diz o Nobre e Bendito Ser que habita a eternidade? *Eu habito no local elevado e sagrado, mas também com quem tem um espírito humilde e arrependido.*

Quando o senhor refletir sobre minha ira, talvez se pergunte: será que esse é um homem que conheceu o amor divino? Um homem que comungou com o Senhor e experimentou Seu perdão infinito? Talvez julgue ter de rever sua posição, e, com certeza, justificadamente, porque eu também começara a duvidar. Meu coração estava tão gelado quanto uma pedra; incensei a vaidade; minhas iniquidades subiram à minha cabeça. Minha alma estava envolvida em assuntos terrenos, quando deveria estar procurando aquela cidade cujo rio é uma fonte de alegria, e cujos portões o Senhor ama mais do que todas as tendas de Jacob. Eu me desviara do abraço de Deus — ou talvez esse abraço nunca me fora oferecido de verdade.

Naquela noite, meu coração de pedra, aquecido pela febre da angústia, em vez do esplendor do amor, pouco a pouco esfriou enquanto eu estava deitado. Pensei com desespero em todos os meus pecados e nos inimigos que colocaram uma armadilha em meu caminho. Supliquei em silêncio: Liberte-me do homem falso e injusto! Em seguida, pensei em Johanna, e encontrei um conforto que não conseguia obter na contemplação do Senhor — porque, ao contemplar Johanna, não senti vergonha de minhas falhas e fraquezas. (Deus perdoe meus pecados!) Pensei no que ela estaria fazendo, e se já havia partido para sua morada de inverno, e se pensava em mim quando estava deitada no escuro. Conscientemente comi do fruto proibido, e seu gosto era doce, embora tenha me deixado faminto por mais. Refleti sobre minha promessa de que ela teria notícias minhas de novo; por algumas semanas eu estava lutando com a escrita de uma carta na qual eu desejava confessar minha ligação censurável com ela e declarar minha intenção de nunca mais encontrá-la. Claro, teria sido uma carta muito difícil de escrever, e quase impossível de mandar sem levantar suspeitas. Afinal, por que um irmão estaria se correspondendo com uma mulher? E como eu poderia me expressar abertamente a uma pessoa que não sabia ler?

Então me sentei. A carta! O pensamento a respeito de uma carta me levou a refletir sobre outra: a carta do bispo de Pamiers — a carta que tinha a ver com a possessão diabólica de Babilônia. Ainda estava entre os papéis de padre Augustin. Se caísse nas mãos de Pierre-Julien, o resultado seria terrível. Quem poderia dizer que

232

fantasias errôneas e idiotas ela poderia gerar dentro daquele bloco de madeira sobre ombros?

Eu sabia que tinha que recuperá-la. Jurei que o faria. E fiquei acordado a noite toda, atormentado pelo medo de não conseguir antes de Pierre-Julien.

Na manhã seguinte, não presenciei a Hora Prima. Fui rapidamente à sede, arrepiado de frio com o primeiro sopro de inverno. Ao bater na porta, fiquei surpreso pela falta de resposta imediata, porque sempre havia uma sentinela dentro durante a noite. Então me ocorreu que irmão Lucius, reconhecido por ser madrugador, já tivesse entrado. Bati com mais força, e finalmente pude ouvir a voz do escrivão.

— Quem é? — perguntou ele.

— Padre Bernard. Abra.

— Ah. — Houve um ruído quando ele destravou a porta. Seu rosto apareceu. — Entre, padre.

— Às vezes me pergunto qual a razão de você voltar a Saint Polycarpe para passar a noite — observei, roçando-o ao entrar. — Você deveria dormir aqui, e pronto. — Enquanto ele travava a porta novamente, precipitei-me para minha mesa, mas já não havia mais nenhum dos documentos de padre Augustin. Praguejando por dentro, fui olhar na sala do inquisidor. Mesmo lá não havia nada.

Dava a impressão de que Pierre-Julien tinha levado os papéis de volta para sua cela.

Nocauteado por esse duro golpe, afundei em uma cadeira e pensei em minhas alternativas. Não seria difícil retirar a carta de sua cela sem a presença dele. Mas, se sua intenção era carregar os papéis com ele para cima e para baixo, eu não conseguiria recuperar a carta. E no que isso seria útil, se ele já a tivesse achado? Fazia todo o sentido ele já ter passado uma parte da noite anterior consultando esses documentos; do contrário, qual a razão de tê-los levado ao priorado?

Decidi que minha melhor estratégia, se ele não cedesse os papéis, era ter acesso a eles em sua presença e tirar a carta distraindo sua atenção. Voltando-a, por exemplo, ao problema do registro desaparecido.

Levantei-me.

— Lucius! — chamei. — Lucius!

— Sim, padre?

Ao entrar na antessala, vi que ele já estava no meio da subida, na escada.

— Raymond virá logo, irmão? Ele geralmente chega antes de mim.

Irmão Lucius pensou por um momento.

— Às vezes ele chega cedo, outras vezes, tarde. — Foi sua resposta cautelosa. — Mas normalmente ele não chega tão cedo.

Assim, resolvi visitar a casa do notário e perguntar a Raymond se havia encontrado o registro desaparecido na biblioteca do bispo. Se não, eu imediatamente passaria a informação preocupante a Pierre-Julien, que poderia achá-la extraordinária, que relaxaria, afrouxando a mão sobre a carta que eu tanto desejava. Como não queria perder tempo, porque o tempo daria a Pierre-Julien a oportunidade de ler a tal carta, agradeci a irmão Lucius e me afastei em direção à nobre residência de Raymond Donatus. Sabia onde era, embora nunca tivesse entrado nela. Anteriormente, havia sido o *hospitum* de um mercador de farinha, que Raymond comprara há cinco anos, transformando o depósito abobadado em estábulo. (Devo mencionar que o notário tinha dois cavalos, que lhe eram tão caros quanto seus vinhedos; ele falava mais deles do que dos dois filhos.) A moradia era bem espaçosa e ostentava vigas de pedra entalhadas sobre as janelas. Por dentro, traves do telhado haviam sido pintadas com listras vermelhas e amarelas. Havia, até, algumas cadeiras em volta da mesa, além de um crucifixo sobre a porta da entrada.

Mas, quando a mulher de Raymond atendeu a porta, apareceu vestida de farrapos, como uma empregada, com o rosto imundo.

— Ah — disse ela. — Padre Bernard!

— Ricarda.

— Estou fazendo faxina. Perdoe-me, estas são minhas roupas velhas.

Convidou-me a entrar e me ofereceu comida e bebida, mas recusei, agradecendo. Olhando em volta da cozinha, com sua lareira enorme e seus pernis pendurados, disse que gostaria de falar com Raymond.

— Raymond?

— Seu marido. — Ao notar seu olhar vazio, acrescentei: — Ele está aqui?

— Não, padre. Ele certamente está no Santo Ofício, não?

— Não que eu saiba.

— Mas ele tem que estar. Ele esteve lá a noite toda.

— A *noite* toda? — rebati eu, sem pensar com a rapidez necessária. A pobre e perturbada mulher começou a mostrar sinais de aflição.

— Ele... ele geralmente tem que trabalhar à noite — gaguejou ela. — Ele me disse isso.

— Ah. — Claro, foi aí que percebi, tarde demais, o que Raymond andava fazendo. Ele passava as noites com prostitutas e mentia para sua esposa. Fiquei zangado pelo Santo Ofício ter sido usado como desculpa.

— Ricarda — disse eu, determinado a não mentir para acobertá-lo. — Seu marido não estava em nossa sede quando saí de lá. A única pessoa lá era irmão Lucius.

— Mas...

— Se seu marido não voltou a noite passada, você precisa procurar outra explicação.

— Ele foi raptado! Algo aconteceu a ele!

— Duvido.

— Padre. O que devo fazer? Maria, o que vou fazer?

Maria parecia ser uma ama de leite; estava sentada ao lado da lareira com um bebê junto ao peito, e era tão volumosa quanto Ricarda era esguia.

— A senhora devia preparar uma bebida com vinho, *Domina* — aconselhou à sua ama. — Nada vai acontecer a ele.

— Mas ele sumiu!

— Ninguém se perde nesta cidade — respondeu a ama de leite, e trocamos olhares. Embora ela tivesse um modo de falar lento e plácido, não havia nada de moroso no intelecto de Maria.

— Padre, precisa me ajudar — suplicou a esposa, desolada. — Precisa encontrá-lo.

— Estou tentando achá-lo...

— Talvez os hereges o tenham matado, como mataram padre Augustin! Ó padre, o que devo fazer?

— Nada — disse eu de maneira incisiva. — Fique aqui e espere. E, quando ele voltar para casa, gostaria que lhe desse uma reprimenda pelo comportamento devasso. Vai ver está jogando em algum lugar, e não consegue distinguir se é dia ou noite.

— Oh, *nunca*! Ele nunca faria tal coisa!

Vendo Ricarda desmanchar-se em lágrimas, e me sentindo constrangido por causa delas, assegurei-lhe que encontraria o marido. Afastei-me, me sentindo totalmente culpado por causar tanta tristeza, mas esperando ao mesmo tempo que Raymond sofresse pela sem-vergonhice. Dizer que estivera trabalhando a noite toda! Passava dos limites.

Decidi retornar à sede, notificar o desaparecimento do notário e usar essa oportunidade para determinar o paradeiro dos papéis de padre Augustin — pois sabia que Pierre-Julien sempre começava a trabalhar após a Hora Prima. No caminho, porém, me vi frente a frente com Roger Descalquencs no mercado e parei para falar com ele. Estava metido em uma pequena disputa sobre impostos (porque os tributos pagos no mercado suscitam mais queixas que os dízimos), mas, quando me viu esperando, interrompeu a discussão com um vendedor de queijos irritado.

— Saudações, padre — disse ele. — O senhor estava procurando por mim?

— Não — respondi. — Mas, agora que o encontrei, há algo que gostaria de discutir.

Concordando, me levou para o lado, e conversamos em voz baixa enquanto a nosso redor as ovelhas baliam, compradores pechinchavam e vendedores ambulantes elogiavam em alto e bom som suas mercadorias. Contei-lhe que Raymond Donatus havia sumido durante a noite — que parecia ter desaparecido. Contei-lhe de minhas suspeitas de que o notário estava recuperando-se da devassidão na cama de alguma prostituta. E requeri que a tropa do senescal, bem conhecida como os elementos mais pecadores de Lazet, desse uma procurada pelo notário enquanto cuidava de suas outras obrigações.

— Ficou fora a noite toda? — disse Roger, pensativo. — Sim, isso é preocupante.

— Oh, não estou *aflito*. Claramente já aconteceu antes. Ora, ele pode estar no Santo Ofício agora.

— Mas ele também pode estar deitado sobre um monte de estrume com a garganta cortada.

Surpreso, questionei essa especulação. Por que o senescal pensara uma coisa dessas?

— Porque meter-se com prostitutas significa meter-se com ladrões — retrucou ele. — Próximo ao rio, entre os mendigos e barqueiros, há pessoas que cortariam sua garganta em troca de um par de sapatos.

— Mas eu não tenho conhecimento de que Raymond tenha encontrado prazer entre essas pessoas. Que eu saiba, ele prefere empregadinhas e viúvas.

— Uma prostituta é uma prostituta. — O senescal me deu um tapinha nas costas. — Fique descansado, padre, eu o encontrarei, mesmo que ele tenha sido jogado no rio. Ninguém escapa de mim nesta cidade.

E, tendo feito essa promessa, voltou à discussão com o vendedor de queijo, assegurando-se de que, se Raymond *estivesse* em nossa sede, eu avisaria um dos guardas da tropa assim que possível.

Embora ele parecesse positivo, o senhor pode imaginar como seu prognóstico lúgubre me deixara preocupado. Quando voltei à sede, fui assolado por pensamentos tristes: considerei a possibilidade de Raymond ter mesmo sido morto por dinheiro e jogado no rio. Ou que, por ser funcionário do Santo Ofício, tivesse tido o mesmo fim que padre Augustin. É claro que esse temor era irracional, porque a explicação mais plausível era a que eu dera a Roger, em primeiro lugar. Mesmo assim, meu coração estava perturbado.

Quando cheguei à sede, o próprio Pierre-Julien me abriu a porta. A julgar por sua fisionomia abatida, também tivera uma noite mal dormida — e não parecia feliz em me ver. Antes que ele pudesse contestar minha presença, porém, eu lhe perguntei se Raymond Donatus estava no prédio.

— Não — respondeu ele. — E eu tenho uma inquisição marcada. Eu estava prestes a mandar um familiar buscá-lo em casa.

— Você não irá encontrá-lo lá — interrompi. — Raymond sumiu a noite toda.

— Quê?

— Sua mulher não o vê desde ontem de manhã. E eu não o vejo desde ontem à tarde. — E o fato de que ele deveria estar presente, para testemunhar, me preocupava muito. Embora não tivesse sido a primeira noite longe de casa, era a primeira vez que ele deixava de estar presente em um interrogatório marcado com antecedência. — Suspeito que ele habitualmente devota as noites a prostitutas, e tenho medo de que tenha ido parar no meio de ladrões. Claro, sempre pode ser um caso de tolerância excessiva...

— Preciso ir — declarou Pierre-Julien. Eu ainda estava na soleira da porta, porque ele bloqueava meu caminho, e quase me derrubou quando passou por mim. — Mande buscar Durand Fogasset — continuou, dando a ordem por cima do ombro. — Diga a Pons que a inquisição está cancelada.

— Mas...

— Fique aqui até minha volta.

Pasmo, olhei para sua figura sumindo a distância. Uma saída tão extraordinária sem nenhuma explicação. Mas aí me ocorreu que sua sala estava vazia, e fui olhar sua mesa.

Como esperado, os papéis de padre Augustin estavam lá — e entre eles encontrei a carta do bispo de Pamiers. *Sempre se alegre em nome do Senhor, e, novamente eu digo, Alegre-se!* Aqui estava realmente a prova da compaixão de Deus.

Escondi o documento em minhas roupas, pensando que mais tarde, talvez, eu o destruísse. Então, conforme a instrução de Pierre-Julien, fui até a prisão, onde dei ordem a Pons para mandar buscar Durand Fogasset. Também o avisei da ausência de Raymond. Concordamos que, por causa de uma prostituta, o homem acaba apenas com uma fatia de pão; Pons disse que Raymond deveria ter "mantido seu pavio fora de sebo estranho".

— Se me perguntasse, diria que aquele idiota começou a dormir com a esposa de alguém e a tagarelar demais a repeito — acrescentou ele. — Eu sempre disse que ele o faria.

— Você sabe o nome de suas conquistas mais recentes? — perguntei.

— Se soubesse, eu lhe diria. Eu estava sempre ocupado demais para ouvir as imundícies de Raymond. Mas o escrivão pode ter uma noção — ou aquele jovem, Durand.

Foi uma boa informação. Quando falei com irmão Lucius no *scriptorium*, porém, ele foi vago e pouco ajudou. Mulheres? Houve tantas.

— Mais recentemente — pressionei-o —, nas últimas semanas.

— Oh... — O pobre cônego ficou vermelho. — Padre, eu me esforço para não ouvir... é uma oportunidade de pecar.

— Sim, claro. Eu entendo. E maçante também, diria. Mas, irmão, não se lembra de nenhum nome? Ou características?

— Todas parecem ter uma natureza lasciva — murmurou ele, tão corado quanto o pecado. — Com fartos... fartos seios.

— Todas?

— Raymond as chama de "abundantes". Ele gosta de "mamas grandes".

— Ah.

— Havia uma chamada Clara — continuou irmão Lucius. — Eu me lembro dela porque pensei comigo mesmo: como pode uma mulher que leva o nome daquela santa abençoada ser a fonte de tanta iniquidade?

— Sim, é um grande pecado.

— Mas não é sempre que ele me diz os nomes — concluiu o escrivão. — Ele gosta de identificá-las de acordo com a aparência.

Eu podia imaginar. E também compreender. Na realidade, eu tinha uma profunda pena de irmão Lucius, e não consegui levar adiante o interrogatório. Pensei que ele já estava mortificado o suficiente. Há monges que discutem coito e carne feminina sem sobressaltar-se, feliz e livremente, mas Lucius não era um deles. Era um homem muito modesto, criado por mãe viúva (agora cega) e enclausurado desde os 10 anos de idade.

— Diga-me, você viu Raymond ontem à tarde? — perguntei. — Ele foi a Saint Polycarpe, mas voltou aqui depois que eu fui embora?

— Sim, padre.

— Ah, ele voltou?

— Sim, padre. Ele ainda estava aqui quando fui para a Completa.

— E ele lhe disse alguma coisa? A respeito da biblioteca do bispo? A respeito de onde estava indo à noite?

— Não, padre.

— Ele disse *alguma* coisa?

Novamente, irmão Lucius ficou vermelho. De maneira agitada, arrumou as coisas sobre sua escrivaninha e limpou as mãos em seu hábito.

— Ele... ele falou sobre você, padre.

— Ah, é? — Era de se esperar. — E o que disse?

— Ele estava bravo com o senhor. Disse que o senhor o insultou, e deu ordens como se ele fosse um empregado.

— Mais alguma coisa?

— Disse que a soberba vem antes da destruição.

— Indiscutível — disse eu, e agradeci a irmão Lucius por sua ajuda. Como decidi esperar por Durand, voltei à minha mesa, onde fiquei sem fazer nada, rememorando todos os fatos que eu conseguira juntar; era muito pouco. Pela primeira vez, fiquei pensando se teria sido Raymond quem informara a Pierre-Julien que eu não pretendia seguir seu conselho com relação aos interrogatórios. Eu tinha certeza de que Durand não teria relatado meu comentário sobre o interrogatório de Bruna d'Aguilar. E Lucius só teria respondido a uma pergunta direta; ele nunca teria tocado no assunto sem ser incitado.

Sem dúvida, Raymond era o responsável. No calor de sua ira, a caminho do palácio do bispo, provavelmente alertara Pierre-Julien de minha enorme desobediência. *A soberba vem antes da destruição.* O orgulho de Raymond sempre fora muito sensível.

Eu ainda estava ponderando quando Durand Fogasset bateu na porta principal. Levantando-me, fui destrancá-la para ele.

— Raymond Donatus está desaparecido — anunciei, enquanto ele entrava.

— Assim me disseram.

— Você o viu desde ontem? Porque ninguém mais o viu. Nem a mulher dele.

A aparência de Durand era de alguém que havia sido arrancado da cama, porque seu olhar estava embaçado, a face, amassada, a roupa, desgrenhada. Ele me olhou debaixo de uma massa de cabelos negros.

— Eu disse a padre Pierre-Julien que o senhor devia olhar em algumas camas — respondeu ele. — O senhor conhece Lothaire Carbonel? O cônsul? Eu vi Raymond com um de seus empregados há algumas semanas.

— Espere um pouco. — Fiquei surpreso com a referência a meu superior. — Quando conversou com padre Pierre-Julien sobre isso?

— Agora mesmo. — Caindo sobre um banco, Durand se sentou com suas pernas de gafanhoto esticadas a sua frente, coçando seus olhos e bocejando. — Eu passo pela casa de Raymond a caminho daqui, como você deve saber.

— Você quer dizer que padre Pierre-Julien estava na *casa* de Raymond?

— Todo mundo estava na casa de Raymond. O senescal. A maior parte da tropa...

— O *senescal*?

— Ele e padre Pierre-Julien estavam discutindo na porta de entrada.

Eu me sentei. Meus joelhos não me seguravam mais, porque eu havia recebido muitos abalos nesse dia.

— Eles estavam discutindo a respeito de registros — prosseguiu Durand, de uma maneira preguiçosa e algo intrigada. — Padre Pierre-Julien insistia que, se algum tinha sido encontrado, era de propriedade do Santo Ofício, e deveria ser devolvido a ele intacto. O senescal lhe afirmou que nenhum fora encontrado, apenas os registros pessoais de Raymond.

— O *senescal* estava procurando *registros*?

241

— Não. Ele estava procurando o cadáver de Raymond.

— *Quê?*

Durand riu. E deu um tapinha na minha mão.

— Perdoe-me — disse ele – mas veja sua cara! Padre, me contaram que, quando um homem ou uma mulher são mortos, o senescal sempre suspeita do cônjuge, acima de todos os outros!

— Mas não há evidência de que...

— Raymond esteja morto? Verdade. Pessoalmente eu acredito que ele andou tomando muito vinho e está se recuperando em algum lugar. Talvez eu esteja enganado. O senescal tem mais experiência nessas coisas.

Balancei a cabeça, afundando num atoleiro, onde não dava para ficar em pé.

— Certamente, a gente precisa se perguntar: onde ele *tem* dormido com essas mulheres? — continuou o notário. — Ele possui umas duas lojas por aqui, mas estão todas ocupadas. Talvez haja algum inquilino que permite que ele use o chão por um aluguel reduzido? Ou talvez ele só use uma pilha de esterco, como todo mundo.

Aos poucos meus pensamentos foram ficando mais coerentes. Fiquei em pé, e disse a Durand que iria visitar a casa de Raymond. Antes de eu chegar à porta, porém, ele me chamou de volta.

— Padre, uma pergunta.

— Sim. O que é?

— Se Raymond estiver vivo, e não tenho dúvida de que ele esteja, o que vai acontecer comigo?

— Com você?

— Com apenas um inquisidor, não haverá trabalho para dois notários.

Nossos olhares se encontraram, e algo em meus próprios olhos, ou na forma de minha boca, devem ter respondido à sua pergunta. Ele sorriu, deu de ombros e estendeu as mãos.

— O senhor me prestou um grande serviço, padre — disse ele. — Este trabalho estava ficando muito sangrento para meu gosto.

— Fique aqui até que padre Pierre-Julien retorne. Ele o chamou para algo específico — respondi.

Saí em seguida, pensando em todas as perguntas que eu gostaria de fazer. Será que Raymond Donatus levara registros do Santo Ofício para casa com ele, sabendo que isso era proibido a todos, menos aos inquisidores da depravação herética? Pierre-Julien sabia dessa quebra de regulamento? E quais seriam esses registros? Procurando uma luz, saí voando em direção à casa de Raymond como se tivesse asas nos pés, apenas para me deparar, próximo à sede, com um Pierre-Julien muito agitado.

— Então! — exclamou ele.

— Ah! — disse eu.

Embora estivéssemos parados na rua, sob o olhar de muitos cidadãos curiosos, ele começou a me repreender com uma voz tão aguda quanto um assobio de um pastor. Estava mais pálido que o normal.

— O que pretende quando vai ver o senescal sem minha permissão? — ralhou ele. — Como você ousa tomar a iniciativa de se aproximar do braço secular sozinho? Você é voluntarioso e desobediente!

— Eu não lhe devo mais a obediência, irmão. Não pertenço mais ao Santo Ofício.

– Certo! Então faça o favor de parar de interferir nos assuntos do Santo Ofício!

Ele tentou me passar, mas eu segurei-o pelo cotovelo.

— A quais assuntos você se refere? — perguntei. — Aos registros desaparecidos, talvez?

— Deixe-me ir.

— Durand ouviu você dizer ao senescal para desistir de quaisquer registros encontrados entre os pertences de Raymond. Você lhe disse que eram propriedade do Santo Ofício.

— Você não tem o direito de me interrogar.

— Pelo contrário, eu tenho todo o direito! Você sabia que Raymond havia reportado que dois registros estavam faltando? Será que ele os tinha consigo, e você *sabia* disso? Ignora a regra instaurada pelo primeiro inquisidor de Lazet de que registros da Inquisição nunca devem sair dos recintos do Santo Ofício, a não ser sob custódia de um inquisidor?

— Eu dei permissão a Raymond de levar o registro para casa. — disse Pierre-Julien rapidamente. — Era necessário para uma tarefa que lhe dei.

— E onde está agora? Nas mãos do senescal?

— Pode ser que esteja sobre a escrivaninha de Raymond. Talvez ele não o tenha levado, no final das contas.

— Você lhe deu a custódia de um registro da Inquisição, e agora não sabe onde ele *está*?

— Saia da minha frente.

— Irmão — falei eu, sem me importar se alguém escutasse. — Considero que você não serve para o posto que ocupa! Desconsiderar as regras dessa maneira, correr tais riscos...

— "Aquele dentre vós que não tem pecados que atire a primeira pedra!" — gritou Pierre-Julien. — Você não tem o direito de me condenar, irmão; você, cuja estupidez impede que identifique hereges que estão sob seu nariz!

— É mesmo?

— Sim, é mesmo! Você quer dizer que não viu a carta do bispo de Pamiers, que está no meio dos papéis de padre Augustin?

Eu lhe juro, meu coração parou. E daí passou a bater como um ferreiro em sua bigorna.

— Em algum lugar desta diocese há uma garota possuída pelo demônio — continuou Pierre-Julien de maneira frenética. — E, onde há demônios, certamente há magia negra. Acredite, irmão, você é um dos cegos que não querem ver. Você não está apto a ser meu vigário.

E ele se afastou antes que eu conseguisse formular uma resposta.

9

AS ÁGUAS DE NIMRIN

Considere meu estado. Efetivamente, eu tinha sido proibido de entrar no recinto do Santo Ofício. Meu amor por Johanna de Caussade, enfraquecido ou alimentado por sua ausência (e acredito que as autoridades divergem nessa questão), era, mesmo assim, forte o suficiente para me deixar acordado à noite. Eu conhecia Pierre-Julien Fauré, e sabia como funcionava sua cabeça; quando identificasse a garota possuída na carta como Babilônia de Caussade, nada o impediria de conseguir uma confissão de bruxaria dela, e também das pessoas com quem ela vivia. Além do mais, embora não fosse nem um pouco inteligente, até ele eventualmente suspeitaria de Babilônia, nem que fosse por um processo de eliminação. Eu não podia embasar minha esperança em sua falta de intelecto.

Das profundezas clamei por Vós, ó Deus! Como Santo Agostinho, eu carregava uma alma despedaçada e sangrando; meu coração estava tremendamente nas sombras, e tudo o que eu via era a morte. De fato, depois que Pierre-Julien se afastou, fiquei um bom tempo parado sem ver ou ouvir nada. Eu era, como ele havia declarado, como os cegos que não querem ver e os surdos que não querem ouvir. Comi o pão da tristeza, porque eu sabia como o Santo Ofício funcionava. Assim que toma conhecimento de você, não há escapatória. Sua rede é ampla e sua memória é longa. Entendi o seguinte: quem melhor? Então eu lamentei e só vi na minha frente urtigas e as profundezas do inferno — a desolação do desespero.

Por algum tempo perambulei pelas ruas sem destino, e até hoje não sei se me cumprimentaram enquanto andava. Meu olhar estava fora deste mundo; eu só via o flagelo de minha tristeza. Então, exausto, fiquei mais consciente de minha carne e do ambiente ao redor. Comecei a considerar os protestos do meu estômago, porque já tinha passado da Hora Nona e eu tinha que comer alguma coisa. Assim, retornei ao priorado, onde recebi muitos olhares de reprovação por ter chegado tão tarde ao refeitório. Sem dúvida eu seria castigado por meu atraso na reunião das culpas, mas isso não me interessava; eu já estava fraco e incriminado por minha própria consciência. Quaisquer punições que me fossem infringidas seriam merecidas, porque, por meu orgulho e vaidade, eu causara meu banimento do Santo Ofício. Eu não conseguiria ajudar Johanna porque fora excluído de toda e qualquer decisão com relação a seu destino. Eu havia mutilado minhas próprias mãos e cortado fora minha própria língua.

Eu havia sido um idiota, porque o idiota diz tudo o que lhe vem à mente, e o sábio guarda para depois.

Deus da misericórdia, como sofri! Fui para minha cela e orei. Lutando contra o desespero que várias vezes me dominou — e que paralisava minhas capacidades quando isso acontecia —, me esforcei para encontrar uma solução. Mas só apareceu uma. De alguma forma, eu tinha que encontrar o caminho de volta para o Santo Ofício, embora fosse mais fácil um camelo passar pelo buraco de uma agulha. De alguma forma, eu teria que recuperar meu posto lá.

Entendi que negociar minha volta teria um alto preço. Pierre-Julien me forçaria a espalhar esterco em minha cara e a lamber o pó como uma serpente. Posso lhe assegurar, no entanto, que estava disposto a comer cinzas como se fosse pão, se fosse necessário. Meu orgulho não era nada comparado a meu amor por Johanna.

O senhor pode achar inexplicável que eu tenha sucumbido tão rapidamente a tal paixão carnal desmedida, após apenas dois encontros. O senhor pode estar pensando no poder dessas algemas, tão recentemente forjadas, que me ligavam com tanta intensidade ao objeto distante de meu desejo. Mas a alma de Jônatas não foi ligada à de David em seu primeiro encontro? Não foi comprovado, por muitas autoridades, que o amor, que entra pelos olhos, é muito frequentemente instantâneo em seu efeito? Há uma enormidade de exemplos, tanto no presente quanto no passado; mas tenho que confessar que o meu é outro. Com pouco estímulo, e apesar de todas as objeções, eu teria sugado o veneno das feridas de um leproso para salvar Johanna do perigo.

Assim, talvez tenha sido por vontade de Deus que sofri tantos reveses. Talvez fosse Seu plano que eu me tornar humilde e contrito. Ao falhar em me transformar com Seu amor divino, Ele pode ter procurado o mesmo resultado com castigo e desprezo. *É bom para mim ter sido afligido, para que eu pudesse aprender os Teus estatutos.*

Por isso lavei o rosto, considerei minha estratégia e voltei à sede com a intenção de encarar a imundície. Já era quase hora das Vésperas e as sombras se estendiam; enquanto eu estivera rezando e engajado em autocondenação, a maior parte do dia havia passado. Mas parecia que Raymond Donatus ainda não fora encontrado, pois foi o que anunciou irmão Lucius quando respondeu à minha batida.

— E padre Pierre-Julien? — perguntei. — Onde ele está?

— Está lá em cima, no *scriptorium*. Está consultando os registros.

— Você poderia lhe dizer que venho, com um espírito humilde e arrependido, buscar seu perdão? — disse eu, ignorando o olhar assombrado do cônego. — Por favor, pergunte-lhe se ele se dignaria a me receber. Diga-lhe que é sincero, irmão.

Obediente, irmão Lucius foi entregar minha mensagem. Assim que ele sumiu de vista, me esgueirei até a sala de Pierre-Julien e recoloquei a carta do bispo Jacques Fournier em seu devido lugar, porque eu não queria ser condenado como ladrão, além dos outros pecados. Não é necessário dizer que fui rápido. Quando irmão Lucius voltou, eu estava novamente em pé ao lado da porta de saída, e minha aparência era de inocência e humildade.

— Padre Pierre-Julien disse que não vai falar com você. — Essa foi a informação.

— Diga-lhe que venho apenas para ouvir e aceitar. Eu estava errado e busco sua orientação.

Novamente, irmão Lucius subiu as escadas. Após um breve intervalo, desceu novamente, com uma resposta fria e sem graça.

— Padre Pierre-Julien diz que está ocupado.

— Então esperarei até quando ele estiver desocupado. Diga-lhe isso, por favor, irmão? Estarei aqui quando eu for chamado.

Em seguida me sentei em um dos bancos e comecei a recitar os salmos de penitência. Como eu antecipara, o som de minha voz (que é bem treinada, na minha opinião) trouxe Pierre-Julien para fora do *scriptorium* tão rapidamente quanto a fumaça faz o rato sair do buraco.

— Cale-se! — disse ele rispidamente, do topo da escada. — O que você quer? Você não é bem-vindo aqui!

— Padre, vim a você em petição. Fui ignorante e desobediente. Eu desdenhei da sabedoria e fiquei à mercê da vaidade. Padre, peço seu perdão.

— Não posso discutir isso agora — respondeu ele, e realmente parecia perturbado, rosto vineado, suado e trêmulo. — Há coisas demais... Raymond ainda não foi encontrado...

— Padre, deixe-me ser seu suporte. Seu apoio para os pés. Deixe-me apenas ajudar.

— Você está zombando de mim.

— Não! — Como eu estava movido por uma apreensão profunda, ansioso com relação à segurança de Johanna e com a autoestima em baixa, meu tom foi absolutamente convincente. — Acredite quando eu lhe digo que desejo renunciar à minha inflexibilidade. Sou vil e inferior, despejado como leite e azedado como queijo. Padre, perdoe-me. Ando por aí inchado de orgulho, quando deveria estar pensando apenas em meus pecados e no temível julgamento do Senhor. Sou como os inimigos da cruz de Cristo, cujo Deus é seu umbigo, e que se ocupam de coisas terrenas. Sua sentença é minha lei, padre. Ordene-me, e eu obedecerei, porque não tenho valor aos olhos de Deus. Sou um idiota, e a boca do idiota é sua destruição.

Como explicar as lágrimas que vieram a meus olhos nesse momento? Talvez fossem lágrimas de desdém, mas, se eram voltadas a meus vários pecados, ou a Pierre-Julien, ou à minha situação desagradável, ou aos três, não consigo decidir. De qualquer maneira, tiveram o efeito desejado. Pierre-Julien pareceu hesitar; olhou para cima, para o *scriptorium*, e novamente para mim. Avançou alguns passos.

— Você está arrependido de verdade? — perguntou, evidentemente desconfiado, mas com menos intensidade do que eu esperava.

Em resposta, caí de joelhos e cobri a face com as mãos.

— Tende piedade de mim, ó Deus, de acordo com Vossa bondade — acentuei eu. — Pela enormidade de Vossa compaixão, apagai minha ofensa. Lavai-me completamente de minha iniquidade e limpai-me de meus pecados. Porque reconheço minhas transgressões, e meu pecado estará para sempre diante de mim.

Pierre-Julien resmungou. Abaixou-se a meu lado e colocou sua mão pegajosa em minha tonsura.

— Se você está verdadeiramente ciente de seus erros, então eu, de boa-fé, o perdoo por sua arrogância obstinada — disse ele. (Eu lhe asseguro, carvão de fogo!) — Mas você deveria estar buscando a misericórdia divina, meu filho. É Deus que conhece seu coração e lhe poderia devolver a alegria de sua salvação. Porque os sacrifícios de Deus são um espírito aquebrantado. Seu espírito está suficientemente subjugado, meu filho?

— Está — respondi, e não estava mentindo. Quando, antes, eu teria apertado os dentes perante complacência tão pomposa, agora pensava simplesmente: isso é tudo o que mereço.

— Então venha. — Era evidente que meu arrependimento teve um gosto doce para Pierre-Julien. Animou-o feito vinho, coloriu suas bochechas e levou um sorriso à sua face. — Venha, vamos nos dar o beijo da paz, e que o Senhor abençoe nossa união com o desaparecimento de muitos hereges.

Ele me abraçou, e pelos pecados aceitei aquele beijo como se fosse um flagelo, uma penitência por minha arrogância. A seguir, acompanhei-o até sua sala, onde ele discursou por algum tempo sobre a virtude da humildade, que purificava a alma como fogo e como sabão de pisoeiro. Escutei em silêncio. Finalmente, tendo se convencido de que eu não pretendia desafiá-lo, ordenou-me retornar às minhas funções "em um espírito de obediência", lembrando sempre que os humildes herdarão a Terra.

— Padre — disse eu, antes que ele voltasse ao *scriptorium* —, com relação à carta que mencionou, a do bispo de Pamiers...

— Ah, sim. — concordou ele. — Acredito que seja uma evidência importante.

— Contra quem, padre?

— Ora, contra a moça em questão, claro!

— Claro. — Eu tinha que proceder com muito cuidado, porque não queria parecer recalcitrante. — O senhor já a identificou?

— Ainda não — admitiu. — Mas vou perguntar a Pons se há alguma moça jovem e bela na prisão que pareça estar possuída pelo demônio. — De repente, ele franziu o cenho e me olhou fixamente com um ar um tanto quanto suspeito. — *Você* andou revendo todas as inquisições feitas por padre Augustin. Não achou ninguém que estivesse de acordo com essa descrição? Alguém que ele tenha entrevistado? A data da carta deve ajudar.

Nesse ponto tive certa dificuldade. Não queria alertar Pierre-Julien da existência de Babilônia. Por outro lado, seria embaraçoso se ele a descobrisse e me acusasse de tentar enganá-lo. Então respondi à pergunta com outra pergunta, destinada a desviar-lhe o faro.

— Se padre Augustin nunca mencionou essa moça, e nunca mandou acusá-la, ou mesmo investigá-la, não estaria convencido de sua inocência?

— De jeito nenhum. Só significa que ele morreu antes de poder começar a inquisição.

— Mas, padre, se ela for realmente uma bruxa, por que ele a chamaria de possuída e tentaria livrá-la desse pacto?

— Talvez porque ela seja apenas uma vítima de bruxaria — admitiu Pierre-Julien. — Mesmo assim, ela nos levará ao criminoso. E lembre-se, também, do que o Doutor Angélico tem a dizer sobre a prática da magia. Embora possa parecer que o demônio está no poder da bruxa, nunca é assim. Talvez a garota tenha invocado um demônio e acabou possuída por ele. Lembre-se de que ela é uma mulher. A mulher naturalmente é mais fraca que o homem.

— Mas padre Augustin descreveu essa moça como de alto valor espiritual — mencionei. — Certamente não teria dito isso se acreditasse que era uma bruxa.

— Meu filho, padre Augustin não era infalível — respondeu meu superior, um pouco impaciente. — Alguma vez ele o instruiu sobre os métodos e as características de uma bruxa?

— Não, padre.

— Não. Então talvez ele fosse tão ignorante a respeito disso quanto você, embora muito instruído em outros assuntos. E lembre-se de que está morto agora. Temos que continuar sozinhos. — Levantando-se, Pierre-Julien indicou que nossa discussão havia terminado. Disse-me que, como um gesto de arrependimento, eu deveria interrogar Bruna d'Aguilar mais uma vez, e usar o interrogatório que ele próprio me fornecera. — Você pode fazê-lo antes da Completa, se quiser — acrescentou. — Estou muito ocupado no momento, então não preciso de Durand.

— Sim, padre — aceitei humildemente. — E com relação aos notários...

— Tomarei a decisão dentro de um ou dois dias — interrompeu-me ele. — É claro que, se Raymond Donatus não aparecer, teremos que nomear outro notário.

Curvando-me, fui para o lado, deixando-o atravessar a porta na minha frente. Embora minha aparência fosse séria, eu sorria por dentro, porque parecia que ele tinha deixado a investigação da carta do bispo Jacques Fournier em minhas mãos. Se isso fosse verdade, então eu tinha uma chance muito boa de proteger Babilônia de seu olhar acusatório. Havia toda a razão para acreditar que ele talvez nem descobrisse sua existência.

Eu, porém, havia lamentavelmente subestimado tanto sua perspicácia quanto seu desejo de controlar tudo. Logo que voltou do *scriptorium*, ele me chamou, levantando sua voz rouca e gritando meu nome.

— Bernard! — gritou. — Irmão Bernard!

Feito um servo obediente, corri até ele, e o encontrei sentado ao lado de um baú com documentos abertos, cercado de registros da Inquisição.

— Me ocorreu agora — disse ele. — Padre Augustin foi morto a caminho de uma visita a algumas mulheres perto de Casseras. Você as chamou de "mulheres devotas". É isso mesmo?

— Sim, padre — respondi, com meu coração se apertando.

— Você chegou a visitar essas mulheres quando esteve em Casseras?

— Sim, padre.

— E alguma delas é jovem e bela?

— Padre — disse eu de maneira jovial, embora por dentro estivesse tão desolado quanto as águas de Nimrin — para um monge como eu, *todas* as mulheres parecem jovens e belas.

Pierre-Julien arqueou as sobrancelhas. — Esse tipo de observação não lhe fica bem, irmão — comentou ele rapidamente. — Vou perguntar novamente: alguma delas é jovem e bela?

— Padre, sinceramente, o que é belo para um homem pode não o ser para outro.

— Alguma delas é *jovem*, então? — insistiu, e eu sabia que era preciso responder, porque ele estava ficando impaciente.

— Eu não chamaria nenhuma delas de jovem. — Foi meu comentário cuidadoso. — São todas mulheres maduras.

— Descreva-as para mim.

Eu fiz isso, começando com Vitália. Embora eu tomasse todo o cuidado para não elogiar muito a aparência impecável de Johanna, ou o rosto angelical de Babilônia, meu *effictio* sem ênfase de cada uma das mulheres interessou a Pierre-Julien. Se eu pudesse ter mentido! Mas fazer isso teria sido correr um grande risco, realmente um enorme risco.

Alguma dessas mulheres mostrou alguma característica estranha? — perguntou ele. — Qualquer palavra ímpia ou desrespeito na aparência?

— Não, padre, nada — disse eu, com a esperança de que nenhum dos guardas houvesse mencionado o ataque estranho de Babilônia.

— Elas são assíduas no comparecimento à igreja?

— Quando estão saudáveis. Vivem a certa distância do povoado.

— Mas o padre local as visita regularmente? A cada um ou dois dias? — Como demorei, ele continuou. — Se ele não o faz, irmão, eu veria a situação dessas mulheres como indesejada. Mulheres não deveriam viver juntas sem homens, a não ser que estejam sob constante vigília de um padre ou de um irmão.

— Ah, sei.

— De outra maneira, as mulheres não são confiáveis. São suscetíveis a cair no erro.

— Claro. Padre Augustin estava preocupado exatamente com isso. Esteve lá para persuadi-las a se tornar terciárias dominicanas.

— Não gosto disso — declarou Pierre-Julien. — Por que viveriam em um lugar tão remoto? De que estão fugindo?

— De nada, padre, elas simplesmente querem servir a Deus.

— Então deveriam entrar para um convento de freiras. Não, é muito suspeito. Elas estavam próximas do local da morte de padre Augustin, vivem como beguinas (que acabaram de ser condenadas pelo Santo Padre, você sabia?), e uma delas muito provavelmente é uma bruxa. Nessas circunstâncias, elas deviam ser chamadas para um interrogatório.

O que eu podia ter dito? Se eu discutisse, ele tiraria o assunto de minhas mãos. Então me reclinei, e dei a entender que concordava, ao mesmo tempo pensando: isso tem que ser evitado. Isso *será* evitado. E me ocorreu que, se eu fosse lento para fazer o que meu superior estava mandando, se eu me demorasse na atividade, então Johanna e suas amigas poderiam muito bem já ter deixado a forcia quando fossem chamadas a aparecer em Lazet.

É claro que ninguém nunca escapa do Santo Ofício; ao se mover para lá e para cá, a pessoa só adia o inevitável. Mas, deitado em meu catre após a Completa, rememorando os eventos do dia, outro pensamento me ocorreu. E o registro desaparecido? Ao me preocupar com o perigo que Johanna corria, havia me esquecido de perguntar a Pierre-Julien, enquanto ele estava sentado no *scriptorium* escarafunchando nossos registros, o que ele estava procurando. Suspeitei que estivesse buscando o mesmo registro que o levara até a casa de Raymond. Tive a impressão de que registros desaparecidos estiveram muito presentes nos acontecimentos recentes que afetaram o Santo Ofício, e refleti se conseguiria usar isso para meu proveito.

Talvez, se eu trabalhasse duro, poderia assegurar a exoneração de Pierre-Julien. Afinal de contas, perder um registro era um ato de muita incompetência. E claro que havia outras maneiras pelas quais seus esforços poderiam ser minados.

O senhor deve ter notado que não me preocupei com o desaparecimento de Raymond. Todos os meus pensamentos estavam com Johanna. Como diz Ovídio: "O amor é uma coisa cheia de medo inquietante": aquele que foi ferido pela espada do amor é tocado o tempo todo pelo pensamento constante de seu amado, e sua alma é escravizada. Nada mais interessa quando seu amor é ameaçado.

Só pequei contra Vós, e causei este mal na Vossa frente.

Na manhã seguinte assisti à Hora Prima, mas Pierre-Julien, não. Ele não estava em sua cela quando dei uma parada lá na saída do priorado. E, embora eu esperasse encontrá-lo na sede, fui frustrado nessa esperança também.

Em lugar dele, encontrei a mulher de Raymond, sentada e chorando ao lado da porta do Santo Ofício, como uma penitente.

— Ricarda — disse eu. — O que você está fazendo aqui?

— Ah... ah, padre, ele não voltou para casa! — soluçou. — Ele está morto, eu sei!

— Ricarda, este não é lugar para você. Volte para sua casa.

— Estão falando que ele tinha mulheres! Estão dizendo que eu o matei!

— Tolice. Ninguém pensa assim.

— O senescal pensa!

— Então o senescal é um tonto. — Ajudei-a a se levantar, pensando se ela conseguiria chegar em casa sozinha. — Nós o estamos procurando, Ricarda — disse eu. — Estamos fazendo o possível.

Ela ainda chorava, e percebi que não era bom deixá-la sozinha. Por isso resolvi acompanhá-la até sua casa, e de lá me dirigir ao castelo Comtal, porque eu estava ansioso para encontrar Roger Descalquencs. O senhor vê, eu me comprometera a fazer três coisas nesse dia: interrogar Roger a respeito de sua busca na casa de Raymond, pensar na melhor maneira de avisar Johanna das intenções de meu superior e visitar o palácio do bispo. Julguei que eu faria bem em visitar a biblioteca de Anselm, não apenas porque Raymond o fizera antes de desaparecer, mas porque essa biblioteca estava disposta não em arcas, mas em estantes de livros, com cada códice colocado cuidadosamente um ao lado do outro. Imaginei que dessa maneira seria fácil perceber onde estava faltando um livro.

Por isso não foi nenhum inconveniente acompanhar Ricarda. Fui com ela todo o caminho até a porta da casa e a deixei a cargo da ama de leite (cuja presença era muito oportuna, já que sua pobre patroa havia sido reduzida a um pouco mais que uma criança). De lá andei rapidamente até o castelo Comtal, onde fui cumprimentado com jovialidade pelo guarda do portão. Eu o reconheci como um dos homens que me haviam acompanhado a Casseras.

— Tarde demais, padre — observou ele. — Seu amigo acabou de sair.

— Meu amigo? Qual amigo?

— O outro. O inquisidor. Nunca consigo lembrar seu nome.

— Padre Pierre-Julien Fauré?

— É, esse mesmo.

— *Ele* esteve aqui?

— Sim. Ele foi por ali, se você o quiser.

Respondi que não, e pedi uma audiência com o senescal. Mas ele também havia saído pouco antes (para interrogar um certo preboste a respeito de certas multas e confiscos); assim, me despedi e fui em direção ao palácio do bispo. Ali fui obrigado, por cortesia, a trocar umas palavras com o bispo, antes de conseguir as chaves (e a permissão) que me possibilitariam consultar seus livros. Para minha sorte, ele estava em uma discussão muito acirrada quando me aproximei dele. De fato, pude ouvir vozes altas e raivosas ao entrar pela porta principal. Assim me vi livre de um longo discurso sobre a compra de seus cavalos mais recentes.

Nem mesmo o bispo Anselm conseguia priorizar seus cavalos quando havia uma sala cheia de combatentes carrancudos — incluindo seu capelão, o arquidiácono, o diácono de Saint Polycarpe, o tesoureiro real e o cônsul, Lothaire Carbonel.

— Irmão Bernard — disse o bispo, ante o silêncio ocasionado por minha chegada. — Me informaram que você gostaria de consultar a biblioteca?

— Se possível, meu senhor.

— Oh, você é sempre bem-vindo. Louis, você tem as chaves, leve irmão Bernard até a biblioteca.

Com obediência, seu capelão levantou-se e me levou até os aposentos privados do bispo. Logo que nos retiramos, a gritaria recomeçou; era aparente que o bispo Anselm ofendera profundamente o cabido de cônegos de Saint Polycarpe. Mas isso já acontecera antes, porque eles raramente concordavam com o bispo em qualquer coisa, e por boas razões, também. Ele tendia a ver o tesouro da catedral como se lhe pertencesse.

Louis, um glutão teimoso e avarento, me levou às estantes de livros do bispo, que estavam em um cômodo trancado ao lado do luxuoso quarto de dormir. Como havia pouca claridade, acendeu uma lamparina a óleo para mim. Em seguida saiu, e eu corri os olhos pelas prateleiras, procurando por uma brecha entre as capas de couro. Quantas estantes o bispo tinha! Em vez de amontoados em pilhas cambaleantes, cada códice tinha seu próprio espaço, para facilitar a localização e a identificação dos muitos volumes da biblioteca.

Como consequência, não era difícil perceber onde faltavam livros. Um espaço estava claramente definido, e a poeira que ficava na parte exposta da prateleira me informava que o registro em questão estava faltando há várias semanas — mas não (a julgar pelo pó nas capas dos livros ao lado) há vários anos. O outro espaço era mais difícil de discernir, mas certa folga nas fileiras me indicou que algo havia sido retirado recentemente.

Fiquei satisfeito em verificar que algum funcionário do bispo (ou talvez algum antigo empregado do Santo Ofício) tivera o cuidado de colocar todos os livros em certa ordem, dessa maneira me ajudando a deduzir o conteúdo de pelo menos um dos dois volumes ausentes.

Já que os registros de cada lado do espaço vazio consistiam de testemunhos dos habitantes de Crieux, inferi que aquele perdido também cobria os pecados dessa aldeia. Não fiquei surpreso em saber que esses testemunhos haviam sido registrados pelo inquisidor mencionado por padre Augustin em sua nota à margem. Com certeza, padre Augustin estivera procurando esse registro perdido. Com certeza, inclusive, não fazia muito tempo que o registro fora perdido.

O outro registro desaparecido também era antigo — tinha pelo menos uns 40 anos. Infelizmente, não consegui nem dar um palpite sobre seu conteúdo, por conta de um sutil rearranjo dos testemunhos ao lado (feito para esconder uma lacuna tão visível, talvez?). Mesmo após consultar alguns desses livros, não consegui descobrir quais vilarejos estavam faltando. Por isso, já que nada mais poderia ser feito, procurei pelo irmão Louis, e o encontrei atento com o que se dizia na sala de audiências do bispo. Pareceu incomodado ao me ver.

Claramente eu estava interrompendo uma parte importante do debate.

— Terminou, padre? — perguntou, e continuou, sem esperar a resposta. — Vou trancar, então. O senhor conhece o caminho.

— Irmão, há dois registros faltando — disse-lhe, antes que ele me impelisse para fora. — Você os pegou? Ou foi o bispo?

— Claro que não! — Embora com um tom baixo, a voz cheia de medo e ira. — Nós nunca tocamos nesses livros! Provavelmente padre Pierre-Julien os levou.

— Padre Pierre-Julien?

— Ele esteve aqui esta manhã. Eu o vi partir com um registro embaixo do braço.

— Sério? — Isso era *muito* interessante. — Um ou dois registros?

— Padre, deve perguntar a padre Pierre-Julien. Não é de minha alçada questionar o que ele faz.

— Não, não. Eu entendo. — De meu jeito mais tranquilizador, perguntei sobre Raymond Donatus. Ele havia visitado o palácio há um ou dois dias. Teria levado algum registro com ele?

— Raymond Donatus não veio aqui — disse ele. — A última vez que vi Raymond foi... há muitas semanas. Meses.

— Tem certeza?

— Sim, padre. *Tenho* certeza. — Novamente, percebi que Louis estava dividido entre o medo e a fúria. — Não temos visto ninguém do Santo Ofício, exceto irmão Lucius. Irmão Lucius sempre entrega os novos registros diretamente a mim.

— Mas ele mesmo nunca entra na biblioteca?

— Não, padre.

— E quando Raymond Donatus esteve aqui pela última vez... levou algum registro?

— Pode ser. Não me lembro. Foi há muito tempo.

— Mas você com certeza teria notado?

— Padre, tenho muitas coisas com que me ocupar! Meus dias são cheios!

— Sim, claro.

— Agora, por exemplo, eu devia estar lá dentro, com o bispo Anselm. Ele me mandou voltar assim que você tivesse terminado. Terminou, padre?

Ao perceber que Louis já não teria muito mais a contribuir, eu disse que sim e fui embora. Decidi que iria para a sede, na esperança de encontrar Pierre-Julien.

Para minha surpresa, encontrei-o bem na saída do palácio. Estava suado e agitado, com o rosto vermelho. Carregava dois registros da Inquisição embaixo do braço.

— Você! — exclamou ele, parando abruptamente. — O que está fazendo aqui?

Eu poderia ter perguntado o mesmo. Eu *queria* perguntar-lhe o mesmo. Mas aprendera a ser cauteloso em meu relacionamento com Pierre-Julien, então respondi de maneira humilde e prestativa.

— Consultando a biblioteca do bispo — disse eu.

— Por quê?

— Porque Raymond, antes de sumir, me disse que um dos registros do bispo estava faltando. E agora descobri que faltam dois. — Fixando o olhar nos registros sob seu braço, não pude evitar a pergunta: — São esses os dois?

Ele olhou para os registros sem expressão, como se nunca os tivesse visto. Quando olhou para cima novamente, parecia perdido... e demorou um tempo até responder.

— São sim, eu... eu peguei um esta manhã. — De repente sua fala ficou mais rápida; as palavras vieram em um jorro. — Como eu lhe disse antes, dei permissão a Raymond para levar um dos registros para casa. Como não foi achado na casa dele, vim aqui esta manhã para consultar a cópia do bispo. Enquanto eu fazia isso, pensei: talvez o senescal, ao vasculhar a casa de Raymond, trocou os nossos registros com os de Raymond; por isso, fui até ele e pedi para que me mostrasse os registros que *havia* encontrado. Imagine minha alegria quando descobri que eu acertara!

— Quer dizer...

— Raymond estava não apenas com o registro que eu lhe dera, mas com duas cópias de outro registro de testemunhos que padre Augustin deve ter requerido. — Com um sorriso meio forçado, Pierre-Julien ostentou sua carga encadernada com couro. — O mistério está solucionado! — declarou.

Eu não podia concordar com ele. Enquanto eu ordenava meus pensamentos, me ocorreram várias perguntas.

— Raymond me disse que aqueles livros estavam faltando — falei. — Os requisitados por padre Augustin.

— Ele deve tê-los encontrado.

— Então por que não os entregou para mim?

— Sem dúvida ele... sem dúvida seu destino o surpreendeu, antes que pudesse fazê-lo.

Era uma explicação razoável. Enquanto eu a avaliava, Pierre-Julien continuou.

— Acabei de devolver nossas cópias ao *scriptorium* — disse ele. — Agora vou devolver estes ao bispo, e tudo vai estar como deveria.

— E o senhor diz que o *senescal* tinha esses registros com ele? — Outro pensamento me ocorrera. — Por que teria pegado os registros de Raymond? Com que propósito?

— Ora, para ver se eles continham alguma evidência! — Pierre-Julien parecia impaciente. — Realmente, irmão, você é muito lento.

— Mas ele não deve tê-los examinado. Se tivesse, perceberia que não eram os de Raymond.

— Exatamente! O senescal é um homem ocupado. Não leu os documentos. Se tivesse lido, teria nos alertado, claro.

— Ele ainda está com os outros registros? Os registros notariais pessoais de Raymond?

— Imagino que sim.

— Ele os encontrou todos juntos? Em um único lugar?

— Irmão, por que você quer saber? Qual a importância disso, do lugar onde foram encontrados? Ele os encontrou, ponto. *Isso* é o que nos diz respeito. Nada mais.

O tom de Pierre-Julien rompeu meu devaneio (na verdade, eu estava pensando alto) e me fez contrair os lábios. Percebi que ele estava ficando agitado, talvez até irado, e eu não queria lhe dar qualquer razão para me mandar embora de meu trabalho de novo.

Assim, me curvei, acenei com a cabeça e me mostrei satisfeito, pelo menos na aparência. Em seguida, nos separamos (com palavras adequadas), e me apressei a voltar à sede tão rapidamente quanto a dignidade de meu posto permitia. Bati na porta até que irmão Lucius a destrancou; subi correndo as escadas até o *scriptorium*, já apalpando as chaves em meu cinto.

— Lucius! — gritei. — Padre Pierre-Julien acabou de devolver uns registros a algum destes baús?

— Sim, padre.

— Em qual? Qual baú?

O escrivão ainda estava subindo as escadas; tive que esperar que adentrasse o recinto para ter minha curiosidade satisfeita. Quando ele apontou para o maior, eu o destranquei e peguei o livro no topo da pilha.

— Não, padre. — contestou Lucius. — Ele os pôs mais para baixo.

— Onde? No fundo?

Quando o escrivão deu de ombros, eu quase bati os pés de frustração. Parecia que eu teria de olhar os registros um a um — e haveria tempo hábil para isso antes que Pierre-Julien voltar? Mas tive sorte, porque, quando ergui o quinto registro, encontrei o testemunho que eu (e padre Augustin) estivera procurando: um testemunho dos habitantes de Crieux de vinte anos antes.

Não encontrei, porém, dois dos primeiros cinco fólios. Uma grande parte da lista de depoentes, além da maior parte do sumário, havia desaparecido. Quando abri o livro seguinte, descobri que também havia sido depredado. Os dois registros estavam incompletos agora.

Que execrável!

Folheando os livros, encontrei mais evidência de fólios ausentes. Encontrei irregularidades, lacunas nos testemunhos. Também encontrei um nome que me era familiar — o nome de um homem, já morto, cujo filho por acaso era Lothaire Carbonel (que eu acabara de ver no palácio do bispo). Deus da Misericórdia, pensei, e o pai morrera antes de ser condenado. Mas eu não podia perder mais tempo nesse assunto porque Pierre-Julien com certeza estava voltando para a sede, e não me interessava que ele soubesse que eu andara verificando os registros.

Por isso joguei-os para o fundo, no baú, exclamando: "Não estou conseguindo encontrá-los!" (para que o escrivão ouvisse), e voltei a trancar o baú com as mãos tremendo. Pode acreditar que eu estava profundamente agitado. Estava claro para mim que o próprio Pierre-Julien havia apagado os registros, porque, se não tivesse sido ele, teria mencionado que estavam avariados. *O Senhor preserva os simplórios: eu caí lá embaixo, e Ele me ajudou.* Como o Senhor me ajudara! Desfigurar um registro da Inquisição já era ruim, mas a razão para fazê-lo era pior ainda. Sem dúvida, ao consultar pela primeira vez certos registros que podem ou não ter sido roubados por Raymond Donatus, Pierre-Julien descobrira, e encobrira, a identidade (ou identidades) de hereges já difamados, com os quais tinha algum tipo de relacionamento. Hereges contumazes, que não se emendaram ou cumpriram penitências. Hereges que poderiam muito bem tirá-lo de seu cargo e cobri-lo de vergonha, se a conexão com ele viesse a público.

Como me orgulhei de minha descoberta! Como me regozijei! Com quanto fervor agradeci a Deus, e o louvei, enquanto descia correndo as escadas até minha mesa! Mas eu também sabia que os indícios eram incompletos: que seriam incontestáveis apenas quando eu tivesse os nomes e crimes dos hereges em questão. Então afiei minha pena e me sentei para escrever uma carta.

Enderecei-a a Jean de Beaune, o inquisidor de Carcassonne. Escrevi tudo o que eu sabia sobre os testemunhos ausentes e lhe perguntei se, alguma vez nos últimos quarenta anos, ele ou seus antecessores haviam pedido cópias deles. Era possível (embora improvável) que alguma requisição desse tipo tivesse sido feita. Se sim, seria possível fazer uma cópia do texto e enviá-la a Lazet? Eu lhe seria eternamente grato.

Ao terminar essa carta, escrevi uma quase idêntica, mas endereçada ao inquisidor de Toulouse. Então lacrei as duas e as levei a Pons. (Era Pons que sempre escolhia e despachava os familiares quando precisávamos de mensageiros.) Se tudo desse certo, imaginei que teria uma resposta em três ou quatro dias.

Ó Senhor, Vós sois justo e os Vossos julgamentos, corretos! Ao sacrificar Pierre-Julien, eu pretendia salvar Johanna. E estava determinado a causar a destituição de meu superior, com ou sem evidências sólidas. Revelarei, porém, melhor meus planos um pouco mais adiante em minha narrativa.

Ao retornar à minha mesa, fiquei surpreso (mas não aborrecido) ao descobrir que Pierre-Julien ainda não havia voltado. Fiquei ainda mais surpreso por não ter comparecido à refeição no convento. Na verdade, comecei a ficar um pouco preocupado, e teria saído para procurá-lo, se ele não tivesse aparecido de repente na sede no final da tarde, cheirando fortemente a vinho. Cumprimentou-me de maneira ruidosa e iniciou uma explicação de sua longa ausência que poderia ter sido bem convincente, se não tivesse sido tão confusa. Em seguida, pegou meu braço e me puxou para bem perto dele.

— Eu lhe contei que Raymond arrancou uns fólios dos registros que ele pegou emprestado? — perguntou.

Imagino que minha evidente surpresa pudesse ser atribuída à duplicidade de tal ação. Na verdade, fiquei atônito à mera menção do assunto. Mas, de pronto, percebi que ele estava tentando dissimular seu próprio comportamento corrupto, no caso de eu ter consultado (ou pretender consultar) os registros. E eu murmurei uma resposta sem sentido.

— Talvez tenha feito isso para proteger o próprio nome — continuou Pierre-Julien. — E depois fugiu da cidade quando percebeu que seu pecado seria descoberto. Mas nós o encontraremos.

— Ele poderia ter feito isso por outra pessoa? — perguntei. — Poderia ser por dinheiro?

— Talvez. É lamentável.

— Poderia ter sido assassinado pela pessoa que lhe ofereceu dinheiro para assegurar que nunca revelasse o acontecido? — continuei. E, embora tivesse levantado essa hipótese quase como gracejo, de repente me perguntei se não estaria próximo da verdade. Será que Raymond havia sido morto porque tinha guardado os registros avariados *após* eles terem sido danificados, e conhecia o autor? Mas como essa ordem dos eventos eximiria meu superior da culpa, eu a descartei.

— Ah, acho isso *muito* improvável — exclamou Pierre-Julien, de maneira embaraçada. — Mas, de qualquer maneira, irmão, deixe que eu resolva o problema. Você já tem preocupação demais com a investigação do destino horrível de padre Augustin. Já convocou aquelas mulheres?

— Não, padre — respondi, com total serenidade. — Ainda não convoquei aquelas mulheres.

E tenha certeza de que não pretendo fazê-lo.

Naquela mesma noite, Raymond Donatus foi encontrado.

O senhor deve se lembrar da gruta de Galamus no mercado da cidade. O senhor também há de se recordar que todo dia, quando o sol se põe, um cônego de Saint Polycarpe recolhe desse lugar sagrado todas as oferendas que foram lá deixadas. Ele as coloca em um saco enorme e as leva de volta às cozinhas da catedral, já que em sua maioria são ervas, filões de pão, frutas e coisas do gênero. Às vezes há peixes salgados, e outras vezes um pouco de bacon, mas a única vez em que houve uma quantidade generosa de carne, pernis embalados pesadamente em camadas de tecido ensanguentado, foi nessa noite.

Surpreso com tanta abundância, o cônego de plantão deixou cair cada pacote irregular dentro de seu saco. O peso da carga era tal que ele foi obrigado a arrastar o saco, em vez de carregá-lo, até as cozinhas. Houve muita comemoração entre o pessoal da cozinha: Deus foi bom ao conceder tal dádiva a Seus fiéis servidores. Mas, quando o primeiro pacote foi desembalado, a alegria virou horror.

A carne era humana: um braço desmembrado, cotovelo dobrado.

Naturalmente, o deão foi chamado, depois o bispo e depois o senescal. Na hora das Matinas, todos os pacotes haviam sido desembalados, e as partes que constituintes de Raymond Donatus foram reveladas. Ao ver a identidade do cadáver, Roger Descalquencs, de imediato, mandou chamar Pierre-Julien, que, como consequência, se ausentou do priorado durante a missa.

Agora, por favor, preste atenção ao comportamento de meu superior depois que viu o corpo. Não sei se lhe disseram por que o senescal queria sua presença, mas, mesmo que lhe tivessem contado algo somente ao chegar a Saint Polycarpe, ele não me revelou nada a respeito da descoberta pavorosa que acontecera lá. Me informaram, após as Matinas, que o senescal requisitara a presença de Pierre-Julien (pois indaguei logo sobre seu lugar vazio no coro); no entanto, fui proibido de sair do priorado. Por isso, retornei a meu leito em um estado de inquietação, quase não conseguindo dormir.

Quando acordei de novo, encontrei Pierre-Julien nas Laudes, e falei com ele em sua cela logo em seguida. Ele me contou que o corpo desmembrado de Raymond havia sido encontrado na gruta de Galamus; que mensageiros proclamariam a notícia em toda a cidade e procurariam testemunhas que pudessem ter visto quem depositara os restos na gruta; e que alguém precisaria avisar a coitada da viúva.

— Talvez você possa fazer isso, irmão — sugeriu Pierre-Julien. Ele parecia muito cansado e doente. — Com a ajuda do padre da paróquia dela ou... ou algum amigo ou parente...

— Sim, claro. — Eu estava muito chocado para contestar. — Onde... onde ele está?

— Em Saint Polycarpe. Colocaram-no na cripta. Talvez a viúva queira fazer diferente...

— Deus nos perdoe a todos — murmurei, me ajoelhando. — Há quanto tempo ele está... quer dizer... os restos estão frescos, ou...?

Pierre-Julien engoliu em seco e estremeceu. — Irmão, eu realmente não posso especular — respondeu. — Não sou especialista no assunto. — Levantou-se, e eu com ele. — Durand tem que ser avisado — continuou. — Eu mesmo farei isso. Também escreverei para o inquisidor geral, para informá-lo que Satanás ainda está entre nós. O Santo Ofício está sitiado, mas lutaremos e triunfaremos. Porque Deus é nosso refúgio e nossa força.

— Sitiado? — repeti, sem compreender. Então, de repente, compreendi. — Ah, sim. O mesmo destino de padre Augustin. Mas não os mesmos criminosos, padre.

— Exatamente os mesmos — disse com firmeza.

— Padre, Jordan Sicre está na Catalunha. Ou, pelo menos, está vindo de lá.

— Jordan Sicre foi apenas um agente do mal.

— Mas padre Augustin e seus guarda-costas foram desmembrados para ocultar a ausência do corpo de Jordan. A morte de Raymond é bem diferente...

— É do mesmo tipo. Um sacrifício em um cruzamento... exatamente o mesmo. Um ato de bruxaria.

Se eu não tivesse medo de despertar a ira de Pierre-Julien, teria contestado seu argumento. Em vez disso, temendo que a qualquer momento levantaria o tema de Johanna e suas amigas, saí rapidamente. Também saí do priorado, e, sabendo que a paróquia de Ricarda era servida pela igreja de St Antonin, me dirigi para lá, o tempo todo pensando: qual é a resposta? Quem é o culpado? Por que Vós ficastes longe, ó Deus? Antes de chegar a St Antonin, passei por um mensageiro declamando no meio da rua, e parei para ouvir.

Embora ainda fosse cedo, ele conseguira atrair um grande público: as pessoas estavam penduradas nas janelas de seus quartos, visão embaçada, em um esforço de ouvir suas estranhas notícias. Como eu conhecia algumas dessas pessoas, e não tinha a mínima vontade de conversar com elas (senão eu nunca chegaria a St Antonin), continuei meu caminho, me mantendo mais ou menos perto para ouvir o que o mensageiro estava dizendo. Foi isto o que ele disse: que Raymond Donatus, notário público, fora encontrado na gruta de Galamus cortado em pedaços. Que o senescal gostaria de encontrar o perpetrador dessa barbaridade, ou qualquer pessoa que a tenha testemunhado, ou alguém que tenha limpado uma grande quantidade de sangue nos últimos dois dias, ou, ainda, alguém que tenha sido visto colocando uns pacotes enormes, embrulhados com pedaços de pano, na gruta de Galamus. Também que o senescal queria ouvir sobre ou de alguém que estivesse salgando carne recentemente. Também, que o senescal queria falar com qualquer pessoa que tivesse visto Raymond Donatus nos últimos três dias. Também, que qualquer pessoa que sentisse falta de qualquer tecido grosso ou capotes, deveria imediatamente contar isso ao senescal.

A punição para esse crime maligno e sangrento seria terrível, sem falar na vingança do Senhor. Por ordem de Roger Descalquencs, senescal real de Lazet.

Após proferir sua mensagem, o mensageiro bateu os calcanhares nos flancos de seu cavalo e se foi. Em seguida, o ar ficou repleto de exclamações de assombro. Se eu continuasse lá, com certeza teria sido reconhecido e questionado... mas fugi antes que as últimas palavras do mensageiro saíssem de sua boca. Fugi tão logo ele mencionou a salga da carne. Fugi, não para St Antonin, mas para Saint Polycarpe, onde requeri acesso à cripta.

Ali, entre os sepulcros, o sacristão me mostrou o corpo mutilado de Raymond. Não vou manchar este pergaminho com uma descrição. Apenas dizer que o corpo estava parcialmente vestido, sem cor e quase irreconhecível. Colocado em um sarcófago de pedra sem tampa, cada pedaço cortado ocupava seu devido lugar. E todos eles cheiravam fortemente a salmoura.

— Este cadáver foi salgado — disse eu, quase sem fôlego, através da manga de meu hábito.

— Sim.

— No que ele estava embrulhado? Onde está o tecido?

— Estava embalado em quatro mantos, que foram rasgados em pedaços — respondeu o sacristão, sua voz abafada por sua própria manga. — Foram levados pelo senescal.

— Mas a roupa não foi tirada do corpo — murmurei, pensando alto. Se o senhor se lembrar, as roupas de padre Augustin *tinham* sido tiradas. — Quais foram os comentários do senescal? Ele suspeita de alguém?

— Irmão, eu não sei. Não estava presente quando ele examinou os restos. — Após hesitar, o sacristão me perguntou, de uma forma gentil, se Ricarda Donatus mandaria buscar o corpo logo. — Deveria ser enterrado, irmão. As moscas...

— Sim. Tomarei as providências assim que possível.

Agradecendo-lhe, saí de Saint Polycarpe, mas não fui para a casa de Ricarda. Eu acho que, com isso, falhei em minha obrigação com ela (porém, devo confessar que outra mulher esteve em meu coração e em minha mente naquele dia). De maneira cruel, deixei a pobre Ricarda ouvir a respeito do destino horrível de seu marido por um mensageiro na rua, em vez dos lábios de um amigo solidário, porque fui diretamente à sede, onde irmão Lucius destrancou a porta para eu entrar.

Pierre-Julien estava em sua sala, falando com Durand Fogasset; eu conseguia ouvir suas vozes. Irmão Lucius parecia mais incorpóreo do que nunca, piscando como uma coruja à luz do dia. Perguntei se ele se lembrava da última vez que vira Raymond Donatus, e ele aquiesceu, sem dizer nada.

— Você disse que foi embora daqui antes dele — observei. — Foi isso mesmo?

— Sim, padre.

— Então você não pode me dizer qual guarda estava de plantão aqui naquela noite? Quero dizer, no turno da noite, não no turno da manhã.

— Não, padre.

— Então vá perguntar a Pons. — Fui em direção à escadaria. — Pergunte a Pons quem estava de guarda no turno da noite aqui, e diga-lhe para mandar esse guarda vir até mim. Quero lhe fazer umas perguntas.

— Sim, padre.

— Outra coisa, Lucius! Suas lamparinas estão acesas lá em cima?

— Sim, padre.

— Bom.

Enquanto o escrivão foi fazer o que lhe pedi, peguei uma de suas lamparinas e a levei para baixo, para a porta dos estábulos. O senhor vai lembrar que essa porta era no final da escadaria; examinei cuidadosamente a prancha de madeira que a travava, mas não vi nenhum pó sobre ela, nem marcas de uso recente. Da mesma maneira, o chão estava livre tanto de poeira quanto de pegadas. Achei estranho que ele estivesse tão limpo. Quem pensaria em limpá-lo, e por quê? Que eu soubesse, ninguém havia entrado nos estábulos desde a retirada dos restos de padre Augustin.

Levantando a tranca, coloquei-a de lado e abri a porta empurrando. Imediatamente, senti um cheiro pútrido que se devia basicamente à minha própria incompetência. Eu havia me esquecido de avisar aos moradores de Casseras sobre seus barris de salgar. Havia semanas que estavam lá, destampados e cheios da salmoura onde carne apodrecida havia estado. Não que os estábulos tenham alguma vez sido perfumados desde a chegada (e posterior matança) dos porcos de Pons. Mas essa fetidez era muito pior que qualquer porco. Era nociva, sufocante, fez meus olhos lacrimejarem.

Prendendo a respiração, olhei dentro do primeiro barril, e vi apenas a superfície oleosa e escura da salmoura. O chão em volta dos barris estava úmido, mas úmido em todo lugar, permanentemente úmido, e escorregadio como gelo derretido. O cocho dos cavalos estava escuro de sangue, eu não saberia distinguir se de humanos ou porcos; embora as manchas parecessem antigas, também estavam grudentas, talvez da umidade reinante. Eu me esqueci de dizer que chovia bastante há mais de uma semana, e a chuva sempre tem um efeito nocivo nesses estábulos. Para dizer a verdade, eu nunca teria mantido um cavalo meu lá. Leite, talvez, e peixe, mas não um cavalo.

Para minha imensa frustração, não pude ver nenhuma evidência irrefutável de que Raymond Donatus havia sido mutilado ou salgado nesse lugar malcheiroso. Alguma coisa deve ter sido mutilada ou salgada, talvez porcos. Por outro lado, não havia nada que sugerisse que Raymond *não* tivesse sido morto ali, e eu pensei que seria mais que possível que sim. Possível? Achei provável. Olhei em volta para as paredes úmidas, as sombras densas, o piso de pedra escurecido e escorregadio, e pensei: aqui é um antro do mal. Quase pude ouvir o farfalhar das asas de morcego de demônios conjurados.

Rapidamente subi as escadas novamente.

— Ah, irmão Bernard! — Pierre-Julien na antessala pareceu surpreso em me ver. — Avisou Ricarda?

— Cheirei o cadáver do marido. — Foi minha resposta. — Foi salgado.

— Salgado? Ah, sim. Estava em salmoura.

— E você sabia dos barris de salmoura lá embaixo?

— Barris de salmoura? — De novo pareceu surpreso. Mas eu não estava totalmente convencido de que a surpresa fosse genuína. — Não, por que há barris de salmoura?

— Vieram de Casseras, com os restos de padre Augustin. O senescal não lhe contou isso?

— Não, nunca.

— Então ele foi negligente. — Ao som de dobradiças rangendo me virei, e vi irmão Lucius vindo da prisão, acompanhado de perto por um dos familiares. Esse homem trabalhava há muito tempo para o Santo Ofício. Era um antigo mercenário chamado Jean-Pierre. Reconheci seu rosto amarelo, marcado pela varíola, com formato de meia-lua como um pedaço do miolo da maçã, e o declive aprofundado de seus ombros deprimidos. Ele era pequeno e magro, com muito cabelo. — Jean-Pierre — disse eu, ao notar o jeito cauteloso de sua fisionomia. — Você estava de plantão quando Raymond Donatus foi embora, há três noites?

— Sim, padre.

— Você o viu saindo? Travou a porta atrás dele?

— Sim, padre.

— E ele não voltou? Ninguém voltou?

— Não, padre.

— Você está mentindo.

O familiar piscou; pude sentir certa tensão à minha volta. Minhas palavras seguintes tiveram um efeito ainda mais perceptível, como era minha intenção. Pois eu achava que o corpo de Raymond fora mantido nos estábulos, uma conclusão possível, até porque há que se perguntar: onde mais alguém pode salgar um corpo secretamente? Então Jean-Pierre (que estava sozinho no prédio na noite do desaparecimento do notário) poderia muito bem tê-lo colocado lá. Quem mais teria tempo de fazer tal carnificina?

— Sei que está mentindo, Jean-Pierre. Sei que Raymond Donatus foi morto neste prédio. E eu sei que você o fez.

— Quê? — exclamou Pierre-Julien. Durand suspirou, e o familiar balançou como se tivesse sido atingido por um tapa.

— Não! — gritou. — Não, padre!

— Sim.

— Ele foi embora! Eu o vi ir embora!

— Você *não* o viu ir embora. Ele não foi embora. Ele foi morto lá embaixo e seu corpo foi mantido por dois dias nos barris de salmoura. Nós sabemos disso. Temos provas. Quem mais poderia tê-lo feito sem ser você?

— A mulher! — gritou Jean-Pierre como um selvagem. — Deve ter sido ela!

— Que mulher?

— Padre, eu... eu... foi uma mentira, eu estava... o notário foi embora, mas voltou. Com uma mulher. Tarde.

— E você o deixou entrar?

O familiar não estava mais amarelo, estava vermelho; parecia que ia se debulhar em lágrimas. — Padre, fui pago — disse ele rapidamente. — Raymond Donatus me pagou.

— Então, quando ele bateu à porta, você exigiu dinheiro para ele entrar.

— Não, não, ele ofereceu. Mais cedo!

— E isso já tinha acontecido antes?

— Não, padre. Pelo menos... não comigo. — A voz de Jean-Pierre não era mais que um sussurro. — Ele disse que Jordan Sicre costumava ajudá-lo, antes de Jordan ser... antes de ele desaparecer. Ele costumava trazer muitas mulheres, padre, e eu sabia que estava errado, mas eu não o matei. Nunca. Ele me ofereceu dinheiro, certa vez, para matar Jordan, mas eu não aceitei. Eu nunca poderia fazer uma coisa dessas, nunca.

— Descreva a mulher... — começou Pierre-Julien, apenas para ser interrompido. Como o senhor pode imaginar, eu queria ouvir mais a respeito de Jordan Sicre.

— Como era para você ter matado Jordan? — perguntei. — Quando? Por quê?

— Padre, ele me disse que Jordan havia matado padre Augustin e estava sendo trazido de volta a Lazet. Ele me disse que Jordan teria que ser envenenado, ou ele contaria que Raymond andava trazendo mulheres para dentro do Santo Ofício. Ele disse: Se descobrirem sobre mim, Jean-Pierre, então vão descobrir sobre você também. Mas eu não faria, padre. Matar é pecado.

— Descreva a mulher — repetiu Pierre-Julien. — Que idade ela tinha? Ela tinha cabelo ruivo-acastanhado?

— Não *houve* nenhuma mulher! — falei rispidamente. — Ele está mentindo.

— Não, padre, não!

— Claro que sim! — Voltei-me para o acusado. — Você está tentando me dizer que uma mulher misteriosa matou Raymond Donatus, carregou-o até os estábulos, cortou-o em pedaços e foi embora pela porta que você estava guardando? Você acha que sou um *idiota*, Jean-Pierre?

— Padre, me escute! — O familiar, agora chorando, estava muito, muito assustado. — Ele a levou para cima, padre, e depois mandou-a para baixo para mim! Nós... nós fomos lá dentro... — Ele apontou a sala de Pierre-Julien... — porque a cadeira tem uma almofada...

— Você fornicou na *minha cadeira*?

— ... e aí ela saiu, voltou para cima, para receber o dinheiro. Mais tarde, ouvi a porta se fechar... eu ainda estava em sua sala, meu senhor... ela deve ter ido embora com ele, padre, *deve* ter ido.

— Você realmente os viu ir embora? Ambos? — perguntou Durand de repente, antes de se lembrar de que ele deveria ficar calado. Mas foi uma boa pergunta.

— Eu os escutei ir embora — respondeu o familiar. — Escutei passos e a porta fechando. Não estava trancada. E nada mais aconteceu por toda a noite. Padre, eu *juro* que essa é a verdade! Ou ela o matou aqui dentro, e talvez eu tenha dormido, ou eles foram embora e ela o matou depois!

— Você está mentindo. Você mesmo o matou. Você foi pago para matá-lo.

— Não! — Chorando, o familiar caiu de joelhos. — Não, padre, não...

— Por que ele estaria mentindo? — disse Pierre-Julien asperamente. — Por que essa mulher não seria a bruxa de Casseras?

— Porque a bruxa de Casseras não existe! — Quase cuspi nele. — Isso não tem a ver com as mulheres de Casseras!

— A morte de Raymond foi bruxaria, Bernard!

— *Não* foi bruxaria! Foi planejada para *parecer* bruxaria! Este homem foi pago para matar Raymond Donatus e dispor do corpo como um bruxo faria!

— Tolice! Quem pagaria para fazer tal coisa?

— Você faria, padre! — Apontei um dedo para seu peito. *Você* faria!

10

INTERCEDER POR ELAS

O senhor entendeu meu raciocínio nesse ponto? Talvez sua mente não esteja acostumada a desembaraçar os fios de culpa e inocência, porque, sem dúvida, foi treinada para perseguir mistérios mais elevados, como o significado da encarnação. Talvez o senhor preferisse não poluir seu intelecto com tais detalhes degradantes e sangrentos, ofensivos aos homens de valor e inaceitáveis ao Senhor.

Se for isso, permita-me lhe expor certas teorias. Em primeiro lugar, era bem possível que Raymond Donatus estivesse implicado na morte de padre Augustin; senão por que planejava matar Jordan Sicre? Certamente ninguém envenena o outro para evitar que revele seu gosto pervertido por prostitutas. De qualquer maneira, não achei essa explicação convincente, enquanto a minha fazia sentido. Por outro lado, eu não conseguia achar uma razão pela qual Raymond teria querido matar padre Augustin. Não consegui empregar meus poderes de dedução nesse problema quando aflorou em minha mente, porque eu estava em um embate com Pierre-Julien a respeito de minha segunda proposição, ou seja, a de que ele próprio seria o responsável pela morte de Raymond Donatus.

Com certeza o senhor achará essa ideia absurda. Mas pense apenas nos registros suprimidos: eles estiveram nas mãos de Raymond, certo? Se eles contivessem testemunhos que implicavam Pierre-Julien (como eu suspeitava), não ia querer que ninguém os lesse ou contasse a outros o que continham. E a disposição estranha dos restos mortais do notário sugeria uso de bruxaria. Colocá-los em uma encruzilhada, em vez de jogá-los no rio, era um ato destinado a copiar a fórmula das invocações do demônio.

Eu lhe pergunto: quem mais, em toda a cidade, fora educado em tais práticas obscuras de idolatria? Quem mais poderia ter tentado implicar um grupo de pessoas — os necromantes — do qual apenas ele suspeitava? Raciocinei que, se Pierre-Julien quisesse que um herege fosse culpado pelo assassinato de Raymond, ele não teria se livrado do cadáver de uma maneira tão fiel à sua própria ideia de ritual satânico.

Esses foram meus pensamentos, em parte fruto da razão, e em parte, da emoção. Não tenha dúvida de que eu *queria* que meu superior fosse culpado. Eu o queria fora do caminho. Por isso fui levado, em certo sentido, pelo preconceito, que também quase me cegou. Não parei para pensar qual a ligação entre o assassinato de padre Augustin por Raymond e sua subsequente morte. Não parei para considerar que o desaparecimento do primeiro registro aconteceu muito antes da chegada de Pierre-Julien a Lazet. Eu estava muito ansioso para estabelecer a culpa de meu superior.

Então acusei, e fui injuriado de volta.

— Você está endemoniado! — gaguejou Pierre-Julien. — Você está possuído! Louco!

— E *você* é um descendente de *hereges*.

— Aquelas mulheres o enfeitiçaram! Infectaram a sua mente! Você me difama para protegê-las.

— Não, Fauré. Você as difama para se proteger. Você nega que arrancou fólios daqueles registros?

— Saia! Saia daqui! Vá!

— Sim, eu vou! Eu vou até o senescal, e ele vai prendê-lo!

— Você será preso! Seu desprezo pela instituição sagrada que eu represento é completa insolência!

— Você não representa nada — disse com sarcasmo, me dirigindo à porta. — É um mentiroso, e assassino, e idiota. Você é um amontoado pulsante de carne pútrida e fétida. Você será jogado em um lago de fogo, e eu vou ficar na margem, vestido de branco, cantando. — Olhei para Durand (que parecia ver essa troca de altercações com um misto de choque e de prazer), saudei-o e saí, dirigindo-me ao castelo Comtal. Sem dúvida, fui fonte de espanto entre os cidadãos de Lazet, pois corri o tempo todo com minhas vestes presas em volta dos joelhos, e todo mundo me olhou como se estivesse diante de uma visão milagrosa. É bastante raro ver um irmão fugindo (a não ser que seja um bandido) e um inquisidor da depravação herética correndo feito uma lebre perseguida por um cão de caça, não é algo que você espere encontrar nem em três vidas!

Corri muito. E o senhor pode imaginar o estado em que cheguei a meu destino. Eu quase não consegui cumprimentar ninguém, tão encurvado que fiquei, minhas mãos segurando meus pobres joelhos monásticos (tão desacostumados a exercícios extenuantes por anos e anos de rezas e jejuns), meu peito em chamas, pernas e braços trêmulos, as batidas do coração tão fortes que quase me ensurdeceram. Lembre-se, também, que não sou jovem! O senescal, quando me viu assim debilitado, ficou tão preocupado como se estivesse presenciando um eclipse solar, ou um bezerro de três cabeças, porque era uma visão que prenunciava muitos problemas.

— Deus do céu! — blasfemou ele, antes de fazer o sinal da cruz rapidamente. — O que aconteceu, padre? Está machucado?

Sacudi a cabeça, ainda sem fôlego para falar. Ele se levantara, assim como o tesoureiro real que estava com ele. Um inquisidor da depravação herética sempre tem precedência sobre um funcionário menos categorizado. Assim, eu o dispensei com um gesto, e ele se foi, me deixando a sós com o senescal.

— Sente-se — ordenou Roger. — Beba um pouco de vinho. Você veio correndo.

Eu aquiesci.

— De quem?

Meneei a cabeça.

— Respire fundo. Novamente. Agora beba isto e fale quando puder.

Ele me deu vinho da mesa ao lado de sua cama, porque estávamos no famoso quarto onde o próprio rei Filipe havia dormido. Como sempre, não pude deixar de admirar os reposteiros de seda de Damasco bordados nessa cama, que era adornada como um altar em prata e ouro. Roger parecia esbanjar nela todos os adornos luxuosos que negava a si próprio.

— Então — disse ele quando me recuperei. — O que foi? Mais alguém morreu?

— Você viu o cadáver de Raymond — respondi (bruscamente, por falta de ar). — Você viu que havia sido salgado.

— Sim.

— Você se lembra dos barris de salmoura que você trouxe de Casseras? Meu senhor, eles estão em nossos estábulos, onde os deixou.

Os olhos de Roger se apertaram.

— E eles foram usados ultimamente? — perguntou ele.

— Não sei. Parece que sim. Meu senhor, parece lógico. Raymond foi o último de nós na sede aquela noite. Por que não pagar para o guarda de plantão matá-lo, colocar o cadáver nos estábulos, onde ficaria por algum tempo, imperceptível?

Houve um longo silêncio. O senescal ficou sentado me observando, seus braços fortes cruzados sobre o peito. Finalmente resmungou.

Tomei isso como um sinal de que eu poderia continuar.

— Meu senhor, o padre Pierre-Julien veio até aqui ontem para pedir os registros inquisitoriais que o senhor tinha pegado na casa de Raymond? — perguntei.

— Sim.

— Registros que o senhor ainda não tinha consultado?

— Padre, tenho estado muito ocupado.

— Sim, claro. Mas, quando *eu* fui olhá-los, tinham sido mutilados. Certos fólios foram removidos. Só que padre Pierre-Julien não me disse nada sobre isso, nada, quando me contou a respeito dos registros pela primeira vez. Isso não sugere que *ele* pode ter mutilado os livros, e não Raymond? Porque ele acusou Raymond, meu senhor. Ele disse que Raymond estava tentando esconder uns antepassados hereges.

— Padre, perdoe-me... — O senescal passou seus dedos pelos cabelos. — Me perdi. Por que você acharia que Raymond era inocente? Por que é tão difícil aceitar sua culpa?

— Porque padre Pierre-Julien sequer *mencionou* os fólios que faltavam quando ele me contou que encontrara os livros.

— Sim, mas...

— Tinha que ter sido a primeira coisa a ser dita, meu senhor. Profanar um registro da Inquisição! Ora, esse é um crime tão hediondo quanto matar padre Augustin!

— Ahn... — Dessa vez o senescal enxugou o rosto, mexeu os ombros e se comportou como alguém desconfortável com o que foi pronunciado. — Bem... — disse ele. — E o que vem depois? Você está dizendo que padre Pierre-Julien está tentando encobrir um avô herege?

— Ou algo do gênero. Mas foi Raymond que deu de cara com o registro que implicava padre Pierre-Julien. Então...

— Então Pierre-Julien o *matou*? Ah, padre, isso lhe parece viável?

— Raymond foi morto nos estábulos do Santo Ofício! Tenho certeza disso! Se o senhor examinar as barricas de salmoura, você encontrará provas, como fios de suas roupas. Lembre-se, meu senhor, padre Augustin e seus guardas foram encontrados nus.

— Padre, esse guarda que mencionou. Ele confessou?

— Não, mas...

— Então ele não explicou por quê, em vez de deixar o cadáver em salmoura até a noite seguinte, ele não levou Raymond simplesmente para a gruta depois que foi morto?

Fiz uma pausa. Era preciso admitir que essa pergunta ainda não tinha me ocorrido. Mais uma vez com os braços cruzados, o senescal observava... e esperava.

— Talvez fosse uma maneira de... de assegurar que o sangue não ficasse tão evidente — completei, com hiatos. — Talvez... talvez... ora, talvez ele não tenha tinha tempo, porque o turno da manhã estava para começar! E lembre-se de que ele teria que limpar todo o sangue.

— Padre, deixe-me perguntar mais uma coisa. — O senescal inclinou-se para a frente. — Você falou com padre Pierre-Julien sobre isso?

— Falei.

— E o que ele diz?

— O que você esperaria que ele dissesse? — falei rispidamente. — Ele nega tudo, é claro!

— Ele assinalou que, mesmo se esse seu guarda tivesse matado Raymond Donatus, poderia ter sido pago pelas mesmas pessoas que mandaram matar padre Augustin?

— Meu senhor, foi *Raymond* que mandou matar padre Augustin.

Até esse momento, o senescal ficara calmo, um pouco intrigado, talvez, e um tanto cético. Agora, porém, todo seu rosto contorceu-se em uma expressão de surpresa profunda.

— *Quê?* — exclamou ele, e começou a rir.

— Meu senhor, ouça! Faz sentido! O guarda diz que Raymond lhe ofereceu dinheiro para envenenar Jordan Sicre quando ele fosse trazido de volta a Lazet!

— E você acredita nele?

— Franzi o cenho. — Acredita em quem? — perguntei.

— Ora, nesse guarda, homem!

— Sim. — Eu estava me esforçando para não ficar nervoso. — Sim, acredito nele.

— Mesmo que ele se recuse a admitir que matou Raymond Donatus?

— Sim...

— Então você acredita nele quando ele *acusa* Raymond, mas não quando ele se recusa a admitir que matou Raymond Donatus?

Abri e fechei a boca. Ao me ver confuso, o senescal, que levantara a voz para me calar, de imediato moderou o tom. Segurou firme, mas de forma gentil, o meu pulso e disse:

— Padre, você deveria ir embora e repensar tudo isso. Padre Pierre-Julien pode ser uma mutuca, mas você não deve permitir que suas ferroadas o enlouqueçam. Você precisa dormir mais. Você deveria deixar o Santo Ofício.

— Ele me mandou embora do Santo Ofício.

— Então tudo bem. Aquele lugar é nocivo para sua saúde, padre, minha mulher fala isso. Ela o viu na rua outro dia, e me disse que você tinha perdido sua boa aparência. Muito magro, disse ela. O rosto todo cinzento e cheio de linhas escuras.

— Me escute. — Como ele tinha agarrado meu braço, eu agarrei o dele. — Precisamos interrogar o guarda. Precisamos ir para a sede e procurar a verdade. Padre Pierre-Julien não vai me deixar entrar lá sem você, e nós *precisamos* saber o que aconteceu naquela noite, antes que ele extraia algum tipo de confissão do homem...

— Mas pensei ter ouvido você dizer que queria uma confissão?

— Uma confissão de verdade! — Meu medo por Johanna agora era intenso e começou a afetar meu raciocínio. Eu estava tendo dificuldade em controlar as emoções que me tomaram; pulando sobre os pés, andei de um lado para outro como um demente. — O guarda falou de uma mulher, culpou uma mulher. Pierre-Julien vai tentar implicar as mulheres em Casseras, com essa... essa visão dúbia. Essa tolice...

— Padre, fique quieto. Acalme-se. Eu irei.

— Agora? (Nem uma palavra de agradecimento, o senhor vai notar! Como são mal orientados os que sustentam que o amor profano dignifica!) O senhor irá agora?

— Assim que eu terminar aqui.

— Mas temos que nos apressar!

— Não. *Não temos.* — Ele novamente pegou em meu braço, agora para me levar até a porta. — Vá até a capela, reze e se acalme. Irei até você quando terminar com o tesoureiro.

— Mas...

— Tenha paciência.

— Meu senhor...

— Paciência sempre leva até o fim, padre.

Assim fui afastado de sua presença: de maneira cortês, mas firme. Ele era obstinado quando tomava uma decisão. Sabendo disso, fiz uma caminhada melancólica até a capela, que estava deserta (graças ao bom Deus), salvo pela presença do Santo Espírito. Era uma sala pequena, muito bonita, com um vitral acima do altar; sempre foi um de meus lugares favoritos no mundo, com suas paredes e teto bem pintados, suas sedas, seu ouro, seus ladrilhos quase foscos. Gosto dela — Deus me perdoe — porque é como uma caixinha de joias de uma mulher, ou como um relicário esmaltado enorme, e me faz me sentir precioso. Belos sentimentos para um irmão dominicano! Mas, também, eu nunca me arvorei em exemplo especialmente diferenciado de virtude monástica.

Não me deu grande conforto contemplar a Agonia de Cristo, enquanto permaneci sentado lá olhando para o crucifixo germânico pendurado na parede. Era tão perfeito que dava para ver todas as gotas de suor no corpo contorcido e no rosto angustiado. *Mas Ele foi ferido por nossas transgressões, Ele foi pisoteado por nossas iniquidades.* A visão daquele sangue precioso, daquela sagrada aflição, me perturbou muito, porque interpretei como aviso lúgubre do que Johanna poderia sofrer, se caísse nas mãos de Pierre-Julien. Pensei no *murus strictus,* e meu olhar interior se aguçou e focou nas argolas, celas e sujeira com uma clareza cortante que me penetrou como uma espada. Essas coisas que, antes eram aceitáveis, quando infringidas em heréges obstinados e contumazes, se tornavam insuportáveis quando ameaçavam Johanna.

Quanto à masmorra inferior... mas eu era incapaz de pensar em tal possibilidade. Minha mente recuou; gemi alto e bati meus punhos em meus joelhos várias vezes. — Ó Senhor Deus, a quem pertence a vingança — rezei. — Ó Deus, a quem pertence a vingança, mostrai-Vos. Elevai-Vos, Vós que sois o juiz da Terra; conferi um prêmio aos orgulhosos. Senhor, por quanto tempo ainda os ímpios, por quanto *tempo* os ímpios triunfarão?

E assim recitei vários salmos, até que finalmente comecei a sentir a paz daquele lugar silencioso e maravilhoso. Eu me acalmei aos poucos. Me veio a lembrança de que, enquanto Jean-Pierre poderia até ser questionado como herege por ter eventualmente matado um funcionário do Santo Ofício, torturá-lo exigiria o consentimento do bispo em pessoa, ou do representante do bispo. Exigiria a ajuda de familiares especiais. Não haveria tortura sem muito preparo. E não haveria confissão, nessa instância, sem tortura.

Como eu fui idiota! Como sempre, subestimei Pierre-Julien. Na verdade, eu me confortei com ilusões, porque, quando finalmente o senescal terminou seus afazeres e me acompanhou até a sede, encontramos Durand do lado de fora da porta da prisão vomitando na poeira.

Não precisei perguntar por quê.

— Não! Deus, não! — blasfemei.

— Padre, eu não posso. — Durand estava chorando. Seu rosto estava molhado, e ele parecia muito jovem. — Eu não posso! Eu não posso!

— *Ele* não pode! É proibido! — Pegando no braço do pobre rapaz, eu o sacudi (quando deveria tê-lo confortado), tornando-me cruel em minha ira e ansiedade. — Onde está o bispo? Você tem que saber as regras! Você devia ter-me alertado!

— Padre, padre — disse o senescal, tirando o notário de meu alcance. — Contenha-se.

— Esta não é hora de se conter! — Acredito que eu teria forçado minha entrada jogando meu corpo contra os guardas, se Pierre-Julien não tivesse ele próprio aparecido, de repente, com um pergaminho na mão. Era evidente que estava à procura de Durand. Essa busca o trouxe para fora, e a disputa que se seguiu aconteceu sob o olhar de dois guardas da prisão, bem como de um ferreiro que passava e da mulher que vivia na casa em frente à prisão.

— Você está transgredindo a lei! — berrei, com tal força que Pierre-Julien, assustado ao me ver na porta da prisão, deixou cair metade do documento que estava carregando. — Jean-Pierre não foi difamado! Você não pode interrogar um homem e acusá-lo quando ele não foi formalmente difamado!

— Eu posso, se ele já confessou a um juiz representante — respondeu Pierre-Julien, abaixando-se para recolher os papéis que haviam caído. — Se você consultar o estatuto do papa Bonifácio, *Postquam*, verá que eu posso ser considerado esse juiz.

— E onde está o bispo, por favor? Onde está seu representante? Você não pode usar a força sem um ou o outro!

— Recebi uma procuração do bispo Anselm, por escrito, para representá-lo onde e quando sua presença for necessária — disse Pierre-Julien. Para minha surpresa, ele estava mantendo uma aparência digna, mesmo com esse ataque frontal. — Tudo está em ordem, pelo menos estaria, se Durand não tivesse se sentido mal.

— Devo entender que você está interrogando esse guarda, esse Jean-Pierre? — perguntou o senescal a Pierre-Julien.

— Correto.

— Sob tortura?

— Não.

— Não mais — disse Durand, baixinho. — Depois de queimarem seus pés e afastarem o fogo, ele prometeu confessar.

— O prisioneiro confessou seus pecados — interrompeu Pierre-Julien, silenciando o notário franzindo as sobrancelhas. — O depoimento foi registrado e testemunhado. A única coisa que falta é a confirmação, que faremos tão logo Durand melhore o suficiente para ler o texto.

— Mas você tem que esperar um dia! — protestei. — Essa é a regra! Um dia inteiro antes de confirmar uma confissão!

Meu superior desconsiderou minha objeção. — Mera formalidade — disse.

— Uma formalidade? *Uma formalidade?*

— Padre, controle-se. — O senescal me reprimiu em um tom severo, antes de se voltar para Pierre-Julien. — E o que exatamente esse guarda confessou? Ter matado Raymond Donatus? — perguntou.

— Com propósitos diabólicos. — E Pierre-Julien consultou o documento que segurava. — Para convocar certo demônio dos níveis mais profundos do inferno, ao sacrificar um dos servidores do Santo Ofício.

— Foi o que ele disse?

— Sim, meu senhor, embora não com essas palavras. É claro que ele foi ajudado e instruído por outros idólatras mais treinados e abomináveis. Me refiro às mulheres de Casseras...

— Não!

— ...uma das quais serviu de isca para atrair Raymond à morte, naquela noite...

— Tudo inventado! — Minha pena vacila quando tento descrever meus sentimentos de afronta e incredulidade. — Aquelas mulheres não são feiticeiras! Não são bruxas. Você colocou os nomes delas na boca daquele coitado!

— As mulheres *são* feiticeiras — respondeu Pierre-Julien, — porque eu tenho uma testemunha confirmando o fato. Se elas mataram ou não padre Augustin é difícil dizer, mas eu sei que elas profanaram seus restos mortais.

— Tolice! — Nesse momento eu poderia ter revelado a paternidade de Babilônia. Mas eu havia jurado que não contaria a ninguém, e não poderia quebrar meu juramento sem a permissão de Johanna. — Elas eram devotadas a padre Augustin! — exclamei.

— Além do mais — continuou Pierre-Julien, implacável —, uma delas seduziu Jean-Pierre e, com promessas de grandes recompensas, o induziu a admiti-la no Santo Sepulcro para ele matar Raymond Donatus enquanto ela e o notário estivessem tendo uma relação sexual.

— Tudo falso! — gritei, arrancando o depoimento das mãos de Pierre-Julien. Ele tentou reavê-lo, e por um tempo nós nos atracamos, até que Roger Descalquencs nos separou. Embora menor que eu, o senescal era bem mais forte e usava sua força com a parcimônia que só se aprende através de anos de experiência em combate.

— Chega! — disse o senescal, meio bravo, meio divertido. — Eu não permito briga na rua.

— Isso é uma falsificação! É um depoimento obtido à força! — gritei.

— Ele diz isso porque está enfeitiçado, meu senhor... as mulheres o infectaram com seu veneno...

— Eu disse *chega*! — Sacudindo-nos, o senescal nos largou, de modo que perdemos o equilíbrio, e Pierre-Julien caiu. — Isto não pode ser decidido aqui. Vamos esperar um dia, para ver se Jean-Pierre se arrepende da confissão. Enquanto isso, traremos as mulheres.

— Não, meu senhor!

— *Você* as trará, padre Bernard, com alguns dos guardas de minha guarnição. Você as trará aqui, e *vocês dois* as interrogarão. Se houver alguma prova de feitiçaria, ou morte, ou qualquer outra coisa, os dois se darão por satisfeitos.

— Meu senhor, quando Jordan Sicre chegar, este homem vil e sedento de sangue será desmentido.

— Talvez. Mas até Jordan chegar, padre Bernard, sugiro que ajamos com cuidado, com inteligência, e paremos de ultrapassar os limites. Isso lhe parece aceitável?

O que eu podia fazer, além de aceitar? Não havia nada mais favorável a Johanna, que agora era realmente suspeita. Ao menos estando sob minha custódia, eu poderia assegurar que fosse bem tratada.

Então anuí.

— Bom. — O senescal virou-se para Pierre-Julien, que acabara de se levantar e sacudia o pó de seu capote. — E o senhor aceita, padre?

— Sim.

— Então vou arranjar sua guarda, padre Bernard, e você irá relatar a seu prior que estará ausente esta noite. Quantas mulheres são?

— Quatro — respondi. — Mas uma é muito idosa e doente.

— Então essa pode montar com você. Eu lhe emprestarei Star novamente. Ou talvez... bom, posso decidir depois. Vamos, padre?

Dirigiu-se a mim. Imaginando que ele não queria me deixar com Pierre-Julien (para que não nos engalfinhássemos de novo), concordei com a cabeça e fui em sua direção. Não consegui meu intento, porém porque Durand agarrou minhas vestes.

— Padre... — murmurou ele, desesperado. Olhei para seus olhos vermelhos e vi um enorme terror, tão profundo que me surpreendeu. Durand nunca havia me dado a impressão de ser uma alma particularmente bondosa.

— Coragem — disse eu, em um tom bastante brando —, vamos nos livrar de tudo isso logo.

— Padre, *eu não posso.*

A falha na voz tocou meu coração, ocupado com Johanna nesse momento. Dando-lhe um afago na bochecha como a um filho, fingi beijar sua outra bochecha, me aproximando e lhe sussurrando no ouvido.

— Continue vomitando. Não se acanhe. Vomite sobre os sapatos dele, se necessário. No fim ele vai despedi-lo.

Durand sorriu. Mais tarde, enquanto eu me preparava para minha viagem em um estado de tristeza inefável, a lembrança daquele sorriso me confortou. Fora um sorriso desafiador de esperança e cumplicidade. Me deu forças, porque percebi que pelo menos em Durand eu tinha um amigo. Não era um amigo muito influente, talvez, mas alguém que me ajudaria sem se importar para que lado eu iria.

Dois é melhor que um, porque terão uma boa recompensa por seu esforço. Pois, se caírem, um levantará o outro: mas pobre daquele que está sozinho quando cai, pois não tem outro para ajudá-lo a se levantar.

Eu tinha esperança de que Johanna e suas amigas tivessem partido de Casseras, que as manhãs úmidas e dias chuvosos da proximidade do inverno as teriam levado a procurar um lugar mais quente, seco e seguro. Mas eu não tinha contado com a saúde precária de Vitália. Parece que as mulheres estavam esperando uma melhora em sua condição (como se aguarda uma brecha nas nuvens), a fim de poder se deslocar com ela sem lhe causar muito desconforto.

— Ela está muito doente? — perguntei a padre Paul, de cima de minha montaria. Ele saíra de casa para me ver, assim como quase todos os moradores de Casseras; muitos deles haviam me chamado com vozes amáveis, e as crianças me presentearam com sorrisos calorosos de boas-vindas.

Infelizmente, minha preocupação com Johanna era tanta que mirei seus rostos com indiferença, e quase não me dei conta dos cumprimentos.

— Ela está muito velha — disse padre Paul. — Padre, acredito que a hora dela está chegando. Mas posso estar enganado. — Olhou desconfiado para meu cavalo, onde me mantive firmemente montado, e para os dez guardas que me acompanhavam. — Vocês pretendem ir lá para cima agora, padre? Ou vão pernoitar aqui?

— Não vamos dormir aqui — respondi. Eu tinha ponderado a esse respeito no caminho para Casseras e chegado à seguinte conclusão: trazer minhas prisioneiras de volta à aldeia para passar a noite iria marcá-las como *prisioneiras*, pois estariam sendo vigiadas pelos soldados. Deixá-las na forcia significaria protegê-las dessa humilhação; passariam por Casseras com a cabeça erguida, escoltadas como princesas, e não expostas como criminosas.

— Vocês dormirão na forcia? — exclamou padre Paul, chocado. — Mas por quê?

— Porque não temos tempo de voltar a Lazet antes do anoitecer! — respondi rapidamente. E, sem mais delongas, dei ordem para a tropa avançar, pois estava louco de vontade de fixar meus olhos famintos em Johanna. Que vontade eu tinha de vê-la! Mas, ao mesmo tempo, temia o encontro. Temia o medo que minha chegada provocaria, e a confusão que causaria. Lembrei-me de nosso último encontro, na colina ao amanhecer, e todo meu ser se enterneceu. Aquela gloriosa, incomparável manhã! Certamente fora um presente de Deus. *Cante ao Senhor em agradecimento; cante louvores com a harpa a nosso Deus: que cobre o céu com nuvens, que prepara a chuva para a terra, que faz crescer a grama sobre as montanhas.*

As montanhas agora estavam cinzentas e encobertas pelas nuvens. Não havia brilho no céu. Enquanto subíamos o caminho irregular até a forcia, uma leve garoa começou a cair, tão macia quanto as penugens dos patos. No local do assassinato de padre Augustin, um pequeno ramalhete de flores lilás estava enfiado na lama.

Se os soldados não estivessem comigo, eu o teria retirado de lá e mantido comigo, assim como eu deveria ter feito com aquelas primeiras flores douradas. Mas, com medo de ser julgado e escarnecido, passei reto por ele.

Embora eu tenha levado uma vida muito enclausurada, sempre participei de discussões sobre a natureza do amor profano, às vezes debatido com o espírito apropriado (e relacionado com a essência do amor divino), outras em um espírito menos apropriado. Dessas conversas e de minhas leituras, aprendi que o amor é um sofrimento inato, e que há sintomas que invariavelmente tomam conta de um homem enamorado. Eles são, em primeiro lugar, ficar pálido e magro; em segundo, certa perda de apetite; em terceiro, uma vontade de suspirar e chorar; e, em quarto, estar sujeito a espasmos de tremor quando na presença do ser amado. Ovídio listou muitos desses sintomas no passado. Desde então, eles foram examinados e descritos centenas de vezes, tantas, que passei a vê-los como verdadeiros e inevitáveis.

Como consequência, comecei a prestar atenção às mudanças em meu sono e apetite, considerando-as indicações práticas de estar acorrentado às algemas do desejo. (Rememorando isso, me pergunto se esses sintomas teriam sido tão severos se minha amada não estivesse sob ameaça.) Agora, me aproximando da forcia, eu esperava ser dominado por lágrimas e tremores, que eu teria que esconder da vista de meus acompanhantes.

Quando vislumbrei Johanna, senti, porém, uma alegria esmagadora, que inundou meu coração como uma fonte, e, ao mesmo tempo, a tiracolo dessa emoção, uma preocupação muito grande. Os soldados haviam se recusado a ficar para trás; não queriam me deixar entrar na forcia sozinho, na frente deles, com receio de que eu fosse capturado, morto ou, talvez, usado para uma tentativa de fuga. Embora eu tivesse dito, com veemência, que eles me insultavam presumindo que eu poderia ser dominado por duas velhas senhoras, uma garota louca e uma matrona que mal se mexia, eles ganharam por estarem em maioria. Como resultado, entramos na forcia como um exército conquistador, fazendo Babilônia assustar-se, gritar, correr e esconder-se atrás de uma parede.

— Perdoe-me — falei quase sem fôlego, desmontando depressa, enquanto Johanna nos olhava consternada. — Não tenho nada a ver com isto; fui obrigado a vir. Houve... ah, que loucura. Que loucura. — Fui até ela e peguei suas mãos; seus dedos eram longos, quentes e ásperos. Seu rosto me arrebatava. Certa vez, não a achei bonita. Como pude ser tão cego? Sua pele era pálida e brilhante como uma pérola. Seus olhos eram profundos e claros. Seu pescoço era uma torre de marfim. — Não tema, Johanna, porque eu a protegerei. Mas primeiro preciso explicar...

— Padre Bernard? — Alcaya saiu de dentro da casa, tendo em mãos a *Legenda* de São Francisco. Sorriu para mim como se não pudesse imaginar maior felicidade do que ver meu rosto; curvou-se e encostou os lábios em minha mão, em um gesto de profunda reverência. Foi como se os guarda-costas não existissem. — Ah, padre — disse ela com fervor, quanta bondade em vir aqui novamente. Nós o estávamos esperando ansiosamente.

— Infelizmente, Alcaya, minha visita não é uma ocasião de alegria.

— Mas é! — insistiu ela, ainda apertando minha mão e segurando o livro com a outra. — Finalmente posso lhe agradecer! Finalmente posso lhe dizer o quanto nossas vidas foram transformadas com este presente maravilhoso! Ah, padre, fomos tocadas pelo Santo Espírito! — Havia lágrimas em seus olhos enquanto ela falava comigo, e um brilho, também, que refletia em suas lágrimas como o sol através de uma torrente de chuva. — Padre, São Francisco estava realmente próximo a Deus. É sério, nós precisamos tentar seguir seu exemplo, para ser envolvidas pelo fogo celeste e comer do alimento espiritual.

— Sim. Sem dúvida. — Deus me perdoe, mas eu não tinha tempo para São Francisco naquele momento. — Alcaya, os soldados assustaram Babilônia. Você poderia falar com ela, acalmá-la? Diga-lhe que não vou deixar ninguém machucar nenhuma de vocês. Diga-lhe que eu sou o escudo e a fortaleza de vocês. Você lhe dirá isso, por favor?

— Com todo o meu coração — disse Alcaya, sorrindo alegremente. — E então conversaremos, padre. Falaremos sobre a sublime penitência, e o Espírito Santo, e a contemplação da sabedoria divina.

— Sim. Sim, claro — Voltei-me para Johanna, que estava agora observando os soldados que desmontavam. Alguns estavam começando a tirar as coisas de seus alforjes. — Vamos dormir aqui esta noite e escoltá-las a Lazet amanhã — expliquei rapidamente. Johanna, o novo inquisidor chegou, e ele é um idiota... um homem perigoso. Ele acredita que você e suas amigas são hereges e feiticeiras...

— Feiticeiras?

— E que vocês mataram padre Augustin. Ele não quer ouvir o bom senso. Estou me empenhando seriamente para tirá-lo do cargo. Acredito que ele esteja implicado em outro assassinato. Se eu puder provar, se eu puder falar com a testemunha que ajudou a matar padre Augustin, e que ainda está vivo... — Ao vê-la empalidecer, hesitei. Percebi que era muito para ela captar de uma só vez, e pressionei suas mãos com tanta paixão que ela se assustou. — Johanna, não tema. Você estará em segurança — disse eu. — Você tem minha palavra nisso. Minha promessa.

— Quem... quem tem que ir amanhã? — perguntou ela em voz baixa. — Não Vitália?

— Todas vocês.

— Mas Vitália está doente!

— Perdoe-me.

— Ela não consegue sentar em um cavalo!

— Não sozinha. Mas eu estarei com ela. Eu a segurarei.

— Isso é ridículo. — Agora ela estava ficando brava. — Uma velha doente desse jeito! Como é que uma senhora doente poderia matar alguém?

— Como eu disse, meu superior está fora de si.

— E você? — gritou ela, retirando as mãos à força. — E com relação a você? Você diz que é nosso amigo, mas vem aqui nos levar como prisioneiras!

— Eu *sou* seu amigo. — (Amigo? Eu era seu escravo.) — Não me condene. Eu vim aqui para protegê-las. Para confortá-las.

Ela olhou para mim com seu olhar claro, direto, formidável, que me trespassou como uma flecha e que estava quase no mesmo nível que o meu. Eu havia me esquecido de como ela era alta.

— Fique calma — disse eu suavemente. — Tenha coragem. Nós venceremos se vocês seguirem meu conselho e não se desesperarem. Deus está conosco; eu sei que Ele está.

Com isso, ela sorriu, um sorriso fatigado e cético. Olhando para longe, ela disse: — É bom que você esteja tão seguro em suas crenças.

E foi ver sua filha.

Eu gostaria de tê-la acompanhado, e de tê-la feito acreditar em mim, e de tocá-la novamente (Deus perdoe meu pecado), mas não podia. Em vez disso, aproximei-me do comandante de meu pequeno contingente, e discutimos a localização das fogueiras, camas e cavalos. Não havia lugar no pátio para dez homens; os oficiais queriam retornar a Casseras, onde havia celeiros para dormir, e muita hospitalidade. Eu disse que todos poderiam voltar para a vila, mas que eu ficaria. Como essa possibilidade não existia, seis se ofereceram para ficar, enquanto o resto voltaria a Casseras na chuva e na escuridão do crepúsculo.

Os que ficaram se organizaram em turnos para a vigilância; enquanto três soldados podiam dormir, dois cuidavam da entrada da casa e um lidava com os cavalos. A arrumação da casa para a noite foi a seguinte: a cama de Vitália foi levada ao dormitório, assim todas ficariam juntas. Na cozinha (ou no quarto que agora servia de cozinha), colocaram um monte de feno, e essa seria minha cama. Um dos oficiais dormiria sobre a mesa da cozinha, outro ao lado do fogareiro, e um terceiro a meus pés. Os cavalos foram amarrados sob os fragmentos de madeira e palha do telhado que ainda estava em pé, em volta do pátio.

Insisti que as galinhas das mulheres não fossem tocadas, mas fui voto vencido. — Quem as alimentará enquanto estivermos ausentes? — perguntou Johanna. As cinco aves foram mortas, depenadas, cortadas e comidas por meus guardas famintos; eu mesmo só comi pão e alho poró, por ser Quaresma, enquanto Alcaya e Babilônia se recusaram a tocar nos restos grelhados de suas aves (Babilônia porque o modo como morreram a desagradou muito, e Alcaya porque evitava carne, exceto em festividades).

Para Vitália, parte da galinha foi cozida como sopa, que ela comeu com pão amolecido. Pude ver logo que ela não estava em condições de viajar. Na verdade, ela mal conseguia andar e, quando peguei sua mão, parecia uma folha seca ou o esqueleto oco de um inseto morto. Mas, quando mencionei a viagem do dia seguinte, ela simplesmente sorriu e assentiu com a cabeça, me deixando na dúvida se tinha entendido alguma coisa

— Claro que ela entende — comentou Johanna de maneira sucinta, quando expressei minhas dúvidas. Estávamos sentados em volta da fogueira, inibidos pela presença de vários guardas, e eu não me sentia à vontade para falar livremente enquanto eles estavam ouvindo. — Não há nada de errado com sua mente.

— Vitália vai carregar sua cruz com coragem — declarou Alcaya. — Cristo está com ela.

— Assim espero. — manifestou-se um dos guardas. — Mas talvez ela não aguente toda a viagem.

— A vontade de Deus será feita — disse Alcaya, com muita tranquilidade. Eu me apressei a assegurá-la de que eu cavalgaria bem devagar, para não dar muitos solavancos, e, por essa razão, tínhamos que partir de madrugada, ou tão cedo quanto possível de manhã. Foi quando Johanna perguntou se ela e suas companheiras poderiam levar seus pertences. Suas roupas, por exemplo. Seus livros e utensílios de cozinha.

Fiquei aflito com sua maneira seca e formal de falar.

— Vocês podem levar suas roupas e... coisas que não nos impeçam de avançar — respondi.

291

— Então o baú fica — disse ela.

— Temo que sim.

— Você sabe que ele será roubado.

— Vou pedir a padre Paul que o guarde para você.

— Até que voltemos? — Embora suas palavras tenham sido selecionadas para confortar sua filha, seu tom foi irônico e desesperançado. Dava a impressão de que ela tinha descartado o que eu prometera, descontado todas as minhas alegações.

Confesso que isso me deixou zangado.

— Vocês *voltarão* — disse eu de maneira veemente. — Não tenho dúvida disso. Eu me comprometi a conseguir sua soltura.

— Com orações? — zombou, ainda que com cuidado.

— Com orações, claro; mas por outros meios também!

— Nós deveríamos todos rezar — disse Alcaya. — Oremos agora. — Ela estivera segurando a mão de Babilônia e falando-lhe ao ouvido; conseguira manter a jovem relativamente calma, dando-lhe bastante atenção. — Padre, o senhor faria uma oração para nós?

Assim o fiz, entoando salmos até que os guardas, levantando-se, declararam que era melhor todos irem dormir para podermos partir cedo. (Eu tinha esperança de fazê-los sair do quarto, com minha recitação, mas não consegui meu intento — talvez porque ainda estivesse chovendo.) As mulheres concordaram e se recolheram às suas camas. Os guardas, após se entenderem, separaram-se em dois grupos: um que saiu e outro que ficou. Enquanto os três que ficaram se enrolaram em seus capotes, eu rezei, cochichando para mim mesmo a Completa, distraído por minhas juntas doloridas e minhas obsessões mundanas. O comportamento de Johanna me deixou atormentado; no fim das contas, parecia que ela não me considerava um amigo próximo. Seu olhar foi tão frio para mim! Fiquei magoado por sua falta de fé e por suas palavras sarcásticas! Mesmo assim, houve um entendimento entre nós — eu percebera seus sentimentos, mesmo deplorando-os.

Deitado sobre minha pilha de feno (que era quase tão desconfortável quanto os catres do convento), não encontrei paz na reflexão sobre Johanna. Eu queria ir até ela e pedir uma explicação. Alternei sentimentos de fúria, temor e tristeza. Disse a mim mesmo que ela também tinha medo, e mais do que eu, mas meu coração estava voltado para mim mesmo. Embora exausto pelos acontecimentos do dia, não consegui dormir naquele chão úmido. *Agora minha alma está revolta; e o que devo dizer? Pai, salva-me desta hora.* Enquanto a longa noite ia passando, resignei-me à insônia, escutando os roncos dos guardas, os lamentos de Babilônia (provavelmente vítima de sonhos angustiantes) e o barulho da chuva sobre o telhado. Rezei, amaldiçoei, me desesperei. Sem dúvida, eu andava na escuridão, e não tinha luz.

Mas fora plano de Deus que eu não dormisse. Estava acordado quando Babilônia saiu de fininho do quarto, passou por mim sem fazer barulho e chegou à porta. Eu ouvi os guardas que estavam lá lhe perguntarem algo; ouvi-a explicar que ela queria esvaziar a bexiga. Ouvi-os responder que ela podia fazer isso ao redor de um dos cantos da casa, mas, se ela não voltasse logo, realmente teria um destino terrível.

Escutei isso com muita atenção, não ouvi mais nada e, por um átimo de segundo, fiquei despreocupado. Eu sabia que os guardas não permitiriam que ela se perdesse. Como ela continuava ausente, comecei, então, a ficar preocupado. Por que os homens não a chamaram? Por que ficaram quietos? Eu os teria questionado de minha cama, se não relutasse em acordar Vitália e suas companheiras. Logo joguei as cobertas e fui até a porta; surpreso, vi que os guardas não estavam em seu posto. A lamparina também não estava. Mas, como não estava mais chovendo, consegui escutar um ruído leve, uma espécie de resmungo, seguido de um grito agudo acompanhado de algum tipo de atividade que estava acontecendo do outro lado da casa.

Pensando agora, eu me comportei de maneira estúpida. Nada indicava que os sons que escutei não fossem os de uma emboscada e de um assassinato silencioso. Mesmo a risada contida poderia ter sido emitida por um criminoso. Mas minha intuição provou ser correta, porque, quando contornei a casa, com um grito violento, me joguei sobre os dois guardas que estavam ajoelhados na lama.

Estavam tentando estuprar Babilônia.

Acredite quando lhe digo que não sou um homem violento. Os pacifistas são abençoados, não são? Posso ser pecador, mas não sanguinário. Para mim, as palavras de São Paulo sempre serviram como guia e mandamento: *Deixe a tua moderação ser conhecida por todos.* Dar um soco não é uma forma de moderação. A violência produz violência, enquanto a paz é o prêmio para os que amam a lei de Deus. E aquele que demora em enraivecer é mais nobre que os poderosos.

Mas a cena que presenciei me privou de razão. Eu deveria apenas ter exigido dos dois homens que me entregassem as armas e largassem Babilônia, porque eles se assustaram com minha súbita presença e teriam obedecido sem objetar. Em vez disso, dei um golpe de calcanhar na cabeça de um deles (o que estava no mesmo nível de meu joelho) e soquei a cara do outro. Apanhei as facas que eles tinham deixado cair, ameaçando usá-las. Gritei e esmurrei o corpo estremecido, protegido por armadura, caído a meus pés. Comportei-me como um demente.

Sem dúvida fui um louco. E tive sorte, pois, embora fosse mais alto, e abençoado pela vantagem da surpresa, não era tão treinado para a luta como meus adversários encouraçados, que teriam ganhado facilmente se tivessem tido a chance de revidar. Do jeito que aconteceu, porém, eles não tiveram oportunidade. Os gritos de Babilônia, e minha própria indignação, acordaram quem estava dormindo. Vieram correndo, alguns com espadas desembainhadas, e depois disso começou uma grande confusão.

Babilônia gritava e chorava nos braços de Alcaya. Eu insultava os quase estupradores aos gritos. O sargento-chefe, que estivera dormindo, procurava em vão nos acalmar. Exigiu uma explicação. Eu lhe dei. Os acusados negaram.

— Ela estava tentando fugir! — insistiram eles. — Nós fomos atrás dela!

— Com suas calças arriadas até os joelhos? — Gritei.

— Eu estava urinando! — O mais velho dos dois deu um passo à frente. — Se eu estivesse em meu posto, ela teria fugido de nós!

— *Mentiroso!* — Eu vi vocês! As saias dela estavam levantadas!

— Padre, isso não é verdade.

— *É verdade! Pergunte à moça! Babilônia, conte!*

Mas Babilônia estava sem conseguir falar; ela entrara em um mundo de demônios. Nos braços de Alcaya, ela tinha espasmos e se contorcia, abanava os braços, batia a cabeça no chão e uivava como um cão. Vendo isso, vários dos guardas fizeram o sinal da cruz.

— Minha filha não tentaria fugir — disse Johanna asperamente. Estava de joelhos; à luz fraca da lamparina, seus olhos brilhavam. — Minha filha foi atacada.

Havia dúvidas entre os companheiros dos acusados. Eles olharam para Babilônia e viram, não uma mulher linda, mas uma criatura louca ou possuída. Além do mais, estavam predispostos a ser lenientes com os companheiros. Percebi que, se eu não estivesse lá, eles com certeza teriam virado as costas e deixado o estupro continuar.

Canalhas depravados! Eu lhes disse que o senescal ficaria ciente desse episódio. Insisti para que tirassem suas roupas de cama da cozinha; avisei-lhes que não tinham mais o direito de dormir confortavelmente lá. Tinham que ficar fora da casa, estando ou não de plantão. Eu os preveni que também estaria de plantão, e que iria proteger a porta do dormitório como um cão de guarda. — Cuidado com meus dentes! — exclamei. — Cuidado com a fúria do Santo Ofício! Estas mulheres estão sob minha responsabilidade! Se vocês fizerem mal a qualquer uma delas, irão sofrer por sua desobediência!

Com essas ameaças, obriguei meus raivosos guardas a se conter. Eu certamente corria perigo, pois estava sozinho, desarmado, e só tinha minha posição e reputação; se todos os seis guardas tivessem agido em conluio, liberando sua luxúria sobre as mulheres indefesas, eu não teria conseguido impedi-los. Nem poderia tê-los condenado depois, se tivessem resolvido me matar primeiro. Sem dúvida eles conseguiriam forjar uma história verossímil: teria sido uma emboscada feita por um bando de hereges armados; minha morte seria atribuída às mesmas forças responsáveis pela de padre Augustin.

Tudo isso passou pela minha cabeça enquanto permaneci lá. Mas eu sabia que, como inquisidor da depravação herética, me cabia uma distinção terrível e respeitosa. A onipresença do Santo Ofício é tal que só as almas mais simples teriam a coragem de enfrentá-lo. Todos sabem que ofender um inquisidor é abrir as portas para a calamidade.

Por isso, embora os guardas me encarassem com raiva e resmungassem, não resistiram. Obedeceram minhas ordens e saíram da casa como requisitado, de modo que fiquei sozinho no comando da cozinha e de tudo que havia nela. Enquanto Babilônia foi despida das roupas molhadas e sujas, secada, acalmada, vestida, abraçada e finalmente lhe deram algum tipo de infusão de ervas para beber, eu fiquei no quarto de dormir com Vitália, a quem relatei uma versão simplificada do incidente que se sucedera fora da casa. Quando Babilônia foi colocada na cama, porém, me devolveram a cozinha. Pude me aquecer no fogareiro. Pude também tirar minhas próprias roupas e secá-las enquanto escutava os gemidos e murmúrios vindos do dormitório, com os ruídos mais ásperos, embora também abafados, dos guardas ao lado da porta, que sem dúvida deviam estar criticando meu caráter e meus sentimentos e atos.

Aos poucos, os homens silenciaram. Babilônia continuou a gemer e, de tempos em tempos, a gritar; eu pude ouvir Johanna cantando para ela, suavemente, como se estivesse tentando ninar uma criança. De resto, não havia nenhum som, fora o crepitar do fogo, que eu alimentava com feixes e mais feixes de madeira seca. Após certo tempo, até isso foi demais para mim. Deixei as chamas irem se apagando, sem conseguir me levantar da mesa, porque eu estava extremamente cansado. Senti que, como um elefante, se eu me deitasse, nunca mais me levantaria. Assim, me mantive ereto, olhando para minha mão, que latejava pelo impacto violento com o osso da bochecha daquele devasso imundo. Eu não pensava nada em particular. Estava fatigado demais para pensar. Provavelmente teria adormecido ali mesmo onde eu me sentara, se não tivesse sido arrancado do torpor pela súbita presença de Johanna.

Ela estava de pé a meu lado antes de eu perceber sua presença. Quando olhei para cima, vi que estava usando algum tipo de roupa de baixo ou camisola de dormir; de qualquer maneira, algo fino, cinza e sem forma. Tinha os cabelos soltos. Por um bom tempo nos olhamos, e minha mente permanecia vazia.

Finalmente ela disse, em sussurros muito baixos:

— Eu achei que você tinha nos traído. Mas estava errada.

— Sim.

— Eu fiquei tão assustada.

— Eu sei.

— Ainda estou assustada. — Embora a voz lhe tenha faltado, ela recuperou a força para continuar. — Ainda estou assustada, mas consegui me controlar. Perdoe-me. Eu sei que você é um bom amigo.

Novamente nos encaramos. Como explicar meu silêncio a essa altura? Fatigado, surpreso, com todos os meus sentidos oscilando com a presença e a voz dela, fiquei mudo. Não conseguia dizer nada. Não conseguia sequer me mexer.

— Obrigada — disse ela. E, quando não respondi, ela pôs as mãos sobre os olhos e começou a chorar.

Como uma trombeta de som estridente, essas lágrimas me despertaram de meu transe. Fiquei em pé em um pulo, abracei-a e ela grudou em mim, enquanto a filha choramingava no quarto ao lado.

— Não sou valente — soluçou no meu ombro. — Eu os vi queimar... Eu os vi morrer, quando era jovem... Alcaya é valente. Vitália é valente.

— Shhhh.

— Você é, sim.

— Estou assustada! Babilônia sabe disso.

— Shhhh.

— Ela sabe! — E num sussurro: — Sou incapaz de trazer-lhe conforto. Estamos perdidas.

— Não.

— Estamos mortas!

— *Não*.

Deus me perdoe, sou um pecador. Eu acompanho os que vão para o inferno: sou como um homem sem energia. Mas Vós, ó Senhor, sois um Deus cheio de compaixão, benevolência, longo sofrimento, e generoso em piedade e verdade. As Escrituras não nos dizem que o amor compensa todos os pecados? Meu Deus benevolente, eu a amava. Cada uma de suas lágrimas me comovia, ferindo-me profundamente. Meu próprio fígado se derramava sobre a terra. Eu teria feito qualquer coisa para confortá-la, qualquer coisa para eliminar sua tristeza. Mas o que eu podia fazer? Em uma agonia de remorso eu a apertei no meu peito, beijando a coroa de sua cabeça, sua orelha, seu pescoço, seu ombro. Então ela virou o rosto para mim, e meus beijos despencaram sobre suas pálpebras fechadas, suas maçãs do rosto sedosas, suas têmporas. Eu senti gosto de sal. Cheirei seu cabelo. *Por causa do olor de Teus unguentos, o Teu nome é como um unguento fluido.* Quando cambaleei, dominado, ela puxou minha cabeça para baixo e colou seus lábios nos meus.

Ó Senhor, não me repreendas com a Tua ira: nem com Teu furor. O beijo dela não foi leite e mel — foi uma explosão. Uma flecha incandescente. Não me convidou para ficar em um pomar de romãs, com belas frutas; me capturou e me prendeu, como um guerreiro. Seu calor parecia acender meu sangue e dissolver meus membros. Quase não conseguia respirar.

Então, de maneira brusca, virei a cabeça para o outro lado.

— O quê? — perguntou ela e olhou em volta. Talvez, por um instante, esperava ver outra pessoa no cômodo, mas não havia mais ninguém.

Eu dera um passo para trás, e nesse pequeno gesto ela percebeu tudo. Quando me olhou, sua expressão mudou e ela soltou meu pescoço.

— Perdoe-me — sussurrou ela.

Neguei com a cabeça, ofegante.

— Perdoe-me. — Uma mecha de cabelo caiu sobre o rosto enquanto ela o secava; estávamos parados os dois longe um do outro, e senti frio novamente. — Perdoe-me, padre — repetiu ela, fatigada e arrependida, a voz apagada, postura abatida. Olhou para cima mais uma vez, com um brilho tímido nos olhos, e acrescentou:

— Eu não tinha a intenção de assustá-lo.

Foi então que pequei com mais gravidade. Meu amor-próprio estava ferido, meu indestrutível amor-próprio, que era tão macio quanto carne cozida e tão imenso quanto uma montanha. Disse para mim mesmo: sou eu um homem? Sou como um leão entre os animais da floresta, ou sou um covarde? E, na mais profunda vaidade de espírito, desconsiderando meus votos, movido pela luxúria e pela insolência, puxei-a para perto de mim, no instante mesmo que se afastava; e abracei-a, para poder gravar em seus lábios a prova de minha adoração.

Espero que o senhor se lembre de que eu estava com pouca roupa, Johanna também, e talvez nisso tenhamos sido infelizes. Mas duvido que uma barreira menos intransponível que uma armadura pudesse ter nos impedido de consumar nossos desejos. Ficamos surdos aos suspiros de Babilônia e murmúrios de Alcaya (embora todo o tempo conscientes de que devíamos nos manter em silêncio). Ignoramos a presença dos guardas, como se a fina cortina de lã que protegia a porta fosse feita de pedra sólida. Sem falar, sem nos largar, saímos de perto da mesa e caímos sobre minha modesta cama.

O que se seguiu não é assunto que se preste a verificação. Como disse São Paulo, o corpo não é para fornicação, mas para o Senhor. No entanto, ele também disse: "Sinto outra lei nos membros de meu corpo, combatendo a lei em minha mente, e me tornando prisioneiro da lei do pecado que está em meus membros. Que infame sou! Quem irá me livrar do corpo desta morte?".

Assim escreveu São Paulo, e, se sua carne esteve sujeita à lei do pecado, então quem era eu para resistir às tentações da libido — à servidão da corrupção? Sou lascivo e vendido ao pecado. Obedeci à iniquidade, à indignação e à ira. Fiz do corpo de Johanna meu templo, e lhe prestei culto. Acredite quando digo que fui culpado. Pequei de livre vontade, com todo o meu coração.

No entanto, pequei por amor, e as Escrituras nos dizem que o amor é tão forte quanto a morte; águas em abundância não conseguem extingui-lo, nem inundações são capazes de afogá-lo. Porque ele próprio é uma inundação! Carregou-me como se eu fosse um galho fino, e eu estava me afogando, lutando para sobreviver, sem fôlego, enquanto Johanna, com seus braços em volta de mim, parecia estar me puxando para baixo, baixo, baixo em um estado de êxtase descuidado e fundido.

Ela guiava, eu a seguia. Fere meu orgulho dizer isso, mas Eva, afinal de contas, foi a guia de Adão na direção da perversidade. Ou será que fui conduzido como uma ovelha? Johanna certamente era tão terrível quanto um exército com estandartes, seu toque, forte e seguro, sua paixão, intensa.

— Você é tão belo. — Foi tudo o que ela disse (ou sussurrou, porque nosso ato era, por necessidade, extremamente silencioso). Quase ri quando ela disse isso, porque ela é que era formosa como a lua e luminosa como o sol, enquanto eu... o que sou senão um rato de biblioteca gasto, fraco e careca?

Ainda fico intrigado que ela tenha desejado esta carcaça velha de monge.

Gostaria de dizer que me deleitei com os lírios, colhi minha mirra com seus aromas e desci ao jardim das nozes para ver as frutas do vale. Mas não havia tempo para o prazer lânguido. O ato com o qual nós nos maculamos foi curto, pungente e desajeitado — e não macularei seus olhos com nenhuma outra palavra sobre o assunto. Basta dizer que logo estávamos em pé novamente lidando com nossas roupas; de repente, os ruídos vindos do dormitório pareciam ameaçadores e muito próximos.

Não dissemos quase nada. Não era necessário falar. Minha alma estava unida com a dela — nos falamos com beijos e olhares. Mas eu acabei dizendo, suavemente, que ela podia dormir em paz, que eu estaria cuidando dela.

— Não, você *não* vai, não — sussurrou ela. — Você também vai dormir. — E, quando eu neguei com a cabeça, sorrindo tristemente, ela colocou sua mão em meu rosto, fixando-me com seu olhar claro, inteligente.

— Este não foi seu pecado — disse ela. — Se foi de alguém, foi meu. Não o deixe infectá-lo. Não seja como Augustin.

— Meu Deus, não há perigo. Eu não sou como padre Augustin.

— Não. — Embora sua voz fosse tranquila, era também enfática. — Você não é como ele. Você está aqui por inteiro. Você está completo. Eu o amo.

Ó Deus, Tu conheces minha necessidade; e meus pecados estão claros diante de Ti. As palavras dela me encheram de uma alegria que doía. Inclinei a cabeça, resistindo às lágrimas, e senti seus lábios em minha têmpora.

Então ela voltou para sua cama. Quanto a mim, eu obedeci à sua ordem; dormi, embora meu coração estivesse em plenitude. Dormi e sonhei com jardins perfumados.

11

SABEREMOS A VERDADE

Não houve oportunidade para flertes no dia seguinte: havia muito a fazer. Os cavalos tinham que ser alimentados, hidratados e arreados; uma refeição ligeira tinha que ser consumida; Vitália tinha que ser vestida e carregada para fora da casa. Depois que as outras mulheres tinham empacotado em sacolas de couro e piquê tudo o que poderia ser facilmente transportado, descobrimos que Alcaya nunca tinha montado a cavalo. Em vista do caminho difícil e perigoso até Casseras, decidimos que ela iria com um dos sargentos, enquanto o cavalo destinado a ela seria usado para carregar a bagagem.

Ainda chovia intermitentemente; o caminho para a forcia era um rio de lama. Enquanto descíamos por essa via íngreme, cada passo era mais perigoso que o outro, ninguém falou nada. Eu estava particularmente desconfortável, porque Vitália estava sentada na minha frente (ela teria escorregado da garupa se tivesse ido atrás), tampando minha visão e atrapalhando o manejo das rédeas. Acredito que Star nem sentia seu peso, porque ela parecia um feixe de estopa — uma aragem poderia tê-la feito voar. Ainda assim, o terreno, o tempo e o fato de ter que dividir a sela com ela diminuiram nosso avanço. Já era pleno dia quando por fim chegamos a Casseras.

Aí o restante da tropa se juntou a nós, em um contraste de humor total. Esses quatro homens felizes haviam passado uma noite seca no celeiro de Bruno Pelfort; pela aparência satisfeita era de se acreditar que não houvera nenhum dominicano hipócrita interferindo em *suas* atividades lascivas. A aldeia, pelo jeito, os havia tratado bem, mas, quando padre Paul pediu-lhes que ficassem mais um pouco, ou até que a chuva amainasse, não quiseram nem ouvir. Haviam recebido ordens, e essas ordens eram de retornar imediatamente. Declararam que um pouco de chuva nunca fez mal a ninguém.

Fui o único a discordar, porque era evidente que a chuva não estava fazendo bem a Vitália. Seus pulmões chiavam e chocalhavam; os lábios estavam azuis; as mãos, frias como pedra. A maior parte do tempo fui obrigado a segurá-la, mantendo-a firme com uma mão em volta de sua cintura e guiando minha montaria com a outra. Quanto mais avançávamos, mais apavorado ficava com a perspectiva de que ela morresse no caminho. E, embora eu não tenha revelado esse medo (levando em consideração a presença de Babilônia), expressei minha firme opinião de que a viagem tinha que ser feita em etapas, mesmo que levasse muitos dias.

Mas fui voto vencido.

— Quanto mais tempo levar, mais arriscado é — insistiram meus acompanhantes. — As mulheres podem escapar. Além disso, não estamos equipados para uma longa jornada. E a chuva vai passar logo. Melhor seguir adiante.

Assim foi feito. Cavalgando na frente de Johanna, só conseguia vê-la de relance; embora uma ou duas vezes eu tenha olhado para trás, só pude ver o topo de sua cabeça, atenta que ela estava dos buracos ou outros obstáculos da estrada. Felizmente, completamos a parte mais difícil do caminho quando chegamos a Casseras; a partir de Rasiers viajamos com mais facilidade. Não tínhamos que temer bandoleiros, é claro. Quanto à chuva, parou por volta do meio-dia. Só Vitália não melhorava; sua cor ficou muito ruim, a respiração piorou e, quando nos aproximamos dos portões de Lazet, imediatamente após as Vésperas, ela perdeu a consciência, despencando para a frente sobre o pescoço de Star, enquanto eu tentava mantê-la sobre a sela.

Não foi uma chegada triunfal. Babilônia, convencida de que sua amiga estava morta, começou a lamentar-se, saltando do cavalo de maneira perigosa, o que lhe valeu um joelho machucado. Alcaya também tentou desmontar, mas foi impedida pelo guarda que cavalgava com ela. Outro guarda me ajudou a baixar Vitália ao chão, enquanto um par de franciscanos que passavam — eu soube que eram visitantes, de Narbonne — pararam para prestar auxílio. Então, enquanto Alcaya discutia, e Babilônia chorava, e os dois irmãos me asseguraram que um deles era sacerdote, apto a oficiar os últimos ritos, se necessário, apareceu um cobertor retirado de uma das sacolas de couro de Johanna. Carregado por quatro guardas, serviu para sustentar Vitália no último trecho de sua jornada até a prisão.

Lentamente, nos aproximamos das torres do portão de Narbonne. Passamos sob sua abóbada em forma de caverna. Como Babilônia não conseguia mais cavalgar sozinha, ela subiu em meu cavalo, sentando-se com o rosto enterrado nos meus ombros, chorando até que meu capote, túnica e escapulário, que tinham secado um pouco após a chuva parar, ficaram novamente molhados. Enquanto entravámos na cidade, nosso cortejo atraiu muitos olhares curiosos, não apenas das tropas e dos cidadãos que estavam postados ao longo das muralhas. Choveram perguntas aos guarda-costas com relação ao número de cavalos sem cavaleiros de nosso grupo — desencadeando respostas curtas e irreverentes. Uns se ofereceram para puxar os cavalos, enquanto outros fizeram observações grosseiras sobre nossas prisioneiras. Como as mulheres não se importaram com os comentários, eu também fiquei em paz para não perturbar Babilônia. Mas, mentalmente, tomei nota daqueles que haviam maculado o ar com tal sujeira. Mais tarde, talvez, eu veria como castigá-los.

Embora tenhamos encontrado muita gente que eu conhecia a caminho da sede, minha aparência preocupada e suja evitava perguntas; na verdade, evitava qualquer tipo de comentário. Johanna cavalgava com a cabeça abaixada, bem ereta, mesmo após a longa e difícil viagem. No poço sul, uma pequena multidão de matronas, pedintes, crianças e velhos pararam de falar para nos observar passar; uma que me reconhecera perguntou à que estava ao lado se a mulher cavalgando comigo era herege. Um menino pequeno cuspiu na direção de Vitália. Um carpinteiro chamado Astro se ajoelhou.

Chegamos a nosso destino bem quando as janelas do céu se abriram. Desmontando na chuva, chamei Pons e exigi ajuda imediata. Em seguida entreguei Babilônia aos cuidados da mãe, e instruí o carcereiro, que estivera verificando o cadáver de um prisioneiro, quanto à forma e condições do confinamento de minhas prisioneiras.

— Essas mulheres ficarão juntas — disse eu, levando-o de volta para dentro. Acomode-as no quarto da guarda no último andar.

— O quarto da guarda? — questionou Pons. — Mas para onde irão os familiares?

— Se os familiares quiserem comer ou dormir, podem fazê-lo com você. — Galguei os degraus até os aposentos, que consistiam de uma cozinha grande e dois quartos de dormir generosamente mobiliados. Olhando em volta, não vi nada que não pudesse acomodar mais gente. — Quaisquer cobertores ou roupas de cama que elas peçam devem ser dados gratuitamente. Eu as quero alimentadas de sua própria mesa...

— Quê? — exclamou a mulher do carcereiro.

— E, se possível, vou mandar comida do priorado — continuei, ignorando-os. — Essas mulheres não são suas prisioneiras, Pons, são suas hóspedes. Se elas forem maltratadas, você pode esperar o mesmo.

— De quem? — perguntou o carcereiro, reagindo com insolência às minhas exigências. — Ouvi dizer que o senhor não pertence mais ao Santo Ofício.

— Você acha que eu teria sido mandado para lidar com um assunto referente ao Santo Ofício se eu não estivesse mais com o Santo Ofício? Agora, ouça, uma das mulheres está muito doente, então gostaria que você providenciasse caldos, e coisas assim. Comida de inválida. E, se o estado dela piorar, tenho que ser avisado imediatamente; não importa a que horas seja. E mais uma coisa: se alguma das mulheres quiser falar comigo, também devo ser avisado.

Pons bufou. Sua mulher me encarou. Talvez eu devesse ter sido menos contundente e mais delicado com eles. Talvez eu devesse ter levado em conta as perguntas que eles poderiam fazer com relação à minha preocupação pelo bem-estar de Johanna. Mas eu estava ansioso para dar conforto a elas com rapidez, e determinado a que Vitália não morresse na porta da prisão. Eu tinha medo de que Pierre-Julien aparecesse e contradissesse minhas instruções.

— Há armas no quarto da guarda — lembrou Pons. — Piques. Combustível. Algemas de reserva.

— Remova-os.

— Mas onde devo colocá-los?

— No calabouço de baixo.

— Há um prisioneiro lá.

— Um prisioneiro?

— Um novo prisioneiro. Eu lhe *disse* que estávamos superlotados.

Tudo era obstáculo em meu caminho. Mesmo assim, minha vontade prevaleceu. Tudo o que estava no quarto da guarda foi retirado, exceto mesa, bancos, camas e balde de lavagem. Foram instalados dois catres com roupa de cama limpa. Só meu pedido de colocar o fogareiro foi recusado; como ele foi trazido de Casseras, eu tinha a intenção de colocá-lo ao lado da cama de Vitália. Mas Pons me alertou de que poderia ser usado para pôr fogo na prisão.

— Não vai, não — disse eu.

— Padre, é contra as regras!

— Vitália precisa ser mantida aquecida durante a noite.

— Então as amigas podem dormir com ela.

Ele se recusou a deixar acender o fogareiro. Disse que padre Pierre-Julien não permitiria tal quebra de regulamentos. E, sabendo que isso era verdade, dei-me por vencido. Eu estava determinado a que Pierre-Julien não soubesse de minhas ordens com relação à Johanna de Caussade, a todo o custo.

— Não podemos acender o fogo — disse a Johanna quando foi trazida ao quarto da guarda. — Mas, se precisar de mais cobertores, o carcereiro vai trazê-los.

— Obrigada — murmurou ela, olhando para os ganchos na parede. Abraçara Babilônia, que se pendurara nela como uma criancinha.

— As noites não são tão frias. — Essa garantia era para minha tranquilidade, tanto quanto para a dela. — Quando você estiver seca, vai se sentir mais aquecida.

— Sim.

Nesse momento, Alcaya entrou.

— Veja, isto é um palácio! — exclamou ela. Ela se mantivera animada durante toda a viagem, exceto quando os guardas se comportavam mal. — Seco como ossos velhos, e acomodando até umas dez pessoas! Padre, com certeza seu monastério não pode oferecer este conforto todo?

Tranquilizada, Babilônia ergueu os olhos. Até a expressão de Johanna mudou. Só Vitália, que estava adormecida, e os familiares que a haviam trazido para cima e que se ressentiram de haver perdido seu espaço, não foram contagiados pela disposição animada de Alcaya. Essa mulher tinha uma alma feliz. Encantada, chamou nossa atenção para o piar dos passarinhos, encontrados em quantidade ao redor da muralha da cidade, fazendo ninhos e se alimentando entre as torres.

— Nossas irmãzinhas vão cantar para nós — disse ela sorrindo. — E como é bom ouvir sinos novamente! Este quarto é bem iluminado. Vou conseguir ler se eu me sentar junto à janela.

— Não se permitem lamparinas — disse-lhe eu. — Perdoe-me. Mas os corredores sempre são iluminados, então haverá alguma luz, mesmo à noite. Vocês estão com fome? Gostariam de comer?

— Precisamos de água — respondeu Johanna.

— Claro.

— E precisamos de nossa bagagem.

— E vocês a terão.

— Onde *você* vai estar? — perguntou ela, com um olhar de sofrimento e de saudade. Eu queria beijá-la, mas tive de me contentar em colocar a mão em seu braço.

— Se precisar de mim, eu virei. Vão mandar me chamar. E eu as visitarei amiúde.

— Talvez você possa nos emprestar mais livros? — pediu Alcaya alegremente. Foi um pedido insolente, mas fez com que todos sorríssemos. Acredito que tenha sido feito com essa intenção.

— Talvez — respondi. — Talvez eu peça ao bispo que as visite.

— Ah, sim. Isso seria bem agradável. Os bispos sempre são boa companhia.

— Não bispo Anselm. Mas farei o possível. E agora vou cuidar da bagagem de vocês e da água. Mais alguma coisa? Não? Tentem descansar. Vou vê-las novamente antes da Completa.

— Padre... — Foi Johanna quem falou. Tocou minha mão e manteve seus dedos ali. Pude sentir aquele contato em todo meu corpo. — Padre, o que acontece agora?

— Durmam — disse eu, sabendo que ela estava apenas tentando me deter ali. Como desejei poder ter ficado! — Primeiro uma refeição, depois cama. Volto amanhã.

— E Vitália?

— Se precisarem de mim, o carcereiro vai mandar me chamar. Se precisarem de um sacerdote, trarei um.

E, tendo tranquilizado-a com muito mais garantias, fui embora. Encontrei a bagagem delas nos aposentos de Pons; foi mandada para o quarto da guarda com um balde de água e uma tigela de sopa. Falei com todos os familiares de plantão, deixando claro que, se as mulheres fossem feridas, ofendidas ou apenas incomodadas durante a noite, a ira de Deus cairia sobre o responsável pelo aborrecimento. Daí passei pela sede, onde encontrei Durand e irmão Lucius no *scriptorium*.

— Padre! — exclamou Durand. Ele estava afundado na mesa de Raymond, apoiando a cabeça em uma mão enquanto desanimadamente virava as páginas do registro à sua frente.

308

Lucius estava apontando uma pena.

— Onde está padre Pierre-Julien? — perguntei, desconsiderando os cumprimentos deles. — Ele já foi para a Completa?

— Padre, não o vimos o dia inteiro. — Foi a resposta de Durand. — Ele me disse que eu devia estar sempre à disposição, mas ele próprio não está.

— Onde ele está?

Durand deu de ombros.

— Ele está doente? Tem alguma notícia?

— Sim, padre. — O notário parecia estar examinando meu rosto; talvez as marcas da viagem estivessem chamando sua atenção. — Quando Jordan chegou, mandei uma mensagem ao priorado, e a resposta foi de padre Pierre-Julien. Ele nos disse para ter paciência.

— Quando *Jordan* chegou? — Quase não acreditei no que estava ouvindo. — Você quer dizer Jordan *Sicre*?

— Sim — disse Durand.

— Ele está aqui?

— Sim, padre. Chegou esta manhã. Mas ninguém falou com ele.

— Então serei o primeiro. Irmão, você me faria o favor de trazer os irmãos Simon e Berengar? Durand, você pode preparar seu material? Vou precisar que você transcreva. —Olhando pela janela, vi como era tarde e pensei na desculpa que eu daria para não assistir à Completa. — Jordan pode ser interrogado na sala de padre Pierre-Julien, já que não está ocupada no momento. — Continuei. — Eu falarei com Pons. Isso veio *bem* a calhar.

— Padre...

— O quê?

Durand me olhou com o cenho franzido. Por fim, ele disse:

— O senhor ainda é... quer dizer... pensei...

— Sim?

— O senhor não renunciou às suas obrigações?

Apressei-me a assegurá-lo de que, se eu fosse mandado embora do Santo Ofício, ele seria o primeiro a saber. E, tendo garantido isso, fui perguntar a Pons a respeito de Jordan Sicre.

O carcereiro me informou, mal-humorado e desrepeitoso, que Jordan era o prisioneiro no calabouço inferior. Uma carta endereçada a mim o acompanhava. Irmão Lucius tinha a carta consigo agora. Os acompanhantes, quatro mercenários catalães, já tinham partido de Lazet; padre Pierre-Julien não deixara nenhuma ordem com relação ao novo prisioneiro.

Se eu o queria, era bem-vindo à presença dele. E aí estavam as chaves.

— Vou precisar de um guarda também.

— Não com Jordan. Ele está com algemas nas mãos e nos pés.

— Isso é necessário?

— Ele conhece esta prisão, padre. Alguns dos guardas são seus amigos. Mas o senhor é que sabe, claro.

Como ele estava irado! Achei o comportamento exagerado, e saí sem agradecer. Mas, ao me lembrar de um assunto final importante, logo voltei.

— Alguém andou falando com Jordan? — perguntei.

— Eu lhe disse que era um canalha.

— Mas conversas mais longas? Mexerico nenhum?

— Não que eu saiba.

— Bom.

Eu estava ciente de que meu interrogatório seria mais bem-sucedido se o alvo não soubesse dos últimos acontecimentos que afetavam o Santo Ofício. Eu também sabia que seria menos arriscado interrogar o prisioneiro lá mesmo onde ele estava, no calabouço inferior. Por isso voltei ao *scriptorium*, contei a Durand sobre a mudança dos planos e procurei a carta do catalão na mesa de irmão Lucius.

Ela fora escrita pelo bispo de Lerida, que, com um magistrado local, haviam prendido Jordan Sicre e confiscado sua propriedade. Fui informado de que o prisioneiro estava usando um nome falso; também, que ele havia acusado alguns de seus vizinhos de serem hereges, e, ainda, que ele havia mencionado um perfeito, fugido de minha própria prisão, um antigo habitante da diocese de Lerida, mas agora, infelizmente, foragido.

Resumindo, fiquei imaginando onde "S" poderia estar. Onde quer que estivesse, desejei-lhe sorte.

— Padre?

Ergui os olhos. Durand ainda estava afundado em sua mesa, penas e pergaminho dispostos de maneira organizada na sua frente. Coçou o queixo atrofiado enquanto eu aguardava.

— Padre, tenho que lhe contar — disse ele. — O trabalho do irmão Lucius ficou muito malfeito.

— Seu trabalho?

— Veja. — Chamando minha atenção para os fólios empilhados no chão, preparados para serem encadernados, Durand mostrou o tamanho e a irregularidade do texto, com certos erros. — Está vendo? *hoc* em lugar de *haec*, como se ele não distinguisse essas palavras.

— Sim, estou vendo. — Vi, e fiquei assombrado. — Mas costumava ser tão bom.

— Não mais.

— Não. Está evidente. — Envergonhado, devolvi a prova do desleixo a meu acompanhante. — Isso é muito humilhante. Eu devia ter percebido antes.

— O senhor andou ocupado com outros assuntos — respondeu Durand (um pouco magnanimamente, achei). — Só quando se trabalha com ele fica evidente.

— Mesmo assim... — ponderei por um momento. — Você tem alguma ideia do motivo dessa mudança?

— Nenhuma.

— Sua mãe... você sabe se a mãe dele ficou doente, ou...?

— Talvez.

— E você avisou padre Jean-Pierre desse problema?

Durand hesitou. — Não, padre — disse ele, por fim. — O irmão Lucius é um bom rapaz. E padre Pierre-Julien é tão... bem...

— Grosseiro — completei. — Insensível.

— Ele chegaria à conclusão de que eu fui conivente...

— Sim. — Entendi perfeitamente. — Não tenha medo, meu amigo. Eu mesmo cuidarei desse assunto, e seu nome não será mencionado.

311

— Obrigado, padre — disse Durand em voz baixa. Nesse momento, o próprio Lucius voltou com Simon e Berengar, interrompendo nosso diálogo.

Era hora de interrogar Jordan Sicre.

O senhor precisa entender que há um procedimento a ser cumprido quando se examina uma testemunha ou um suspeito, intimado ou que tenha se apresentado voluntariamente. Em primeiro lugar, depois de ter sido convocado e notificado discretamente pelo inquisidor ou por seu representante, ele tem que jurar sobre o Santo Evangelho que dirá a verdade, nada mais que a verdade, sobre o assunto de heresia e qualquer outro que esteja ligado a ela, ou que esteja ligado com a função da Inquisição. Isso tem que ser feito tanto a respeito de si próprio como testemunha principal quanto como testemunha no caso de outras pessoas, vivas ou mortas.

Uma vez que o juramento tenha sido feito e registrado, o sujeito é estimulado a dizer a verdade. Se, por acaso ele pedir tempo ou oportunidade para pensar a fim de poder dar uma resposta mais elaborada, isso pode ser concedido se o inquisidor concordar — em especial se mostrar que está pedindo de boa-fé, e não por malícia. Do contrário, é obrigado a testemunhar de imediato.

Bom, Jordan Sicre não pediu tempo — talvez por não saber que tinha esse direito. Do mesmo modo, não pediu prova de infâmia, nem das acusações colocadas contra ele. (Isso acontece com muitos acusados analfabetos, que, dessa maneira, me deixam com muita liberdade de ação em meus procedimentos.) Mesmo assim, ele me deu a impressão de ser um homem inteligente, porque foi esperto a ponto de fechar a boca e não dizer nada sem ser perguntado. De seu canto do calabouço inferior, onde fora algemado à parede não longe daquele instrumento de tortura chamado de roda, ele observou em silêncio Durand, Simon e Berengar se sentarem nos lugares reservados para eles.

Ele era um homem baixo, de ombros largos, tez parda, maçãs do rosto salientes e olhos muito pequenos. Havia um machucado na têmpora. Eu o reconheci de imediato.

312

— Claro! — disse eu. — Eu me lembro de você. Você me salvou de Jacob Galaubi.

Não houve resposta.

— Sou muito grato a você por preservar minha virtude. Muito grato mesmo. Mas acredito que isso não deve interferir em nossas atuais circunstâncias. Pena que você tenha sucumbido à tentação! Claro, fiquei sabendo que a recompensa foi alta. Uma fazenda de bom tamanho, três dúzias de carneiros, uma mula. Estou certo?

— Duas dúzias — corrigiu ele, com voz rouca. — Mas...

— Ah. Mesmo duas dúzias, então... mesmo esse número requereria algum tipo de ajuda.

— Eu contratei um homem. E uma empregada.

— Uma empregada! Opulência. Há construções externas?

— Sim.

— Descreva-as para mim.

Ele o fez. Enquanto eu o questionava sobre os quartos de sua casa, as ferramentas e os utensílios de cozinha que ela continha, a pastagem em volta e o que cultivava na horta, ele ficou mais falante, perdendo o jeito duro e cauteloso, com a lembrança do tempo feliz que passou. Era evidente que essa fazenda era o suprassumo de suas ambições, o desejo de seu coração, sua única fraqueza. Era a fenda em sua carapaça de pedra.

Deixei-o falar até que a fenda aumentasse um pouco. Então inseri a ponta de minha faca.

— Assim você pagou, eu acho, uns 50 livres tournois por essa propriedade tão desejada? — questionei.

— Quarenta e oito.

— Bastante dinheiro.

— Herdei o dinheiro. De um tio.

— Sério? Mas Raymond Donatus diz que o deu a você.

Essa mentira foi feita para destruir as defesas de Jordan, e ela o fez estremecer. Embora mantivesse uma expressão vazia, um movimento involuntário dos olhos me indicou ter tocado em um ponto vulnerável.

— Raymond Donatus está mentindo.— disse ele. Ao notar que ele usara o tempo presente, fiquei feliz. Estava claro que ele não sabia nada sobre a morte de Raymond.

— Então você não recebeu nada para deixar entrar suas mulheres na sede? — perguntei.

Novamente, seus olhos se desviaram. Ele piscou várias vezes. Será que o que eu vi era ansiedade ou alívio?

— É tudo mentira — disse ele. — Nunca deixei entrar nenhuma mulher na sede.

— Então você está sendo acusado falsamente?

— Estou.

— Um de seus companheiros confirma o testemunho de Raymond. Ele mesmo foi pago para deixar as mulheres de Raymond entrarem, e disse que você também foi.

— Mentiras.

— Por que ele mentiria?

— Porque eu não podia me defender.

— Então era fácil acusar você porque estava ausente?

— Exato.

Continuei pressionando-o a respeito de proibir ou deixar entrar, como se tivesse muita importância. Continuei com isso, falei mais sobre o assunto e me fiz de ultrajado por terem ocorrido encontros amorosos dentro da sede do Santo Ofício. Falei de provas: de "manchas impuras e vergonhosas", roupas íntimas de mulheres, certas ervas que impedem a gravidez. Com vários comentários ambíguos, até dei a impressão de sugerir que o dinheiro usado na compra da fazenda de Jordan fora aquele pago a ele para ajudar Raymond a seduzir empregadinhas.

Desse modo, levei-o a um estado de confusão: em primeiro lugar, porque falar sobre união carnal leva qualquer jovem a se tornar desatento; em segundo lugar, porque ele estava esperando ser acusado de morte, e, em vez disso, estava tendo que se defender de acusações triviais. Tendo negado ser cúmplice desde o início, foi obrigado a não ceder, usando toda sua energia contra uma infração menos importante, em vez de poupá-la. Pois não se iluda: mentir é muito cansativo. É preciso estar alerta e forte se quiser continuar mentindo de maneira convincente. Com o andamento do interrogatório, concentrar-se fica cada vez menos confortável e, portanto, é mais difícil de apresentar uma série irrepreensível de mentiras.

Jordan cometeu seu primeiro erro sob a pressão de meu estímulo especulativo. Há certos sacerdotes que declaram condenar as muitas variedades diabólicas e degeneradas da cópula, mas cuja fruição, ao descrever esses atos e publicamente listá-los e condená-los, sugere que eles obtêm uma satisfação condenável da contemplação da imoralidade sensual. Ao imitá-los, me apoiei nos benefícios que Jordan possa ter recebido das mulheres procuradas por Raymond Donatus. Eu lhe infligi um interrogatório totalmente obsceno, repleto de atos vulgares que, eu lhe asseguro, superam a imaginação, atos com os quais me deparei uma única vez, muito chocado, em uma penitenciária irlandesa.

Perguntei, por exemplo, se Jordan empregava alguns objetos quando tinha relações sexuais com as mulheres de Raymond. Perguntei se ele expelira o sêmen em algum lugar que não fosse na vagina. Perguntei se ele exigira que as mulheres fizessem carícias perversas, comessem, chupassem ou excretassem algo, recitassem palavras sagradas ou fizessem sugestões sórdidas enquanto absorvidos nessas perversões...

Ah, mas é melhor deixá-las passar. Basta dizer que Jordan se defendia com vigor, e cada vez mais irritado, enquanto eu empesteava o ar com meus comentários lascivos. (Os coitados do Simon e do Berengar estavam roxos como o sumo das uvas, e até Durand parecia desconfortável.) Finalmente, quando afirmei em falso que eu tinha conversado com uma das mulheres que haviam acusado Jordan de sodomia, ele perdeu as estribeiras.

— Isso não é verdade! — gritou ele. — Eu nunca fiz! Nunca fiz nada daquilo!

— Só cópula como mandam as leis da natureza?

— Sim!

— Sem profanar a cadeira do inquisidor, ou algum uso obsceno das penas ou do pergaminho do Santo Ofício...?

— Sim!

— Simplesmente fornicação no chão da sala do padre Augustin?

— Sim — respondeu ele bruscamente. Então parou, ao perceber o que havia dito. — Quer dizer...

— Não tente negar o que você acabou de afirmar — interrompi. — Entendo sua vergonha, mas mentir sob juramento é um pecado maior que a fornicação. Se você se arrepende de verdade, Deus o perdoará. E o Santo Ofício também o perdoará. Diga, você deixou ou não entrar mulheres da vida dentro do recinto do Santo Ofício em troca de pagamento?

Jordan suspirou. Ele não tinha mais força para resistir em um assunto de tão pouca importância. Além disso, eu lhe dera um pequeno raio de esperança.

— Deixei — admitiu ele.

— E você usou esse dinheiro para comprar uma fazenda na Catalunha?

— Usei.

— Isso foi antes ou depois de você ter desaparecido?

Ele pensou um pouco. É claro que lhe ocorrera que a data da compra poderia ser averiguada. — Depois — disse ele, finalmente.

— Então você tinha 48 livres tournois com você quando foi a Casseras com padre Augustin?

— Correto.

— Por quê?

— Porque eu os levava a todo lugar comigo. Senão poderiam ser roubados.

— Entendo. — Embora eu tenha achado essa explicação inverossímil, nem minha voz ou meu rosto deixaram transparecer qualquer sinal de descrédito. — Conte-me o que aconteceu naquele dia — continuei. — No dia da morte de padre Augustin.

Há quanto tempo ele esperava esse interrogatório? Começou a contar quase imediatamente, parecendo aliviado, falando rápido e sem modulação.

— Eu estava me sentindo mal — disse ele. — Algo que eu tinha comido na forca, talvez. Queria vomitar. Então fiquei para trás e pedi aos outros que esperassem por mim em Casseras...

— Espere! — Levantei minha mão. — Comece do começo, por favor. Quando você recebeu a ordem para juntar-se à guarda de padre Augustin?

Novamente, minha intenção era exauri-lo e tranquilizá-lo. Escutei com atenção seu relato, sem objeções contundentes, só alguns sinais de estímulo. De tempos em tempos, pedia-lhe algum detalhe, ou que repetisse a cronologia dos eventos, e ele o fazia com facilidade, sem preocupação, até que chegamos ao momento em que ele "ficara para trás". Então sua narrativa se tornou um pouco mais elaborada, embora de uma maneira que não dava para discernir logo. Veja, quando uma história não é verdadeira, mas inventada, fica mais difícil para o narrador isolar espontaneamente algum detalhe dela. Como o que ele diz que aconteceu não aconteceu, ele não consegue recorrer à memória. Por isso, se seu testemunho é interrompido, ele vai recomeçar novamente para manter a sequência lógica dos fatos em ordem. Alguém que está contando a verdade não precisa se preocupar com a coerência lógica. Apenas relata aquilo de que se lembra, sem se preocupar com inconsistências.

De acordo com o prisioneiro, ele se sentiu mal e foi obrigado a desmontar logo após ter deixado a forca, na volta para Casseras. Aí, após ter descansado um pouco, continuou. (Nessa altura, perguntei onde tinha expelido sua última refeição, e respondeu que ele vomitara num cantinho de terra com vegetação rasteira, onde ficou despercebido. Ele era um homem inteligente, esse Jordan.)

Naquele momento, ele ouviu um grito fraco e vários assustadores que lhe fizeram entender que o grupo de padre Augustin tinha sido atacado em algum lugar na continuação do caminho. Enquanto avançava, porém, os sons haviam diminuído, sugerindo que a luta tinha terminado. Mas quem ganhara? Temeroso, Jordan escondera seu cavalo e se ocultara atrás de uma pedra, na esperança de saber mais.

— Você não queria cair na emboscada — disse eu, de maneira compreensiva.

— Sim, eu não quis.

— Sabendo que, se os outros haviam sido mortos, você não teria nenhuma chance.

— Exatamente.

— E o que aconteceu então?

— Então a égua de padre Augustin apareceu galopando com a sela vazia. Seguindo-a, vinha um homem montado no cavalo de Maurand, que pegou a fugitiva e a levou em direção à parte baixa da colina.

Ao testemunhar isso, Jordan concluiu que seus companheiros haviam sido derrotados, e provavelmente mortos. Esperara um pouco antes de se aproximar da cena do massacre furtivamente, a pé. Ao fazê-lo, mantivera-se o mais próximo possível do caminho, e assim presenciara a fuga de dois homens subindo a montanha com cavalos roubados.

Naturalmente pedi uma descrição completa desses homens. Jordan respondeu que um estava vestido de verde, e o outro usava um gorro vermelho, mas passaram muito rapidamente para que ele conseguisse ver algo mais.

— Não havia nada de estranho neles? — perguntei. — Nada especial que chamasse sua atenção?

— Não.

— Nada mesmo chamou sua atenção? Mesmo naquele instante fugaz?

— Não.

— O fato de estarem cobertos de sangue não lhe pareceu algo digno de nota?

Que criatura idiota! Ele hesitou, e eu pensei comigo mesmo: "Este homem está mentindo." Porque, se ele realmente tivesse visto os assassinos, ele teria reparado no sangue coagulado, em primeiro lugar. "Usando verde", realmente!

Evitei fazer comentários e mantive meu comportamento compreensivo.

— Pensei que o senhor se referisse à altura deles, ou... ou à cor do cabelo — gaguejou, após uma pequena pausa. — É claro que estavam cobertos de sangue.

— É claro. E aí, o que você fez?

— Avancei até chegar na clareira. Onde os corpos estavam. Foi uma visão horrível. — (A voz de Jordan, no entanto, estava calma quando ele a descreveu.) — Todos cortados em pedaços, e vi que ninguém fora poupado. Assim, fui embora de novo.

— Vomitou?

— Não.

— Suas entranhas já tinham sarado nessa hora? Tenho que confessar que uma visão dessas teria revirado meu estômago.

Houve um longo silêncio. Após refletir, Jordan disse:

— O senhor não é um soldado. Os soldados têm que ser fortes.

— Entendi. Bem, continue. Que mais?

Jordan passou algum tempo pensando. Ocorreu-lhe que, como único sobrevivente, ele sem dúvida seria suspeito de ser cúmplice da chacina. O Santo Ofício iria querer culpar alguém. Talvez fosse melhor desaparecer, se escapasse para as montanhas e comprasse uma fazenda. Afinal de contas, ele tinha o dinheiro com ele.

— Então fiz isso — concluiu ele.

— Você fez isso. Mas foi uma coisa insensata, meu amigo. Se você é inocente, não deveria temer o Santo Ofício.

Sua única resposta foi um resmungo.

— Por minha honra, nós não condenamos sem uma razão — insisti. — Durand, você pode, por favor, ler sua transcrição do testemunho deste homem? Nós temos que ter certeza de que está correto.

Se Durand ficou surpreso (porque se costuma esperar um dia e ler para o prisioneiro uma transcrição mais bem elaborada antes de verificar a confirmação), não deixou transparecer nada. Leu o depoimento com voz inexpressiva, e o efeito foi entediante. Certamente para Jordan, que bocejou várias vezes e limpou seu rosto fatigado com as mãos. No final da leitura, quando lhe perguntei se havia algo que queria acrescentar ou modificar, meneou a cabeça.

— Nada?

— Não.

— Nada que você tenha deixado de dizer?

— Não, padre.

— Por exemplo, o fato de que Raymond Donatus lhe pagou para matar o grupo de padre Augustin e desmembrar os corpos a fim de que sua própria ausência ficasse imperceptível?

Jordan engoliu.

— Eu nunca fiz isso — suspirou ele.

— Meu amigo, eu não *creio* que você fez isso. Eu *sei* que você o fez. Eu tenho a confissão de Raymond aqui na minha frente. — É claro que eu estava mentindo; o documento na minha frente era um conjunto de notas feitas durante minhas entrevistas com os habitantes de Casseras. Mas a palavra escrita costuma levar medo aos corações dos analfabetos, enquanto a palavra falada não tem esse efeito.

— Você gostaria de reler a transcrição? — acrescentei, tendo plena consciência de que Jordan não sabia ler. Ele olhava o documento como se fosse uma cobra prestes a mordê-lo. — Você percebe, não é, que Raymond planejava envená-lo quando voltasse? Foi esse plano que me alertou para a culpabilidade dele. Estou surpreso de que ele não tenha mandado lhe matar na Catalunha.

— Raymond está... — Ele parou e pigarreou. Havia gotas de suor em sua fronte. — Raymond está mentindo — disse ele.

— Jordan, ouça-me. — Adotei um tom persuasivo. — Tenho provas suficientes para que você seja enterrado vivo, confessando ou não. Preste atenção nisso. Se você se recusar a confessar, isso é o melhor que pode esperar. O pior é cair nas mãos de meu superior, padre Pierre-Julien. Veja, quando você matou padre Augustin, fez a nós todos um grande desserviço, porque padre Pierre-Julien veio substituí-lo. E padre Pierre-Julien é um homem violento. Você devia ter visto o que ele fez a Jean-Pierre para fazê-lo admitir que ficou com seu posto a serviço de Raymond. Se você quiser, posso mandar trazer Jean-Pierre aqui para baixo. Terá de vir carregado, porque não consegue andar. Teve os pés queimados.

Jordan estremeceu visivelmente.

— Agora, o que você não percebeu é que, para o arrependimento verdadeiro, sempre haverá perdão — continuei. Você ouviu falar de St Pierre, o Mártir? Era um inquisidor dominicano como eu, e foi morto por um bando de assassinos, assim como padre Augustin. Um dos assassinos era um tal de Pierre Balsamo, pego quase no ato e que depois escapou da prisão. Mas, quando capturado, ele se arrependeu, foi perdoado e o deixaram entrar na Ordem Dominicana. Você sabia disso?

Jordan meneou a cabeça, franzindo o cenho. — É verdade? — perguntou ele.

— É claro que é verdade! Posso mostrar-lhe muitos livros que contam essa história. Pergunte ao irmão Simon. Pergunte ao irmão Berengar. Eles vão dizer o mesmo.

Minhas testemunhas indicaram que eles testemunhariam a verdade de minhas afirmações.

— É claro que não há nenhuma razão para pensar que *você* seria aceito na Ordem Dominicana — continuei eu. — Mas, a não ser que confesse seus pecados, e os repudie, só pode haver um final. Entende?

Para meu desapontamento, Jordan não respondeu. Ele estava sentado olhando para os joelhos, como se só eles pudessem dar solução aos problemas.

— Jordan — disse eu, tentando outra tática. — Você já foi recebido em uma seita herética?

— Eu? — Disse e sacadiu a cabeça. — Não!

— Você nunca acreditou em nenhuma outra fé, a não ser a que a Igreja católica aceita como verdadeira?

— Não sou um herege!

— Então por que você matou padre Augustin?

— Eu não matei padre Augustin!

— Talvez não — cedi eu. — Talvez você mesmo não tenha dado o golpe. Mas, no mínimo, estava ao lado quando ele foi desmembrado como um porco. Então, por que isso? Só por dinheiro? Ou porque você é um crente e perpetrador de heresias? — Consultando a transcrição do informe que "S" fez para mim, li em voz alta uma lista de nomes. — Todas essas pessoas são hereges difamados. E você foi visto andando na companhia delas na Catalunha. Mas você não alertou o Santo Ofício.

Os olhos de Jordan se estreitaram; a respiração ficou descompassada. Seria possível que esperasse barganhar por sua vida fornecendo esses nomes, e agora descobria que eu já os tinha?

— O perfeito! — disse ele abruptamente (obviamente referindo-se a "S"). — Você o tem!

— Por que você não alertou o Santo Ofício? — repeti, ignorando sua exclamação.

— Porque eu estava me escondendo! — gritou ele. — Como poderia dizer qualquer coisa? E, se o perfeito diz que eu sou um herege, está mentindo para salvar sua pele. Ele lhe disse onde me achar? Eu deveria ter...

Parou de repente.

— O quê? — perguntei. — O que você deveria ter feito. Matado ele também?

Jordan ficou mudo.

— Meu amigo, se você fosse um bom católico, confessaria seus pecados e se arrependeria. — disse-lhe eu. — Penso que você não acredita em Deus. E, sendo um assassino sem Deus, vai sofrer um castigo muito maior do que qualquer um já decretado pelo Santo Ofício. Você será atirado em um lago de fogo, por toda a eternidade, se não se reconciliar. Pense bem agora. Talvez Raymond tenha lhe contado uma mentira. Talvez tenha dito que padre Augustin estava visitando mulheres hereges por razões heréticas, e por isso merecia morrer. Se ele lhe contou essas coisas, seu crime pode ser entendido e rapidamente perdoado.

Finalmente minhas palavras tiveram um efeito perceptível. Senti que Jordan as estava considerando, examinando-as.

— Raymond por acaso lhe disse que padre Augustin era um inimigo de Deus? — perguntei-lhe suavemente. — Jordan, o que ele lhe disse?

Jordan olhou para cima, respirou fundo e anunciou, sem me olhar:

— Ele me disse que *o senhor* queria padre Augustin morto.

— *Eu*? — Assustado, fiz o que nenhum inquisidor deve fazer: deixei o prisioneiro perceber meu choque.

— Ele me disse que o senhor odiava padre Augustin. Disse-me que o senhor faria com que eu nunca fosse responsabilizado. — Voltando-se para Durand, o vil açougueiro declarou:

— Padre Bernard é o assassino, não eu!

A essa altura eu já havia recuperado minha tranquilidade e ri em voz alta. — Jordan, você é um tonto! — disse eu. — Se eu tivesse mandado você matar alguém, acha que o deixaria voltar para cá? Acha que estaria sentado na minha frente, vivo e bem, me denunciando na frente de testemunhas? Vamos, diga-me o que aconteceu. Você acabou de admitir cumplicidade.

Eu disse que Jordan era inteligente. Só um homem com certo grau de inteligência teria procurado me atacar, esperando, com isso, conseguir alguma vantagem. Mas não pensara o suficiente na ofensiva e caíra na armadilha que ele próprio criara.

Continuou sentado lá sem dizer uma palavra, se perguntando, sem dúvida, como tinha chegado nesse impasse. Mas eu não quis lhe dar tempo para pensar.

— Você não tem escolha. Temos sua confissão. Quem mais está implicado? Diga-me, se arrependa-se, e você ainda pode escapar com vida. Se ficar em silêncio, será considerado obstinado. O que você tem a perder, Jordan? Talvez um pouco de vinho lhe ajude a se lembrar.

Sempre achei que vinho em um estômago vazio deixa a língua mais mole. Mas, enquanto acenei para o irmão Berengar, me trazer um pouco do vinho que havia para esse propósito, Jordan começou a falar.

Admitiu que Raymond Donatus sempre fornicava com mulheres no Santo Ofício, sob seus olhos. Contou que, certo dia, o notário veio até ele com mais uma proposta: em troca de 50 livres tournois, Jordan deveria matar padre Augustin. Isso seria feito, não nas dependências do Santo Ofício, onde qualquer um que frequentasse o prédio estaria sob suspeição, mas nas montanhas, que eram sabidamente infestadas de hereges. De acordo com Raymond, era importante que a culpa fosse dos hereges.

O plano era bom, mas requereria mais quatro pessoas treinadas para combate. Cada uma receberia 30 livres tournois por um assassinato bem-sucedido.

— Eu já trabalhei em muitas cidades com tropas — revelou Jordan. — Eu conhecia mercenários que haviam feito esse tipo de coisa antes. Então, quando fui mandado para essas cidades, levando mensagens do Santo Ofício, falei com quatro homens que ficaram felizes com a perspectiva de ganhar 30 livres tournois.

— Qual é o nome deles, por favor? — perguntei, e Jordan concordou em fornecer os nomes. Relatou a movimentação dos quatro homens: como haviam chegado a Lazet, tinham recebido metade do pagamento e mais dinheiro para as despesas diárias, e esperaram até que padre Augustin se dirigisse a Casseras.

— Eu soube a data no dia anterior — disse Jordan. — Então contei aos outros, e eles partiram antes dos portões fecharem, dormindo em Crieux naquela noite.

— Eles não tinham cavalos?

— Nenhum. Tiveram que andar até Casseras. Mas chegaram a tempo. E eu conhecia o caminho até a forcia. Pude dizer-lhes onde esperar.

Quando ele descreveu, de maneira rude e sem remorso, o artifício para induzir o grupo de guarda-costas e padre Augustin a parar na clareira escolhida, senti uma raiva crescendo em meu coração. Ele dissera que estava tonto e nauseado, quase caindo do cavalo. Um de seus companheiros também apeou. Esse homem, enquanto acudia Jordan, fora esfaqueado na barriga, ato ensaiado para ser o detonador de uma chuvarada de flechas atiradas da vegetação rasteira.

Era de fundamental importância que os dois familiares montados recebessem a maior força do ataque. Quando padre Augustin se recuperou do choque, era tarde demais para fugir; seus guardas haviam sido golpeados e as rédeas de seu cavalo já estavam tomadas.

Ele testemunhara a morte de todos os seus companheiros, antes de ele também ser morto. Tive de olhar para o lado quando Jordan salientou que meu superior fora morto de um só golpe, como se isso fosse um ato de misericórdia. Eu tinha que investir todos os meus recursos para manter uma conduta tranquila, quando minha vontade era pegar um banco e quebrá-lo na cabeça de Jordan. O homem merecia ser esfolado vivo. Ele era menos que um homem, porque sua alma estava morta. E seu coração, enegrecido pela fumaça do pecado.

— Despimos os corpos antes de cortá-los — relatou. — Nos disseram para fazer isso. E levar as cabeças conosco. As cabeças e mais algumas partes, para camuflar o fato de eu não estar lá. Cada um de nós seguiu em uma direção. Veja bem, nós só tínhamos metade do dinheiro. Eu tive que ir a Berga e aguardar até que Raymond soubesse que padre Augustin estava morto. Quando ele soube, mandou a outra metade de meu pagamento a um notário em Berga, que me pagou.

— O nome do notário? — perguntei.

— Bertrand de Gaillac. Mas ele não sabia de nada. Era amigo de Raymond.

— E com relação ao sangue? O sangue em suas roupas?

— Nós todos havíamos trazido uma muda de roupas. Quando nos vimos fora de Casseras, assim que encontrássemos água ou um lugar para nos esconder, deveríamos nos lavar e trocar de roupas. E aí nos livrarmos dos cavalos. — Após uma breve pausa, o prisioneiro acrescentou: — Eu matei o meu. Era mais seguro. Ali nas montanhas, os abutres e os lobos o achariam antes.

Esse foi, então, o teor da confissão de Jordan Sicre. Uma história sangrenta, sem a influência da tristeza redimida. Ao final, pedi para Durand lê-la em voz alta novamente, e meus imparciais testemunharam que estava correta e completa. A Jordan também foi dado esse privilégio. Tendo tirado tudo o que eu precisava do homem, não desperdicei mais palavras meigas ou atenções com ele. Ele não merecia nada disso.

— O que acontece agora? — perguntou-me quando eu ia sair.

— Agora você aguarda a sentença — respondi. — A não ser que tenha algo mais a acrescentar.

— Só que estou muito arrependido. — (Ele parecia mais ansioso que apologético.) — Você escreveu isso?

— Anotarei sua penitência. — Foi minha resposta. Eu estava muito, muito cansado. Talvez eu devesse estar me parabenizando pelo bom trabalho — porque tinha sido, embora seja eu mesmo quem diga, um trabalho excepcionalmente bem feito, mas eu não tinha a mínima vontade de comemorar. Tudo o que pude fazer foi subir as escadas até o alçapão; Durand teve que me ajudar a passar por ele. A prisão estava às escuras, com lamparinas acesas. Eu não tinha ideia de quão tarde era.

— Vocês vão precisar de um familiar para acompanhá-los até em casa? — perguntei aos imparciais, que me asseguraram que precisavam só de uma lamparina ou uma tocha. Tendo conseguido uma para eles, me despedi e virei-me para Durand. Estávamos parados próximos à minha mesa, naquele momento, com uma lamparina entre nós; as sombras ao nosso redor eram densas, geladas e um pouco amedrontadoras. Estava muito silencioso.

— Gostaria que você guardasse o documento — instruí. — Não o deixe por nenhum segundo longe de sua vista, até fazer uma cópia.

— Faço *eu* mesmo uma cópia?

— Talvez seja melhor.

— Alguma emenda?

— Você pode ignorar a fazenda, claro. A maior parte da viagem a Casseras pode ser omitida.

— As desculpas?

Nossos olhos se encontraram, e vi nos dele (que tinham uma bela cor — ouro e verde, como uma clareira ao sol) a mesma repulsa feroz como a que ainda estava em meu coração. Me aqueceu de alguma forma. Me deu alento.

— Deixo isso a seu critério, Durand. Você sempre diz que eu excluo muito material justificativo.

Nesse ponto ambos demos uma parada, talvez para refletir sobre o horror dos fatos que nos foram narrados. Aos poucos, o silêncio se estendeu. Entorpecido de cansaço, concluí que não tinha mais nada a dizer.

— O senhor é um grande homem — falou Durand de repente. Não olhava para mim, franzia o cenho para o chão. — Um grandessíssimo homem, à sua própria maneira. — E acrescentou, após outro breve intervalo: — Mas eu não o descreveria como sendo à maneira de Deus.

— Não. — Só pude falar com um enorme esforço. — Não, nem eu.

Isso concluiu nosso diálogo. Durand foi embora, com a cabeça baixa e o testemunho de Jordan colado ao peito; eu voltei à prisão, para poder dar boa noite a Johanna. Embora fosse muito tarde, eu não poderia ter voltado ao priorado sem dizer boa noite, já que havia prometido. Eu nem podia pensar em não cumprir essa promessa. Para um amante, mesmo o erro mais insignificante tem uma importância enorme e terrível.

Você sabe que amor deriva da palavra gancho, que significa "capturar" ou "ser capturado". Eu fui capturado pelos laços do desejo, e não podia ficar longe de minha amada. De fato, aquele dia inteiro, enquanto segurava Vitália, e acalmava Babilônia, e interrogava Jordan, permaneci cativo das lembranças de minha impureza noturna. Visões lascivas penetraram de maneira persistente em minha mente, grandes ondas de calor subjugaram meu corpo, e incendiaram minha face. Mas, ao mesmo tempo que eu tentava afastar essas memórias, elas me eram irresistíveis, e retornei a elas várias vezes, cheio de vergonha, como um cachorro que volta a seu vômito. Como é verdadeiro o que Ovídio diz: "Nós nos empenhamos pelo que é proibido, e sempre queremos o que nos é negado!".

Eu tinha rompido meu voto de castidade. Ao me deixar levar pelas tentações da carne, em lugar da herança eterna que o Rei celestial, com Seu próprio sangue, restituiu a todos os homens, eu tinha me atirado às chamas de Geena. Pedro Lombardo* disse: "Outros pecados mancham apenas a alma... a fornicação mancha não só a alma, como também o corpo". *Veja, eu fui criado na iniquidade e minha*

---

* N.R.T.: Autor do *Liber Sententiarum* (c. 1150), durante séculos o texto clássico de Teologia.

mãe me concebeu em pecado. Além do mais, eu estava em transe por uma mulher, e é sabido que as mulheres são fontes de duplicidade, presunção, mesquinhez, luxúria. Sansão foi traído por uma mulher. Salomão não conseguiu encontrar nenhuma boa mulher. A humanidade foi condenada pelo pecado de uma mulher. Eu sabia de tudo isso racionalmente, mas meu coração não se deixava convencer.

E assim fui até o quarto da guarda, sozinho e sem complicações. Como não era uma cela, não havia postigo na porta; eu tive de me contentar com uma leve batida e um cumprimento em voz baixa, sem vislumbrar o rosto de minha amada.

Foi ela que respondeu à minha saudação, com a voz abafada pela grossura da madeira entre nós.

— As outras estão dormindo — disse ela suavemente.

— Você também devia estar.

— Mas eu estava esperando por você.

— Perdoe-me. Eu devia ter vindo antes. Tinha assuntos para tratar.

— Meu querido, não estava me queixando.

Esse carinho afetuoso aumentou minha pulsação, e encostei a testa na porta, como se eu estivesse tentando entrar. Ao mesmo tempo, fui inundado por um desespero, porque a barreira física entre nós parecia representar todos os outros obstáculos ao nosso amor mais difíceis de superar. Heloísa e Abelardo foram mais favorecidos em sua união, mas o Senhor lidara com eles de maneira implacável. De meu ponto de vista, não havia esperança em nosso futuro. O melhor resultado possível seria que Johanna tivesse uma pena pequena, fosse libertada com a filha e que lhe permitissem escapar do alcance de Pierre-Julien. Mas isso, claro, demandaria deixar-me para trás.

Tentei me convencer de que essa seria a melhor solução. O amor era uma espécie de loucura — uma doença que passaria. *Há um tempo para amar, e um tempo para odiar.* O que eu ganharia em abandonar o trabalho de toda uma vida por uma mulher que eu mal conhecia? Por um amor que era tanto angústia quanto felicidade?

— Não pode acontecer de novo — sussurrei. — Johanna, não podemos permitir que aconteça de novo.

— Meu querido, qual a chance? — respondeu ela tristemente. — Foi meu último gosto do amor.

— Não. Você vai ficar muito pouco tempo aqui, eu prometo.

— Bernard, não se coloque em risco.

— Eu? Não estou em perigo.

— Você está. A mulher do carcereiro disse isso.

— A *mulher* do carcereiro? — Eu quase dei risada. — Não é uma autoridade respeitada por estas bandas.

— Bernard, tome cuidado. — Seu tom era de urgência. — Você está nos favorecendo muito. As pessoas vão desconfiar. Oh, meu querido, não é por mim, mas por você.

Sua voz falhou, e eu fiquei entre lágrimas e risos — riso de espanto, de desalento.

— Como pode? — questionei. — Como isso pode ter acontecido? Eu quase não a conheço. Você quase não me conhece.

— Eu o conheço tanto quanto à minha própria alma.

— Oh, Deus. — Eu queria enfiar a cabeça pela porta. Eu queria morrer em seus braços. Ó Senhor, pensei, tudo o que desejo está inteiro em Tua frente; e meu lamento não está escondido de Ti. Meu coração palpita, minha força falha...

Acuda-me, Ó Senhor, salva-me.

— Bernard? — chamou ela. — Bernard, ouça-me. Tudo isto é minha culpa. Quando Augustin falava de você, das coisas que dizia e de como dava risada, eu pensava comigo mesma: Esse é um homem que quero conhecer. Então, quando você apareceu e sorriu para mim, era tão alto e tão bonito, e seus olhos eram como estrelas. Como eu podia resistir? Mas eu deveria ter resistido por você. Eu errei muito.

— Não.

— Foi! Foi cruel! Você teria nos ajudado sem isso. Você teria ficado forte, e livre, e feliz, mas agora eu o abalei. E fiz isso porque queria tê-lo, antes que fosse tarde demais. Eu sou tão desprezível. Não valho nada. Eu o tornei infeliz e sujo.

— Isso é bobagem. Não se vanglorie. Acha que não tenho vontade própria? Realmente acha que não tenho defeitos? — Para tranquilizá-la, e também puni-la (porque ela parecia pensar que fui conduzido como um carneiro em tudo), revelei-lhe meu encontro com a outra viúva em meus anos de pregador. — Eu já me desviei do caminho antes disso. Fui desobediente e incasto. É de minha natureza. — Então, como ela ficara quieta, comecei a temer que a ofendera profundamente. — Mas a viúva não significou nada para mim — apressei-me a dizer. — Foram a vaidade e o tédio que me levaram à cama dela. Isto é diferente.

— Para mim também.

— De alguma forma tenho certeza de que Deus nos juntou. Por alguma razão... — disse eu, desesperadamente.

— Para que soframos quando nos separarmos — suspirou Johanna. — Você devia ir, meu amor, antes que alguém o veja. Não devemos mais nos falar assim, a não ser para nos despedirmos.

— Deus o livre.

— Vá agora. Vá. É muito tarde. Há muita gente por perto.

— Você acha que eu me importo?

— Você parece uma criança quando diz isso. Vá para a cama, agora. Reze por mim. Você está em meus pensamentos.

Será que ela era mais forte que eu, ou seu amor menos intenso? Eu ainda estaria lá se ela não tivesse me mandado embora. E senti que parte de mim ficara naquele quarto enquanto descia as escadas: eu me sentia tonto e doente, como se o sangue de meu coração estivesse se esvaindo.

Mesmo assim, tive a presença de espírito de dar uma olhada em minha mesa, na esperança de ter recebido uma carta de Toulouse, ou de Carcassonne, com relação aos registros que faltavam. (Nesse momento, claro, não mais desaparecidos, mas incompletos.) Para minha decepção, não havia nada de interesse — e a mesa de Pierre-Julien, igualmente, não tinha surpresas agradáveis. Mas, nesse momento, Deus me concedeu uma clareza de pensamento breve e brilhante. De repente pensei: "Por que esperar ajuda que talvez nunca venha? Por que não usar o que está à mão?". Como consequência, comecei a mexer nas pilhas de minha correspondência mais recente.

Logo, achei o que estava procurando. Era uma carta comum de Jean de Beaune, em que o inquisidor, sem maior esmero, referia-se a meu pedido de cópias de um testemunho que implicava os habitantes de Saint-Fiacre. (Era a testemunha de Tarascon, o senhor se lembra?). *"Quanto às cópias que você está pedindo"*, escreveu ele, *"providenciarei para que sejam feitas, e as enviarei imediatamente"*.

Seria muito fácil alterar a data ao final da carta: bastava uma pequena rasura.

"Agradeça ao Senhor, porque Ele é bom: e que Sua misericórdia seja eterna", rezei eu. "Os redimidos do Senhor assim o dizem, os que Ele redimiu das mãos do inimigo."

Então enfiei a carta em meu cinto e me dirigi ao priorado em um estado de espírito extremamente esperançoso.

12

FORJADORES DE MENTIRAS

Como o senhor pode imaginar, fui muito desajeitado e desatento no ofício das Matinas naquela madrugada. Ao acordar após um sono curto e intermitente, estava muito exausto para me comportar bem. Fiquei de pé quando deveria ter me sentado, e fiquei sentado quando deveria estar de pé. Deixei passar sinais e cochilei enquanto recitava o *pater* e o *credo*. Mas, no curso normal das coisas, sou tão incapaz de falhar em meu ofício como o próprio São Domingos, por isso fiquei surpreso com a hostilidade que meus deslizes pareceram suscitar. Mesmo em meu estado semiconsciente, percebi os olhares e as caras feias.

Nas Laudes, porém, eu estava compenetrado como sempre. Mesmo assim, observei muitos olhares indignados dirigidos a mim, e outros tantos que pareciam estar solidários, de um jeito especial. O único irmão que se recusou a notar minha existência foi Pierre-Julien. Embora estivesse sentado praticamente bem à minha frente, no lado oposto do coro, fazia questão até de evitar olhar na minha direção.

Só quando me dirigi a ele diretamente, após a Hora Prima, me deu atenção. Acenou com a cabeça. Eu acenei com a cabeça. E aí, após uma troca

332

de gestos com as mãos, nos retiramos para sua cela, onde daria para conversar, com discrição e sem barulho. Comecei a falar antes que ele pudesse determinar o assunto de nosso diálogo.

— Ontem, Jordan Sicre chegou — eu disse, de repente.

— Sim, mas...

— Eu o interroguei, observando todas as formalidades.

— *Você?*

— E ele me contou que Raymond Donatus lhe pagara para matar padre Augustin. Ele não podia me contar por quê. Ele não sabia.

— Mas você não é mais um inquisidor da depravação herética! — exclamou Pierre-Julien, e rapidamente abaixou o tom de sua voz, ao lembrar-se de onde estava. — Não tem o direito de interrogar suspeitos! — ciciou ele. — Está proibido de entrar no recinto do Santo Ofício!

— As mulheres de Casseras, portanto, não estão implicadas na morte de padre Augustin.

— Isso é inaceitável! Vou falar com o abade...

— Ouça, Pierre-Julien. Eu sei mais do que você pensa. — Segurando seu braço, eu o puxei de volta para o catre, de onde ele havia se levantado. — Só me escute, antes que faça alguma bobagem. Eu sei que todo este mistério gira em torno dos registros da Inquisição. Padre Augustin pediu a Raymond que encontrasse um registro desaparecido, e Augustin foi morto. Quando Raymond, por sua vez, foi morto, você foi procurar certos registros que ele estavam com ele. Ao examiná-los, descobri que estavam mutilados. Faltavam fólios.

— Não consigo entender...

— Espere. Escute. Quando percebi pela primeira vez que faltavam registros, e isso foi antes de você tê-los recuperado, escrevi a Carcassonne e a Toulouse. Perguntei se haviam sido feitas cópias desses registros para o uso de inquisidores fora de Lazet. Ontem, chegou uma carta de irmão Jean de Beaune, me informando que *foram* feitas cópias. E prometeu copiar novamente os registros e enviá-los para mim aqui. Tenho a carta. Gostaria de vê-la?

333

Pierre-Julien nãó respondeu. Ficou simplesmente me encarando sem expressão e seu rosto ficou branco como os doze portões da Jerusalém celestial.

Vendo-o tão perdido, ampliei minha vantagem.

— Eu sei que você está implicado nisso, Pierre-Julien. Sei que arrancou aquelas folhas. E, quando eu receber as cópias de Carcassonne, saberei por quê. — Aproximando-me dele, continuei, falando baixo, com clareza e firmeza. Talvez você esteja pensando: "Vou escrever a irmão Jean e dizer-lhe para não se incomodar com isso." — Meu Deus! Irmão Jean e eu somos bons amigos, e você foi assunto de nossa correspondência recente. Ele não gosta muito de você, irmão. Se revogar meu pedido, ele vai perguntar seus motivos.

Pierre-Julien ainda permanecia quieto, imagino que pelo choque. Prossegui mais conciliador, menos ameaçador.

— Irmão, não tenho o mínimo desejo de ver o Santo Ofício sucumbir ao escândalo e à recriminação — disse eu. — É possível que ainda haja tempo para prevenir isso. Se agirmos agora, se eu escrever ao irmão Jean e disser que as cópias não são mais necessárias.

— Sim! Escreva agora! A voz de Pierre-Julien soou aguda e urgente. — Escreva para ele agora!

— Irmão...

— Ele não deve lê-las! Ninguém pode lê-las!

— Por quê?

Ofegando, meu companheiro não conseguia formular uma resposta. Colocou a mão no peito, como se o coração ameaçasse falhar.

Percebi a necessidade de mais um empurrão.

— Se você me disser por quê, escrevo a carta — prometi. — Se você ordenar a soltura das mulheres de Casseras e me assegurar de que não serão responsabilizadas por um crime que não cometeram, escreverei a carta. Mais do que isso, desistirei de tomar qualquer outra medida. Me retirarei do Santo Ofício. Vou embora de Lazet. Tudo o que quero é uma confissão, irmão. Uma confissão e um comprometimento. Quero saber do que isso tudo se trata.

334

— Onde está a carta? — exigiu ele de repente. —Mostre-me.

Oferecendo uma reza silenciosa, tirei de minha bolsa o documento que eu havia falsificado na noite anterior. Ele o pegou e segurou com mãos trêmulas enquanto eu mostrava o parágrafo relevante. Mas, embora ele olhasse, os olhos não se moviam. Ele não estava lendo. Aparentemente, ele não conseguia ler. Seu medo e perplexidade eram muito profundos; ele estava impossibilitado de usar todas as suas faculdades.

— É um antepassado, não é? — perguntei, observando o suor escorrer de sua calva. Falei gentilmente, sem qualquer tom de acusação. — Você tem antecedentes hereges. Mas sabe, irmão, nunca aprovei a prática, tão usada no Santo Ofício, de imputar a um homem os pecados de seu pai. "Por minha vida, disse o Senhor, nunca mais será usada essa máxima em Israel." Essa perseguição feroz e implacável me parece excessiva. Parece mal orientada. São Paulo disse: "Permita que sua moderação seja conhecida de todos". Eu não o condeno por ser manchado pela heresia de seu avô, irmão. Acredito que todos os seus pecados são seus, de mais ninguém.

O senhor há de concordar que não o deixei tranquilo com minhas palavras. Na verdade, foi um insulto velado. Mas aparentemente comoveu Pierre-Julien, pois, para minha infinita surpresa, ele começou a chorar.

— Me abençoe, padre, pois eu pequei! — soluçou ele, cobrindo o rosto com as mãos. — Me abençoe, padre, pois eu pequei! Já faz uma semana que eu me confessei...

Bom, embora eu quisesse uma confissão, esteja certo de que eu *não* queria esse tipo de confissão. Estava comprometida por muitas restrições. Com certeza iria me embaraçar. Criei objeções, mas Pierre-Julien manteve-se irredutível, e temi que ele decidisse ocultar sua história de vez. De qualquer maneira, não importa o quão voluntária, a confissão é praticamente sem valor, se não for anotada na presença de uma ou de mais testemunhas. Concordei com seu pedido e esperei pela confissão.

Não foi imediata.

— Irmão — disse eu, impaciente, enquanto ele enxugava as lágrimas nas saias de sua túnica. — Componha-se. Isso não ajuda ninguém.

— Você me odeia! Você sempre me odiou!

— Meus sentimentos são irrelevantes.

— Deus me amaldiçoou quando me trouxe aqui!

— Por quê? Conte-me por quê. — Ele se recusou a responder, e eu lhe perguntei de supetão: — Você matou Raymond Donatus?

— *Não*! — gritou ele, olhando para cima, e se encolhendo novamente quando eu balancei meu dedo.

— Shhh! — murmurei. — Você quer que todos ouçam?

— Eu não matei Raymond Donatus! Você não para de me acusar, mas *eu não matei Raymond Donatus*!

— Muito bem. O que, *então*, você fez?

Pierre-Julien suspirou. Novamente enterrou o rosto nas mãos. — Eu tirei os fólios — admitiu, com uma voz abafada. — Eu os queimei.

— Por quê?

— Porque meu tio-avô foi um herege. Ele morreu antes de ser condenado. Eu não sabia. As pessoas em minha família quase não falavam dele. "Seu tio Isarn foi um homem mau", diziam. "Ele morreu na prisão e foi uma vergonha para a família." Achava que ele tivesse sido um ladrão ou um assassino. Não teve filhos. Vivia afastado de Lazet. Seria difícil fazer a conexão.

— Mas você a fez, no final.

— Não. Não eu. Raymond Donatus.

— Raymond?

— Ele me procurou... há pouco tempo. — Com hesitação, minha testemunha pôs a mão na têmpora. — Eu não pude acreditar, ele me trouxe um registro antigo. Ele me mostrou um testemunho que difamava meu tio-avô.

— Quando foi isso? — perguntei. — Quando exatamente ele lhe procurou?

— Foi após você ter lhe pedido para procurar um registro desaparecido. — Virando a cabeça para mim, Pierre-Julien me olhou com ar infeliz e desesperado. — Esse era o registro. O nome de meu tio-avô constava nele.

— Espere — disse eu, erguendo a mão. — O registro que eu queria era o mesmo que padre Augustin queria. Eu o buscava porque *ele* o quis em primeiro lugar. Então por que Raymond o queria?

— Eu acho... eu acho que havia um nome lá. Não o de meu tio-avô. Outro nome. — Antes que eu lhe pedisse para esclarecer isso, ele o fez. — Raymond me disse: "Padre Bernard está procurando este registro. Se ele o encontrar, o mundo todo vai saber que o senhor descende de linhagem herege. Será injuriado. Sua família será envergonhada. Talvez seu irmão perca a propriedade dele, e o senhor perderá seu posto". — A voz de Pierre-Julien falhou nesse momento, mas ele lutou valentemente para se recompor, e, por fim, conseguiu. — Raymond me disse para tirar você da investigação da morte de padre Augustin, e eu o fiz. Talvez ele tivesse pedido mais, se ele não tivesse sido morto. Talvez pedisse dinheiro...

— E ele estava escondendo o registro em sua própria casa! — exclamei, sem conseguir me controlar. — O registro e a cópia do bispo! E quando você soube que ele estava desaparecido...

— Fui à sua casa para recuperá-los. Mas o senescal já estava lá. Ele também estava procurando registros.

— O senescal?

— Ah... mas não os mesmos que eu. Ele queria os registros com o nome da tia dele. A tia foi queimada como herege prescrita.

O senhor pode imaginar minha desorientação? Meu assombro? Eu lhe juro, eu não teria ficado mais aturdido se uma grande montanha de fogo caísse no mar bem diante de meus olhos.

— O senescal encontrou dois registros inquisitoriais na casa de Raymond, mas não eram os que procurava — continuou Pierre-Julien, aparentemente desconsiderando meu queixo caído e meu semblante estupefato. — Não continham o nome da tia. Ele deu uma busca em todos, e quando viu o nome "Fauré", veio imediatamente a mim. Me contou que, alguns anos antes, Raymond havia lhe pedido dinheiro. Na ocasião, os dois estavam na casa de Raymond, e o notário havia tirado de algum lugar secreto um registro que conti-

337

nha o testemunho e a condenação da tia herege de Roger. Raymond dissera que era apenas mensageiro de padre Jacques. Mas, quando padre Jacques morreu, Raymond continuou a extorqui-lo. O senescal pensou que eu deveria estar na mesma situação que ele.

De acordo com Pierre-Julien, o senescal também o acusara de matar Raymond Donatus. Ao saber que isso não ocorrera, lorde Roger dera de ombros, e sugeriu que Raymond estaria recebendo pagamentos de muitas pessoas infelizes, cujos ancestrais condenados estavam espalhados nos registros inquisitoriais. Segundo ele, uma das vítimas do notário, provavelmente, tinha sido pressionada demais.

"Eu não me surpreenderia se Raymond estiver morto", foi a conclusão do senescal. "Na verdade, ficaria muito feliz."

Como não conseguira encontrar os registros que continham o nome da tia na casa de Raymond, Roger instruiu Pierre-Julien a procurar por eles na biblioteca do bispo e no *scriptorium* do Santo Ofício. Quando encontrados, esses códices teriam que ser trazidos ao castelo Comtal. O senescal então mostraria os registros que ele achara na casa de Raymond, e fariam uma permuta formal de documentos. No final, alguns fólios seriam destruídos.

— Levei *tanto* tempo para encontrar o nome da tia dele— falou de mau humor minha testemunha. — Certa tarde, não estive na Completa — você se lembra? — porque estava mexendo em todos aqueles baús horrorosos no *scriptorium*. Mas finalmente eu encontrei os tomos. E levei-os ao senescal. E fizemos o que tínhamos que fazer. Quando Raymond foi encontrado morto, pensei que estávamos a salvo.

Fiquei pensando nessa narrativa dos movimentos de meu superior. Se o que ele disse era verdade (e eu não tinha nenhuma razão para duvidar), então eu devo ter procurado os registros na biblioteca do bispo pouco depois de Pierre-Julien ter levado a cópia do registro que continha o nome da tia do senescal para ele. Enquanto eu inspecionava os espaços vazios deixados pelos tomos sumidos, esses volumes estavam sendo desfigurados no castelo Comtal. E, quando eu me preparava para sair do palácio do bispo, Pierre-Julien devolvia os dois originais ao baú de registros no *scriptorium*.

Estranho como eu tinha seguido as pegadas dele naquela manhã.

— Então você não matou Raymond com suas próprias mãos? — perguntei eu.

— Não — disse Pierre-Julien desanimado. — Eu nunca faria tal coisa.

— Então quem faria?

— Uma feiticeira. Jean-Pierre confessou...

— Que bobagem! — Fiquei bravo por ele ter trazido de volta uma acusação tão infundada. — Isso é pura bobagem, e você sabe disso!

— As mulheres...

— Irmão, não me faça perder tempo. O senescal tinha motivos muito maiores para matar Raymond do que qualquer uma dessas mulheres — e, também, mais oportunidades. Esqueça as mulheres. Elas são irrelevantes.

— Parece que, para você, não — observou Pierre-Julien, maliciosamente, e com um ressentimento óbvio. Eu o ignorei.

— O mistério está quase resolvido — disse eu. — Raymond Donatus estava usando os registros do Santo Ofício para extorquir dinheiro de pessoas com passado ou antecessores hereges. Quando padre Augustin começou a consultar alguns dos documentos mais antigos, Raymond ficou nervoso. Sabia que padre Augustin era favorável à reinstalação de processos de hereges mortos, e de outros que nunca haviam completado suas sentenças; os alvos naturais da chantagem eram os descendentes desses hereges mortos ou acusados. Ele estava preocupado que, se padre Augustin continuasse com sua busca, algumas das pessoas que estavam lhe pagando seriam citadas, e estava apreensivo porque elas poderiam denunciá-lo ao Santo Ofício. Chegou o dia em que padre Augustin exigiu um registro que *continha* um dos nomes que Raymond queria ocultar. Então ele mandou matar padre Augustin, na esperança de que os hereges fossem acusados por esse ato.

— Enquanto isso, escondeu em sua casa o registro procurado por padre Augustin. Talvez, enquanto o folheava, percebeu o sobrenome "Fauré". Quando você chegou, ele tinha uma arma contra você. E, a partir do momento em que eu comecei a procurar pelo mesmo registro, ele se aproveitou disso. — Passou um pensamento sinistro por minha cabeça, e eu o levei em conta. Será que Raymond teria me matado se eu tivesse continuado? Talvez. — Que sorte para nós todos que alguma outra de suas vítimas tenha decidido tomar uma atitude com suas próprias mãos — concluí.

— Você acha isso possível?

— Acho bastante provável. Talvez o corpo tenha sido desmembrado na esperança de que a mesma pessoa responsável pela morte de padre Augustin fosse responsabilizada pela segunda vítima. — Gostei dessa ideia. Era ajeitada e elegante. Satisfazia a maior parte de minhas exigências. — Talvez eu estivesse errado ao supor que Raymond fora morto dentro do Santo Ofício. Talvez Jean-Pierre estivesse dizendo a verdade e não tinha nada a ver com isso. Claro que, se interrogássemos todos os que trabalham lá, poderíamos descobrir mais alguma coisa. Mas será que queremos? Raymond era um assassino. Ele teve o merecido. Talvez possamos deixar o castigo de seu assassino nas mãos de Deus.

Naquele instante, lembrei-me de Lothaire Carbonel, cujo pai havia sido difamado em um dos registros mutilados. Será que ele poderia ser o assassino? Realmente ele era um forte candidato para o tipo de iniquidade que Raymond cometeu.

Prometi a mim mesmo que falaria com Lothaire em segredo, quando houvesse oportunidade. Dei então a absolvição a Pierre-Julien e uma penitência poderosa que ele aceitou sem pestanejar. Não dava importância para penitências, ou justiça, ou culpa. Ele só queria uma coisa, e essa com o sentimento de alarme total.

— Você vai escrever a carta agora? — perguntou ele. — Escreva-a agora. Aqui.

— Muito bem. Mas ela não deve ser mandada até que as mulheres sejam libertadas.

— Sim, sim! Apenas a escreva!

Deus me perdoe, mas como apreciei demais seu desespero. Saboreei seus apelos como se fossem mel, e o atormentei com minha falta de pressa, com a maneira meticulosa com que apontei minha pena, com o cuidado que empreguei para fazer as linhas e formar as letras.

Sou rude com as pessoas. Sou uma vasilha vazia, um borrão no livro da vida. Por conta da maldade em meu coração, e da pobreza de minha alma, mereci tudo o que se seguiu.

Esteja certo de que o teu pecado vai te alcançar.

— Soltá-las? — perguntou Pons, incrédulo.

— Solte-as — insistiu Pierre-Julien.

— Mas...

— *Solte-as*! — Atormentado com a preocupação de que eu mandasse a carta, Pierre-Julien não aceitava nenhuma resistência. Foi bem contundente: — Você ouviu o que eu disse! Faça-o agora! Dê as chaves a padre Bernard!

— Elas vão precisar de cavalos — disse eu, enquanto Pons, balançando a cabeça, verificava as chaves penduradas em seu cinto. — Quatro cavalos.

— Irei até o bispo — disse Pierre-Julien rapidamente. — Estou indo agora. Traga-as até os estábulos do bispo.

— Pode haver um atraso.

Mas Pierre-Julien já partira. Escutei seus passos na escadaria. Pons, com uma enorme carranca, disse que ele mesmo destrancaria o quarto da guarda.

— Eu nunca entrego minhas chaves — afirmou ele, zangado.

— Um sábio preceito.

— Como o senhor conseguiu isso?

— O quê?

— O senhor foi longe demais. Haverá um ajuste de contas. O senhor não é invencível, padre.

Espantado, abri a boca para pedir uma explicação. Mas ele já estava a caminho do quarto da guarda, balançando as chaves com tanto barulho que não daria para me ouvir.

— Eis o *amigo* de vocês! — gritou ele, destrancando a porta. — Eis o *amigo* que veio salvá-las. Fora! Todo mundo fora! Vocês não são bem-vindas aqui!

Sentindo que havia certo desalento nos murmúrios e sussurros com que esse aviso foi recebido, fiquei furioso e mandei o carcereiro embora. Ele me obedeceu de boa vontade, murmurando que não queria ter "nada a ver com isso". Só quando ele se foi me dei conta de que precisaríamos de mais alguém forte para carregar a bagagem.

Fiquei aborrecido por não ter previsto isso.

— Johanna — disse eu, ao entrar no quarto da guarda. — Alcaya. Vocês foram todas liberadas. Podem ir, agora.

— Liberadas? — Johanna estava sentada no chão, próxima à cama de Vitália. Segurava uma xícara de cerâmica. — Deste quarto?

— Desta prisão. Venha. — Fui até ela e estendi a mão. — Há cavalos esperando. Precisam empacotar suas coisas.

— Mas para onde iremos? — perguntou Babilônia. Seu rosto parecia brilhar como âmbar contrastando com as paredes de pedra dura e as sombras empoeiradas. — Nós vamos para casa?

— Não podem voltar à forcia, menina — disse eu. — Mas podem ir a qualquer outro lugar. Qualquer outro lugar.

— Não neste momento, padre. — Disse Alcaya que se opôs a mim. — Vitália está muito doente.

Olhei para Vitália e vi uma mulher seca como um caco de cerâmica encarquilhado, e que se encontrava à beira da morte. Murcha e sem vigor, com falta de ar e com a pele acinzentada, parecia tão frágil quanto um cristal, e entendi a relutância de Alcaya em mexer com ela.

— É muito grave? — murmurei.

— Muito — respondeu Johanna.

— Mesmo assim, ela não pode ficar aqui. É muito perigoso.

— Padre, se ela tiver que ser removida, ela pode morrer. — disse Alcaya suavemente.

— E, se ela ficar aqui, ela *vai* morrer — eu respondi. — Perdoem-me, mas não há escolha. Se nada mais puder ser feito, devemos pelo menos levá-la a um hospital. O mais próximo é em Saint-Remezy. Pertence aos hospitalários.

— Mas eles vão aceitar todas nós? — perguntou Johanna, e eu tive que reprimir um impulso de impaciência. Embora eu não quisesse assustá-la, ou à sua filha, parecia que nenhuma das mulheres tinha a mínima noção do perigo que estavam correndo.

— Escutem — disse eu, falando devagar e com cuidado. — O que eu consegui, aqui, foi praticamente um milagre. E não posso ter certeza de que vamos continuar tendo sorte. Se vocês não saírem de Lazet o mais rapidamente possível, não há garantia de que continuarão livres.

— Mas...

— Eu *sei* que Vitália não conseguirá viajar. Percebo o quanto ela está doente. Então ela irá para o hospital em Saint-Remezy, enquanto o restante de vocês estabelecerá um lar em algum outro lugar. Quem sabe um dia ela se juntará a vocês?

— Mas, padre — protestou Alcaya, falando como alguém que quer explicar algo a uma criança muito amada, em vez de deixar-se levar pela indignação. — Não posso deixar minha amiga, ela é minha irmã em Cristo.

— Você não tem escolha.

— Perdoe-me, padre, mas não é assim. Eu posso decidir correr riscos pelo bem de uma irmã.

Apertei os dentes, de raiva. — Amanhã, pode ser que sua irmã não esteja em condições de agradecer o que você fez por ela — disse eu com vagar, sempre consciente do olhar de perplexidade de Babilônia. — O sacrifício será maior que o benefício.

— Pois eu acho que o benefício será a paz em meu coração.

— Alcaya! — Eu não conseguia mais me conter. — Seja *razoável*!

— Padre...

— Você não tem o *direito* de colocar suas outras irmãs em perigo!

Meu tom raivoso assustou Babilônia, que chamou a mãe, com uma voz estridente. — Mamãe? Mamãe!

Johanna foi até ela rapidamente, a abraçou e me disse:

— Alcaya fala só por ela. Cada uma de nós fará sua própria escolha.

— Claro, claro! Só uma de nós precisa ficar. — Com amor, Alcaya sorriu para Johanna e Babilônia. — Sou uma mulher velha; minhas irmãs são jovens. Elas têm a energia para começar um novo lar, em nome do Senhor.

Os olhos de Johanna se encheram de lágrimas.

— Mas não sem você, Alcaya — disse ela, com a voz embargada.

— Comigo ou sem mim. Minha querida, você buscou o amor de Deus com um coração puro; Ele não vai te abandonar agora. E eu sempre vou rezar por você.

— Babilônia precisa de você.

— Vitália também precisa de mim. E ela não tem uma mãe para cuidar dela. Perdoe-me, minha querida criança. Meu coração sangra, mas nossa irmã não pode ser deixada sozinha.

De repente, me senti sobrando naquele ambiente. Fiquei observando, como uma coruja no deserto; minha sensação era de ser como um pardal sozinho sobre o telhado da casa. Excluído. Despercebido.

— Empacotem suas roupas, agora — murmurei, consciente de que minhas palavras quase não eram ouvidas. — Estejam prontas para partir quando eu voltar. Vou para Saint-Remezy, para conseguir uma vaga para Vitália.

E foi isso que fiz. Após informar Pons de minha intenção, fui (com passos mais rápidos que a lançadeira de um tecelão) ao hospital em Saint-Remezy, onde conversei com irmão Michael. Era um homem taciturno e enfastiado, que eu conhecia de longe; ele deu um suspiro diante da perspectiva de socorrer mais uma pessoa pobre de vida errante, como se o hospital tivesse sido criado para algum outro propósito mais feliz e nobre. Ou talvez ele simplesmente lamentasse que não haveria uma doação generosa.

— Mas sempre temos lugar para uma moribunda — disse-me ele, ao olhar para um dormitório cheio de aleijados e doentes. — Afinal, ela não vai ficar por muito tempo.

— Ela vai trazer algumas posses com ela. Naturalmente, serão do hospital quando ela morrer.

— Tem certeza disso? Sempre aparecem parentes de última hora.

— Não há parentes.

Tendo assegurado o lugar de Vitália, retornei à prisão, onde Pons me contou que a "garota louca" tinha tido "uma espécie de ataque", e que eu fizesse o favor de tirar as quatro mulheres de seu quarto da guarda antes que ele as chutasse para a rua. Como eu temia, a cena que acontecera antes e a perspectiva de se separar de Alcaya perturbaram Babilônia profundamente. Encontrei-a deitada no chão com olhos vermelhos e rosto sangrando; de acordo com Johanna, andara batendo a cabeça contra a parede.

— Ela não vai abandonar Alcaya — observou minha amada, com voz rouca de emoção elevando a voz para encobrir o lamento rítmico da filha. — O que faremos? Ela não vai deixar Alcaya, e eu não posso deixá-la.

— Então Alcaya *tem* que deixar Vitália.

— Padre, como eu posso...?

— Me escute. — Peguei a velha teimosa e boba pelo braço (Deus me perdoe, mas era o que eu pensava dela naquele momento!) e a empurrei até o corredor. Então, mirando-a com um olhar maligno, mas súplice, com palavras suaves, mas persuasivas, audíveis só entre nós, apresentei minha ideia a ela.

— Você confia em mim, Alcaya? — perguntei.

— Ah, padre, com minha vida.

— Eu me preocupei com vocês? Eu as estimei a todas como irmãs?

— Sim, padre, o senhor o fez.

— Então você acredita que vou cuidar de Vitália? Confia que tomarei conta dela, a confortarei? Fará isso por mim?

Seu olhar azul sincero parecia estar absorvendo minhas palavras e pesando cada uma delas. Senti que ainda não a tinha convencido. Percebi que ela estava procurando outra maneira de me explicar a profundidade de seu comprometimento com Vitália.

Então fiz um último apelo.

— Alcaya — disse suavemente. — Você precisa tomar conta de Johanna. Você tem que me prometer isso. Como posso deixá-la ir se você não estiver junto para amá-la e protegê-la? Eu lhe imploro. Eu lhe *suplico*. Não a abandone agora, agora que preciso me afastar! Eu não posso... eu não sou... é muito para aguentar. Alcaya, por favor, me garanta isso. Por favor.

Se foi por conta de minha possível perda, ou do tamanho de meu medo, ou do radiante, meigo e triste semblante de Johanna, não sei, mas lágrimas se acumularam em meus olhos naquele momento. Enquanto as secava, vi que Alcaya também chorava. Pegou minha mão e a colocou em seu rosto como se eu fosse um pequeno filhote.

— Meu querido filho — murmurou. — Seu coração está repleto de emoção. Ponha seu fardo sobre mim. Eu tomarei seu amor e o usarei com sabedoria. Seu amor é meu amor, padre. Dê paz à sua alma, Johanna não estará sozinha.

E de repente houve paz. Essa paz era como aquela com a qual eu tinha sido abençoado naquela manhã na colina perto de Casseras. Dessa vez não me preencheu como se eu fosse um cálice, ou me ofuscou como o sol. Me tocou tão gentilmente quanto um zéfiro que passa, e se afastou novamente. Aqueceu meu coração dolorido com um beijo leve como uma pluma.

Fortalecido, mas ainda assim mudo e estupefato. Pensei: Cristo, você está aqui? Até hoje, não sei lhe dizer se o Santo Espírito veio a mim naquele momento. Talvez Seu amor estivesse com o de Alcaya, porque o amor dela era puro e verdadeiro, ardente e altruísta, transcendia seu sexo, seus pecados e seus erros de julgamento. Acredito que ela estivesse muito próxima a Deus em seu amor. Embora fosse mal orientada em muitas coisas, seu amor era imenso. Sei disso agora. Senti, naquela ocasião. Percebi por que Babilônia se acalmava e se transformava com o amor de Alcaya, por que ele, talvez, a fizesse experimentar o amor imensurável, maior, mais profundo, mais doce, que é o amor de Deus, e apenas Seu.

Sou um homem ignorante e pecador. Só sei que nada sei. No mundo inteiro, não há ninguém merecedor do Senhor, e, se sua paz transmite todo o entendimento, como pude esperar reconhecê-lo, com meus sentidos sem valor, meu intelecto cambaleante, meu coração pecador? Talvez eu tenha sido honrado além da exaltação de homens e anjos. Talvez eu tenha sido desencaminhado por fraqueza e desejo. Não sei. Não posso dizer.

Mas fui confortado por uma tristeza jubilante, uma força complacente (não consigo achar palavras para descrever minhas sensações), e encontrei alívio quando apoiei minha testa, por um breve momento, no ombro de Alcaya. Tive de me abaixar para isso, e, quando o fiz, ela me abraçou. Seu cheiro não era doce de modo algum, mas também não era pútrido ou mundano. Seus ossos pareciam tão pequenos e frágeis quanto os de uma galinha.

— Pegue o livro *Fioretti* — pediu ela. — Leia-o para Vitália. Já o conheço de cor. Ela vai precisar mais do que eu.

Com um aceno de cabeça, concordei. Voltamos ao quarto da guarda sem dizer mais nada. E foi ela que daí em diante tomou conta da retirada, decidindo o que deveria ser carregado por quem. Sob seu comando delicado, fui procurar os homens que carregariam Vitália.

Eu ainda estava um pouco desorientado, sabe, e distraído por questões mais elevadas do que disposição de bagagens. Eu ainda estava bêbado de amor.

Na cozinha do carcereiro, onde agora os familiares eram obrigados a ficar quando não estavam a serviço, achei dois homens dispostos a levar as mulheres, mesmo porque estavam loucos para receber o quarto da guarda de volta. Não precisávamos de mais do que dois, porque Vitália era tão leve e incorpórea como grama seca. Nós a embrulhamos em um cobertor e a pusemos sobre outro cobertor, que funcionou como liteira. Ela foi carregada para baixo com bastante dificuldade, eu seguindo na frente com o braseiro, e as amigas atrás, com suas roupas, panelas, livros etc. A procissão foi saudada por observações de curiosidade tanto de funcionários como de presos. Era uma cena difícil de ocorrer: um inquisidor da depravação herética carregando a bagagem de outra pessoa; seguramente uma ocasião digna de comentários.

Fomos primeiro a Saint-Remezy. Lá prepararam um catre para receber a mulher doente, um espetáculo de tal miséria, sangue, pus e sujeira, tantos gemidos e cheiros, que todos nós, homens e mulheres, ficamos pálidos. Em minha visita anterior, eu não tinha visto aquela parte do hospital reservada aos moribundos. Não percebi que era um lugar desesperançado. Já vi leprosários mais agradáveis, catacumbas menos lotadas. O ar enfumaçado parecia ter gosto de carne purulenta.

— Não podemos deixá-la aqui — murmurou Johanna, muito chocada para ser discreta. — Bernard, não podemos deixá-la aqui.

— Precisamos — disse eu, desesperado. — Veja, a cama dela está em uma alcova, separada da dos outros. E eu virei visitá-la sempre.

— Querida, Vitália não vai sofrer. — Para minha surpresa, foi Alcaya que falou. Ela deixou cair uma das bagagens para poder abraçar Babilônia. — O mundo já não significa nada para ela, agora. Seus olhos estão fixos na Luz Eterna. Ela não escuta esta Torre de Babel. Tudo o que precisa é de um amigo para segurar sua mão e alimentá-la com caldo.

Olhando para Vitália, vi que ela realmente estava pouco consciente com seu destino. Ainda assim, parecia terrível ter que encontrar seu Criador em um lugar desses, com cheiro de morte e doença. E como eu podia assegurar que estaria presente na hora em que fizesse sua última jornada?

Atormentado por tais pensamentos, eu poderia ter reconsiderado meus planos ali mesmo, se não tivéssemos sido abordados por um irmão que se apresentou como Leo. Sorridente e gentil, tocou a face de Vitália e a chamou de "minha filha". Falou com ela como se pudesse ser ouvido. Falou com Vitália como se ela fosse mais importante que qualquer um de nós.

— Minha filha — disse ele. — Você é bem-vinda. O Senhor está com você. Seus anjos andam entre nós aqui; eu os vi à noite. Não tema, minha alma exausta. Vou rezar com você, e você encontrará a paz.

348

Eu soube, nesse momento, que ela tinha chegado a um porto seguro.

Gostaria de dizer que o hospital de Saint-Remezy tinha uma joia preciosa, o irmão Leo. Falei com ele enquanto as mulheres se despediam da amiga (e vou pular essa despedida, por ter sido indescritivelmente dolorosa); ele me disse que gostava de cuidar dos moribundos, porque eles estavam mais próximos a Deus. — É uma honra — insistiu ele. — Uma honra. Todo dia me sinto abençoado. — Sentir-se abençoado em meio a tanta dor, tanto desespero, requer uma fé que move montanhas; fiquei envergonhado de testemunhar seu contentamento e alegria tranquila, embora ele me parecesse um homem... como dizer? ...de inteligência limitada. Um homem simples, mas devoto. E seguro da salvação. Ah, sim, não há dúvidas sobre isso. Às vezes, ele confessou, tinha que sair, gritar e apregoar ruidosamente; mas mesmo Cristo, no fim das contas, pediu a Deus que o cálice fosse afastado Dele.

Quando finalmente partimos, pedi ao irmão Leo sua bênção (para sua imensa surpresa), e a recebi com grande humildade de espírito. Mesmo agora, penso bastante nele. Que o Senhor seja generoso com ele, porque é uma verdadeira pérola rara.

Mas preciso continuar minha narrativa. As três mulheres, com os olhos vermelhos e soluçando, me acompanharam até o palácio do bispo, onde eu imaginava encontrar quatro cavalos selados esperando por nós. Nesse sentido, fui otimista sem razão. Em vez de nos levarem aos estábulos, meu grupo foi levado à sala de audiências do bispo Anselm; aí encontramos não apenas o bispo, mas também o senescal, o prior Hughes e Pierre-Julien. Eu senti logo que essa reunião não era de bom agouro. Tinha a aparência de um tribunal. Havia até soldados guardando a porta. E o notário do bispo estava presente, sentado com uma pena nas mãos. Talvez essa fosse a visão mais agourenta de todas.

O senhor precisa tentar visualizar essa assembleia, pois ela teria consequências imprevisíveis. O bispo, com suas joias cintilantes, ocupava a maior e mais linda cadeira. Parecia estar preocupado com algum problema físico, às vezes arrotando e passando a mão na barriga, ou aflito, apertando com os dedos a base do nariz. Se não estou enganado, sofria os efeitos de muito vinho. Decididamente, apresentava um humor taciturno que não lhe era comum e parecia corroborar essa ideia.

Prior Hughes estava se sentindo visivelmente constrangido. Embora sua expressão fosse impassível e sem energia, as mãos estavam inquietas, dos joelhos para o cinto, e depois para os braços da cadeira. Pierre-Julien sentara-se com a cabeça jogada para trás, e o queixo apontando para a frente, em uma atitude que, decerto, tinha o objetivo de me impressionar como desafiadora. Só Roger Descalquencs estava em pé, e só ele estava calmo, mas talvez alerta como nunca.

Ao se depararem com tanta pompa de joias, armas e olhares ameaçadores e temíveis, as mulheres se comportaram com muita coragem. Babilônia, embora tivesse enfiado o rosto no colo da mãe, não gritou ou enlouqueceu. Alcaya examinou os homens à sua frente com seus olhos azuis inocentes, sem mostrar medo algum, apenas um interesse intenso e respeitoso. Johanna tinha medo. Deduzi isso por sua palidez e pelo aperto de seus lábios macios. Mesmo assim, o orgulho a manteve ereta, com os ombros erguidos. Por ser alta, ela conseguia olhar com um ar de superioridade para o bispo Anselm e para Pierre-Julien.

Ela até conseguiu olhar diretamente nos olhos do senescal, frente a frente.

— Irmão Bernard. — Exausto, o bispo pronunciou meu nome quando entrei no recinto. Falou como se fosse um grande esforço lembrar-se de quem eu era, e por que estava ali. As mulheres ele descartou com um olhar, como sem importância. — Finalmente podemos prosseguir. Irmão Pierre-Julien?

Pierre-Julien pigarreou. — Bernard Peyre de Prouille — disse ele em uma voz guinchante — Você é acusado de ser herege, ocultador e encobridor de hereges, com base na infâmia pública.

— *O quê?*

— Você jura sobre os Evangelhos Sagrados dizer a verdade, toda a verdade e nada mais que a verdade com relação ao crime de heresia?

350

Incapaz de falar, olhei para os Evangelhos que Roger Descalquencs me apresentava. Hesitante, deixei que pusesse minha mão sobre eles. O choque me fez perder totalmente minhas faculdades (que tolice não ter antecipado esse desfecho), e fiz o juramento inconsciente, como se minha vontade tivesse ido embora. Mas então meu olhar errante encontrou o do prior, e vi em seus olhos um desconforto que me despertou do torpor.

— Padre! — exclamei. — O que *é* este absurdo?

— Como você se declara? — Desta vez, a voz de Pierre-Julien estava mais forte e mais dura. Ele não se dava por vencido. — Como você se declara, irmão Bernard?

Eu estava quase gritando "inocente!", quando de repente senti minhas faculdades voltarem, e percebi que quase caíra em uma armadilha. Sabe, no *ordo juris* da Inquisição, o acusado só pode ser formalmente incriminado se confessou ou foi difamado. Se foi difamado por algum cidadão confiável, seu juiz tem que oferecer prova da infâmia antes de fazê-lo se declarar. E, se ele se declarar inocente, é preciso que apareça a prova de sua culpa.

Desde o *Liber Sextus*, de Bonifácio VIII, no entanto, permitiu-se aos juízes proceder sem estabelecer a infâmia se o acusado não objetar. Quase negligenciei isso.

Lembrei-me, porém, de meus direitos antes que o apelo fatal tivesse sido anunciado e, voltando-me para Pierre-Julien, eu disse:
— Onde está a infâmia pública? Quais são as acusações?

— Você me pergunta quais são as acusações? Quando vem à nossa presença com estas hereges, cuja fuga você estava tramando?

— *Fuga?* – gritei eu. — Você deu sua permissão!

— Que você conseguiu através de mentiras e trapaça — disse o senescal. Olhei para cima e vi um velho amigo que se tornara um estranho: um homem cujos olhos pequenos e escuros me perscrutavam friamente, implacáveis como pedras. — Você falou de uma carta de Jean de Beaune. Não chegou nenhuma carta de Carcassonne ontem. Há uma semana que não chega nada de lá, e Pons confirmou isso. Seus planos foram frustrados.

Me ocorreu, então, que meu verdadeiro inimigo era o senescal. Se Pierre-Julien fosse exposto, ele também estaria ameaçado. E ele era um homem forte, esperto, um guerreiro acostumado a batalhas dentro e fora do campo. Sem dúvida Pierre-Julien havia recorrido a ele assim que pode; claro que fora Roger Descalquencs quem primeiro perguntara, ao ler a tal carta falsificada: "É verdadeira?". E, enquanto eu perdia tempo no hospital, Roger rapidamente estabelecera que, de fato, a carta não era o que eu disse que era.

Olhei para ele, e pela primeira vez senti algo parecido com medo. — Meu senhor — disse eu, virando-me para encarar o bispo. — Essas acusações são o resultado de uma conspiração entre o inquisidor e o senescal. São infundadas. Irmão Pierre-Julien admitiu para mim, nesta mesma manhã, que ele e o senescal destruíram parte dos registros da Inquisição que implicavam suas famílias como hereges...

Mas o bispo ergueu a mão. — Irmão Pierre-Julien tem outra versão — disse. — Irmão Pierre-Julien afirma que você veio a ele ameaçando expor sua hereditariedade como maculada, a não ser que ele libertasse estas mulheres que estão na nossa frente. Alega que você forjou uma carta na qual foram feitas falsas acusações com relação à sua família. Em desespero, dobrou-se às suas exigências, mas ele logo percebeu que fazendo assim estava pondo sua alma em perigo.

— Meu senhor, se consultar os registros, o senhor verá que eles estão mutilados... — comecei, quando Pierre-Julien me interrompeu, dizendo algo com relação aos registros haverem sido mutilados quando recuperados da posse de Raymond.

— Irmão Bernard está me atacando para se defender! — ainda afirmou aquele homem vil. — Mas pode ser provado que ele é um crente, um dissimulado, um encobridor...

— Então prove-o! — objetei. — Onde está sua prova? Quais são as acusações? E o que você está fazendo aqui... — Perguntei para o senescal. — ... e o senhor, padre Hugues, se esta é uma audiência formal de um tribunal?

— Estão aqui como observadores imparciais — respondeu Pierre-Julien. — Quanto à prova, ela está aqui na nossa frente, na forma feminina. *Essas* são as hereges que você procurou esconder e defender!

Ao que indicou as três mulheres. Johanna emitiu um lamento baixo, e me distraí, por um instante, tentando tranquilizá-la com o olhar. Por isso não consegui conter Alcaya quando ela deu um passo à frente. Com seu jeito alegre, sem se deixar intimidar, ela disse:

— Não, padre. Não somos hereges. — E toda a assembleia a olhou, surpresa.

Ninguém antecipara que uma mulher tivesse essa coragem. Ninguém acreditou em sua audácia. Foi o bispo, recuperando-se, que lhe ordenou, de maneira irritada, a ficar em silêncio. Como uma boa filha da Igreja, ela obedeceu.

Consequentemente, eu próprio fui obrigado a defender sua alegação.

— Elas não são hereges — insisti. — Não foram acusadas, ou difamadas. Portanto, não posso ser acusado de ocultá-las.

— Elas *foram* difamadas. — respondeu Pierre-Julien. — Jean-Pierre as acusou de bruxaria, e de tramar contra o Santo Ofício.

— Seu testemunho não foi confirmado.

— Ele o confirmou ontem.

— Foi extraído sob tortura.

— Não há nada de errado com isso, irmão Bernard — disse o senescal. Ao que me dirigi a ele.

— Observadores imparciais não têm o direito de fazer qualquer comentário em uma inquisição! — disparei. — Se você abrir a boca mais uma vez, será posto para fora desta assembleia! Meu senhor, me escute. — Novamente me voltei para o bispo. — Na noite passada, Jordan Sicre, um dos familiares que presumidamente morreram com padre Augustin, confessou ter assassinado todo o grupo por ordem de Raymond Donatus. Não houve nenhuma menção às mulheres que o senhor vê aqui. Elas não tiveram nada a ver com a morte de padre Augustin.

353

— O testemunho de Jean-Pierre tem a ver com a morte de Raymond Donatus, não de padre Augustin — interveio Pierre-Julien.

— Mas os dois estão ligados! Meu senhor, Raymond mandou matar padre Augustin porque padre Augustin estava consultando registros antigos. E Raymond estava usando esses registros para subtrair dinheiro de pessoas com antecedentes hereges. Quem matou Raymond talvez estivesse cansado de pagar e assustado com a ideia de ser exposto...

— Como herege? — questionou o bispo.

— Ou como descendente de hereges.

— Então estas mulheres ainda estão implicadas. — declarou o bispo. — O motivo não é importante.

— Meu senhor...

— Veja como ele as defende! — gritou Pierre-Julien, de repente. — Ele próprio está sendo acusado, mas tenta manter a segurança delas antes da dele!

— Minha segurança está garantida — respondi. — Se elas forem liberadas, eu sou liberado, afinal, quem pode crer que eu seja herege? Quem? Quem pode me difamar? Padre, o senhor sabe que sou um bom católico. — E apelei para o prior, que era um amigo tão antigo, e tão conhecedor dos anseios de meu coração. — O senhor sabe que isto é tolice.

Mas o prior se mexeu sem jeito na cadeira. — Não sei de nada. — murmurou ele. — Há outra prova...

— Quê? Que prova?

— O tratado de Pierre Olieu sobre a pobreza! — exclamou Pierre-Julien. — Você nega que esse livro profano pode ser encontrado em sua cela?

Agora ficara aparente, nessa conjuntura, que eu estava sendo investigado. Houve busca em minha cela; talvez tenha havido interrogatórios. E me dei conta de que deve ter havido um interrogatório quanto à minha ortodoxia, enquanto eu estava em Casseras.

Não foi à toa que irmão Pierre-Julien "não tinha tempo" para entrevistar Jordan Sicre. Sem dúvida nenhuma, ele devia estar ocupado com assuntos de maior peso: ou seja, difamar minha reputação.

— Há livros que tratam da invocação de demônios em *sua* cela, irmão Pierre-Julien — disse eu, com a aparência tranquila, embora tremendo por dentro. — No entanto, ninguém o acusa de estar engajado em tais práticas.

— Os trabalhos de Pierre Olieu foram considerados hereges e condenados.

— Algumas de suas *ideias* foram condenadas, não todo o seu trabalho. Além disso, esse livro pode ser encontrado na biblioteca dos franciscanos.

— E nas mãos de muitos beguinos.

— Verdade. Por isso eu tencionava queimá-lo. Não concordo com seus argumentos.

— Sério? — A voz de Pierre-Julien soou cética. — Então por que razão o livro estava em sua cela, irmão? Alguém lhe deu?

— Eu o confisquei.

— De quem?

Sabendo que a verdade comprometeria mais Alcaya, eu menti. — De uma alma mal orientada — disse eu.

— De um herege? Do herege que você deixou escapar, há pouco tempo, quando permitiu que ele saísse do priorado sem impedimentos.

Perplexo, olhei para o prior Hughes. Ele olhava para baixo, para as próprias mãos.

— Herege? — perguntei. — Que herege?

— Irmão Thomas diz que chamou sua atenção para um herege que mendigava no portão do priorado. — Pierre-Julien se curvou para a frente. — Ele alega que você perseguiu o homem. Mas, de acordo com Pons, ele não foi preso, condenado ou aprisionado. Você o deixou escapar.

— Porque ele não era um herege. — Sem dúvida, o senhor identificou o "herege" mencionado, cujo anonimato eu estava tentando proteger, enquanto me protegia. — Ele era um familiar disfarçado de herege. — eu disse.

— Um *familiar?* — disse Pierre-Julien, zombando. — E quem é esse familiar, por favor? Onde podemos encontrá-lo?

— Não dá para encontrá-lo. Eu não consigo achá-lo. Ele é um espião, e sua vida não valeria nada se vazasse que ele tinha contato frequente com um inquisidor da depravação herética. — Ao tomar consciência do quão inadequada essa explicação parecia ser, tentei torná-la mais convincente. — Foi ele quem me informou a localização de Jordan Sicre. Ele andava espionando para mim na Catalunha e conhecia Jordan de um encarceramento anterior. Ele se arriscou muito vindo aqui. E aí foi embora e... com toda a honestidade, eu só sei que ele estará em Alet-les-Bains daqui a 18 meses.

Houve um silêncio enquanto o grupo digeria essa informação. Prior Hughes parecia desnorteado; o bispo, confuso; o senescal, não muito impressionado. — Dezoito meses — murmurou para si. — Muito conveniente.

— Muito conveniente — concordou Pierre-Julien. — E podemos saber o nome desse cúmplice misterioso?

— Não vai adiantar. Ele tem vários nomes.

— Então entregue-nos todos eles.

Hesitei. Eu realmente não tinha a menor vontade de envolver meu valioso familiar. Mas sabendo que deixar de obedecer poderia ser considerado contumácia; com relutância, entreguei os nomes. Afinal das contas, foi um ato em defesa dele; melhor que fosse publicamente identificado como empregado do Santo Ofício do que condenado como herege.

Também dei a Pierre-Julien uma *effictio* dele e o instei a ser cuidadoso se fosse questionar o arredio "S" como testemunha.

— Se você tiver que deter essa pessoa, não conte a razão para ninguém — disse eu. — Ele tem que ser preso como um perfeito, não um espião.

— Ele é um *perfeito?*

— Ele se faz passar por um perfeito.

— E ele lhe deu o tratado sobre a pobreza?

— Claro que não. Por que um perfeito cátaro teria um livro de Pierre Jean Olieu?

— Ahá! Então você admite que ele *é* um perfeito!

— Ora! — Eu estava perdendo a paciência. — Irmão Hughes, esta loucura já foi longe demais. O senhor com certeza sabe que estas acusações não têm fundamento. O senhor prosseguirá como meu compurgador? O senhor será um entre muitos.

O prior me olhou de modo sombrio. Por instantes, ficou em silêncio. Depois, franziu o cenho, suspirou e disse indiretamente:

— Bernard, eu sei de onde veio esse tratado. Você me contou, lembra-se? E eu sei aonde suas paixões o levaram. — Enquanto eu olhava para ele, apavorado, ele acrescentou:

— Talvez tenham levado você mais longe do que eu pensava. Eu o avisei, Bernard. Falamos longamente sobre isso.

— O senhor...?

— Não. Não quebrei o sigilo da confissão. Apenas expressei minhas dúvidas.

— Suas *dúvidas*? — Eu estava furioso. Não, esse termo não transmite a minha raiva. Eu estava em um verdadeiro acesso de ódio. Eu estava enfurecido... Eu poderia tê-lo matado. — Como o senhor se *atreve*? Como *se atreve* a *pensar* em me julgar, seu analfabeto sem cérebro e sem moral? O que o faz pensar que tem a capacidade de entender tudo o que eu digo ou faço?

— Irmão...

— E pensar que votei no senhor! Para me trair com um homem de cabeça oca! O senhor responderá por isso, Hugues... o senhor responderá perante Deus e o Grande Mestre!

— Você sempre foi genioso! — gritou o prior. — No assunto de Durand de Saint Pourcain e seu trabalho...

— Ah, o senhor está *louco*? Durand de Saint Pourcain! Houve um desentendimento a respeito de definições!

— Você às vezes não é ortodoxo! Não pode negar!

— Eu nego *veementemente*!

— E essa é sua alegação? — observou Pierre-Julien. — Vamos estabelecer uma alegação de inocência, padre Bernard?

Olhei para ele, momentaneamente confuso. Aí vi o notário esperando, e disparei minha resposta.

— Inocente! Sim, eu sou inocente! E há muitos que vão corroborar isso! Inquisidores! Priores, cônegos! Eu tenho amigos e vou apelar ao papa, se necessário! O mundo *inteiro* vai ouvir falar desta conspiração corrupta!

Eu disse tudo isso sabendo que essas ameaças eram em vão. Era preciso tempo para reunir os apoiadores necessários, e o meu era limitado. Enquanto as cartas fossem escritas e despachadas, minha amada estaria em perigo mortal; eu tinha certeza de que Pierre-Julien usaria a roda sem dó nem piedade. Então, ao mesmo tempo que eu vaticinava a danação para meus inimigos, aplicava meus poderes de raciocínio à possibilidade de salvação.

Avaliei as armas que ainda me restavam e me perguntei como elas poderiam ser usadas.

— Qual seu nome, mulher? —estava perguntando Pierre-Julien. E escutei Alcaya responder que seu nome era Alcaya de Rasiers.

— Alcaya de Rasiers, você está sendo acusada pelo crime de heresia contumaz. Você jura sobre as Sagradas Escrituras dizer a verdade, toda a verdade, e nada mais que a verdade em relação ao crime de heresia?

Interrompi, dizendo:

— Alcaya, você tem que solicitar tempo para considerar. Você tem que exigir prova de infâmia.

— Quieto! — O senescal me empurrou com um movimento abrupto e intimidador. — Padre Pierre-Julien encerrou com você.

— Prova de infâmia? — repetiu Alcaya, embaraçada. Mas não consegui explicar o conceito para ela, porque Pierre-Julien enfiou as Escrituras sob seu nariz e ordenou que ela jurasse.

— Jure! — exclamou ele. — Ou você é herege, com medo de jurar?

— Não, eu juraria com prazer, embora eu nunca minta.

— Então jure.

Ela o fez, sorrindo para o texto sagrado, e eu fiquei com medo, porque sabia que, de todas as mulheres, fora Alcaya a que mais se distanciara do caminho da ortodoxia durante a vida. E eu sabia que ela não tentaria esconder esse fato de seus atormentadores.

— Alcaya de Rasiers — continuou Pierre-Julien. — Você alguma vez ouviu alguém pregando e afirmando que Cristo e Seus apóstolos não possuíam nada, nem pessoal nem comunitariamente?

— Alcaya — disse eu rapidamente, antes que ela pudesse responder e condenar-se com sua própria língua. — Você precisa pedir tempo para consideração. Você tem que exigir prova de infâmia.

— Fique quieto! — Dessa vez o senescal bateu com a mão em minha cabeça e eu o rodeei, batendo no braço dele de volta.

— Me toque de novo e se arrependerá — preveni.

Os olhos de Roger cintilaram. — É mesmo? — duvidou ele com um sorriso terrível. Em seguida, Pierre-Julien exigiu que eu fosse retirado da sala, e Roger ficou feliz por ser o responsável por isso. Naturalmente, eu queria saber para onde me levariam; e, claro, tente apelar ao prior para que me ajudasse, mas o senescal, à força, me impediu. Agarrou meus braços e tentou me retirar da sala.

O que eu deveria ter feito? O senhor me condenaria por pisar no pé do senescal ou, quando me largou um pouco, afundar meu cotovelo em suas costelas? Por favor, tente lembrar-se de que eu fora cruelmente traído por esse homem, a quem considerei por tanto tempo meu amigo. Também lembre-se de que nós dois estávamos travando um combate fatal, prestes a se manifestar em atos de violência física.

Seja como for, eu o ataquei e fui atacado de volta. Claro que eu não esperava vencer; embora fosse mais alto que o senescal, era mais fraco e destreinado na arte da guerra. Além do mais, eu não tinha guarda-costas para me apoiar. Enquanto Roger cambaleou para trás, segurando o peito, os dois soldados à porta avançaram a um só tempo e me encheram de socos. Protegendo minha cabeça com as mãos, caí de joelhos, vagamente consciente dos gritos terríveis de Johanna antes de desmoronar de cara no chão com um chute entre os ombros.

Lembro que fiquei virado para baixo, me retraindo à espera do próximo golpe. Só aos poucos se tornou aparente que esse golpe fora abortado. Aos poucos, o zumbido em meu ouvido desapareceu; comecei a ouvir outros sons — gritos, choros, chamados de socorro. Eu me sentei. Entre lágrimas de dor ouvi algo como uma briga. Vi o senescal se defendendo de Babilônia, que unhava e mordia como um animal selvagem, enquanto os guardas correram a acudi-lo. Um deles bateu com um bastão nas costas dela, o que a fez se curvar. Então Alcaya se jogou entre a garota e a arma, e Johanna pulou sobre o guarda, e Pierre-Julien mergulhou atrás de uma cadeira. Não está muito claro para mim o que aconteceu depois, pois acredito que o soco que recebi na têmpora me fez perder a memória. Tudo o que sei é que, ainda afetado pelo ferimento, tentei puxar Johanna para fora da briga.

Em seguida vi estrelas, e mais nada por um curto período.

Me contaram que fui derrubado pelo mesmo bastão usado contra Babilônia. Também me contaram que Johanna, achando que eu estava morto, pelo menos por um instante, lamentou-se de um jeito tão lancinante que todos os que estavam no salão ficaram sem se mover. Todos hesitaram. Os guardas baixaram suas armas. De maneira nervosa, o senescal tomou meu pulso, enquanto Alcaya começou a rezar. Meio tonto, recuperei a consciência e, em um acordo mudo, decidiu-se dispersar a reunião, por ora.

Foi assim que me achei no quarto da guarda da prisão, sem nem saber como isso tinha acontecido.

13

DECISÃO PARA OS PRISIONEIROS

Dormi e acordei, dormi e acordei. A primeira vez que acordei, com a cabeça latejando, cambaleei até a porta e exigi uma explicação: por que eu estava preso em um ambiente tão inóspito? Por algum tempo ninguém respondeu. Daí escutei a voz de Pons vinda do corredor; ele me disse que eu era um herege contumaz e um perigo para os outros. Pode ser que tenha dito mais alguma coisa, mas não me lembro de nada. Muito tonto, voltei para a cama.

Quando acordei novamente, minha mente estava mais clara. Eu sabia onde estava e por quê. Pelo dobrar dos sinos, deduzi que era a Hora Sexta, e me perguntei o que teria acontecido desde que me ferira. Estava muito ansioso para saber o que acontecera a Johanna, e também tinha muita sede. Estava rígido e dolorido. Minhas costas doíam quando eu respirava.

Erguendo-me com certa dificuldade, bati na porta até que Pons veio.

— O que é? — grunhiu ele.

— Preciso de vinho. Estou dolorido. Traga o irmão Amiel, do priorado.

Após uma pausa, ele disse:

— Preciso perguntar a padre Pierre-Julien.

— Você vai fazer o que estou lhe mandando!

— Não mais, padre. Eu preciso perguntar a padre Pierre-Julien.

Com isso ele me deixou, e ficou evidente a partir de então que meu futuro era obscuro. Como iria apelar ao papa, se um pedido para chamar um enfermeiro era recebido com tanta má vontade? Sem dúvida, meu destino seria desprezo, isolamento, abandono. Quanto a meus poucos amigos, a amizade precisa ser realmente forte se tiver que resistir à desaprovação do Santo Ofício.

Sentado na cama, que antes tinha sido ocupada por Vitália, pensei em minhas alternativas. Eram poucas e desagradáveis, porque estava muito claro que, a ficar na prisão, perseguido por Pierre-Julien e atormentado por meus temores por Johanna, a alternativa seria fugir. O mero pensamento de um ato desses me aterrorizava: como fazer isso? As paredes eram grossas; havia guardas no portão; a porta para o quarto da guarda estava trancada, e só Pons tinha a chave. Aí me lembrei que eu teria que resgatar as mulheres também, e meu coração tremeu. Na verdade, parecia uma missão impossível. Se elas estivessem presas lá embaixo, seria fácil o bastante resgatá-las, porque as portas das celas de *murus largus* tinham barras para fora. Mas minha porta, como eu disse, era trancada — e, além das muralhas da prisão, a cidade não oferecia nenhum refúgio para um herege em fuga.

Ainda assim, eu tinha obrigação de fazer o que estava a meu alcance. Cabia a mim, pelo menos, ter certeza de onde estava Johanna.

— Pons! — gritei. — Pons!

Ninguém respondeu. Mas continuei batendo até que a mulher do carcereiro, bufando e resfolegando, me contou que o marido fora procurar padre Pierre-Julien.

— O que você quer *agora*? — perguntou ela.

— Aquelas mulheres. Se elas não estão aqui comigo, onde elas estão?

— Lá embaixo, claro.

— Nos *murus largus*?

— Elas dividem uma cela.

— E a cela tem alguma janela?

— Não, *não* tem! — Parecia ter alguma satisfação ao me contar isso. — É no bloco sul, perto da escadaria. Sem janelas. Muita umidade. E suas amigas estão comendo como o restante dos prisioneiros.

Com certeza, eu tê-la obrigado a dar de sua comida às prisioneiras a tinha ofendido muito. Talvez, pensando bem, eu tenha sido imprudente ao pedir-lhe isso. Se agora ela era minha inimiga, a culpa era só minha.

Ouvindo o som de seus passos arrastados se afastando, reconstituí na cabeça o mapa da prisão, e percebi que Johanna estava praticamente embaixo de mim. O piso, porém, era grosso e bem vedado; não tinha nenhuma fenda ou rachadura pela qual eu pudesse passar algum bilhete ou cochichar uma mensagem. Não que eu dispusesse do material para escrever uma mensagem. Eu não tinha pena, nem pergaminho. Se eu apelasse a meus amigos influentes, poderia pedir as ferramentas apropriadas. E quem ousaria trazê-las para mim?

Durand, pensei. Durand as traria para mim.

Eu estava pensando nisso quando irmão Amiel chegou, cortesia de Pierre-Julien.

— Aqui está seu endireita— declarou Pons, balançando as chaves. Abriu a porta, empurrou irmão Amiel para dentro, fechou a porta novamente e a trancou. — Se precisarem de mim, é só chamar — disse ele. — Estarei na cozinha, no final do corredor.

Irmão Amiel fez uma careta enquanto o ruído das chaves avisava que Pons estava se afastando. Examinou todo o quarto, com desaprovação evidente, antes de fixar o olhar em mim. Nesse momento, suas sobrancelhas espessas ergueram-se até quase a linha do crânio.

— Vejo que alguém o tratou muito mal, irmão Bernard.

— Muito mal.

— Onde dói?

Eu lhe disse, e ele me examinou procurando ossos quebrados. Não encontrando nada, pareceu ter perdido o interesse; disse que os machucados desapareceriam e o inchaço diminuiria. Colocou-me um cataplasma tirado de uma sacola de couro, que consistia de um tecido de linho com uma pasta.

— Hissopo, absinto, confrei — declarou ele. — E um pouco de manjerona. E uma inalação para a dor, mas tem que ser aquecida. O carcereiro esquentaria para você?

— Imagino que não.

— Mantenha-o sob suas roupas, então. O calor de seu corpo deve bastar. — Colocando em minha mão uma jarra de cerâmica com tampa de rolha, disse que esperaria até eu usar a inalação. — Estão dizendo que você é um herege — ele acrescentou. — É verdade?

— Não.

— Não parece mesmo. Eu disse isso a irmão Pierre-Julien.

— Quando?

— Ontem de manhã. Ele falou com todos os irmãos, um a um. Perguntando sobre você. — O tom de Amiel era um pouco imparcial; ele sempre me dera a impressão de estar mais interessado nos mortos que nos vivos. — Ele quis saber sobre minha lebre.

— Sua lebre?

— Minha lebre embalsamada.

— Ah. — Eu podia imaginar. — Você deveria tomar cuidado — aconselhei. — Ele tem conceitos esquisitos sobre animais mortos.

— O quê?

— Ele vê bruxaria em todo lugar. Fique atento. Ele não é uma pessoa racional.

Irmão Amiel, porém, era muito esperto, ou talvez muito indiferente, para dar andamento a esse assunto. Eu não podia culpá-lo; melhor evitar denegrir a imagem de um inquisidor nas dependências do Santo Ofício. Perguntou a cor de minha urina, e observou que o quarto da guarda era muito frio. Perguntei se a inalação me deixaria sonolento, e ele respondeu que sim.

— Então prefiro não a tomar. — Foi minha resposta. — Preciso de todas as minhas faculdades alertas, irmão. Tenho que escrever cartas.

— Você é que sabe. — Com um gesto que indicava que ele se isentava de toda a responsabilidade por meu bem-estar, Amiel repôs a inalação na sacola. — Você devia descansar agora. Se houver algum sangramento, ou febre, devo ser chamado. Mas não posso fazer mais nada por você no momento...

— Espere. Há *uma* coisa que você pode fazer, sim. Você pode encontrar Durand Fogasset e dizer-lhe que eu preciso escrever umas cartas.

— Durand Fogasset?

— Ele é um notário. Trabalha aqui do lado, onde eu costumava trabalhar. Um jovem com jeito desleixado, com um monte de cabelos negros caídos sobre os olhos. Geralmente coberto com manchas de tinta. Ele deve estar no *scriptorium*... ou talvez com padre Pierre-Julien. Se esse for o caso, deixe um recado com algum dos familiares.

— Muito bem. E você quer que eu diga que você deseja que ele escreva umas cartas?

— Eu quero que ele entregue algumas cartas por mim. Eu quero que ele me traga uma pena e um pergaminho. Tinta.

Irmão Amiel viu isso como um pedido lógico. Assegurou-me que acharia Durand Fogasset. Aí, tendo se despedido de mim, chamou Pons, que destrancou a porta para ele; sem trocar uma palavra sequer, os dois se retiraram, me deixando sozinho mais uma vez.

Agora, pelo menos eu tinha o cataplasma para me dar conforto. Era frio e úmido, e eu o apertei agradecido à minha têmpora latejante. O cheiro das ervas parecia clarear minha mente sombria.

De repente lembrei-me de Lothaire Carbonel, cujo pai havia sido um herege não arrependido.

Lothaire era um homem rico, com um segredo que só eu sabia, agora que Raymond Donatus estava morto. Fiquei matutando quanto um homem rico sacrificaria para ocultar um segredo tão vergonhoso. Pelo que eu podia lembrar, Lothaire tinha, e sentia muito orgulho, um estábulo de cavalos. Com certeza sua cozinha devia ser bem abastecida. E, com certeza, um ou dois itens de vestimenta não lhe fariam falta: talvez um manto... talvez... botas... uma túnica curta...

Com um bom cavalo, e a vantagem da surpresa, talvez fosse possível manter algum perseguidor à distância. Mas isso ainda deixava sem solução o problema das chaves e dos guardas. O turno da manhã não tinha muitos funcionários, graças à restrição do orçamento inquisitorial; além de dois guardas colocados dentro da entrada da prisão, havia dois que patrulhavam as dependências juntos, e um cuja função era controlar a entrada na sede através da porta externa. Os familiares aos quais até agora fora atribuída essa função demonstraram ter certa leniência, ao menos com a expulsão de penetras femininas... e, de qualquer maneira, pensei, com uma agitação crescente, o guarda não estaria lá. Irmão Lucius sempre chegava de madrugada e estaria no *scriptorium*. Ele não nos veria, porque a porta da prisão fica no piso térreo da sede.

Pensei nessa porta. Ela sempre ficava trancada à noite, mas era destrancada de manhã, quando irmão Lucius chegava. Sem dúvidas, uma partida de madrugada eliminaria muitas dificuldades. Entretanto, meu coração apertou quando pensei que restava o problema do quarto da guarda. Pons tinha essas chaves. Ele nunca as abandonava. Se eu fosse fugir, precisava ter essas chaves, e que chance eu tinha de conseguir isso? Só poderia ser feito atacando-o. Uma vez dominado, ele talvez pudesse ser contido, amordaçado, até trancado. Sua mulher e filhos estariam na cama, e eu poderia facilmente evitar passar por seu refúgio, uma vez que a escadaria praticamente encostava no quarto da guarda. Somente a um lance para baixo estava a cela de Johanna, e de lá havia só mais um lance até alcançar a entrada da sede. Se eu pudesse evitar a patrulha, levar minhas companheiras através dos estábulos e escapar em cavalos doados por Lothaire Carbonel — será que era um plano impossível?

Talvez não impossível, mas impraticável. Embora um pouco corpulento, Pons era bem ágil, e nada fraco. Além do mais, sempre carregava uma faca. Quando chamado de madrugada, talvez não viesse armado, mas mesmo assim nós éramos parelhos; era muito provável que *eu* fosse o subjugado. E o barulho da luta certamente acordaria sua família. Ninguém consegue derrubar uma pessoa no chão sem provocar algum barulho.

Fiquei aflito com isso e com os movimentos da patrulha, até que Durand chegou. Eu o escutei conversando com Pons algum tempo antes de vê-lo; o carcereiro fez muitas perguntas, mas pareceu se convencer com as respostas sussurradas por ele. (Pude ouvir o tom da diálogo, não o conteúdo, porque eles estavam conversando na cozinha.) De qualquer maneira, ouvi o barulho das chaves e a porta foi destrancada. Quando Durand entrou, fiquei surpreso pela sensação de afeto, pelo alívio e pela alegria que sua presença despertou em mim.

Trazia vários livros, bem como um maço de pergaminho. Estava pálido.

— Eu trouxe alguns registros — disse ele, olhando para os lados, enquanto Pons, manifestando ruidosamente seu descontentamento, fechava e trancava a porta atrás dele. — Há uma ou duas coisas que gostaria de esclarecer.

— É mesmo? — Eu não podia imaginar o quê, e fiquei embaraçado por sua abordagem tão formal. Mas logo entendi, porque, quando jogou um dos registros em minhas mãos e deixou-o cair aberto, eu vi uma faca longa, fina, extremamente afiada, enfiada entre as páginas. Reconheci a faca que eu normalmente usava para afiar penas.

— Aqui, está vendo? — Ele continuava olhando para a porta. — Pensei que você saberia o que fazer.

Chocado eu não conseguia falar. Mas no final recuperei a voz.

— Durand, você... isso não tem a ver com você — disse eu, escolhendo as palavras com cuidado. — Deixe estar, não se preocupe.

— Isso tem a ver comigo, sim. Tem que ser consertado.

— Não por você, meu amigo. Agora deixe disso.

— Muito bem. *Vou* deixar disso. — Tirando a faca do esconderijo, ele se aproximou da cama de onde eu tinha me levantado para cumprimentá-lo e empurrou a faca sob um cobertor.

Pegando seu braço, eu o trouxe para perto de mim.

— Leve-a de volta — respirei, com meus lábios colados a seu ouvido. — Você será implicado.

Ele negou com a cabeça e respondeu cochichando:

— Se me perguntarem, eu direi: sim, dei a ele uma faca para apontar suas penas. Por que não? — Aí, como se estivesse consciente da existência de uma plateia invisível, disse em voz alta, olhando firmemente para mim: — Padre Amiel teve sorte de me encontrar. Eu estava trabalhando a manhã inteira com padre Pierre-Julien, que estava interrogando uma de suas amigas. A mais velha, Alcaya. — Comecei a respirar com dificuldade, e ele logo me assegurou de que a entrevista não tinha se passado no cárcere embaixo. — Não houve necessidade. Ela foi muito franca. Falou sobre Montpellier, e sobre o livro de Pierre Olieu, e... e outras coisas... padre, ela estava... padre Pierre-Julien ficou muito contente.

Eu sabia que isso era um aviso. Se Pierre-Julien estava feliz, Alcaya deve ter se autocondenado, a seus olhos, como herege. E, se Alcaya foi condenada como herege, então eu poderia ser condenado como ocultador e encobridor de hereges.

— Preciso escrever umas cartas — declarei, consciente de que o tempo passava. — Você esperaria e as entregaria para mim? Não vou segurá-lo por muito tempo.

Durand consentiu; mostrou-me o que havia trazido para ser usado na escrita. Pensei que seria prudente que minha carta para Lothaire estivesse escondida entre outras, para que a culpa por minha fuga, se ocorresse, não recaísse sobre uma pessoa apenas, mas sobre muitas. Por isso, mandei apelos para o deão de Saint Polycarpe, para o administrador real de confiscos e aos inquisidores de Carcassonne e Toulouse. Perguntei se eles seriam minhas testemunhas de defesa, com o conhecimento de que eu era um homem de devoção incontestável e crença ortodoxa. Salientei a necessidade de cooperação, para que Pierre-Julien não se sentisse estimulado a atacar um círculo cada vez maior de bons e fiéis servidores. Mencionei e citei as Escrituras.

Felizmente, não tive que escrever sozinho cada apelo. Durand, que trouxera com ele muitas penas, e tinta suficiente para afogar um batalhão, copiou minha primeira carta, mudando apenas nomes e lugares (todas elas eram idênticas). Sentamos um diante do outro à mesa da guarda, escrevendo furiosamente, não ousando nem apontar nossas penas. Fomos interrompidos duas vezes por Pons, que evidentemente considerou o silêncio prolongado no quarto como altamente suspeito; nossa diligência monacal, porém, foi suficiente para tranquilizá-lo. Em ambas ocasiões, se afastou sem comentários.

A não ser por sobrancelhas erguidas, Durand também não fez nenhum comentário. Ele simplesmente me olhou, sorriu e continuou a escrever.

Gostaria de ressaltar aqui que Durand, embora mais lento que Raymond, podia se vangloriar de uma escrita muito requintada quando as circunstâncias permitiam empregá-la. Estranho que um rapaz tão desalinhado e desajeitado pudesse produzir uma caligrafia tão limpa, graciosa e harmoniosa. Talvez a escrita dele fosse um reflexo de sua alma, porque tenho razão para achar que, sob seus hábitos um pouco desregrados e sua aparência incerta, havia um núcleo sólido de virtude incorruptível.

Ele era, em essência, um homem caridoso.

É claro que digo isso agora, após longos dias de reflexão; quando aquilo aconteceu, isso estava longe de meu pensamento. Naquela ocasião, eu estava preocupado com minha carta a Lothaire Carbonel. Eu sabia que ele lia, mas apenas na língua vulgar: ele era semianalfabeto. Por isso, fui obrigado a escrever minha missiva em occitano,[*] usando palavras simples, como se eu me dirigisse a uma criança. Em poucas linhas, informei a Lothaire que eu encontrara o nome do pai dele nos registros do Santo Ofício; que, se queria manter sua posição, sua propriedade e o bom nome de seus filhos, ele precisava me fornecer quatro cavalos selados, uma túnica, um manto, botas, pão, vinho e queijo, que deveriam ser deixados para mim na parte de fora da entrada dos estábulos do Santo Ofício ao amanhecer do dia seguinte. Acrescentei que, como prova de minha boa vontade (já que eu queria conseguir sua obediência inquestio-

---

[*] N.R.T.: Língua específica do sul da França.

nável), ele seria agraciado com os registros mencionados, para que fizesse o que bem entendesse com eles.

Ocorreu-me que irmão Lucius não faria nenhuma objeção. Por algum lapso — ou talvez porque ninguém imaginou que eu teria a oportunidade de usá-las —, eu ainda estava com minhas chaves dos baús com os registros. Se eu me desviasse um pouco do traçado e entrasse no *scriptorium* na minha fuga do Santo Ofício, irmão Lucius não me impediria de pegar o registro. Ele era tão pequeno e humilde, e tão obediente; se eu lhe dissesse que fora solto da prisão, ele jamais suspeitaria que era mentira. Qual a razão para suspeitar, se eu estava com minhas chaves? Talvez (e aqui minha consciência me abalou um pouco) ele seria submetido a uma investigação rigorosa se a ausência do registro algum dia fosse notada. Mas eu tinha minhas dúvidas de que ele cairia na categoria de ocultar um herege. E, se ele mantivesse a boca fechada — afinal das contas, tinha o hábito de ficar em silêncio —, havia muito pouca chance de que esse pequeno lapso fosse descoberto.

Assim, fiz minha promessa na carta com relação ao registro e a grifei enfaticamente. Daí dobrei a carta com cuidado, até que estivesse pequena o suficiente para caber na palma de minha mão. Para finalizar, escrevi o nome de Lothaire sobre ela.

— Leve esta primeiro — pedi, mostrando o nome e aguardando Durand assentir com a cabeça. Recebida a confirmação, enfiei o documento no colarinho de sua túnica, para que caísse entre seu peito e o tecido de lã verde grosseiro que o cobria. — Sabe para onde ir?

— Sei, padre.

— Você tem que ir diretamente a ele e esperar uma resposta. Pergunte-lhe: é sim ou não? Daí encontre um jeito de me avisar.

— Sim, padre.

— Talvez você encontre um lacre em minha mesa. Eu preferiria que estas cartas fossem lacradas.

Durand concordou novamente. Não havia mais nada a dizer — pelo menos, com a possibilidade de ser ouvido pelo carcereiro. Levantamo-nos juntos, como resposta a um sino secreto, e o notário colocou quase toda minha correspondência (excetuando a carta mais importante, para Lothaire Carbonel) entre as páginas do registro. Por um momento ele pareceu me examinar, olhando para cima sob a cabeleira despenteada. Disse-me em latim:

— Que tudo corra bem.

Respondi na mesma língua, como se estivesse rezando. — Que Deus o abençoe, meu caro amigo. E tenha cuidado. — Nos abraçamos rapidamente, mas com fervor. Notei o cheiro forte de vinho.

Quando o soltei, ele juntou os livros e as penas, além do pergaminho, e chamou Pons. Não dissemos nada quando escutamos o barulho das chaves cada vez mais perto; talvez nossos corações estivessem transbordando. Mas, antes de ele deixar o quarto, eu lhe disse:

— Seus intestinos ainda estão lhe dando trabalho, meu filho? Espero que não sejam um empecilho permanente para seu trabalho aqui. — E ele me deu um sorriso malicioso sobre o ombro.

Nunca mais o vi.

Santo Agostinho falou sobre a amizade como uma bênção na forma mais pura. "Nós ensinamos um ao outro e aprendemos um do outro", escreveu ele sobre seus amigos. "Quando alguns de nós estavam ausentes, nós morríamos de saudade deles, e os recebíamos com muita alegria quando voltavam. Com esses e outros sinais, o amor dos amigos pode passar de coração em coração, através da expressão facial, das palavras, dos olhares e de milhares de gestos de amizade. Eles eram como centelhas que acendiam fogo em nossos corações, e fundiam muitos em um."

Qual gesto pode ser de maior amizade do que salvar a vida do amigo? Eu sei agora, tarde demais, que Durand era meu verdadeiro amigo. Acredito que poderíamos ter sido amigos como Tully definiu o termo e como Cícero o celebrou. Mas o afeto leal do notário era tão contido e reservado, uma flor tão modesta e delicada, que por pouco não o pisoteei. Deslumbrado pela paixão que eu e Johanna de Caussade tivemos, deixei de reconhecer a boa vontade quieta, amena e calma de Durand.

Um presente como aquele é uma das maiores bênçãos de Deus: maior, como diz Cícero, que o fogo e a água. Eu guardo na memória a amizade de Durand como um tesouro. Eu a mantenho próxima do coração.

Que a graça do Senhor Jesus Cristo, o amor de Deus e a comunhão do Espírito Santo estejam com ele.

O resto do dia transcorreu muito devagar. Passei dormindo e me afligindo, subjugado por uma agitação espiritual quase impossível de suportar. Com certeza rezei, mas sem encontrar paz. Por volta das Vésperas, recebi um recado por debaixo da porta; continha a palavra "sim", e reconheci a letra de Durand. Mesmo isso não aplacou minha alma perturbada. Apenas me envolveu em um caminho que eu não podia deixar de considerar amedrontador, desesperado e, com toda a probabilidade, fadado ao fracasso.

Não vi Pierre-Julien o dia todo. Sua ausência me assinalou que ele ainda estava ocupado com Alcaya e suas amigas; assim que tivesse conseguido provas suficientes contra elas, ele as usaria para me comprometer. Como o senhor pode imaginar, minha preocupação com Johanna era opressiva. E se eu destrancasse a porta de sua cela, e descobrisse que... Deus da misericórdia, que ela não podia mais andar? Lembro-me como, quando essa possibilidade me passou pela cabeça pela primeira vez, pulei da cama contorcendo as mãos e cruzei o quarto feito um lobo enjaulado. Lembro-me de como fiquei golpeando em minhas próprias têmporas com as palmas das mãos, em uma tentativa frenética de afastar essa visão terrível.

Eu não podia me permitir tais pensamentos. Eles me distraíam e turvavam minha razão. O desespero só resultaria em derrota; se era para dar certo, eu precisava ter esperança. *É bom que um homem tenha esperança e, ao mesmo tempo, espere pela salvação do Senhor.* Eu também precisaria de alguma coisa para amarrar o carcereiro, e a encontrei considerando minhas roupas. Com meu cinto eu amarraria suas mãos, e com minhas meias, seus pés. O cataplasma eu colocaria em sua boca como uma mordaça. Mas como eu daria conta de uma tarefa tão complicada, apontando uma faca para sua garganta?

Se eu fosse matá-lo, claro, não haveria dificuldade. Por um momento cheguei a pensar nisso, mas descartei por ser brutal. Além do mais, me ocorreu que eu não precisava amarrá-lo: eu podia levá-lo comigo. Eu podia trancá-lo no baú de livros de Pierre-Julien, ou pedir a Johanna que prendesse suas mãos.

Ele poderia servir de escudo se encontrássemos os guardas enquanto ainda estávamos no Santo Ofício.

Ocupei o longo e solitário anoitecer com esses pensamentos. Quando os sinos tocaram para a Completa, recitei o ofício o melhor que pude. Em seguida, voltei para a cama, sabendo que o toque para as Matinas, embora fraco, me acordaria — como fez por tantos anos. Entre as Matinas e as Laudes eu me prepararia, porque os portões de Lazet se abriam de madrugada e as Laudes geralmente terminavam na mesma hora. Por isso, tão logo os sinos das Laudes soassem, eu colocaria meu plano para funcionar.

Essas eram minhas intenções. Mas não consegui dormir entre a Completa e as Matinas; fiquei deitado suando como se eu tivesse corrido de Lazet a Carcassonne. (Aqui havia realmente um caso de "efetue sua própria salvação com temor e tremor"!) Logo percebi que eu não descansaria enquanto Johanna estivesse na prisão, então me dediquei a rezar até que as palavras do Evangelho começassem a acalmar meu espírito atormentado. *O Senhor é minha luz e minha salvação; a quem temerei? O Senhor é a força de minha vida; de quem terei medo?* Muitos rostos passaram por mim naquela noite; muitas memórias saudosas e nostálgicas ocuparam meus pensamentos. Eu vi que minha vida, em um sentido, estava acabada. A única coisa que me restava era ter esperança de uma nova chance.

De São Domingos, procurei o perdão. De Deus Nosso Senhor, procurei o perdão. Meus votos caíram despedaçados. Eu fui lançado à deriva. Mas parecia que eu não tinha tido alternativa; o amor me impulsionava como os ventos do Paraíso. Como, me perguntava, eu chegara a isso? Eu sempre me considerara um homem cortês, moderado, sensível: certamente orgulhoso e inflamado, mas não dominado por paixões extremas. Como foi possível chegar a abandonar o caminho da razão e renunciar à minha própria natureza?

Ao que tudo indica, por causa do amor. O amor é tão forte quanto a morte, e um homem que sacrifica tudo por amor com certeza é totalmente condenado.

Esse tipo de reflexão não ajudava a iluminar a escuridão a meu redor. Mas, à medida que a noite avançava, fui perdendo meu medo, ficando resignado, e até impaciente. Eu queria agir. Queria jogar meus dados e ver onde caíam. Quando escutei os sinos das Matinas, rezei o ofício novamente (sussurrando), omitindo apenas as ações que acompanhavam as palavras. Então, com mãos tateantes, comi o pão que me fora dado antes.

O que posso lhe contar sobre aquele período de espera final, longo e atroz? Ouvi ratos e o choro distante de uma criança. Senti a faca sob minha mão, vi as mínimas luzes que se mostravam sob a porta e através da fechadura, irradiadas por uma lamparina na passagem externa.

Me senti totalmente abandonado.

Em certos momentos, eu me perguntava se essa noite terminaria. Pensava comigo mesmo: será que a luz está mudando? Já amanheceu? Devo ter cochilado em algum momento, porque parecia que Johanna havia entrado no quarto e se juntado a mim na cama, acariciando minha tonsura. É claro que pensei: "Isso não pode ser", e acordei com um susto, apavorado com a ideia de que eu tivesse perdido o sino para as Laudes. Mas Deus, com Sua misericórdia, me salvou desse destino tão terrível. Quando me sentei, com o coração disparado, escutei um sino baixinho, e soube o que significava.

Chegara a hora. Ó Senhor meu Deus, rezei, em Vós coloco minha confiança: salvai-me de todos aqueles que me perseguem e libertai-me em Vossa justiça.

Enfiei a mão em minha garganta e vomitei no chão. Então me deitei novamente, com a faca junto ao peito, e estiquei o cobertor até o queixo. Primeiro, quando chamei, minha voz era apenas um grasnido. Eu guinchava como os ratos que corriam de canto a canto em meu quarto. Após pigarrear, porém, consegui forçar a respiração, e meus chamados ficaram mais altos. Mais urgentes, imperativos.

— Pons! — gritei. — Pons, me ajude!

Não houve movimento, embora meu grito parecesse ecoar como trovão no silêncio.

— Pons! Estou passando mal! Pons, por favor.

E se os guardas me ouvissem antes de Pons? Até esse momento, essa possibilidade nem me passara pela cabeça.

— Pons! *Pons*!

E se ele se recusasse a vir? Que seria se eu tivesse que ficar deitado aqui, no mau-cheiro de meu próprio vômito, até o dia raiar ou até Deus sabe quando?

— Me acuda, Pons, estou *passando mal*!

Finalmente um barulho de resmungo e de pés se arrastando anunciou que o carcereiro se aproximava. Para meu azar, porém, foi acompanhado por um lamento de uma voz feminina.

A mulher o acompanhava.

— Qual o problema? — murmurou ele, enquanto a chave abria a fechadura com ruído. — O que o aflige?

Eu não disse nada. A porta se abriu, revelando duas figuras sombreadas por tapar a luz da passagem. Uma delas, o carcereiro, sacudiu a mão na frente do rosto.

— Que horror! — disse ele. — Que fedor!

— Ele emporcalhou tudo?

— Padre, o que aconteceu?

De maneira tensa, murmurei algo inaudível e gemi. O carcereiro se aproximou de mim.

— Ele que limpe tudo sozinho! — vociferou a mulher, ao que o marido mandou-a se calar. Aproximou-se com cautela, cuidando para não pisar no vômito, que não dava para discernir facilmente com a pouca luz. Quando alcançou minha cama, curvou-se para a frente e deu uma espiada em meu rosto.

— O senhor está doente? — perguntou.

Eu estendi uma mão estremecida e fraca até ele. Cochichei um pedido e puxei seu ombro. Com má vontade, grudou a orelha em meus lábios.

E de repente viu uma faca em seu pescoço.

— Diga a ela para trazer uma lamparina — sussurrei eu.

Pude ver seus dentes reluzindo. Podia ver o brilho de seus olhos. — Traga uma lamparina! — disse ele rispidamente.

— Quê?

— Traga uma lamparina, mulher! Agora!

Soltando imprecações, ela foi gingando fazer o que ele tinha mandado. Enquanto isso, eu disse ao marido, bem baixinho, que ele teria que mandá-la fechar a porta quando voltasse. Para meu espanto, não senti vergonha ou repugnância enquanto estava deitado lá, embora seu pulso estivesse se movendo sob minha mão e sua respiração esquentasse minha face. Em vez disso, eu só tinha consciência de uma raiva gélida e de uma vontade férrea que, temo, não era do tipo de coragem que Deus concede, mas algo mais primitivo e menos virtuoso.

— Se você disser qualquer bobagem, você morre — ciciei eu. — Você morre, Pons. Está claro?

Ele acenou com a cabeça, bem discretamente. Tão logo a mulher reapareceu, ele disse: "Feche a porta", e, durante o breve instante em que suas costas se voltaram para mim, eu me sentei, girando minhas pernas sobre a lateral da cama.

Ela arfou quando viu o que eu estava fazendo.

— Se você gritar, ele morre — ameacei. — Ponha a lamparina no chão.

Sua resposta foi uma lamúria.

— *Ponha a lamparina no chão* — repeti.

— Em nome de Deus, não vai baixar a lamparina? — repreendeu-a meu prisioneiro. — Vamos! Rápido!

Ela obedeceu.

— Agora, está vendo aquele cinto? E aquela meia? Embaixo, aos pés da cama? — Fui cuidadoso, fiquei o tempo todo olhando para Pons. — Pegue aquela meia e amarre os pés dele. Bem apertado, senão vou cortar a orelha dele.

Claro que eu não teria feito tal coisa. Mas meu tom deve ter sido convincente, porque a mulher começou a chorar. Eu a vi tateando em volta dos pés da cama; escutei o tinido de uma fivela. De repente, ela estava na minha frente, apertando meu cinto de couro.

Fiz o carcereiro sentar-se no chão com as mãos no colo, onde eu as pudesse ver. Observei a mulher amarrar os pés, dando-lhe instruções de como fazê-lo. Depois disso, as mãos dele foram amarradas à cama, e eu testei as duas amarras, com a faca sempre na garganta do carcereiro. Finalmente, enfiei o cataplasma em sua boca.

— Agora, retire o cinto dele — ordenei. Pons, embora perfeitamente imóvel, dera um jeito de virar seu cinto, talvez porque as chaves estavam penduradas nele. — Dê-me as chaves. Não, não quero o cinto. Quero que você amarre seus próprios pés com esse cinto. Eu vou amarrar suas mãos.

— Poupe meus filhos — soluçou a tonta da mulher, enquanto lidava com o cinto tricotado do marido. Eu a assegurei de que não tinha a intenção de machucar seus filhos, a não ser que ela fizesse algum barulho. E, tendo amarrado suas mãos à cama com a outra meia, eu a amordacei com sua própria meia.

— Perdoem-me — disse eu, finalmente me levantando, para supervisionar meu trabalho com a luz da lamparina (que foi uma bênção inesperada). — Perdoem o cheiro. Não pude evitar.

Se Pons pudesse ter me matado naquela hora, ele o teria feito. Mas ele tinha que se contentar com um olhar cruel, imbuído de todo o ódio natural a um homem que foi humilhado na frente de sua mulher. De minha parte, fui até a porta, abri-a com cuidado e espiei fora. Não vi ninguém. Não ouvi nada. Oferecendo uma prece silenciosa, saí para o corredor e tranquei a porta do quarto da guarda atrás de mim. *Esperei pacientemente pelo Senhor. E Ele se inclinou para mim, e escutou meu choro.* Minha escapada havia sido milagrosa, até agora! O primeiro passo fora concluído facilmente!

Mas eu sabia que não havia razão para alegrias, porque eu não conhecia os horários dos turnos de vigilância da prisão. Pelo que sabia, estava quase na hora da troca da guarda noturna; podia ser que

377

alguns guardas estivessem na cozinha do carcereiro ou a caminho dela. Irmão Lucius podia não ter chegado. Várias circunstâncias podiam me atrapalhar em minha fuga.

Além do mais, Pons e sua mulher já estavam fazendo ruídos. Mais cedo ou mais tarde conseguiriam cuspir as mordaças ou libertar seus membros; a qualquer momento alguém os ouviria. Eu sabia que tinha muito pouco tempo. Mesmo assim, eu era obrigado a continuar com a mais profunda cautela, descendo as escadas passo a passo, prendendo a respiração, enquanto tentava ouvir o barulho dos familiares chegando. Infelizmente havia alguém doente no *murus largus*. O eco de seus gemidos e imprecações, os insultos dirigidos a ele pelos prisioneiros cujo sono ele interrompera, me dificultou distinguir o ritmo de passos. Porém, quando desci para o corredor sul, não havia movimento nenhum lá — apesar dos murmúrios, roncos e maldições que poderiam estar vindo de espíritos, por parecer tão estranhamente desencarnados (pois as pessoas responsáveis por esses sons estavam atrás de portas fechadas). E pensei que esse clamor encobriria meu próprio avançar cuidadoso.

Por isso, após identificar a cela que seria a de Johanna e de seu grupo, cheguei perto dela e pronunciei seu nome sem medo de ser ouvido por uma patrulha distante.

— Johanna? — chamei eu, olhando nervoso para o final do corredor de pedra. — Johanna!

— Be... Bernard? — Sua resposta foi fraca e incrédula. Eu estava a ponto de falar com ela novamente quando algumas risadas amortecidas se anteciparam. Reconheci o tinido das armaduras e a batida de botas pesadas. Viriam de que direção?

Decidi que era das escadas. Uma patrulha estava subindo do piso de baixo.

Sorte que a prisão ocupa uma das torres de defesa de Lazet, porque todas as torres da cidade têm escadas circulares. Como consequência, pude voltar meus passos sem ser visto do andar de baixo e sem ser ouvido, graças aos gemidos de um prisioneiro doente. Suspenso no topo da escadaria, consciente de que o quarto da guar-

378

da e seus ocupantes estavam a apenas quatro passos de onde eu me encontrava, vislumbrei o percurso dos dois familiares armados e rezei para que se mantivessem nele.

Normalmente, eles não precisavam patrulhar o andar superior, que não costumava ter prisioneiros. Mas, se Pons tivesse mudado a guarda, eu corria um grande perigo.

"Deus, eu Te imploro: venha logo até mim; ouça minha voz, quando eu Te imploro", foi minha prece. "Faz com que os malvados caiam em suas próprias armadilhas e eu escape."

O senhor pode imaginar minha alegria e gratidão quando o som daquelas solas pesadas, o tinido das armaduras, as vozes altas, começaram a esmaecer. Ouviu-se uma pancada seca e um comando muito mais direto: "Pare com esse barulho, ou cortarei sua língua!", seguido de um silêncio mortal que parecia sugerir que essa ordem impiedosa havia sido dirigida ao prisioneiro doente.

Esperei até que os guardas estivessem fora do alcance para ouvir, sabendo que teriam que patrulhar o *murus largus* inteiro antes de voltar ao *murus strictus* embaixo. Se eu fosse rápido, teria tempo de fazer descer meu grupo de fugitivas antes da patrulha. Mas eu tinha que ser extremamente rápido e muito silencioso.

Quando alcancei a cela de Johanna novamente, não me identifiquei. Simplesmente destranquei a porta, estremecendo a cada ruído e rangido, e a abri, para descobrir que de repente estava novamente reunido à minha amada. Ela estava em pé na minha frente (sã e salva, graças a Deus!), e eu a teria abraçado, se nossas circunstâncias fossem menos arriscadas. Com a pouca luz, ela parecia abatida: o cabelo desarrumado e menos bela. Mas a amei mais ternamente por sua aparência amarrotada e sua fronte cheia de sulcos.

— Venham rápido — sussurrei, olhando para a escuridão atrás dela. Embora a cela tivesse sido construída apenas para uma pessoa, estava tão superlotada quanto o resto da prisão. — Babilônia? Venha. Alcaya? — E aí vi uma quarta forma. — *Vitália*?

— Eles a trouxeram de volta do hospital — falou Johanna em voz baixa e áspera. — Queimaram os pés de Alcaya.

A voz dela sumiu; a filha começou a soluçar alto.

— Shhh! — Fiquei perdido por um momento. Pensamentos passavam por minha cabeça e pareciam se chocar uns com os outros. Só havia quatro cavalos, mas Vitália estava à beira da morte. Alcaya estava aleijada, mas poderia cavalgar se ainda tivesse o uso das mãos. Será que eu teria que carregá-la? Deveria dar minha lamparina e faca a Johanna? E os guardas? Já havia prisioneiros das celas vizinhas começando a fazer perguntas; logo, eles estariam implorando para serem soltos.

Meu olhar errante encontrou Alcaya. Ela parecia muito doente. O rosto suado brilhava à luz da lamparina. Mas os olhos continuavam claros, e seu sofrimento, tranquilo.

— Alcaya — comecei, me aproximando. Nessa hora, ela balançou a cabeça negativamente.

— Vão vocês — disse suavemente. — Não posso deixar minha irmã.

— Não há tempo para discutir...

— Eu sei. Venha, minha criança. Minha flor. — E aqui testemunhei talvez o maior milagre de todos. Alcaya abraçou Babilônia, cochichou em seu ouvido, e a jovem parou de chorar. Ela parecia ouvir atentamente, o discurso talvez profético de Alcaya, inaudível para o resto de nós. Babilônia foi tomada por uma calma extraordinária. Acredito que foi a mão de Deus, através de Alcaya, que acalmou os demônios na alma da jovem. Sem protestar, deixou Alcaya beijá-la e soltá-la, levantando-se pronta e obediente, para ficar ao lado de sua mãe.

Me lembrei, então, de que eu não tinha levado Babilônia em conta. Que faria caso seu demônio desencadeasse em um ataque incompreensível enquanto tentávamos fugir?

Essa era outra razão para agirmos com rapidez.

— Venha! — apressei Johanna. — Agora! Antes que os guardas retornem!

— Sejam abençoados — disse Alcaya, cheia de amor. E aquela foi sua despedida, porque eu não aguentaria mais delongas. Empurrei Johanna e a filha para fora daquele quarto minúsculo, tenebroso e

380

barulhento, ordenando-lhes que descessem o mais rápido possível. Enquanto corriam para me obedecer, tranquei a porta novamente, esperando atrasar a descoberta de nossa fuga. Logo eu estava na barra da saia de Babilônia, descendo até o andar do *murus strictus*.

Ao pé da escada, porém, passei na frente delas. Sem uma palavra, conduzi-as até a porta que era minha preocupação principal. Estaria destrancada? Irmão Lucius teria chegado? Encontraríamos o guarda do Santo Ofício a caminho da cozinha no andar de cima?

Se isso acontecer, vou matá-lo, pensei. E ergui minha faca, em preparação para o ataque.

Mas tivemos sorte. A porta estava destrancada; não havia nenhum guarda esperando na antessala que me era familiar, onde eu tinha passado tantos e tão longos dias perseguindo a morbidez herética. Havia, porém, um cheiro totalmente inesperado. Era o cheiro de fumaça.

— Esperem — disse eu, alarmado com esse fato. Ao avançar em direção à escada, fiquei ainda mais assustado ao perceber que o cheiro estava ficando mais forte.

Virei-me para minha amada e sussurei: — Esperem aqui — sussurrei. — Se algo acontecer, fujam por aquela porta. Ela abre para a rua. Vocês poderão achar um lugar para se esconder.

— Há...? Você...?

— Só quero ter certeza de que nosso caminho está livre — disse-lhe eu. — Se estiver, voltarei imediatamente. Cuide-se e reze.

Tive que levar a lamparina; eu não tinha alternativa. Sem ela, eu não teria encontrado o caminho até a porta dos estábulos ou destrancado essa porta com rapidez. Pode acreditar que entrei nos estábulos com minha faca pronta para o uso, mas, ao perceber que o cheiro de fumaça era bem menos pronunciado no final da escadaria, não estava antecipando nenhuma interferência.

Estava certa minha suposição. Ninguém me atacou quando irrompi naquele armazém fétido; com a luz fraca de minha lamparina, não vi sombras fugindo ou armas reluzindo, nem tochas ou brasas quentes. Satisfeito, voltei. Subi as escadas convencido de que irmão Lucius havia acendido um braseiro no *scriptorium*, porque o cheiro de fumaça ficava mais perceptível a cada degrau.

E fiquei intrigado, porque normalmente o braseiro só era usado depois do Natal.

— Nosso caminho está livre — disse a Johanna. — Pegue esta lamparina e desça. Você vai achar duas portas grandes que dão para a rua; nossos cavalos estão do outro lado.

— E você? — perguntou ela. — Aonde você vai?

— Preciso pegar um livro. Como pagamento dos cavalos.

— Talvez devêssemos esperar...

— Não. Rápido.

Ela pegou a lamparina. Sem ela eu estava em desvantagem, pois a passagem para o *scriptorium* não era iluminada; enquanto minhas companheiras corriam para baixo, tive que subir apalpando o caminho, até que um brilho tênue me informou que eu estava chegando ao degrau mais alto. Talvez minha preocupação com essa subida traiçoeira (os degraus eram muito íngremes e estreitos) me distraiu quanto aos ruídos incomuns que vinham do *scriptorium*. De qualquer maneira, quando cheguei a meu destino e olhei para cima, do alto das minhas botas, por um instante fiquei paralisado de surpresa.

Na minha frente, o irmão Lucius estava colocando fogo no seu local de trabalho.

Os eventos seguintes se passaram muito rapidamente. Mas, antes de contá-los, gostaria de descrever-lhe a cena com que me deparei quando parei no limiar da escadaria, resfolegando. As duas arcas dos registros estavam abertas, e seu conteúdo, espalhado pelo chão. Havia também muitas folhas de pergaminho e de velino. As chamas elevavam-se dos baús, como se fosse de piras gêmeas, e alguns dos documentos dispersos também estavam queimando: ou seja, os que estavam mais longe de onde eu me encontrava.

Com as costas para mim, irmão Lucius entornava querosene sobre o piso. Ele tinha uma tocha em uma mão. Estava claro que ele pretendia encharcar todo o *scriptorium* com querosene, e depois retroceder escada abaixo. Mas não teve a oportunidade de completar seu plano.

Quando, ofegante, soltei uma exclamação, ele se virou, surpreendido. E, de repente, ele próprio era um tição, seu hábito pegando fogo, queimando furiosamente.

Tive muitas semanas para reconstruir em minha cabeça a causa desse infortúnio. Os detalhes parecem estar gravados (ou talvez queimados) em minha memória: Deus sabe, eu nunca os esquecerei. Lembro-me de que, quando ele se virou, o querosene se espalhou sobre ele, derramando-se do recipiente que estava em sua mão direita. Ao mesmo tempo, ele deixou cair a tocha, que deve ter encostado no tecido molhado de seu hábito.

Seu grito ainda ecoa em meu coração.

Deus me perdoe, eu estava perdido; fui para trás enquanto ele avançava, porque eu tinha medo de tocá-lo. Eu me vi descendo a escadaria, deixando cair minha faca, tateando para desatar meu manto. Quando ele se deixou cair sobre mim, com o cabelo em chamas, dei um passo para o lado sem nem pensar.

Claro que ele caiu, rolou e parou em algum lugar lá embaixo. Joguei meu manto sobre ele justamente quando Johanna apareceu; ela estava ofegante e com os olhos esbugalhados.

— Pare! — exclamei, embora não houvesse mais perigo de ela se queimar. Meu capote era pesado e tão eficiente quanto uma espevitadeira. Comecei a bater no corpo sob o manto com as duas mãos.

— O que foi? O que aconteceu? — quis saber Johanna.

— Aqui. — Joguei para ela as chaves do carcereiro. Permita-me explicar a disposição dessas chaves: elas estavam penduradas em uma presilha de couro, através da qual o cinto de Pons se fechava. Desde que eu tinha pegado as chaves, eu enrolara a presilha ao redor dos dedos medianos de uma das mãos. Agora eu tinha toda a razão para agradecer a Deus o fato de me prestar a tal estorvo barulhento e incômodo. — Tranque a porta da prisão! — disse eu, tossindo e engasgando com o cheiro horrível.

— Qual é a chave?

— Não sei. Tente todas. Rápido! — Eu suspeitava de que o grito de irmão Lucius tivesse sido ouvido a certa distância, e queria blindar a sede de qualquer tipo de intromissão. Mas o que fazer com o homem ferido? Machucado pela queda, queimado pelo fogo, ele precisava de ajuda imediata. Enquanto Johanna corria, eu me voltei para ele e hesitei.

Quase me faltou coragem de erguer meu capote de sua cabeça fumegante.

— Deus da misericórdia. — Não há palavras para descrever sua aparência quando tirei o manto. Mas para que tentar uma descrição? Com certeza o senhor já viu hereges queimados antes.

Meus olhos se encheram de lágrimas.

— Ó Deus da misericórdia — blasfemei eu. — Lucius, o que você estava... o que vou fazer? Não posso... não há...

— Padre. — Juro que, quando ele falou, pensei ter ouvido mal. Pensei que outra pessoa havia falado. Só Deus sabe onde ele achou forças. — Padre... padre Bernard...

A fumaça era quase sufocante. Eu chorava de desespero; como poderia deixá-lo? E, por outro lado, como eu poderia ficar?

— Eu quero me confessar — balbuciou. — Estou morrendo, padre, ouça minha confissão.

— Não agora. — Tentei erguê-lo, mas soltei quando gritou de dor. — Nós temos que ir... o fogo...

— Eu matei Raymond Donatus — sussurrou ele, com voz fraca e cavernosa. — Absolva-me, padre, porque estou arrependido.

— O quê? — Novamente, achei que tinha ouvido mal. — O que você disse?

— Eu matei Raymond Donatus. Eu pus fogo nos registros do Santo Ofício. Estou morrendo em pecado...

— Bernard. — Era Johanna. — Tranquei a porta. Ninguém veio. Mas...

— Shhh! — Se eu tivesse sido ameaçado por um exército inteiro de familiares naquele momento, teria, mesmo assim, ficado lá. Nada importava a não ser a confissão de irmão Lucius. (Tal é a natureza inquisitiva de quem está acostumado a esmiuçar os segredos da alma.) — É verdade, irmão? Lucius, fale comigo!

— Meus olhos... — queixou-se ele.

— Como o matou? Por que razão?

— Bernard...

— Shhh! Espere! Preciso ouvir isto!

E a confissão foi feita; mas, por ter sido feita de maneira desajeitada, com muitas interjeições, repetições e pedidos de perdão, não vou contá-la palavra por palavra. Vou resumi-la da melhor maneira que conseguir. Sacrificando o estímulo dramático da reconstrução pelo benefício da clareza e da precisão.

Então, a história triste é a seguinte:

Irmão Lucius era filho ilegítimo de uma mulher que ficara cega. Pobre e sem amigos, ela teria sido jogada à caridade fria de um asilo de mendigos ou de um hospital, não fosse o salário pago a seu filho pelo Santo Ofício. Esse salário, com a aprovação de seus superiores, ele dava a uma mulher que hospedava e cuidava da mãe como se fosse alguém da família. As duas mulheres viveram felizes por muitos anos.

Mas agora os olhos de irmão Lucius também estavam falhando. Ele reconheceu os sintomas; ele sabia aonde isso levaria. E, enquanto um cônego cego pode viver sua vida ao cuidado de seus irmãos, o que faria uma mulher cuja única amiga não poderia alimentá-la sem dinheiro?

Lucius não suportava a perspectiva de condenar a mãe à vida abjeta, suja que muitos pobres incapacitados precisam aguentar, se, de fato, têm a sorte de continuarem vivos. Como era de natureza orgulhosa e arrogante, ela era difícil de agradar; além do mais, ela conhecia todos os passos, todos os cantos, todos os buracos da casa onde vivia tão feliz. Era seu lar, e ela se movimentava lá com confiança. Com sua idade avançada, ela nunca mais conseguiria se situar em uma casa tão bem como na que vivia.

Irmão Lucius, então, foi procurar o esmoler de Saint Polycarpe para pedir-lhe ajuda. Não deu certo. A esmola que foi oferecida, um valor normal, quase nunca ultrapassado, não era suficiente. "O cabido tem muitos dependentes", foi dito a irmão Lucius. "Eles têm que aceitar o que lhes é dado."

385

Desconcertado pelos empecilhos terrenos, o escrivão voltou-se para as orações. Concentrou-se na contemplação do sofrimento indescritível de Cristo. Lançou-se na procura do amor de Deus. Jejuou, deixou de dormir e se autopuniu com chicotadas. Mas sem resultados; sua vista continuava se deteriorando.

E então, com a chegada de Pierre-Julien, lhe foi apresentada uma alternativa — com certeza desesperada, mas agora ele era um homem desesperado.

Enquanto ele copiava testemunhos, aprendeu através dos interrogatórios estranhos, mas precisos de Pierre-Julien, que era possível invocar espíritos e comandá-los, se a pessoa fizesse alguns ritos específicos. Aprendeu que, ao desmembrar um ser humano e deixar o cadáver em uma encruzilhada, havia uma chance razoável de conseguir algo desejado. Aprendeu que o mal talvez trouxesse um resultado bom.

Em minha opinião, irmão Lucius não estava de mente sã quando recorreu a essa solução extrema. Mencionou "entorpecimento", "vozes" e em estar "cansado — tão cansado". Quando você está muito enfraquecido é que as tentações do diabo parecem extremamente irresistíveis, e irmão Lucius estava muito fraco por conta de seu sofrimento penitente autoinfligido. Mesmo assim, teve forças para rachar a cabeça de Raymond com um machado.

Ele fez isso nos estábulos, usando um machado em geral empregado para cortar lenha para o Santo Ofício. Havia muito sangue, mas a maior parte dele caíra no cocho dos cavalos, porque irmão Lucius tomara o cuidado de colocar o pescoço de Raymond na beirada dele. O sangue de Raymond foi transferido aos barris de salmoura em uma concha emprestada da cozinha do carcereiro.

— Eu sabia que... ninguém veria — murmurou ele. — Tão escuro. Úmido. E os porcos... tudo cheio de sangue...

— Mas ele estava *vivo* quando você cortou a cabeça dele?

— Tinha que estar.

— Então você o levou aos estábulos e o convenceu a colocar a cabeça no cocho dos cavalos...

— Não.

Parece que a escolha de uma vítima de irmão Lucius aconteceu por uma razão, apenas uma: o fato de muitas vezes ao chegar à sede ter encontrado Raymond deitado em estupor alcoólico. Aparentemente, era costume do notário passar a noite sobre um montão de mantos velhos no *scriptorium* após se despedir de sua conquista mais recente. Irmão Lucius com frequência o acordava com uma sacudida, um tapa ou um balde de água.

De acordo com o que fiquei sabendo, Raymond morrera sem recobrar a consciência, em uma manhã, quando Lucius, ao encontrá-lo em seu estado habitual de torpor, o arrastara para os estábulos pelas escadas e rachara-lhe a cabeça. Ele fez isso nu, por medo de manchar seu hábito. Após o corpo ter sido desmembrado e colocado nos barris de salmoura, Lucius se lavara e lavara seus utensílios cuidadosamente, antes de retornar ao trabalho. Sua intenção tinha sido transportar os pedaços que constituíram Raymond à gruta de Galamus, que ficava no centro de uma encruzilhada.

— Três viagens — balbuciou ele. — Embalei-o em seus mantos... e usei os sacos de couro dos registros... para carregá-lo em partes.

— Os sacos dos registros! — Eu os conhecia, claro. Quando Lucius copiava um testemunho para a biblioteca do bispo, ou transportava um maço de fólios para ser encadernado, ou retirava um registro já encadernado, ele carregava os itens em um ou dois sacos de couro especialmente designados para esse fim. Ele sempre era visto saindo da sede com um saco embaixo do braço. Ninguém teria se espantado ao vê-lo carregando dois sacos de couro cheios ao sair do Santo Ofício, mesmo no dia do desaparecimento de Raymond.

Mas, para dispor do corpo de Raymond, necessitou de três visitas à gruta, e três viagens no mesmo dia *teriam* sido notadas. Portanto, Lucius foi obrigado a esperar um dia para completar uma de suas viagens antes do nascer do sol, para que ninguém o visse. (A outra ida clandestina foi feita ao anoitecer, antes de a gruta ser visitada por quem levava os donativos.) Pode ser que esse lapso de um dia, disse ele, tenha, de alguma forma, estragado os ritos. Ou talvez Raymond deveria ter sido morto *na* encruzilhada. Qualquer que tenha sido a causa, nenhum demônio apareceu diante de irmão Lucius.

Sentiu-se perdido. Outros conhecidos não tinham o hábito de se embebedar até perder os sentidos tornando-se vulneráveis a um ataque em algum lugar fechado. Mas tinha um último trunfo. Ele sabia que certo oficial, que ficará anônimo, oferecera bastante dinheiro a Raymond para queimar os registros do Santo Ofício. Raymond fizera muito barulho ao recusar o pedido, e, sem lhe identificar a pessoa, revelara a irmão Lucius que ele contaria tudo a padre Jacques.

Mas nunca contou nada, ou, se o fez, ninguém tomou nenhuma atitude. E quando o notário se queixava dos gastos, sempre fazia piada sobre "queimar os registros". Virou um assunto tão banal que ele deixou de ser cuidadoso, e o nome do oficial envolvido escapou sem querer em um belo dia.

Sabendo o nome, irmão Lucius foi até ele para oferecer seus serviços.

— Se eu ficasse cego – ele respirou – pelo menos minha mãe... haveria algum dinheiro...

— Entendo.

— Bernard, *escute*! — Johanna estava puxando minha manga, tossindo muito. — Tem alguém à porta! Alguém está batendo na porta! Temos que *ir*, Bernard!

Eu sabia que ela estava certa. Eu também sabia que, se não levássemos irmão Lucius conosco, ele morreria com a fumaça e o fogo antes que alguém conseguisse arrombar a porta e alcançá-lo.

Mas será rápido, pensei. Mais rápido do que aquilo que estaria à sua espera, porque ninguém com ferimentos tão graves sobrevive por muito tempo.

Então o deixei lá, Deus me perdoe. Eu o deixei porque eu tinha muito pouco tempo; porque já estava muito difícil respirar; porque, no fundo de meu coração, eu acreditava que ele merecia esse castigo. Eu o deixei porque estava assustado e com raiva, e porque eu não tinha tido oportunidade de refletir.

Havia uma decisão que precisava ser tomada. E eu tomei. Mas vivi para sofrer as consequências. Desde aquele dia, tenho sofrido tantas dores de consciência, tantas flechadas de remorso, que meu rosto está inchado de tanto chorar e em minha fronte há a sombra da morte. Sinto uma tristeza muito amarga, não só por tê-lo deixado, mas por tê-lo deixado sem absolvição. O que ele queria era ser absolvido, ofereceu arrependimento, mas eu me abstive de dá-la e o deixei morrer sozinho. Enfrentar a Deus sozinho. *Livra-me dos crimes de sangue, ó Deus, o Deus de minha salvação; e minha voz cantará em voz alta a Tua justiça.* Eu rezo ao Senhor para que esse cálice se afaste de mim, porque ele está cheio de amargura e de desgosto. Tenho conhecimento de minhas transgressões, e meu pecado está constantemente diante de mim.

Estava mesmo na minha frente, enquanto eu terminava de descer as escadas e entrava nos estábulos. Eu me recordo de ter pensado: "Deus perdoe meu pecado", enquanto destrancava as portas enormes que por tanto tempo estiveram fechadas. Daí me esqueci de Lucius, porque Lothaire Carbonel estava me confrontando, exigindo seu livro, e eu não o tinha.

— O livro! — exclamou ele, sua figura sombreada à meia-luz, sua respiração saindo em nuvens de vapor branco. — Onde está o livro?

— Queimado. Todos os livros foram queimados. Está vendo? Olhe para cima.

Olhamos para cima, e eis que da janela mais alta da sede saíam nuvens de fumaça e centelhas de fogo. Logo o chão pegaria fogo e desabaria sobre os andares de baixo.

— Nós só precisamos de três cavalos — suspirei eu, montando o primeiro com certa dificuldade, pois ainda estava expelindo a fumaça de meu pulmão. — O quarto pode ficar.

Mas Lothaire não disse uma palavra. Ele ficou parado, paralisado, diante do incêndio que ele — e, com certeza, outros — sempre desejara presenciar. Então o deixei, assim como deixara irmão Lucius. Parti em um galope rápido, mas sem pressa, em direção aos portões da cidade. Fugi justamente quando os primeiros gritos de alarme soaram em meus ouvidos.

Era a manhã do Dia de Finados. Naquela manhã, levei comigo Johanna de Caussade e a filha, e escapei de Lazet antes de minha ausência ser notada.

Não posso lhe contar mais nada. Minha história termina aqui. Continuar seria colocar muitas vidas em perigo.

CONCLUSIO

Escrevo agora de um lugar secreto. Escrevo em um dia de frio terrível; tenho os dedos dormentes e com cãibras, e minha respiração parece fumaça diante de meus olhos. Estou sentado como um leopardo, observando sem ser visto, testemunha e fugitivo. Achei refúgio longe, muito longe de Lazet. Mesmo assim, sei o que aconteceu lá desde minha partida. Tenho ouvidos aguçados e olhos de águia; tenho amigos que têm amigos que têm amigos. Foi assim que minha carta chegou ao senhor, reverendo padre. Como qualquer outro inquisidor da depravação herética, tenho um braço tão longo quanto a memória do Santo Ofício.

Por isso, sei de certas coisas. Sei que o incêndio iniciado pelo irmão Lucius consumiu toda a sede, com exceção da prisão, por sorte. Sei que fui excomungado e intimado a comparecer diante de Pierre-Julien Fauré como um herege contumaz. Sei que Lothaire Carbonel foi preso como um ocultador de hereges, por ter tolamente doado seus próprios cavalos para mim. Não é fácil esconder a ausência de três cavalos. Ele deveria tê-los roubado ou comprado de parentes confiáveis. Deus me perdoe, mas eu fui o causador de sua queda; às vezes parece que a destruição está à espreita a meu lado e que as flores murcham à minha passagem.

Vitália está morta. Alcaya está morta. Pela graça de Deus elas morreram de doenças provocadas pelo encarceramento, e não pelo fogo — assim me contaram —, mas minhas mãos continuam manchadas com seu sangue. Durand Fogasset também está morto, derrubado por uma doença; se ele estivesse vivo, eu não teria mencionado sua participação em minha fuga. Sem dúvida ele era um pecador, e talvez sua morte tenha servido como castigo para seus crimes. Mas creio verdadeira e sinceramente que ele achou a paz na glória eterna. Pois nem a morte, nem a vida, nem os anjos, nem os principados, nem os poderes supremos, nem o presente, nem o futuro, nem a altura, nem as profundezas, nem nenhuma outra criatura será capaz de nos separar do amor a Deus que está em Jesus Cristo nosso Senhor.

Reverendo padre, eu lhe contei tudo o que há para contar. Contei-lhe uma história sangrenta de morte e de corrupção, mas esses pecados não foram meus. Embora eu tenha pecado contra meus votos de castidade e de obediência, não pequei contra a Igreja Santa e Apostólica. Ainda assim meus inimigos me censuram sempre; eles são corruptos e falam maldosamente; a violência os cobre como uma roupa. Eles buscam minha alma, porque a maldade está em sua morada.

E eu? Cinzas são a minha comida. A reprovação partiu meu coração, e eu me sinto muito pesado: me lamento o dia todo. Padre, preciso de sua ajuda. Que aqueles que buscam minha alma para destruí-la se sintam envergonhados e amaldiçoados; que aqueles que me desejam mal sejam rechaçados e envergonhados. Meus inimigos conspiram, reverendo padre. Eles mentem e abandonam a honradez. Seu veneno é como o veneno de uma serpente.

Mas o senhor abriu seu coração aos testemunhos de Deus. O senhor tem as mãos limpas e o coração puro, e o senhor julga honestamente. Minha maldade está na sua frente, reverendo padre, e eu lhe pergunto agora: quem tem o maior pecado? Examine-me, prove-me: teste meus controles e meu coração. Eu odiei a congregação de malfeitores, e não ficarei com os maus. Por isso, ponha-se no meu lugar e tenha misericórdia comigo, pois meus olhos estão sempre voltados para o Senhor.

Reverendo padre, eu lhe imploro — advogue por minha causa. Advogue por minha causa com o papa João. Advogue por minha causa com o inquisidor da França. Pois essa é a causa de um homem condenado injustamente, que é perseguido entre os justos. Minha defesa está aqui, nesta epístola: considere-a bem. Sou seu filho amado, padre. Não me rejeite, como muitos já o fizeram antes. Olhe para mim com caridade e lembre-se das palavras de São Paulo: agora vigoram a fé, a esperança e a caridade, essas três; mas a maior de todas é a caridade.

Que o senhor cresça em graça e no conhecimento de nosso Senhor e Salvador Jesus Cristo. Para Ele haja glória e majestade, domínio e poder, agora e para todo o sempre. Amém.

Entregue em um santuário,
31 de dezembro de 1318

A autora

Catherine Jinks nasceu na cidade de Brisbane, Queensland, Austrália, em 1963. Cresceu em Papua Nova Guiné e, depois, passou quatro anos estudando História Medieval na Universidade de Sydney. Tem vários livros infantis publicados (ganhou por duas vezes o prêmio Children's Book Council), bem como dois romances adultos, *An Evening with the Messiah* e *Little White Secrets*. Após ter trabalhado muitos anos como jornalista, atualmente vive na região de Blue Mountains, Austrália, com o marido, Peter, e a filha, Hannah. Além de circular em diversos países de língua inglesa, seu livro *O Inquisidor* já foi traduzido para o alemão, o espanhol e o polonês.

LEIA TAMBÉM

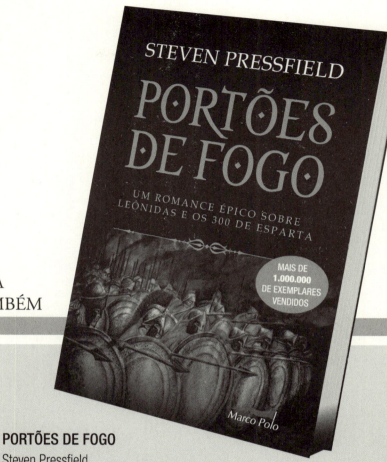

PORTÕES DE FOGO
Steven Pressfield

O rei Xerxes comanda 2 milhões de homens do Império Persa para invadir e escravizar a Grécia. Em uma ação desesperada, uma pequena tropa de 300 espartanos segue para o desfiladeiro das Termópilas para impedir o avanço inimigo. Eles conseguiram conter, durante sete dias, dois milhões de homens, até que, com suas armas estraçalhadas, arruinadas na matança, lutaram "com mãos vazias e dentes" até finalmente serem mortos. A narrativa envolvente de Steven Pressfield recria a épica batalha de Termópilas, unindo com habilidade História e Ficção.